LITERARY
CRITICISM
AND
REFLECTION

文学批评与反思

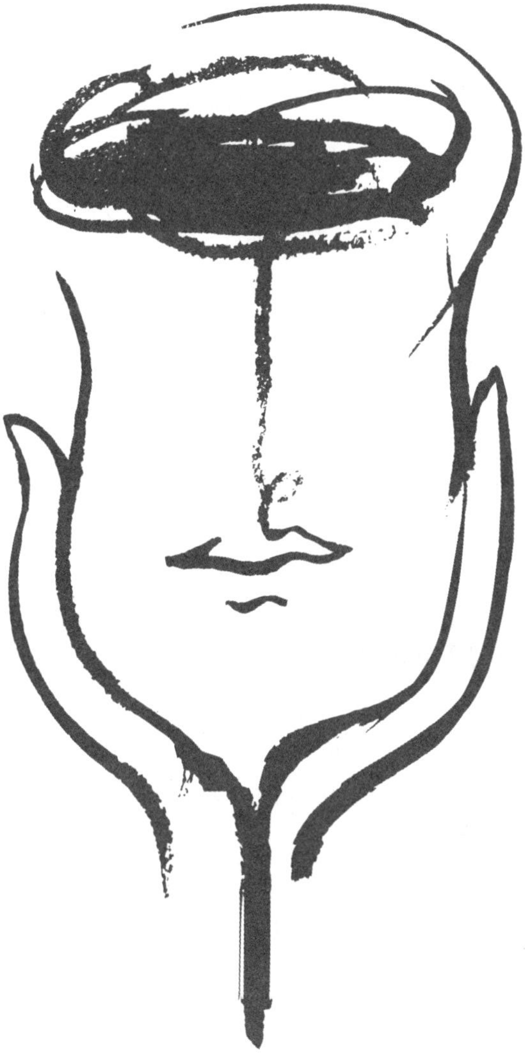

王洪岳 著

九州出版社
JIUZHOUPRESS

图书在版编目（CIP）数据

文学批评与反思 / 王洪岳著. -- 北京： 九州出版社, 2021.7

ISBN 978-7-5225-0261-8

Ⅰ. ①文… Ⅱ. ①王… Ⅲ. ①中国文学－当代文学－文学评论－研究 Ⅳ. ① I206.7

中国版本图书馆CIP数据核字（2021）第130449号

文学批评与反思

作　　者　王洪岳　著
责任编辑　沧　桑
出版发行　九州出版社
地　　址　北京市西城区阜外大街甲 35 号（100037）
发行电话　（010）68992190/3/5/6
网　　址　www.jiuzhoupress.com
印　　刷　天津雅泽印刷有限公司
开　　本　710 毫米 ×1000 毫米　16 开
印　　张　18
字　　数　323 千字
版　　次　2021 年 7 月第 1 版
印　　次　2021 年 7 月第 1 次印刷
书　　号　ISBN 978-7-5225-0261-8
定　　价　78.00元

前　言

在文学领域，有三种表达方式：创作的、批评的和理论的。说到三者的自由度，一般而言自然是创作方面的大些，其次是批评，再次是理论。然而也不尽然。且不说 20 世纪就是一个文学批评的世纪、理论的世纪，仅就一个从事文学批评和理论多年的学人如我来说，阅读理论性的著作，有时候比阅读感性的、形象的文学作品还带劲、还过瘾，甚至更有思维的快感。这是一种职业的习得。创作、批评、理论三者并无高下之分。认识到这一点，对于从事批评和理论的人来说，不仅可以获得更多精神的享受，而且在无论多么知名的作家面前，就不会产生匍匐在权威之下、高不可攀之感，而是以一个批评者、理论者正常的心态对待之、评判之，并由此而生发或创构出属于自己的批评话语和理论话语。这正是我多年来逐渐养成的一种学理态度，如此面对著名作家、伟大作品、杰出批评或精辟理论时的一种学术态度。由少年时代对于作家作品的仰视到现在的平视甚或俯视，这是批评和理论思维带来的。当然，保持对优秀、伟大作家的敬仰之心则是任何时候都需要的。

进入 20 世纪 90 年代，与 80 年代相比，社会的转型令人眼花缭乱、目不暇接；文学本身也向低谷下滑得异常厉害，批评一时间有找不到北的失语状况发生。理论也跟在西方后现代的屁股之后，搞文字游戏或消解的狂欢。曾经有一度，即 90 年代初期我也追随中国的后学家们撰写了好多篇关于某某文学现象、文学思潮的“后现代性”的文字。但是自 90 年代中期以来，我日益意识到跟在西方人的后面，只能拾人牙慧，甚至忘却了自己的存在处境和存在价值。进入 21 世纪之后，我的这种意识愈加自觉。现在看来，我庆幸自己较早地意识到这种“后学”的幼稚和弊端。产生于西方的后现代主义有其独特的文化和制度土壤，它解构一切的价值诉求，对于过度理性化、科层化的社会文化来说，“逃避自由”是其自然而然的选择。萨特的“选择的自由”和“自由的选择”，张扬了人的选择的主体性、自由性；但是在中国，“你别无选择”则是文化和生存的某种状态。时至今日，阶层固化现象日益严重，各类“二代”现象比比皆是。所以，我从“后学”中抽身而出，转而从本土文化的问题出发来看待当今文坛所面临的创作问题、批评问题和理论问题，随之产生了豁然开朗的感受和心境。

比如，我较早就开始关注文学与信仰的关系问题。这是一个对于中国文学及其理论来说十分关键的问题。肉身的存在和毁灭，对于无论西方民族还是中华民族来说，自古迄今都是最为重要的问题。因此，我试图通过不同的角度和层面，探讨文学创作、文学批评和文学理论的信仰之维重建的重要性和必要性。莫言之所以成为享誉世界的大作家，除了他汪洋恣肆、幻想灵动又沉潜厚重的语言表达方法之外，一个很重要的因素在于其创作开始整体上冲出欲望桎梏，反思存在之虚无的可怕，提出“把好人当坏人写，把坏人当好人写，把自己当罪人写”的理念，在其一系列作品中张扬信、望、爱、自嘲、良知、包容、宽恕、忏悔、拯救等信念。他从《酒国》所描写的全民性自上而下的堕落，到《儿子的敌人》《丰乳肥臀》《生死疲劳》《蛙》等作品试图重建信仰与超越之维，不断地超越自我，而且不断地超越同时代中国作家的精神境界，从而攀上了文学的高峰。

宽容与自由是密切关联的。胡适有文曰“宽容高于自由”，其实宽容本身就需要自由畅快的心胸和境界，需要把邪恶的、黑暗的真相大白于天下之后，再付诸实施。然而一个抱持斗争哲学、张扬仇恨、杜绝反思、害怕真相，从而堵塞任何自由空间的社会，也就堵死了宽容、包容的氛围和空间，也才往往会提出非此即彼、非黑即白甚至颠倒黑白、指鹿为马、混淆是非的胡言乱语、歪理邪说、强词夺理，以至于恶性循环、冤冤相报，毫无缓冲之余地。针对此，我在“反思文艺学研究的两种不良倾向”中，批判了两种不良的批评、理论的话语：打着审美主义或本体论旗号而反对文学研究本应面对的无限丰富的生存与存在领域的画地为牢做派；打着特色化而拒斥普世价值的理论鼓噪。文学研究、文学批评和文学理论建构的多维度、多领域、跨学科、超媒介的时代正在到来，任何故步自封、别有用心甚至以专制、极权的话语作为宝贝胡乱送人的做派，在新时期改革开放已经四十年的今日，已经逐渐失效。打开视野，善于吸纳，揭示真相、揭出病苦，方能迎来宽容、和解、和谐、自由的新境界。新的文学批评理应站在新的时代高度，来观照和评判新的文学现象和作家作品。

由是，我的批评触角并不仅仅对准那些知名的大作家、大批评家及其作品，而且对于那些有个性、有艺术魅力的作家作品给予热切的关注和褒赞，同时，对其缺陷与弊端给予不留情面的揭示。十年来，笔者有意无意地卷入了一些论争当中。无论是正面的评价还是驳论式的文章，我力求以理性与建设性为目标，绝不把批评这一公器当成个人渔私营利的工具。即使面对某些人异常非理性的甚至歇斯底里的话语喧嚣，我依然坚持这种批评原则。在评价文学作者及作品时，并非无原则地鼓吹、廉价地捧场，而是努力“面向事实本身”给出自己的评判。这本书中的文章，主要是对自己所置身的文场的所见所感所思的记录。如“余华随笔与小说的互文关系”谈到了作家余华的一个被人所忽略了的创作问题。而更多的篇章所论所评对象没有上述作家学者那么显赫，但是他们的作品所体现出来的精神的广度、高度、深度或宽度并不亚于那些知名的作家学者。书中所论，除了体制内的作家学者，还有不少属于体制外坚持写作的诗人作家学者。有少数篇章是写我的师长朋辈，还有部分文字写我的几位已经过世的师长，他们的高风亮节曾经深刻影响过我学术和精神前行的道路。选入书中的这些文字权且作为我奉献给他们的最为真挚的薄礼和敬意。他们以自己富有激情、热血和见识的创作，以自己独立不羁的人格操守，为时代精神注入了强劲的血液。我为自己有这样一些师友而骄傲，为自己的学术生涯中有机会选择这样一些学人作家作为研究、批评对象，而颇感自豪和欣慰。

目　录

第一章 ╱ **批评与信仰** 1

第一节　情趣与真理 3

第二节　文学批评的信仰维度 13

第三节　道德形而上与信仰重构 22

第四节　爱与美：“五四”文学的永恒主题 31

第五节　基督教文化对曹禺及其创作的影响 36

第六节　“中国当代文学垃圾说”解析 39

第二章 ╱ **理论与视野** 43

第一节　巴特的文本理论三维 45

第二节　反思文艺学研究中的两种不良倾向 50

第三节　当代文学中的欲望叙事与犬儒主义 56

第四节　江南诗性文化与长三角城市文化建构 63

第三章 ╱ **作家与作品（一）** 73

第一节　莫言作品经典化要素简析 75

第二节　从讽刺到反讽 81

第三节　地方性戏曲如何走出低谷 94

第四节　余华随笔和小说互文关系 97

第五节　漂泊者的文字刻像 106

第六节　纪实文学的新变　109

第七节　传记文学的新收获　114

第八节　生命之火淬炼出来的文字　125

第四章 / 作家与作品（二）　129

第一节　道德的嬗变与幸福的反讽　131

第二节　浪漫、写实与奇幻的综合艺术　136

第三节　从叙述试验走向内心生命情态　141

第四节　“战争与和平”主题的新探索　149

第五节　齐鲁文化孕育出的一朵奇葩　153

第六节　“间性”的艺术　158

第七节　痛苦与幸福的悖反　166

第八节　忧伤冷酷的青春物语　172

第九节　在边缘的行走与飞翔　175

第十节　存在、质感与张力　178

第五章 / 学人与学术　183

第一节　自由的歌者　归来的诗人　185

第二节　启蒙新师　教改先驱　190

第三节　建构书法的“高古美学”　199

第四节　别开生面　深度拓展　204

第五节　探寻近代知识分子心路历程　208

第六节　一切叙事皆是纪实？　216

第七节　江南诗性文化叙事　220

第八节　新文学史研究深化的标本　224

第九节　童年遭际与创作情结　232

第十节　古代小说研究的新收获　237

第六章 ／ 缅怀与继承 241

第一节 温厚长者 学界翘楚 243

第二节 正直平和 宽严相济 246

第三节 勇于探索 别开新路 251

第四节 拨云见日 情理激荡 256

第七章 ／ 故土与他乡 263

第一节 大槐树寻根与族谱续修记 265

第二节 “发现”大济进士村 270

后 记 275

第一章

批评与信仰

第一节 情趣与真理

——论近代中西艺术观念的逆向演变

这里所说的近代，在中国是自晚明以来的时期。按照美学家周来祥的观点，中国自晚明时期就进入了近代时期，那个时期具备近代的条件，即资本主义经济和社会生活在中国的东南沿海地区得到了很大的发展，文化艺术也相应地具备了与这种经济和社会生活相协调的条件。[①] 因此，中国的近代艺术也就是从那个时期开始的。这样看来，中国的近代就在时间上和欧洲的近代较为接近了。

一

中国近代艺术的基本观念无论笔者曾经认为的丑怪与崇高相结合，抑或周来祥所认为的崇高，都是从美学的艺术表现的范畴或类型角度去讨论的。我们这里所要探讨的问题是近代中西方艺术观念的演变及其成因。所以，从更内在的基本精神或价值追求来看，中国的艺术观念至明代中晚期依然秉持了自魏晋以来的“情趣”之路。钟嵘在《诗品序》中说：“五言居文词之要，是众作之有滋味者也。……使味之者无极，闻之者动心，是诗之至也。”诗乃“吟咏性情”之作。陆机《文赋》提出“诗缘情而绮靡”，刘勰在《文心雕龙》中提出“情者文之经”“情往似赠，兴来如答”。这些魏晋南北朝时期的文论家们都主张文学（艺术）要重视情感的表现，并要尽量使之富有情趣和滋味，能够把诗人的真性情充分表达出来。性情和趣味结合就形成了人的情趣，如果再配以意念

① 周来祥：《近代对立的崇高和崇高型的近代艺术》，载《西北师范大学学报》（社会科学版），1994年第6期。

或思想就构成了意趣。这是中古文人的审美指向或境界。而且这与一般民众的世俗生活关系并不密切，主要是在文人士大夫阶层盛行这种充满了艺术化气息的日常生活。鲁迅先生在《魏晋风度及文章与药及酒之关系》一文中所欣赏的魏晋风度主要在当时文人的诗文、仙道、酒色和才气等方面，这些方面其实是中古至晚清文人情趣的表现，他们对于自然山水的流连、欣赏、描摹，无非是其个人才情和兴趣的表现。魏晋画论在“要法规则”的基础性特点之外，更强调“神韵”境界，谢赫在《古画品录》中倡导“气韵生动”且将之抬到“首位性”的高度；顾恺之在《论画》《魏晋胜流画赞》《画云台山记》中提出“以神写形”“传神写照，正在阿堵中”“迁想妙得”等绘画理论观点；宗炳在《画山水序》开首即论画之“神韵”之美，王微在《叙画》中论山水画之意境也是以“神明”（“神韵”）为审美宗旨，“以图画非止艺行，成当与《易》象同体；而工篆隶者，自以书巧为高。欲其并辩藻绘，核其攸同。夫言绘画者，竟求容势而已。且古人之作画也，非以案城域，辨方州，标镇阜，划浸流。本乎形者融灵，而动变者心也。”这就是以神韵、情致为最高的法则，大千世界、社会百态的形式的准确是作为基础而存在的。[①] 而自南北朝讫唐宋，书画理论大致强调以丑怪为审美特征的情趣观。

唐末五代初画家、诗人、僧人贯休，擅书，工画，书比怀素，画比阎立本。所绘罗汉真容，悉是梵相，粗眉大眼，丰颊高鼻，形象古怪丑陋，似乎《庄子》中的丑怪但德高行崇的人物跃然纸上。《十六罗汉图》相传为其所作。而传为五代末宋初的画家石恪的《二祖调心图》表现慧可、丰干二位禅宗祖师调心师禅时的景象。慧可为禅宗二祖。画卷中，他双足交叉趺坐，以胳膊支肘托腮。另一幅画丰干伏于温驯如猫的老虎的背上。前者“静”，后者“酣”。画法有水墨与工笔结合的效果，面部手足用工笔画法，衣纹均以粗笔画成。画作以强劲飞动和不经意的逸笔表现出高僧微妙深邃的禅境。其笔意纵逸苍劲、刻意违反既有技法，人物不合尺度比例，形状怪异。这一宗教画打破了传统的画法，但又在继承传统中营造出创新的旨趣。

及至中晚明时期，逐奇求怪的审美风尚依然可以从情趣（意趣）出发去探讨。明清之交是中国社会进入新一轮大转换的时期，同时是文人雅士的艺术旨趣面临着重大考验的时期。然而，中国古代文人在漫长的儒道释三家文化相互渗透下而养成的审美旨趣却是根深蒂固的，这就是以表达个人情趣为最高法则

① 参见王峰秀：《探研“魏晋”画论要法规则“基础性”与“神韵”境界在辩证过程彰显中古绘画审美特性》，载《南京艺术学院学报》（美术与设计），2016 年第 4 期。

和最终旨归。换言之，通过艺术来维持内心的平衡、宣泄内心的郁闷、表达自己的艺术旨趣和个人情怀，大致成为中国近世文人艺术家的精神追求。宋代严羽标举“兴趣”说，认为它是一种“羚羊挂角，无迹可求”的兴味，就是追求一种意趣。这种追求在明末清初的易代时期体现得尤为明显。即使在这个风云变幻、改朝换代的时期，近世文人们也依然没有找到或建立起能够冲出专制迷雾、走出封建藩篱、追求自由空间的路径或方式。如陈洪绶、八大山人、扬州八怪等为代表的明清画坛的一脉，已经充分意识到了存在之黑暗，但他们无一能够走出这种令人绝望的境地。因此，他们只好在怪异、丑陋的审美意境中流连。陈洪绶的《观音罗汉图》《晞发图》《陶渊明故事图》等作品，体现的是一个老态龙钟、心理疲惫、以怪为美的封建末世文人的怪诞审美意向。八大山人（朱耷）的《鱼图》《枯枝乌鸦图》等作品，表达了一个皇族遗老遗少的愤世之情、无望之思、无奈之举，他已经深刻体验到了当时那个文化氛围和制度与其追求自由个性的格格不入，那些怒目睁眼、似乎要飞起来的鱼，那些枯木、老藤、昏鸦、怪石，无不体现出他的这种心态。看不到一丝希望的八大山人只好以退守到一己的世界，在怪异风格的书画中曲折地表达这种无望乃至绝望的心态。从历史的角度看，八大山人这种怪异的艺术风格达到了中国古代文人艺术家所能探查的心灵的最深处。然而，他们的艺术追求与普遍性的真理几乎没有关系，而仅仅是一个时代文人墨客的悲苦无告心理的表现而已。

书法上的以丑怪为美与绘画的追求基本上是一致的。到了五代之后，有书家开始远离周正圆润、符合法度、以和谐为美的创作之路，而往往采取以怪、拙、丑、陋为美的路数。明末清初的书法家傅山不但主张“宁拙毋巧，宁丑毋媚”的书学观点，而且身体力行，通过自己的创作实践而彰显这一书法美学。其书法风格充满了醉态怪异、放诞颓唐之气，不讲求法度，充分表达了他那种复杂曲折、渴望自由又无处宣泄的精神世界。这近乎变态的艺术观念和艺术思维是经历了大起大落的人生波折和心灵的巨大冲击之后的结果。由此观之，这种醉态怪异表达的是其苦闷彷徨的心境，是避祸心态下个人情趣的一种曲折反映。

这种美学风尚至少从五代宋初开始，尤其是经过明中后期的发展而达到了它的极致。前述几位书画家的艺术观念和作品就显示出这种美学样态，体现了中古以来中国文人艺术家丰富复杂的心理世界和审美情趣，而不是通过艺术的创造来实现对客观真理的发现和认识。这种艺术观和美学观不是对外在事物的比例、对称、和谐等物理形式美的特点的观察与把握，而是以艺术家自己的心智、意念、个性爱好等为出发点和归宿；换言之，就是以心理真实来传达艺术家的知、情、意，而尤以情趣、意趣为上。因此，造就了中国古代艺术（以山水画、山水诗尤其是书法为代表）的写意性特征，而非对客观事物逼真的描摹和刻画的外在物理真实。我们也由此可以进一步认识到：那种刻意描摹事物外在形态的工笔画，如果同写意画（一般说的国画）相比，仅仅居于次要地位的原因。

求奇逐怪、写意朦胧的书画艺术风尚到了晚清的龚自珍为之一变，在晚清腐败政治无暇顾及的领域和地方，文人士大夫寻到了一丝自由的气息。就在这种专制的夹缝中，龚自珍力倡冲破“万马齐喑究可哀”的变态、压抑、窒息的文化氛围，坚决主张摈弃以怪丑、病态、晦涩为美的审美风尚。经过了几个世纪悲苦变态、以丑怪为美的艺术延展方向，终于在鸦片战争前后得到了一定程度的扭转。于是，最后在康梁变法维新、辛亥革命特别是“五四”新文化运动中，写实主义包括批判现实主义开始得到重视和张扬。

二

自柏拉图艺术作为理式（理念）的“影子的影子”“同理式隔了三层”的学说开始，西方艺术理论就深刻地打上了艺术与真理亦步亦趋关系的烙印。艺术要为“理想国”的建立奉上自己的祭品，即不能张扬和刺激人们的情欲，否则就要被驱逐出去；艺术应当为理想国的道德建设做出自己力所能及的贡献。罗马艺术观念深受柏拉图思想的影响，以至于其艺术匍匐在政治权力之下，成为人们实现自己政治抱负的辩论术、演讲术的修辞学。中世纪艺术更是拜倒在宗教的权威之下，只能从上帝那里找到自己存在的依据，只能表达上帝及其所代表的真理和道德。以宗教画为代表的中世纪艺术以恐怖、丑陋、怪诞等风格来表达卑微的信众对上帝的无限尊崇和信仰，否则就会陷于无边无际的黑暗的恐怖的深渊。

而反过来讲，基督教信仰也深刻地影响和塑造了西方人的世界观、价值观和人生观，基督教上帝成为西方人的道德的来源。而且在柏拉图等古希腊哲学家的理论引导下，其理性精神经过普洛丁和奥古斯丁而深入中世纪人们的心理结构当中。西方的艺术观念还面临着自古希腊时期就存在的争论，即“人是万物的尺度”还是“神是万物的尺度”，到了中世纪终于有了一个彻底的解决，也就是后者而非前者，才是世界万物的尺度、来源。上帝信仰的观念是如此深刻和强大，从而所塑造的西方人的精神结构就被注入了先验的、普世的、普遍的世界，这个世界超越于世俗世界。从此，西方理性就建立在了双重根基之上：希腊哲学理性（包含罗马法的理性精神）和犹太教（希伯来）–基督教信仰所建立起来的上帝理性。因此，这个时期的艺术要传达出这一理念，如此才是和真理挂上钩；否则就是低级的、不入流的。这个关于人和神哪一个为万物尺度的争论，虽然在中世纪神占了上风，但是存在于西方人思维中的人—神何为尺度之辩，一直没有真正停息。中世纪宗教式微之后，关于人的价值、人是万物尺度的讨论又重新高涨。这就是文艺复兴时期的艺术与真理关系的基本背景。

从文艺复兴开始的西方近代社会，其政治宽容程度高于同时代的中国。因此，其艺术观念开放而与世俗人生、政治、信仰紧密结合在一起。从禁欲主义的中世纪走出来的人们尤其是那些文人士大夫们，发现和继承了亚里士多德关于事物形式之美也就是事物本身之美的理论，并将其发扬光大。如果说中世纪后期以丑怪的耶稣受难形象为核心而塑造了一大批类似的人物形象，而这与中国中古艺术家所刻画的《庄子》中的丑怪人物的审美思想近似的话，那么，文艺复兴时期西方艺术家的审美理想则一变而为回归常识的正常人的思想意识，当然还因为反感于把耶稣受难无以复加地丑化表现，他们反其道而行之，往往选择那些体现了人类真正的基督教信望爱的真、善、美形象来加以表现。主要的主题就是歌颂上帝之爱，这不仅借助于丑陋的、奄奄一息的耶稣受难形象来表达，而且还转移到了圣母玛利亚以及她怀中抱着的婴幼儿时期的耶稣形象来体现。这些圣母形象往往饱满、祥和、美丽、端庄、温婉，婴儿则圆润、满足、幸福、天真等。这样的形象大量出现，可以说表达了当时西方社会人们心目中的理想以及向上的活力，所以不乏爱和美，而且爱和美在此达到了统一。虽然属于古典主义，但是又吸收了现实主义的因素，因而能够引导人们向着光明、乐观的未来前行。

文艺复兴之后的新古典主义艺术则变得刻板、僵硬，没有了文艺复兴时期艺术的灵动和饱满，但是依然以表达事实或真理为鹄的。西方近代艺术呼唤着新的形式出现，于是浪漫主义应运而生，真正进入与社会自由同步甚至超前的真理的化身一般的境界。欧仁·德洛克洛瓦的油画《自由女神引导人民》就表现了诸如经过艰苦的斗争和牺牲而获得自由的重大主题，更为重要的是“女神”形象显豁地出现于画作的中心位置，她手中的三色旗帜的蓝、白、红分别象征着自由、平等、博爱，这样重大的主题就与当时的浪漫主义艺术紧密结合在了一起。

这种把真理（正义）追求同艺术创作密切结合的例子，在西方艺术史和思想史上比比皆是。张之沧教授在《艺术与真理》一书中指出：艺术与自由、艺术与道德问题不可分开来看待。他还专列一章“艺术与真理”，专门论及“艺术是真理的载体形式”，并提出了通过艺术实现真理的途径。而且他举的例子都是西方近代之前的绘画、雕塑、音乐等，诸如法国画家 L.J. 大卫的《马拉之死》，俄国画家列宾的《伏尔加纤夫》。[①] 画出杰作《格尔尼卡》的现代西班牙画家毕加索认为：“你以为艺术家是什么，一个低能儿？如果他是一个画家，那就只有一双眼睛；如果是音乐家，只有一对耳朵；一个诗人，只有一具心琴；一个拳击家，只有一身肌肉吗？恰恰相反，艺术家同时也是一个政治人物。……绘画并不是为了装饰住宅而创作的，它是抵抗和打击敌人的一个武器。”[②]

郝文杰在《艺术的真理空间》一书中，对海德格尔与中外艺术思想进行了较为深入的论证。海德格尔认为，艺术和科学一样，是对真理的呈现，具体是让创作者和接受者都处于敞开（敞亮）的境地，从而揭开物的被遮蔽状态，使存在得以彰显。因此，艺术就与真理紧密联系在了一起。[③] 艺术和真理的关系不是赤裸裸地呈现的，而是依靠创作主体和接受主体的理性与感性的统一、自由与道德的统一、认知与表达的统一等多维度、多元化方式而呈现出来的。正如马克思所说的，伟大艺术所追求的不是席勒式，而应是莎士比亚化，即饱满的形象和情感的自然而然的流露，而不是概念的堆砌和观念的直接灌输。这是浪漫主义和现实主义的艺术观。

然而，近代以来直到当代，西方艺术出现了如黑格尔所预言的式微，甚至出现了艺术消亡说，其体现就是概念艺术、抽象艺术、行为艺术等不断被推出，原本艺术所应该具有的形象性、情感性、模糊性、神秘性、韵味性等被逐渐淡化，以至于放弃。这也带来了一系列新的问题：急于把艺术同真理或理念嫁接，然而适得其反，艺术在当代真的成了概念的赤裸裸的传声筒。所以，才有了“艺术消亡说”“艺术死亡论”等。

20 世纪德国哲学家加德默尔正是在整个西方哲学尤其是德国哲学传统中，创建了阐释学哲学，其代表作《真理与方法》在自然科学独霸人类社会的前提下，承续德国人文学科的反思传统，探讨了诸如语言、艺术、历史、法律、宗教等所具有的通达真理的途径 / 方法。在该著作中，加德默尔在胡塞尔、海德格尔等现象学和存在主义理论的基础上，把作为此在的人的存在与人类既有精

① 张之沧：《艺术与真理》，上海人民出版社 1999 年版，第 190–204 页。

② 转引自朱伯雄：《世界美术名作鉴赏辞典》，浙江文艺出版社 1991 年版，第 894 页。

③ 郝文杰：《艺术的真理空间》，黑龙江人民出版社 2010 年版，前言。

神遗产紧密结合起来，把对自己所置身的历史的理解和解释作为此在的前提和条件。在这个意义上，作为人文领域的艺术就是通达人的此在诗意建构的重要场域，也是更加完满地认识此在的重要途径（方法）。他不但从哲学的高度抑制住了艺术在当代西方一路下滑的趋势，而且对艺术在当代社会、哲学和存在中的地位进行了重新阐释。其背后依然是将艺术与人的存在（此在）之真理联系起来的思路，所谓“以子之矛攻子之盾”，用真理的武器攻击非议艺术真理的学说和观点。加德默尔的“真理与方法”的阐释学探索不但从哲学上扭转了人文学科下滑的趋势，而且这也可视为关于“艺术与真理”的总结性表述。它把艺术与真理的关系进行了一种新的诠释学的阐释，试图使艺术、真理与人的存在重新弥合起来。

三

中西艺术观念在近代发生了一种有趣的现象，这就是双方艺术观念的逆向演变。中国近代艺术开始由情趣、意趣至上的追求转向了载道和追求存在本真（真理）之路，而西方则由艺术的真理性诉求，开始转向了趣味（情趣）、有意味的形式的表达。

中国古代、近代、现代和当代艺术走了一条以艺术家个人情趣或意趣至上，再到让艺术承担起载道的启蒙主义重担，最终抵达了艺术传达艺术家对存在之真理的揭示之路。自康梁维新变法经孙中山革命到“五四”新文化运动，中国的艺术观念发生了一个逆转：正如梁启超所言，文艺尤其是近代兼有文人和通俗两面性的小说，可以起到新民、新国之功能，与之一脉相承的是鲁迅提出的“立人”思想。这种转型有两条路径：其一，古代文以载道、文以明道思想的近代版，只不过它所指向的内容发生了重大变化，即由古代的皇权之道（文学艺术乃“经国之大业，不朽之盛事”）转向了新民、立人之道。其二，由古代的情趣（意趣）转向了启蒙之路。这种追求如果除去20世纪中叶那段不正常的时光，艺术法则和艺术创作回到古典主义和伪浪漫主义之外，到了新时期及当下时代，中国先锋艺术家秉持了一种敏锐的家国情怀掩盖下对存在真相的热衷，依然留存有艺术乃真理之再现或表现的意味。支宇认为：“‘真理’是中国20世纪现代性文艺思想与批评理论的关键性术语。无论是革命现实主义批评还是审美浪漫主义批评，它们都以‘真理’持有者自居。在形形色色的意识形态话语中，艺术是‘真理’在‘再现’，只有真实再现‘真理’的艺术品才具有存在的价值。”[1]那些年轻的艺术家们往往用集体表象来表达自身对造成表象的背后隐秘原因的探寻兴趣。自20世纪80年代经90年代到21世纪之初，他们创造的丰富而怪异的作品和形象，所透露出的是先锋艺术家们从历史和现实所积淀的种种复杂感受的结合体的产物。

在北京“798”艺术社区有各种怪异的艺术作品。其中红、黄、绿三尊不同颜色但形状类似的雕塑作品的形象就糅合了中国传统的龙头和20世纪50至70年代穿着中山服的人的躯体，红、黄、绿的颜色则表征了那个洗脑之后狂热而幼稚的“文革”年代。20世纪末叶的那些先锋实验艺术包括实验话剧、先锋诗歌、各种流派的绘画、书法、雕塑……在打破传统表现形式的同时，也极力通过杂糅、拼贴、并置、戏仿、反讽等手法来营构一种逼近生存/存在真相的艺术形式。这种艺术形式表达了当代中国艺术有一种将哲学、诗学和艺术加以融合的趋势。

当代画家岳敏君的作品最显著的标志，是紧闭双眼张大嘴笑的年轻男人们。在有趣与无聊、单调重复中显示/暗示一种生存的样态，并体现出某种哲学的意蕴。这是对于曾经的历史或存在的一种概括和提炼，然而以夸张、波普的形式显现出来，虽然带有某种意念或主观情感的意图，但毕竟反映出了存在的某种令人震惊的愚弄之后佯装的潇洒或轻松，这其实是在揭去画皮，展露真相，表达真实，探索存在之真理的艺术努力。

王劲松的《百拆图》通过混合的视觉（摄影）组合而表达了一种强烈的意识，这种意识有对强拆中所造成的美好家庭的破坏，上边的各种涂满了“拆”字的照片组合与下边的不同的三口之家的合影组合，构成了对照，上边的画面黑暗而混乱，下边的画面以红为底色，充满温馨的家庭之感。但两相组合起来又构成了当代中国的一幅幅混合乃至混乱的境况。的确，“将一个普通的汉字‘拆’转化为具有时代意义和社会感触的符号。以这种粗鄙、霸道、野蛮的书写方式隐喻式地把观众带入一个震惊、刺激且颇具压迫感的境地。拆，无论就建筑这种物质的角度，还是就思想领域而言，它都是中国近百年的主旋律。”[2]

西方近现代艺术观念从对真理的怀疑和颠覆开始，彻底进入了游戏境地，而不是以游戏的规则、尺度、规律来制约艺术本身。“真理成为了游戏的对

① 支宇：《开启“后形而上学”艺术之思：真理、命运与自由》，载《中外文化与文论》第20辑，2011年。

② 冯时：《中国当代影像之“混合”图像研究》，南京航空航天大学硕士学位论文，2014年，第17页。

象。”[①] 正如德里达所言：“没有真理自身，只有真理的放纵，它是为了我，关于我的真理，多元的真理。”[②] 颠覆了真理之后，西方艺术就进入了一个追求“有意味的形式”的时期。克莱夫·贝尔（Clive Bell）提出“美”是“有意味的形式”（significant form），而不是理念或真理，成了艺术最高的追求。这是一种形式主义艺术观，但不是像有的学者认为的那样是纯形式主义的，而且强调了“有意味”这一个现代艺术和审美活动的前提。这里的意味不是原先那种理念或启蒙，而是关乎人接受艺术作品时的感受，也就是美感或某种其他的感受。他指出：“艺术品中必定存在着某种特性，离开它，艺术品就不能作为艺术品而存在；……在各个不同的作品中，线条、色彩的关系和组合，这些给人们以审美感受的形式，我们称为有意味的形式。”[③] 这里，贝尔的“有意味的形式”观是对琐屑、无聊、平庸的现实生活的超越，同时是对于写实主义艺术观的超越。在淡化或忽视功利性的写实主义倾向方面，它和中国近代的艺术情趣观，可谓殊途同归。细究之，这个“有意味的形式”接近于中国近代的“情趣”，不过还是带有西方艺术家基于其最早发轫的柏拉图和亚里士多德形式美学的烙印，是基于艺术对于外在世界（物理世界）的观照而来的“有意味的”“形式”，而非中国表现艺术家主观情怀或“情趣”的艺术观。中国的“情趣”艺术观不注重艺术的外在形式，而重在艺术所表达的艺术家的个人情怀与旨趣。然而，无论是张扬新的“游戏观”，还是提倡“有意味的形式”，都远离了艺术表达/表现真理的艺术观。

艺术理论家高名潞于 2002 年在南京艺术学院的一次演讲中还特别推崇美国的概念艺术，而近十年后，他发明了一个“意派”理论。在“意派：一个颠覆再现的理论”的会议主题演讲中，高名潞指出：“中国古代艺术讲究‘外师造化、内得心源’，中国艺术的‘理、识、形’三者融合升华为美学意境。文脉传承对中国艺术家影响深远，意派（Chinese Yi School）不同于西方的二元对立模式，它是理（principle）、识（concept）、形（likeness）（人、物、场）三者融合的艺术。”他同时指出，所谓“意派”也可用“东方现代派”来指称。这是一种可以与“物派”理论相颉颃的原产中国的理论。[④] 这一理论动向值得我们

① 李倍雷：《盘点后现代主义与中国后现代艺术》，载《美术》2004 年第 8 期。

② 转引自刘放桐等编著：《新编现代西方哲学》，人民出版社 2000 年版，第 638 页。

③［英］克莱夫·贝尔《艺术》，周金环、马钟元译，中国文联出版公司 1986 年版，第 4 页。

④ 高名潞：《2009 年 1 月意派理论研讨会》（2009-07-22），http://blog.sina.com.cn/s/blog_5ef4c8690100dumw.html。

重视。如果说高名潞的“意派”理论是对中国近代以来“情趣”“意趣”艺术观的继承与发展，那么，贝尔的“有意味的形式”理论就是对西方以探究外在世界形式之“物派”理论的升华和发展。如果仔细推究，则会发现，“意派”理论无意当中与“有意味的形式”有某种理论的内在关联性，即都注重“意”在当代艺术理论中的地位。前者之“意”在于以“心—意”颠覆再现理论，后者之“意”在于以“形之意味”颠覆描摹再现理论，两者均将理论的锋芒对准了再现理论的靶子。其背后的思路是强调艺术对于人的生存或存在的介入或表达，既要通过艺术来表达个人的情怀或情趣，又要借此传达更具有普适性的价值观，只不过这种价值观不是以绝对真理的方式呈现出来，而是表达相对性的真理。存在主义（生存主义）艺术观正是这样一种艺术观。存在主义者们对于此在的触及是相当深入和独特的。

正是中国和西方艺术及其观念在多重的否定与肯定的演变中，到当代才产生出诸如高名潞的“意派”理论和克莱夫·贝尔的“有意味的形式”理论。正如高名潞所提出的“东方现代派”这一概念，如果同“西方现代派”互相借鉴和融合，将会出现世界艺术及其观念的巨大的转变和广阔的愿景。因为两者在表达社会、人性尤其是存在方面，可谓殊途同归。如此，方能迎接和回应这个日益复杂的全球化、电子化、虚拟化、网络化、多媒体时代对艺术及其理论的挑战和吁请。

［发表于《同济大学学报》（社会科学版）2017 年第 2 期］

第二节　文学批评的信仰维度

20 世纪最后 20 年，中国文学批评进入了一个日益多元化的时期，其中强调文学的审美性、形式性、独立性等文学批评观，成为一时的主流批评思想。我们可以概括为审美论文学批评观。

但是，审美论文学批评观也存在着明显的缺憾。其一，审美论文学批评观过度强调了文学批评的审"美"性，而忽视了文学批评对于当代文学审丑性的关注。当代文学，特别是先锋文学和现代主义文学，呈现出浓烈的审丑、审荒诞的意味和创作倾向。审美论文学批评观不能真正面对和理解先锋文学这一新的审美倾向。无论是关于"人物的二重性格组合论"，还是认定"文学是审美的意识形态"说；也无论是倡导建立"审美的文艺学"，还是认为"文学的本质是审美的"观点……均没有走出传统的"审美论"中的狭义理解，即文学的审"美"性的藩篱。因此，面对着大量的非审美甚至审丑和审荒诞的文学现象和文学作品，审美论批评观不是"失语"，就是进行"跨元批评"，极力贬低，从而丧失了其批评的学理性。

其二，审美论文学批评观继承了王国维提出的文学艺术乃"无用之用"说，但是同样没有建立起中国文学批评的真正根底。王国维认为："美之性质，一言以蔽之曰：可爱玩而不可利用者是已。"[①]"一切之美，皆形式之美也。"[②]他看到了文学和游戏、文学和形式美的关系，提倡文学的非功利性。这在当时具有重要的划时代意义。他虽然涉及文学与人生根本问题的关系，提出"特如文学中之诗歌一门，尤与哲学有同一之性质。其所欲解释者，皆宇宙人生上根本之问

① 王国维：《古雅之在美学上之位置》，《王国维文集》第三卷，中国文史出版社 1997 年版，第 31 页。

② 王国维：《古雅之在美学上之位置》，《王国维文集》第三卷，中国文史出版社 1997 年版，第 32 页。

题。不过其解释之方法，一直观的，一思考的；一顿悟的，一合理的耳”。[①]但这还只是从思维方式或方法论角度提出问题，而其人生观乃是在叔本华基础上的一种反上帝说的悲观主义哲学，因而王国维提出了文学艺术是摆脱人生苦痛的最佳途径。到了蔡元培提倡“以美育代宗教”，似乎中国的审美和文学艺术进入了重视审美形式建构的黄金时期，其实，这一理论从根本堵死了通往建立中国现代文学的信仰品格之路。时至今日，我们还在承受着上述理论所带来的信仰维度缺失的遗恨。

倒是20世纪30年代提倡作为现代主义支流的象征主义诗学的“纯诗”理论的梁宗岱，发现了法国纯诗理论背后的基督教信仰的潜在力量。他说：“所谓纯诗，便是摈除一切客观的写景，叙事，说理以至感伤的情调，而纯粹凭借那构成它底形体的原素——音乐和色彩——产生一种符咒似的暗示力，以唤起我们感官与想象底感应，而超度我们底灵魂到一种神游物表的光明极乐的境域。像音乐一样，它自己成为一个绝对独立，绝对自由，比现世更纯粹，更不朽的宇宙；它本身底音韵和色彩底密切混合便是它底固有的存在理由。”[②]这和王国维对叔本华的借鉴和理解，以及在文学批评上的实际运用是根本不同的。另外，我们不能忽视梁宗岱所运用的“超度”这一个佛教用语。在梁宗岱的后期诗学中，诸如“净化”“蒸馏”等词，都带上了亚里士多德意义上的“纯净化”（catharsis）意味。[③]现代主义的纯诗的观念及其意义，“应当从宗教、神秘主义的一面去找”。[④]法国学者乔治·瓦诺尔在其《象征主义艺术》一书中，提出了一个重要的观点，就是将自然主义与象征主义相对立，认为实证科学和文学相遇会产生自然主义，而文学与宗教的相遇则产生象征主义。[⑤]这些思想都说明，即使最极端的西方文学思潮如现代主义也是和（基督教）信仰不可分离的艺术精神的产物，更遑论浪漫主义和现实主义等文学思潮？但是，发现并表达这一思想脉络的中国现代批评家还仅有梁宗岱等极少数人。

主张形式审美建构，主张文学的独立价值的批评观，作为对漫长的“文以载道”教化文学观，以及文学乃政治之附庸的文学工具论的反拨，其意义和价

① 王国维：《奏定经学科大学文学科大学章程书后》，《王国维文集》第三卷，中国文史出版社1997年版，第71–72页。

② 梁宗岱：《谈诗》，《诗与真二集》，梁宗岱：《诗与真·诗与真二集》，外国文学出版社1984年版，第95页。

③ 董强：《梁宗岱：穿越象征主义》，文津出版社2005年版，第51页。

④ 董强：《梁宗岱：穿越象征主义》，文津出版社2005年版，第54页。

⑤ 董强：《梁宗岱：穿越象征主义》，文津出版社2005年版，第119页。

值已经得到充分的肯定。但是在对教化论和工具论进行了釜底抽薪的批判后，审美论文学批评观并没有确立起自己恒久的批判立场，也早已经丧失了产生新思维、新批评的动力。究其原因，在于审美论文学批评观没有建构信仰维度。一个可以左右摇摆，立场飘忽，带有浓烈犬儒主义意味的理性审美论文学批评观，不是被日益繁复的文学创作和批评实绩所掩盖，就是被自身没有信仰支撑的理论自慰所抽空。20 世纪八九十年代的文学审丑论从文学创作和文学批评的实际出发，对包括先锋文学在内的审丑、审荒诞文学的批评，实际上从审美转型的角度，走出了审美论批判观的限域。审丑论批评观敢于直面文学的现实，发掘了当代文学所揭示的美学现状。一个肉体感性放纵、伦理理性发达的错位时代，产生了错位的文学实践，作为批评理应观照这一现象。美的天空被阴霾所遮蔽，不和谐的、丑的，甚至荒诞的等感性（广义的审美）范畴，不断提供给批评家新鲜而又颇具刺激性的材料。文学批评家所面临已经很少是那些优美、和谐、平衡、对称的意象和主题，呈现给他们的往往是怪诞的、恐怖的、死亡的形象、心理和主题。审丑论批评观抓住了这一真实，并表达了自己的真切认识和批判的思想。较之狭义的审美论批评观，审丑论批评观关注了和当代文学本身的实际，和生命本身的张扬息息相关的文学现实，看到了优美和谐背后的非和谐、反优美、反崇高等（广义的）审美现象，无疑是对文学批评的深化和推进。

然而，当代审丑论文学批评观极力张扬那些人类负面的感性因素，诸如恐惧、恶心、怪异、性乱、死亡等，甚至打着尊重生命、承认罪恶、丑陋乃是人类与生俱来的禀性等旗号，却依然没有走出信仰匮乏所导致的混乱、无序。例如，近期批评界围绕着余华的《兄弟》尤其是其下部所进行的批评，实则是审丑论批评观和审美论批评观的一次交锋。有的批评者认为《兄弟》是对存在之光的探寻，是对作家以往创作的某种超越。从中“我们可以发现，余华渐趋从暴力和阴谋的心灵图式中解脱出来，对人和世界的理解及建构多出了请求慰藉和与希望携手同行的维度，在人的现实生存大地上重寻存在之光。这种深深地植根于生存感悟的诗与思，使余华的创作达到对人的存在高度关怀的境界。而《兄弟》可以看作是作者精神日出后照亮的新世界”。[①] 但是，同时亦有论者指出：《兄弟》（上）不但是“肮脏的叙事，也是无耻的叙事。我之所以想到这样的命名，是因为小说里大量出现了诸如‘屁股’‘屌’‘粪坑’‘搞’‘摩擦’这样的肮脏的词语。并且，在由这些关键词所构成的言语流、形成的语境中，我

① 胡玉伟：《“存在之光”的重寻——余华〈兄弟〉的一种解读》，载《艺术广角》2006 年第 2 期。

感觉到的是叙事者的毫无羞耻之感甚至有些炫耀着的、洋洋得意般的情调”。[①]更多的批评文章从生存论角度，认为《兄弟》表达了新历史主义的衰退，或是对个体现实生存的新探索，或是对隐私窥视欲“合法性”的探究，或是表达了“民间世界”的人性关怀；还有的批评者从消费文化盛行的角度，认为《兄弟》乃是成功的商业运作的产物，欲望叙事的放肆导致了与文学的背离，云云。虽然说文学批评有“仁者见仁，智者见智”的说辞，但是，经过接受美学等现代批评理论的洗礼之后，那种“一千个读者有一千个哈姆莱特”的说法似乎只能作为一种幼稚的前科学的认识。面对共同的文本，还是有一个能生发我们共通的审美判断的基础的。关键的问题是我们的各路批评家们并没有树立这样一个基本的评判标准。这些观点截然相反的批评文章的出现，说明了什么呢？我以为，至少说明了批评界思维方式和批评标准的混乱无序。好似这种种彼此相左的观点的热热闹闹的交锋就会真正创造一个百家争鸣的自由言论的空间。殊不知这种大专生辩论赛式的诡辩并没有为我们的文学批评思想库增加什么新的东西，留下来的多是些情绪化、私人化的愤激之言或极端之语。余华《兄弟》出笼后作者自己的沾沾自喜，评论家们忙着评点，如提出该作品为重寻“生存之光”的力作的观点，或者从其对于性的放肆描写而称为“肮脏而无耻的叙事”，这两者都没有看到由于信仰维度的缺乏造成的作家创作理念的混乱和迷失。从《许三观卖血记》对温情脉脉的仁爱和儒家伦理的细腻体现，到了《兄弟》就连这点伦理的温情也消失殆尽之后，关于性、性器官、性行为的大量的恣意的无节制的描写，所带给读者的只有无边无际的震惊和绝望。

如何建立文学批评的坚实基础？文学批评有无基本的价值标准或规范？笔者曾经困惑多时。在经过了所谓跨世纪的混乱之后，痛定思痛，在寻求探索的路途上，似乎有一线光明显现了。这就是人类通过文学这种感性的整体性的精神形式，以验证和体验超验世界的神圣性。这是人类存在的最为根本的前提，否则人类就将重新等同于动物界，从而陷入生物主义的泥沼。亚里士多德在《动物组成》中指出：“在我们所知道的所有动物中，唯有人具有神性，或者说，人所具有的神性无论如何都比其他活物具有的神性要更加充分。”[②]他还在《政治学》认为：“人趋于完善之后，就是动物中最好的，但一旦脱离法律与正义

① 王晓峰：《“人怎么这样狠毒啊”——关于余华〈兄弟〉（上部）的叙事形态》，载《艺术广角》2006 年第 2 期。

② ［美］莫特玛·阿德勒等编：《西方思想宝库》，周汉林等译，中国广播电视出版社 1991 年版，第 6 页。

的约束，却是最坏的。——如果人没有美德，人就成了动物中最邪恶、最残暴、色欲与食欲也最大的动物。”[①] 因此，信仰维度的提出和构建，对于 21 世纪文学批评来说，就显得尤为重要。信仰维度在生活世界的显现，一般体现为某种主张终极信仰的宗教，如佛教、基督教、犹太教等，宗教不但作为体现了终极信仰的精神形式而存在，而且通过各种教义或文学艺术形式而与社会道德的建立发生密切关系，从而成为道德的伦理呈现的终极原因。从文学史来看，无论哪种流派、思潮，无论哪个作家、作品，凡是称得上伟大者，无不充满着强烈的宗教关怀和道德承担。一般人们认为现代主义（先锋文学）和后现代主义乃是摆脱了上帝和宗教束缚的产物，其实不然。就连尼采这样的敌基督者，终究摆脱不了上帝信仰的影响，他提出的超人学说、永恒轮回思想等无不带有基督教信仰的影子。20 世纪 30 年代，中国翻译家、现代主义诗人冯至曾引尼采的话：“把路德的语言和《圣经》里诗的形式当作一种新的德国文艺的基础——这是我的发明。”[②] 这既说明尼采并不是狂妄而简单地批判基督教信仰，而是对此有着深切的洞察。其实，在更早些的时候，尼采渴慕并追求过的俄国贵族将军之女、最早的女权主义者之一莎乐美曾经说过，要是没有基督教上帝，就没有尼采。“尼采是一个具有宗教本性的人……今天，我想再次重申这一点。我们会活着看到他成为某种新宗教的预言家，他会招募英雄人物做他的信徒。”[③] 英国现代派诗人艾略特曾认为：“只有基督教文化，才能造就伏尔泰和尼采。”[④] 而“就现代主义的发展来看，‘宣言’中最重要的也许是以一部书的篇幅问世的，即尼采的《悲剧的诞生》（1872 年）”。[⑤] 这就明确地提出了尼采思想的现代主义的源头意义和性质。尼采主义的继承者海德格尔依然认为，人的自性与本体的同一性绝不是当下直悟的，而是由一个痛苦的过程，在这个过程中，人不得不奉行“精

① [美] 莫特玛·阿德勒等编：《西方思想宝库》，周汉林等译，中国广播电视出版社 1991 年版，第 7 页。

② 冯至：《〈萨拉图斯特拉〉的文体》，载《今日评论》1 卷 24 期，1939 年。

③ [俄] 莎乐美：《在性与爱之间挣扎：莎乐美回忆录》，北塔、匡咏梅译，上海人民出版社 2003 年版，第 67 页。关于西方现代派文学与《圣经》或基督教之关系的研究，参看孙彩霞《西方现代派文学与〈圣经〉》，中国社会科学出版社 2005 年版。但关于中国现代派文学及文论与基督教之关系的研究目前还很薄弱。

④ [英] T.S. 艾略特：《基督教与文化》，杨民生等译，四川人民出版社 1989 年版，第 206 页。

⑤ [美] 弗莱德里克·R. 卡尔：《现代与现代主义》，陈永国、傅景川译，吉林教育出版社 2004 年版，第 157 页。

神的禁欲主义”，甚至苦行主义，而“只有一个上帝还能拯救我们”。[①]海德格尔这个解构形而上学的当代哲学家仍然相信有一个至高至善至真至美的上帝存在。至于20世纪的现代主义文学，从“象征主义、表现主义、未来主义、存在主义、意识流派、荒诞派等，其主要的诗人小说家无不与基督教相联系。乔伊斯、叶芝、艾略特、奥尼尔等的作品里到处有希伯来——基督教的题材与象征。艾略特的《荒原》揭示失去宗教信仰的欧洲是一片荒原、地狱，人们堕落、卑劣，只有欲火煎熬，想得解放，必须皈依天主。叶芝的《基督重临》认为世界上到处弥漫着一片混乱，血色模糊的浊流奔腾汹涌，要避免沉沦，只有基督重临。勃洛克的歌颂十月革命的伟大作品《十二个》，是在‘他带着白色的玫瑰花环——走在前面——这就是耶稣基督’的宗教启示中完成”。[②]现代派文学如果没有宗教信仰维度的制约，就将陷入无尽的空虚乃至绝望的深渊当中。“要避免沉沦，只有基督重临。”那么，我们这个诋毁上帝信仰的民族及其文化，如何避免自我沉沦？欧洲社会有基督重临的期盼，而我们到哪里去寻找这种神圣之光？

其实，人类精神和信仰有其普世性或普适性，真正的信仰并非仅为某一民族或某一文化所拥有。我们从“五四”时期就崇尚的启蒙思想，已经从西方语境中蔓延开来，而成为人类走向未来的共识的基础，但我们的语境中尚缺乏关于启蒙与宗教信仰之间关系的深刻认识。卡西尔在阐释启蒙运动思想时曾经说过：“启蒙运动最强有力的精神力量不在于它摈弃信仰，而在于它宣告的新信仰形式，在于它包含的新宗教形式。”“尤其是德国启蒙思想家的基本目标不是瓦解宗教，而是对宗教作‘先验’辩护，为宗教建立‘先验’基础。”[③]信仰的精神维度或宣告新的宗教形式，恰恰是启蒙主义最基本也是终极的目标。康德在其论著《单纯理性限度内的宗教》中明确认为，如果上帝只启迪一部分人类而让另一部分留在黑暗之中，那么上帝就不称其为上帝了。因此，衡量一切启示是否纯正的最重要的标准，只能是看它们是否具有普遍性。基督教就其满足了这一基本条件而言是真实的。自然法和基督法就内容而言并无差别；后者的目的，只是重新肯定前者所确立的东西。康德认为宗教就是承认我们的义务乃是神的命令，就是从一些普遍有效的、具有普遍可行性的规范出发，然后把这些规

① 王攸欣：《选择·接受与疏离——王国维接受叔本华、朱光潜接受克罗齐：美学比较研究》，三联书店1999年版，第20页。

② 许正林：《中国现代文学与基督教》，上海大学出版社2003年版，第11–12页。

③［德］卡西勒：《启蒙哲学》，顾伟铭等译，山东人民出版社1988年版，第132页。

范与一个神圣的创造者联系起来，把它们视为他的意志的表现。[①] 所以，康德的启蒙主义并没有舍弃信仰维度，而是努力为启蒙寻找一个更加本原的基点：神圣的创造者。康德认为，由于道德的需要，上帝就其本身而言不仅是全能、全知、全在、全善的，还是神圣的立法者、慈爱的统治者和正直的审判者。[②] 也就是说，存在的第一命令、第一因（终极因）是人在世上存在的先决条件，是人存在的目的和原因。康德要从基督教的信仰里提取出自由来。运用理性和重建信仰，构成了康德启蒙思想的两个重要维度。如果说，信仰的大厦原先建立在信众忘我的狂热中，那么，康德所要建立的信仰则是一种的理性范围内加以确认的先验的基础，这样的信仰就是可以被理解的信仰。闵采尔和路德的宗教改革运动提出，信仰可以依靠后天教育而获得，而且可以为所有虔诚的人所获得。

无论 20 世纪 20 年代中国关于无神论和有神论的论争，而无神论占了上风的现代无神论语境的形成，还是 20 世纪中叶易代后无神论占据了社会的主流意识形态，抑或“文革”后欲望叙事日益昌盛的新时期和离散的后新时期，我们的文化环境的确不利于真正信仰维度的建立。但是，自从汉代佛教东传，明代基督教东来，我们的文化里面日益具备了接受宗教信仰的因素。虽然“五四”时期科学理性等西方文明形态进入而遮蔽了基督教的影响，但是陈独秀、鲁迅、胡适、林语堂等人都对基督教表达了强烈的兴趣，如陈独秀就曾说过：“基督教底根本教义只是信与爱，别的都是枝叶。不但耶稣如此，《旧约》上开宗明义就说：‘有害你们生命流你们血的，无论是兽是人，我必讨他的罪。人与人是兄弟，人若害人的生命，我必讨他罪。凡流人血的，人也必流他的血，因为上帝造人，是按着自己形象造的。’”[③] 陈独秀真正抓住了基督教信仰的本质，认为它既对道德的建设有助益，也是人权观念的发端。运用到文学批评当中，这种信仰的维度、神性的维度可以增强批评的思想深度和力度，从而走出欲望叙事、下半身写作、单纯身体写作等道德虚无主义或信仰虚无主义批评的陷阱，走出这个精神堕落的低谷，来重建我们文学批评的伟岸的精神品格。用一位批评家的话来说，就是“我们必然再次回到诗性正义上来，艺术家的审美道德关怀只能是不断地重提诗性正义的力量，让诗性正义在艺术中永远占据主导”。[④]

近年来，部分国内批评家们已经意识到超越性精神品格的建立对于文学批

① ［德］康德：《单纯理性限度内的宗教》，李秋零译，中国人民大学出版社 2003 年版，第 169 页。

② ［德］康德：《单纯理性限度内的宗教》，李秋零译，中国人民大学出版社 2003 年版，导言第 13 页。

③ 陈独秀：《基督教与中国人》（1920），载《独秀文存》，安徽人民出版社 1987 年版，第 279 页。

④ 李咏吟：《审美与道德的本源》，上海人民出版社 2006 年版，第 358 页。

评的重要性。杨守森提出，依据内容构成，文学批评大致可分为复述归纳、体悟阐释、分析评判、提升创造四种基本形态，依次相对应的是传播文学信息、丰富作品内容、探讨创作规律、开拓思想空间四重境界。复述归纳式，也许还算不上真正的文学批评；体悟阐释式，也因缺乏深入分析而批评意味不足；达到第三重境界的分析评判，才更具文学批评的本性；而最高境界则是思想空间的开拓与创造。正是依据四重境界，可进一步看出中国现当代文学批评的不足，大多批评文章达到的尚是低层次的第一或第二重境界，与之相关，在近百年来的中国文学批评史上，我们还找不出一位像刘勰、巴赫金、赛义德那样具有独立思想创造的批评家，能够达到第三重境界的批评家也不多见。一位批评家，要达到第三重境界，必须具备广博的专业理论与深邃细腻的文学眼光；要达到第四重境界，需要的则是元理论的反思能力与超文学的批评视野。[①] 杨守森所分析的文学批评的第四重境界，正是笔者这里提出的文学批评的信仰维度。元理论的反思能力与超文学的批评视野，究其根本，乃是立足于精神信仰的价值维护。文学批评当然应该建立在良好细腻的形式感审美基础之上，但仅此还不够。文学批评家的最高追求应该是为我们这个信仰严重匮缺的时代提供丰富而坚实的精神信仰的标高，而不是跟在作家背后亦步亦趋、随声附和。如上，那些跟在余华的背后，从生存论或生命本能的角度或弗洛伊德分析学的角度，为《兄弟》（上、下部）辩护的批评家，既没有杨守森所说的创造元理论的反思能力，更没有提供提升我们的精神空间之信仰维度的思想。有的批评家关注了北村创作及理论，这是一种对文学中信仰和道德重建问题的深刻透视，值得肯定。如唐小林认为，20 世纪 90 年代以降的汉语小说界进入了宗教话语喧哗的时代，80 年代中后期一度成为汉语小说形式实验先锋的北村，在此一时期发表的一组理论文章，通过对 20 世纪西方哲学思潮及新时期文学的反思，吁求一种良知、良心与爱的写作，并经由神格的获得、终极价值和终极操作的获取，建构起属于自己的基督宗教诗学，不仅给现代汉语诗学史注入了新的因素，也给在消费主义泥淖里挣扎的当下文学指示了某种超越之途。[②] 北村自己提出的基督教诗学认为："人认识世界的方法是命名，只有通过命名才能把人从对象中区别出来从而把握对象，进而使人获得真实的主体地位。这种命名使人有信心，但命名需要的是权柄，这权柄就是神。神把权柄交给人，人成了神的代表权柄，人代表神管理万物，这就是人的本位。如果离开了一个有位格、无限的神，人没有

① 杨守森：《文学批评的四重境界》，载《文史哲》2006 年第 1 期。

② 唐小林：《论北村的基督宗教诗学》，载《社会科学研究》2006 年第 3 期。

权柄，只有思想，人就通过自己的认识能力制造一个庞大的思想系统和游戏规则。问题的严重性在于，无论这些思想系统和游戏规则如何丰富，它却缺乏中心，缺乏能力和信心……这就是人类理性的失败……”[①]北村宣称“信则新生，不信则死”，这构成了他的小说叙事的基本模式。在北村等具有宗教信仰背景的作家那里“信仰不独是他们可仰望的对象，还内化为情感，是从个人境遇中提炼出来的一种存在的感受，是和爱与恨、盼望与失意、获救与深渊、沉重与轻逸、意志与妥协等密切相连的生命体验。作家们借助信仰寻求到对自己内心的理解，并且从自己的内心出发开始理解人，最终在人身上读出诸神之名。不是说有了信仰人就不再被生存的困境所苦，而是说信仰让存在获得内在的柔韧性，人因为信仰而具有生命的张力。这点是神性写作和日常写作关乎存在想象的重要区别。许多日常写作的作家都被生命的意义感所苦，很多作家只是写出生存的困境，却难以进入怎样走出困境的思考。如北村《施洗的河》与余华《现实一种》，二者都揭示了人性中的恶，但北村在向我们展示人的罪性之后，最终还是蒙上帝的救赎，纯洁的人性回到了人身；而《现实一种》只能展览着人内部的黑暗，把人丢弃在残酷、无奈、绝望的深渊。”[②]这种认识对于我们重建信仰维度，维护信仰叙事，提倡把神性维度纳入世俗生活和文学当中，从而提升我们文学的精神的道德高度和灵魂的信仰深度，都有着重要意义。

简而言之，相信有一个神圣的创造者，并把他看成维护绝对正义的全能、全知、全在和全善的大全，而不是认定人本身具有至高无上的维护正义的存在者，就是信仰建立的基础。我们当代文学批评话语的失语症，形式主义的审美论批评，分不清善恶美丑的审丑论、生存论批评，皮毛式的尼采生命美学批评，绕弯弯的生态批评，以及各式各样的修辞论批评、语言论批评、新东方主义批评、后殖民批评等，需要信仰叙事和神性维度来导航。当然，文学及其批评应该以文学所描写的“生活世界”的普遍而丰富的体验为对象，以广义审美性价值去践行神圣价值关怀。

这样，文学批评的信仰维度的建立就不是无本之木、无源之水，而是和活生生的生活世界、生活实践密切结合在一起的。文学批评的形式因素、审美感受、感性表达等，在此可以转化为围绕普世道德或信仰这一核心价值而运作和发挥作用的重要功能性因素。

① 北村：《神圣启示与良知的写作》，载《钟山》1995年第4期。

② 荆亚平：《神性写作：意义及其困境》，载《文艺研究》2005年第10期。

第三节　道德形而上与信仰重构

一、争鸣的缘起及观点的交锋

20世纪90年代初期，中国人文思想界有过影响颇大的关于“人文精神”的大讨论，稍后就出现了所谓“二张”（张承志、张炜）等所倡导的“道德理想主义”和“消解崇高”思想的争论。道德理想主义在20世纪90年代中期达到了高潮，随后在其衰落之际，即21世纪之初又出现了关于文学中道德形而上主义的论争。但两者在内在言述理路上有着一致性。道德理想主义主张源自个人和社会价值的一致性，个体的价值体现应使之消融在集体的价值当中。为此他们倡导和挖掘民间文化，并为之大唱赞歌；企图通过民间文化或边远地区的少数民族文化来抵御所谓痞子文化和商业文化的侵袭。因此，对于带有原教旨主义意味的“心灵史”的追寻和带有民粹主义意味的“融入野地”的理想境界就成为“二张们”的思想资源和精神动力。“二张”面对世俗化和市场化的20世纪90年代，摆出了“抵抗投降”“融入野地”的道德坚守姿态，他们的呼吁得到了一批文学批评家的呼应。因而在20世纪90年代文学批评的萧条时期，道德理想主义成为一道炫目的风景。道德形而上主义缘起于偏执的道德理想主义衰微之际，是对当下文学等人文学术的缺憾而进行的新的理论思考。道德形而上主义与道德理想主义有很深的渊源关系，就是都来自中国丰富的道德资源对当代现实世界可能具有的弥合和建构作用。两者的不同在于：道德理想主义不提个体的建构和反思；而道德形而上主义除了中国本土儒家及道德与伦理实践—理论的资源，还有一个更为重要的来源是康德的道德形而上学思想，而康德这一思想则源自于对宗教神学的反思，其中含有对个人主义的尊崇。因此，虽然道德形而上主义没有明言道德和个体宗教信仰的关系，但显然较之道德理想主义是一个深入和发展。道德理想主义面对现实颓相往往处于义愤而情绪化状态，而后者显然更为理性和学理化。所以，道德形而上主义一经出现，就引发诸多学人的反应和争鸣。

参与争鸣的学人的观点大致可分为三种情况：首先，争鸣的缘起是张光芒由探讨中国启蒙问题而始，进而从中国启蒙运动的缺失寻找根本性的原因，最终他提出了中国启蒙最大最根本的制约因素在于中国缺乏信仰层面的“道德形而上主义”价值维度。他首先从启蒙主义的形而上建构出发，提出“立人——自律的创造的生命自我——自由意志——情理激荡——本能欲望”的图式，而该图式相反方向即启蒙主义的形而下建构。这证明张光芒的基本理路是用道德形而上主义和中国启蒙的自身资源来建构中国自己的启蒙思想和形而上信仰，以解决近代以来中国百余年信仰缺失的极大弊端。因而在论证方法上，张光芒试图从形式层面上从中国晚明的启蒙浪潮、康梁的启蒙思想、“五四”启蒙运动等资源的反面寻找思维方式的共同性——旧道德和“红色”道德的形而上色彩。如果剔除了封建道德和红色道德的意识形态内核，单从形式表征上来说，的确其建构图式类似于宗教信仰的表现形式，因而也是具有形而上特征的。延续几千年的这种以儒学为核心，老庄、墨学为辅的道统、政统和文统就是中国古代人包括文人的准宗教。可是，这在近代以来遭到了毁灭性的打击！形而上的精神家园的丧失，“五四”道德和启蒙追求的半途而废，均与形而上追求的淡漠直接相连。在张光芒看来，在文学中逐渐强大起来的“红色”道德叙事起到了重建新的道德形而上主义的作用。[①] 有的学者如徐仲佳等则认为，如果剔除了道德形而上主义所具有的某些内容，那么在形式层面上可以为重建新的道德形而上信仰提供重要基石。[②] 王晓华透过这场论争看到了在汉语文化语境中，我们在建构中国文化时无法绕过的基本问题，即当下人文世界是否需要通过与超越性维度的不断对话而获得意义，实际情况是，对超越性的拒斥直接导致了中国当下文化及文学的根本性欠缺，“必须建构一种敬天（超越性）而立人（个体性）的文化。”因而“道德形而上主义”这一命名所显现的建构方向具有完全的合理性。[③] 另外，以“道德普遍主义”来解释张光芒道德形而上主义的超越性意义，从道德的实践个体性与道德形而上主义的交通互融的角度，也深化了关于这一论题的讨论。

第二种观点是以道德形而下、道德相对主义或道德实用主义，来质疑或批

① 张光芒：《道德形而上主义与百年中国新文学》，载《当代作家评论》2002 年第 3 期。

② 徐仲佳：《回到现象本身，立足理性重构》，载《烟台师范学院学报》2003 年第 4 期。

③ 王晓华：《天文、人文与文化的超越性》，载《河北学刊》2003 年第 5 期。

驳道德形而上主义。陈晓明怀疑把道德作为重新规划文学史的尺度标准，进而以道德的多元性和相对性来否决道德形而上主义的存在。他站在西方后现代主义或后现代研究者的立场上本能地看到了道德形而上主义甚或道德的局限，凸显了专业的视角和敏锐的眼光。但他的观点与所运用的语境之间产生了几乎不可逾越的鸿沟，因为他热衷于以福柯来表达自己："福柯认为，理性、真理、普遍性原则、自由等，都不过是'统治阶级的一种发明'。"[①] 不管文化语境之不同的批评态度，导致陈晓明不但把道德和道德形而上主义混同，而且把理性、自由等摆错了位置。另外一个与张光芒针锋相对的论者张宝明，从文学的呈现方式出发，批判张光芒论文所引用的中国百年新文学的材料与论题之间的错位，确实在某种意义上指出了张光芒论文的不足。但以形而下的历史去论证形而上问题，并没有切中要害。他和陈晓明一样，沿用了自己对道德（而非对道德形而上主义）的理解，来批驳张光芒的启蒙与道德形而上主义。他认为，启蒙者应该走所谓"形而下"的外化道路。具体来说，就是抛却道德理想王国，而"走进无情的法治理想国"。[②] 他这里把陈晓明含混的论述进行了较为清晰的梳理和补充，但还是没有理解和把握中国文化超越性维度的缺失对于现今文化状态的致命问题。他主张中国最需要的是"走进无情的法治理想国"，这无疑是正确的；但从世界范围来看，那些没有建立具有超越性的信仰维度的国度，还根本没有哪个国家建立起这"无情的法治理想国"。在启蒙运动基础上建立起来的近代法治国家，恰恰都是如卡西尔所总结的，正是在宗教信仰（令普天之下所有人敬畏的上帝观念以及在上帝面前人人平等的人权观念）和理性信仰（对科学理性以及建基于其上的法治的尊崇和执着）的基础上，奠基其现代的宪法、宪政制度的。张光芒和张宝明（一对新的"二张"！）都忽略了宗教信仰与现代法治社会或启蒙理想的关系。

随后，武善增对张光芒所倡导的"道德形而上主义"文学有可能导致的对人性的扭曲，以及对于人性的世俗生活幸福的侵蚀的后果表达了强烈的担忧。[③] 甚至有的批评者如张中锋干脆否认"道德形而上主义"的提法，认为道德根本就不可能形而上化。[④] 姚新勇则认为，张光芒的文章在文学的经验层面和形而上学的先验层面的话语穿插带来"逻辑谬用"，并充分表达了又一个道德实用主义

① 陈晓明：《道德可以拯救文学吗？》，载《长城》2002 年第 4 期。

② 张宝明：《文学道德与知识分子的良知及使命》，载《河北学刊》2004 年第 1 期。

③ 武善增：《"道德形而上主义文学"：究竟要不要精神的底线？》，载《河北学刊》2004 年第 4 期。

④ 张中锋：《徘徊于审美与审丑之间》，青海人民出版社 2003 年版，第 316 页。

者的不满甚至愤怒。[①]

第三种观点则试图站在论争现场之外，从学术积累、学术讨论或对话之所以发生的条件的角度，对这场论争进行估定。如刘士林认为，理想形态的讨论是观念与观念之间的讨论，但学术史上从来没有出现过，而随处可见的是观念与经验或经验与观念之间唇枪舌剑，你来我往。此次论证的重大缺憾是没有从学术史的角度去推进讨论的深入，这恰恰显现出学术失范的倾向。陈晓明等用自己所熟悉的学术观点和经验去反驳张光芒的道德形而上主义文学的观点和经验材料，最终并不能导致中国思想学术的衍生和真正的积淀。[②] 熊元义则认为，任何道德的批判必须置放在历史的发展之中，历史的进步与道德的进步是对立又统一的。由此，他既批评了张光芒的道德形而上主义舍弃历史维度的绝对化倾向，更着重批判了陈晓明的道德虚无主义。[③]

二、道德形而上主义者的内在矛盾及新思想的萌生

面对反对者和质疑者的观点和立论，张光芒后来的几篇文章并没有刻意去反驳或者辩解，而是着重于扩展自己的思路，以求得从思想史和学术史中发掘新思想，以推进这一争论的深入。在《再论道德形而上主义与百年中国新文学》[④] 中，他首先提出了文学和政治的道德中介问题，文学属于形式和审美领域，文学要实现本土语境中的启蒙理想，须有道德作为中介；其次，认为道德形而上主义对于文学建构的极端重要性，否则文学就会因缺少信仰维度而显示出羸弱浅薄之气；最后，中国新文学和后来的当代文学潜藏着一个涌动百年的潮流即启蒙主义，其最终的到达离不开道德形而上主义。但他在这里仍然没有明确地提出，道德形而上主义能否作为信仰维度，为国人奠定一个坚实的信仰基础。他似乎认为，无论启蒙，还是道德实践，都是在反叛宗教的基础上实现的。因此，把道德提升到形而上的高度，就可以替代宗教信仰维度而高枕无忧了。

循此思路，张光芒在《道德实用主义的陷阱》[⑤] 中集中笔力批判了道德形而下或曰道德实用主义对于启蒙文学和现代文化建设的阻碍作用。反观历史，

① 姚新勇：《与其南辕北辙　何若从身边做起》，载《河北学刊》2003 年第 5 期。

② 刘士林：《如何拯救学术本身》，载《河北学刊》2003 年第 5 期。

③ 熊元义：《在历史的发展中进行道德批判》，载《河北学刊》2004 年第 4 期。

④ 张光芒：《再论道德形而上主义与百年中国新文学》，载《长城》2003 年第 3 期。

⑤ 张光芒：《道德实用主义的陷阱》，载《河北学刊》2003 年第 3 期。

"五四"新文化运动的主流正是在这一点上留下了缺憾。在这里，张光芒终于提出了宗教的超越性对于中国新文化建设的借鉴性意义。这使我们想起"五四"时期的基督教信仰诉求之声被当时的无神论喧嚣之音掩盖的状况。但张光芒在反驳批评者的时候，往往以其形而上意义之追问，把人类具体而微的生命体验的意义也放逐了。他说："形上层面的上帝之爱的意义不在于为现代自我回归精神家园提供了一个具体的路径，而在于为现代个人的道德超越指明和确证了终极关怀与信仰的意义。"虽然他依然否认所谓"上帝之爱"不能为"现代自我回归精神家园提供一个具体的路径"，但不管怎么说，在这里无论是借用还是自己的逻辑的必然，张光芒终于把他的道德形而上主义与宗教信仰（实际上就是基督教上帝信仰）直接联系起来了。他进而提出了"道德形而上主义"的三重境界：为道德而道德是文化根基的重建，为形而上而形而上是人性上升的路向，为主义而主义是文化启蒙的终极。[①] 笔者认为这三重境界其实是一致的，即都是为阐释终极价值而服务的。在该文的第三部分，他一再提到信仰缺失是最为根本的缺失，但他认为，以提倡宗教或基督教精神来解决信仰危机问题是行不通的，原因是"中国文化缺少宗教传统，缺乏集体无意识支撑"。那么，他认可的信仰的传统则只好回到"道德形而上主义"。因此，从整体上看，张光芒在他的系列文章中基本上保持了论述的逻辑一致性，但他回避了其论题至为重要的维度——信仰的宗教性。其实，上帝信仰是一个将现世与终极、此岸与彼岸连接起来的津梁。张光芒的论述中缺少了如何将带有抽象意义的道德形而上主义付诸实际生活世界的考察。

几乎和张光芒发起的这场关于道德形而上主义讨论的同时，针对中国百年启蒙的现状，在一次关于21世纪启蒙的民间对话中，笔者曾鲜明地指出：启蒙的西方思想资源至为重要，而且"宗教应该是我们向西方借鉴的重要的资源。宗教是什么？宗教是只有一个基督，只有一个上帝。他是超人类的。其他所有的人（在上帝面前）都是平等的"。[②] 人这个主体在基督教看来是善与恶、美与丑、精神与物质、灵魂与肉体的合体，他不是完善的或完美的，人类只能追求一种完整。所以中国古代和近现代出现的类似于神的现实中实存的人（圣人、祖宗、皇帝、总统、领袖等）并不能代替真正的神（上帝）。近年来，美学界也在不约而同地反思中国文化和美学中信仰维度的缺失问题，这一切与关于道德形而上主义的论争相呼应。阎国忠认为美与爱分不开，而且常常是信仰的一

① 张光芒：《道德形而上主义的三重境界》，载《河北学刊》2004年第5期。

② 张全之等：《走向21世纪的中国启蒙运动》，载《黄河》2004年第1期。

部分。爱和美是相互对应的两面，美关系到客体，爱依附于主体[①]。刘再复、林岗[②]、杨春时[③]、潘知常[④]等人也几乎一致地认为信仰维度或超越性价值的缺失是21世纪中国文学和美学重建所必不可少的元素。引进或建构中国美学与文学中的信仰维度——具体说来就是西方基督教信仰——乃当务之急。他们往往言辞明确，情感真切，动机高尚，力图为中国美学、文学乃至文化重建树立具有普适性的信仰维度。所以，道德形而上主义的提出绝非偶然，而是有着深厚的当下本土语境和西方文化影响的深刻背景的。

三、对于争鸣的反思

综观这场争鸣，张光芒鲜明地提出道德形而上主义可以作为信仰的维度，虽然是在论及20世纪百年中国文学的语境中率先提出的，但是其无疑以具有超越性的终极价值追问，提升了这次讨论的理论品位和建构性意义。进而，随着论争的深入，他逐渐从文学的语境中脱离出来，而提出了“道德形而上主义的三重境界”的带有终极性、超越性思考的哲学命题，越发显出其独立品格。笔者以为，基督教信仰和康德的先验哲学、主体性理论、审美无利害说及道德形而上学的启示对“道德形而上主义”（道德普遍主义）与“道德形而下”（道德实用主义）的争鸣具有根本性的意义。张光芒对中国启蒙思潮有系统而精深的研究，因此他对中国当下人文精神状态的诊断较之20世纪90年代“人文精神”及道德理想主义的讨论具有更深厚的学理基础。把启蒙和道德形而上主义相联系，把这次论争的现实意义和终极价值联系起来，凸显出它与“人文精神”及道德理想主义讨论的不同。因此，张光芒所提出的道德形而上主义实际上是企图为中国新文学和文化建设乃至整个启蒙主义设立一个标高。

在充分考虑道德形而上主义可能导致误解的情况下，张光芒明确指出：应该“从形式学、文化 / 审美逻辑的层面上进行学理化探讨”，而不应该只“从文学与政治、社会关系的实际内容上去理解艺术形象”。论争中的大多数人显然并没有认真领会和思考张光芒文章的内在理路，即文学道德形而上建

① 阎国忠：《关于美、爱、信仰的理论思考》，载《学术月刊》2004年第8期。

② 刘再复、林岗：《中国文学的根本性缺陷与文学的灵魂维度》，载《学术月刊》2004年第8期。

③ 杨春时：《世俗的美学与超越的美学》，载《学术月刊》2004年第8期。

④ 潘知常：《为信仰而绝望，为爱而痛苦：美学新千年的追问》，载《学术月刊》2003年第10期。

构的形式学思路。

但对宗教（主要是指基督教）的上帝信仰摇摆游移和举棋不定的态度，也导致道德形而上主义建构的虚幻化和玄学化。没有宗教及其一定的仪式 / 形式支撑的上帝信仰之外的信仰是否具有超越性的终极信仰，依然是令人怀疑的。

以前我们对启蒙究竟要不要宗教的问题的认识是有偏差和误区的，这是此次关于道德形而上主义争鸣给我们的启示所在。或许回顾一下西方启蒙运动的要义在此是必要的。卡西尔在总结 18 世纪启蒙运动时坚定地指出："启蒙运动最强有力的精神力量不在于它摈弃信仰，而在于它宣告的新信仰形式，在于它包含的新宗教形式。""尤其是德国启蒙思想家的基本目标不是瓦解宗教，而是对宗教做'先验'辩护，为宗教建立'先验'基础"。[①] 由此，我们看张光芒立论的前提，因为中国文化缺少宗教传统，缺乏神学体验及与此相关的集体无意识心理积淀，所以他推导出中国不需要宗教。如果上帝只启迪一部分人类而让另一部分留在黑暗之中，那么上帝就不称其为上帝了。因此，衡量一切启示是否纯正的最重要的标准，只能看它们是否具有普遍性。基督教就其满足了这一基本条件而言是真实的。自然法和基督法就内容而言并无差别；后者的目的，只是重新肯定前者所确立的东西。康德认为宗教就是承认我们的义务乃是神的命令，就是从一些普遍有效的、具有普遍可行性的规范出发，然后把这些规范与一个神圣的创造者联系起来，把它们视为他的意志的表现。[②] 有没有这个神圣的创造者，恰恰是基督教信仰与非基督教信仰的差异。张光芒虽然深受康德道德哲学的影响，但他在此却忽视了康德哲学的神学基础和来源，而这一点对于他的启蒙理论和道德形而上主义的建构却是十分重要的。康德的《实践理性批判》和《判断力批判》都曾涉及一个重要的思想，即"道德必然导致宗教"。倒是在稍早发表的《道德实用主义的陷阱》中，张光芒在对道德实用主义价值立场的批驳中，有所保留地显示出对宗教（基督教）终极关怀的赞同。但他是针对道德实用主义者张宝明对基督教最为基本和核心的教义——博爱——持一种不屑一顾的贬斥态度而发的，张宝明认为中国近现代命运的多舛与人道主义的博爱有密切关系。这里，我们对道德实用主义者对博爱观念的来源的评断之正确与否姑且不论，单就其把中国近现代以来的曲折命运与博爱挂上钩，声称正是"那个糊里糊涂的爱"导致中国近现代思想界事故多发而言，张宝明的论证显得无稽而混乱。在对张宝明的质疑中，张光芒对宗教（基督教）信仰和博

① ［德］卡西勒：《启蒙哲学》，顾伟铭等译，山东人民出版社 1988 年版，第 132 页。

② ［德］康德：《单纯理性限度内的宗教》，李秋零译，中国人民大学出版社 2003 年版，第 169 页。

爱之间的关系认识得比较清楚，他指出：“‘上帝就是爱’的基督教精神本身就是先验的。”[①] 由此，我们可以推论出以爱为第一教义的基督教信仰开始在张光芒的道德形而上主义的论述中占据了一席之地，而且以此对道德实用主义者进行反驳，就具有了釜底抽薪的作用。只是他后来的文章却又对此往往语焉不详，甚至含混回避了。爱的教义是基督教信仰的核心，在此基础上正是基督教保证了西方个人主义的发展，又防止了它走向利己主义的深渊。基督教对于个体的关照和呵护，无论其日常伦理方面，还是终极关怀方面，都提供了充分的依据。研究百年中国文学与宗教关系的学者谭桂林认为：“爱人类与爱自己这两种对立的理念只有在基督的精神中才获得了辩证的统一。”[②] 基督教建立在博爱基础上的日常伦理，以及道成肉身的终极关怀，或许为目前这场论争打开一个破解僵局的光明通道。因此，张光芒等人的道德形而上主义和林岗等美学家对基督教信仰维度的阐释，很有必要在康德的基础上加以结合，如此方能为中国文学和美学开辟出一条新路。

综上所述，道德形而上主义与基督教上帝信仰具有重大的差异。道德形而上主义源于人类的伦理学的社会性组合和精神性追求，而宗教源于人类学。道德形而上主义主要依靠个人的内省和道德自律，尚缺乏外力的助动；而宗教源于人类永恒的希望和恐惧两种情感，与生俱来的希望和死亡的恐惧乃是人们接受并保持宗教信仰的真正的心理学和人类学基础。宗教信仰有一个共同神存在，神的特性在于其普遍性，这种普遍性不受个别性的制约和限制；而道德形而上主义没有给出一个具有普遍性的外在于人的神性存在，而很有可能重新陷于中国古代的心学和仁学。但是道德形而上主义的理论在论述过程中已经显示出追求终极信仰的期望。康德认为，由于道德的需要，上帝就其本身而言不仅是全能、全知、全在、全善的，还是神圣的立法者、慈爱的统治者和正直的审判者。道德法则也就表现为上帝的神圣诫命。[③] 也就是说，存在的第一命令、第一因（终极因）是人在世上存在的先决条件，是人存在的目的和原因。换言之，康德要从基督教的信仰里面提取出自由来，因此基督教信仰是绕不过的问题。那么，没有宗教的道德形而上主义如何面对大众，如何使大众通过一个渠道和途径达到超越性境界，如何在没有道成肉身、没有宗教启示、没有上帝拯救的语境和

① 张光芒：《道德实用主义的陷阱》，载《河北学刊》2003 年第 3 期。

② 谭桂林：《百年文学与宗教》，安徽教育出版社 2002 年版，第 33 页。

③［德］康德：《单纯理性限度内的宗教》，李秋零译，中国人民大学出版社 2003 年版，导言第 13 页。

文化中达到终极信仰的高度，这些都是道德形而上主义者不能回避的尖锐问题。尽管如此，我们通过论争，走到了建构新的宗教信仰之维的边缘。至于建构怎样的宗教信仰维度、如何建构宗教信仰维度，最终实现启蒙伟业，则是一个更为复杂的课题。

（发表于《浙江师范大学学报》2006 年第 1 期，
摘编版发表于《文艺报》2005 年 1 月 27 日 6 版）

第四节　爱与美："五四"文学的永恒主题

"五四"运动迄今将满一百周年，"五四"新文学自发生起则有一百余年的历史了。回顾已有百年历史的"五四"文学，它给我们的当代文学到底留下了什么样的遗产？有哪些恒久价值和魅力仍然吸引我们？在经过了近一个世纪的大浪淘沙后，"五四"文学最值得我们珍视和挖掘的不是作家和批评家一再鼓吹和张扬的仇恨、革命，而是它对于博爱和永恒价值的追求，简单来说就是对"爱"和"美"的执着而热烈的拥抱。关于"爱"和"美"的文学观与当时的问题小说、问题意识紧密联系在一起，而那些"问题"会随着时代的变迁而淡化或已不成为问题，但"爱"和"美"的价值诉求本身却越来越凸现出来，成为我们建构新时代文学的靓丽背景和深厚资源。

"五四"文学中所表现的"爱"不仅是狭义的爱情、亲情、乡情、友情，而且更体现在它较为充分而集中地表达了博爱的思想，它是建立在基督教无等差之爱文化基础上的文学，不同于华夏自古就有的以血亲之爱为核心的文学。基督教有三大基本原则：信、望、爱，从信仰出发，经过对永恒未来精神生命的希望，投入博爱的上帝怀抱。在进入文学领域后它更是和人类最根深蒂固的永恒之爱、人类平等的大同理想结合起来。"五四"一代作家大都有较为浓厚的博爱思想。鲁迅先生就非常崇尚但丁及其《神曲》和陀思妥耶夫斯基。勃兰兑斯曾说陀氏遭流放后逐渐信仰福音书了，而鲁迅之尊崇陀氏也是看重这一点。鲁迅指出，陀氏的小说"穿掘着灵魂深处，使人受了精神的苦刑而得到创伤，又即从这得伤和养伤和愈合中，得到苦的涤除，而上了苏生的路"。这条路就是"反省、矫正、忏悔、苏生"。（鲁迅《集外集·〈穷人〉小引》）刘半农曾赠送鲁迅一副联语："托尼思想，魏晋文章。"据说鲁迅本人是首肯这一评价的。托尔斯泰是人道主义者和基督教信徒，张扬爱的哲学、爱的文学。鲁迅在《热风·无题》中曾经说过："看几页托尔斯泰的书，渐渐觉得我的周围，又远远地包着人类的希望。”在谈到《圣经·马太福音》的时候，鲁迅认为“马太福音是好书，很应该看。犹太人钉杀耶稣的事，更应该细看”。(《集外集拾遗补编·寸铁》。) 有学者认为，1918年至1925年的鲁迅，同托尔斯泰所主张的“勿以暴力抗恶”的基督教博爱精神颇有相通之处，主要表现在重视改革国民的“坏根性”。[①] 无论他所倡导的“憎的大纛，爱的丰碑”，他对国民的“哀其不幸，怒其不争”的悲哀与愤怒，还是他一再倡导的至死也不宽恕，其实都是鲁迅希望中国新生的大爱所致。周作人与鲁迅在以博爱取代血亲等差之爱方面的思路大体是一致的，他认为：“人类所有最高的感情便是宗教的感情；所以艺术必须是宗教的，才是最高尚的艺术。”[②] 其“人的文学”的观念自然包含了宗教的因素在里面，而其中最重要的是对上帝之爱以及人和人之间的博爱、大爱在里面，而不是简单的“人的发现”。

王统照“五四”时期的小说《微笑》《沉思》等，立足点就在于“爱”与“美”。《微笑》歌颂的是教会派到监狱的女医生，用爱感化了遭“终身监禁”的女犯人，而在放风时这个美丽的女犯人向男犯人阿根的微微一笑，又感化了阿根，最终促使他出狱后成了勤奋的“有些知识的工人”。这本来是一曲爱和美的颂歌，是让人们放弃偏执、极端和仇恨，让微笑的美和博爱传布人间的作品，但却被误读为“以虚幻的爱与美”来掩饰社会矛盾之作。许地山的小说表现了另一种深沉博大的爱——宽恕。《商人妇》中的惜官典当一切家什，送因赌破产的丈夫去南洋闯荡。一别十年的丈夫林荫乔在新加坡发财又娶妻，甚至将远涉重洋探望他的妻子卖给印度商人为妾，她被带去印度后受尽磨难。商人死后，她难以忍受另几位妻妾的折磨而出逃，后参加朋友的基督教晚祷会获得心灵的慰藉。她宽恕了她的丈夫，并决意到新加坡去找他。显然，惜官身上充满着一种宽恕的博爱精神。《缀网劳珠》中的尚洁为受伤的窃贼疗伤，丈夫听信妻子尚洁有外遇的传言而刺伤她，尚洁“在无论什么事情上头都用一种宗教的精神去安排”，她十分冷静地离家赴马来半岛三年。后来丈夫受牧师启迪而悔过，她依然十分平静地说：“我的行为本不求人知道，也不是为要得人家的怜恤和赞美；人家怎样待我，我就怎样受，从来是不计较的。别人伤害我，我还饶恕，何况是他呢？”尚洁的宽恕实在是一种博爱。

冰心“五四”时期作品探讨的是人生问题，但人生问题和人间的博爱紧密联系在一起，她认为世界上的人“都是互相牵连，不是互相遗弃的”。冰心的

① 郑欣淼：《鲁迅与宗教文化》，中国社会科学出版社2004年版，第328页。

② 周作人：《圣书与中国文学》，载《小说月报》12卷第1期，1921年。

一系列诗文，引发了青年一代对于爱的呼唤。她在《寄小读者》中常常这样写道："爱在右，同情在左，走在生命路的两旁，随时撒种，随时开花，将这一径长途，点缀得香花弥漫，使穿枝拂叶的行人，踏着荆棘，不觉得痛苦，有泪可落，也不是悲凉。"斯洛伐克学者高利克认为："冰心着迷于泰戈尔和基督教的时候，'无限'或'无涯'正是流行的概念。我们可以在瞿秋白早期的著作中找到这样的字眼。而且，李大钊也书写过同样的情绪。李大钊在信仰共产主义之前，所向往的是立根于博爱心的文学。这样的文学是以'宏深的思想、学理，坚信的主义，优美的文字，博爱的精神'作为土壤根基的。"[①] 这两位为自由而牺牲的革命家意识到在中国推行博爱的重要性，并身体力行之。然而博爱者不仅意识到爱的伟大，也认识到爱的反面——憎的崇高。冰心就说过："快乐和平安都是由伟大的爱心中出发，只有怀着伟大的爱心的人，才会憎恨强权，喜爱真理，也只有怀着伟大的爱心的人，才会把爱和憎分得清楚分明！我们所憎恨的是一个暴力的集团，一个强权的主义，我们所喜爱的是一般驯良和善心的人民。"[②] 中国文学不缺憎恨，但这大多数憎恨是针对无辜百姓或人性弱点，而非对强权和暴力；中国文学也不缺私爱，才子佳人私订终身，遭遇坎坷而终于大团圆的爱情描写屡见不鲜。但中国文学传统中罕有对普通民众博爱的情感，罕有对个体及其自由意志的尊重。"五四"文学弥补了这个缺陷。这是在"五四"运动爆发一百周年之际我们所能重审的新文学传统之一脉。

美的文学观的建立与美的自治原则的建立密不可分。在现代中国，美的自治原则的建立源自康德的审美无功利思想，但就其实质则与宗教（基督教）有关联。按照康德的观点，一切的真、善、美都要归结为一个神圣者。现代社会的一切关于真理、法、伦理、道德和美的准则，只能是这个终极的神圣者。只有这个神圣者才配作世间的美的标准。美的自治原则的建立依托于这个终极的标准。这是"五四"新文学关于美的文学的根本的精神来源。20 世纪伊始，王国维翻译 Aesthetics 为"美学"而未译为"感性学"，在貌似片面的译文中却正应验了中国感性学的正题——"美"学阶段的要义。这一译文其实是对康德美学思想的映照。康德的"审美无利害"等美学思想不但启发了"为艺术而艺术"的唯美主义，而且启发了王国维的审美是"无用之用"说，周作人的"生活的艺术化"等美学和文艺思想。周作人为《语丝》杂志写的发刊词就是"自由思想，独立判断和美的生活"，美与生活、文学不可须臾分离。从此，美的文学观

① 王炳根：《爱是一切》，大象出版社 2003 年版，第 28 页。

② 冰心：《给日本青年女性》，《中华日报》（东京）1946 年 12 月 29 日。

念开始在“五四”一代文学家那里扎根。

在美的文学和美的生活的命题中，有一个“五四”时期的重要话题人们往往忽略掉，即忽略了关于人本身的美——人体美——的探讨。由于摆脱了依附于外在的美学原则的桎梏，“五四”关于美的文学观开始大胆地发现、表现和欣赏人体美。这种对人体美的直接的发现、表现和欣赏，正是康德的“无功利性”的审美自治法则的体现。“五四”时期北大教授张竞生提倡“美的性欲”和“美的服装和裸体”。性欲怎能是无功利的？关键就在于张竞生前面加了个“美的”一词。在他几乎所有关于美的话题中，张竞生都在论证性的美和美的性，自然的裸体之美胜过华丽服装之美，自然的性的交媾之美之快乐胜过做作的掩饰的性交，是一种艺术的表演。[①] 性爱之美不讲求性的美感和快感之外的目的。由此，我们可以说性的交媾的自由释放是美的和无功利的一种行为，又是与情感的交流结合在一起的。这种观点在“五四”新文学中逐渐成为普遍的认识和表达。

一般来说，男性更看重视觉的美，而女性更重视性格和内在是否和谐，即爱情。徐志摩、邵洵美、郁达夫、梁实秋等对美的追逐，与女作家群对爱的期盼和大胆的表白一样，虽然不能否认有一定的肉欲的成分在里面，但是那种精神至上、审美至上的表现非常突出。美的法则压倒了肉的本能。美和爱就像一对双胞胎姐妹，在西方文化中美神和爱神是集于阿佛洛狄忒（维纳斯）一身的，而且往往是以裸体出现的。在现代中国，我们的女神形象也开始摆脱那模糊不清且以服装掩饰的形象了。

“五四”关于美的文学反对既有文学的做作和不敢正视人间美的做派，也不同于唯美主义沉溺于快感的肉欲主义。美自古就存在于自然和社会中，然而在中国真正能够去发现和表现美，尤其是相对于男性来说的女人之美和相对于女性来说的男人之美，而且意识到最高的美在人体美，这却是“五四”时期的事了。我们从晚清民初最有名的哲学家、文人的代表辜鸿铭所欣赏和张扬的美趣就可见一斑，他的审美标准是男人纳妾（他说：“你见过一个茶壶配四只茶杯，可是你看见过一只茶杯配四个茶壶吗？”）和女人缠足。缠足恰恰是对女性人体美的反动，而非欣赏和接纳天然之趣的女人体之美。所以，“五四”时期关于美的文学观念开辟了后世国人能够欣赏宇宙间最高的美——人体美——的先河。王统照的《沉思》（1920）写画家画女模特，正在自己沉醉于艺术和人体美的纯粹境界中时，却被世间的旧伦理和官僚的肉欲给败坏了。包天笑的小说《爱神

---

① 张竞生：《张竞生文集》（下卷），广州出版社1998年版，第200页。

之模型》写一个自西洋归来的画师，想找一个美丽女子做裸模，可是他的夫人，甚至一个与他有了情谊的勾栏中的美女子，都统统拒绝了他。无奈他只好去找下等妓女，最后终于找到一个身材尚可的女子阿四，完成了这幅命名为“女神”的画作，还引发了众多“恋爱上的不自由”的男男女女的崇拜。身体只供泄欲，而不能用作审美的欣赏。这是中国自古以来的礼教使然。古代文学中最高的审美或对美的观照往往在“礼”的王国里进行，而“礼”的运作则与仪式和装饰有关。无论官方还是民间个体，身体的相位被礼仪和服饰等紧紧地包装起来，从而中国以礼为核心的伦理文化把人类最高的美——身体美——严密地控制起来。所以传统文艺很少有对人体美的正面赞美，裸体往往成为淫秽的对象而在色情小说和春宫画中出现。而“五四”文学家扭转了这样的评价趋势，使之走向了与心灵的自由追求相一致的人体美表现。“五四”文学中还有冰心等所张扬的大自然和儿童的美。那是一种类似于晚明时期李贽的“童心说”的单纯、明净和美丽。

当然，爱与美是紧密结合在一起的人类的价值，正如古希腊阿佛洛狄忒（罗马维纳斯）是爱与美之叠合一起的神，这在其神话谱系中也是罕见的，原因就在于爱与美是不可分割的。我们分开来论述是为了行文的方便而已。中国当代文学的前三十年，是对新社会极其廉价的歌颂与对“旧社会”无所顾忌的诅咒，所张扬的是阶级仇恨和革命暴力。而后四十年当代文学尤其是先锋文学长久地沉溺于丑和恶之中。几乎整个当代文学无视人间对于真正爱和美的呼唤与追求。我们需要的是张扬人性本有的博爱和那种无功利、超功利的大美。这一点，“五四”文学给予了我们丰厚的遗产。

［发表于《济南大学学报》（社会科学版）2009 年第 3 期，
2019 年 1 月稍加改动］

第五节　基督教文化对曹禺及其创作的影响

最近拜读了王侠博士的文章《租界文化影响下的曹禺及其剧作》[①]，饶有启发。王侠文充分挖掘了租界文化对于曹禺及其创作或显或隐的影响，尤其突出或者说强调了曹禺早年在租界所受到的“灯红酒绿、纸醉金迷的糜烂生活中不能自拔”的不良影响，以及这种不良生活方式在其创作中所投下的阴影。这种研究对于进一步认识曹禺及其剧作无疑是很有见地的。

但王侠文有一个重大缺漏，即它只字未提曹禺在租界生活所受到的基督教文化的影响，以及这种影响在其剧作中所留下的痕迹。其实，曹禺早年曾经过着“纸醉金迷的糜烂生活”并没有“不能自拔”，相反，曹禺由于深受基督教文化的熏染，比如他成长于一个有着浓厚基督教文化氛围的家庭，他经常到教堂聆听圣歌，包括去欣赏宗教音乐家巴赫的圣乐，他就读的南开中学的校长张伯苓就是基督徒，张校长的一言一行对其学生有着潜移默化的影响。正是由于基督教文化因素的牵引，才使得曾经一度沉沦的曹禺坚决地走出了那种堕落的生活，而致力于通过艺术创造来改变自己的人生并立誓进一步改造社会。他的著名戏剧《雷雨》正是这两种思想相互牵引的产物。在《雷雨》最早的版本中，基督教思想很是显明，只是后来的版本淡化甚至祛除了基督教思想的印记。曹禺的剧作大多有着一条沉沦与救赎相交织的线索，《日出》《北京人》《原野》等都有这一矛盾的影子。这也是曹禺展开其戏剧冲突、构建主题、塑造人物形象的重要心理结构或契机。也正因为此，初出茅庐的 23 岁大学生曹禺一出手就震惊文坛和戏剧界。关于《雷雨》，曹禺曾经有过一次很诡异的“自我批判”，他交代，“旧本《雷雨》的序幕和尾声”中“周朴园衰老了，后悔了，挺可怜的，

① 王侠：《租界文化影响下的曹禺及其剧作》，《中国社会科学报》2015 年 12 月 2 日“文学”版。

进了天主教堂了。”[①] 原先的背景“教堂附属医院”改为“周家客厅”，大厅之中高悬在墙上的“一个钉在十字架上的耶稣”像也荡然无存。还有周朴园二十余年来在和侍萍一起的卧室里原样放着的家居摆设，以及他的忏悔意识，无不与创作者曹禺的基督教意识息息相关。后来修改的版本强化了阶级意识和阶级斗争，忽略了在基督教罪感文化制约下对人性复杂性的描写与反思。这种改编恰恰从反面证明了《雷雨》最早版本中那种促成人物内心世界激烈冲突、颇富张力的人—神关系的重要作用。抽空了这一要素，就使得作品许多起承转合存在着不符合逻辑的重大弊端。这实为现代文学和当代文学史的惨痛教训。

往长远看，中国现代文学或20世纪文学及文论的成就正在于吸纳了异域的各种优秀的文化营养。在“五四”时期，几乎所有的文学大家都曾经对崇尚信仰、志向高远的基督教文化产生了浓厚的兴趣。鲁迅、郭沫若、茅盾、巴金、老舍等都是如此，其他如冰心、林语堂、周作人、王统照、张爱玲、徐訏等，都对基督教充满了兴趣，并在自己的创作中打上了深刻的烙印。比如，有学者曾经讨论过基督教对中国现代文学悲剧意识诞生的意义的问题，其中曹禺的悲剧创作尤其与基督教有着密切关系。“曹禺的剧作取材于现实生活，却与《圣经》及其所代表的基督教文化有着某种联系。所以，曹禺的出现，也标志着中国现代剧作家在经过一段主要接受以挑战、颠覆为特征的西方反基督教文化之后，又出现了另一种接受方式：注视、解读并有选择地接受作为一个自成体系的基督教文化，以悲悯的心态看待悲剧作品中的所有人物。”[②] 抗日战争时期，很多作家躲进了上海孤岛，在孤岛的张爱玲此时期创作出了她一生中最重要的作品，从而成为现代文学史上可以和冰心、丁玲等齐名的女作家，甚至庶几成为可以和鲁郭茅巴老曹比肩的作家。这在某种意义上可以说明租界之于近代中国的“正面”意义吧。

在某种意义上甚至可以说，正因为有了异域的基督教文化的渗入，才促成了现代文学在中国的诞生和发展。在这样的大背景下来反观曹禺及其剧作的基督教因素，就是一个顺理成章的事情了。

现代文学在很长一段时间内之所以被认为超越当代文学尤其是远远超过十七年和“文革”文学，是因为“五四”前后各种新思潮大量涌进中国，“五四”作家们以海纳百川的拿来主义气度，勇敢地吸收了包括基督教在内的

① 曹禺：《雷雨·序》，沐定胜编选：《中国现代文学百家曹禺》（上卷），华夏出版社1997年版。

② 王列耀：《基督教文化对中国现代戏剧悲剧意识建立过程的影响》，载《中国比较文学》2001年第1期。

文化营养。租界及租界文化首先是对于中国人民精神和肉体的控制和统治，但是客观地讲，租界也给当时的中国带来了西方列强先进的文化、艺术及其理论观念，刺激和促进了中国新文学的诞生和发展。对这种情况，处于英国殖民地印度（孟加拉）的泰戈尔的看法值得我们珍视。当圣雄甘地发起对英国政府的不合作运动，并倡导用手工纺纱以抵制英货的时候，泰戈尔却改变了自己一贯对甘地的支持立场，认为："把我们的精神同西方精神割裂开来的当前的种种企图，犹同精神自杀。……我东方民族应该向西方学习……怂恿地方的狭隘性，它的结果除了精神的痛苦之外还能有什么呢？"[①] 关于这种较为复杂而深刻的思想，史上有很多例子。当年，拿破仑的铁蹄践踏着普鲁士的土地，并占领了黑格尔任教的耶拿大学所在的耶拿小城，甚至法国大兵把黑格尔家里抢劫得"片纸不留"，但黑格尔依然制作了小旗子到街上去欢迎拿破仑的军队。因为当时的德意志，按照马克思的话说，就是糟透了，必须靠先进的外力来推动其演变和发展。其实从康德开始，就发起了对自己祖国毫不留情的国民和制度劣根性的批判，这个传统被马克思、恩格斯、叔本华和尼采等所继承，从而使得这个后发国家终于进入世界先进行列。

因此，我们对租界文化尤其是基督教文化对中国个体和民族以及我们的新文化、新文学的影响，不仅要像王侠文那样看到和挖掘其负面性的一面，而且要看到和研究其存在的正面性的一面。这样才能较为清醒地意识到近代租界文化之于中国的复杂性。

（发表于《社会科学报》2019 年 1 月 10 日第 6 版）

①［印度］克里希那 · 克里巴拉克：《泰戈尔传》，倪培根译，漓江出版社 1984 年版，第 364—365 页。

第六节 “中国当代文学垃圾说”解析

“他们以讹传讹的所谓‘垃圾说’是曲解我的讲话，我从来没有说过中国当代文学是垃圾，我的原话是卫慧、棉棉以及虹影的文字是垃圾。”我在同顾彬教授交谈时，他直截了当地如是说。

2011 年岁末，我到杭州会见了波恩大学的汉学家顾彬教授。对于顾彬，近年来多次通过媒体和学术期刊已经有所了解，其关于“中国当代文学垃圾说”，自然是本次当面晤谈的内容之一。面谈与通过阅读来了解一个学者，自然是不同的。

顾彬教授自北京到杭州，下午一点左右，我们在西湖北岸的新新饭店会面了。入座后方知顾彬先生喜欢吃辣椒和大蒜，每餐最好要有这两样东西。而历经百年沧桑的新新饭店自然考虑周全，食物配备齐全。大嚼着辣椒和大蒜，外加 50 多度的伊力特白酒，大家都吃得汗津津的。已是冬天的杭州透出微微的寒意，顾彬只穿着衬衫和外套，并没有像我们这些中年人那样穿什么羽绒服之类的御寒衣物。下午到龙井问茶，从高高的山道一路走来，我们几个年轻学者都跟不上年近 70 岁的顾彬的步伐。据顾彬先生讲，要不是在冬天，而且来去匆忙，他是要带着足球出差的，他平时喜欢和年轻人踢踢足球。顾彬先生硬朗的身板让我们这些比他年少了近二十岁的人感到些许汗颜。

顾彬先生在中国的形象是一个善于提出话题甚至惹起争议的德国汉学家。我在和他交流的两天时间里，一直想了解被中国媒体一再提及的“中国当代文学垃圾说”的真实意思，于是就忍不住问：“您提出的中国当代文学垃圾论到底是什么意思？作为一个中国学人，我很不赞同这种说法，我想教授先生不会如此决断吧。”顾彬很认真地回应道：“他们以讹传讹的所谓‘垃圾说’是曲解我的讲话，我从来没有说过中国当代文学是垃圾，我的原话是卫慧、棉棉以及虹影的文字是垃圾。”哦，我有些错愕的感觉：媒体的报道和真实之间竟然有如此大的差距啊！我认同他对前两位女作者的说法，但是我认为虹影的文字不同，有一种魅力甚至是魔力，愈到当下她的创作愈加显得惊心动魄。顾彬针对中国媒体演绎出来的“垃圾说”并不怎么在乎，也不看那些写他的文章。他关注的是表达（包括声音的和文字的）所传播的准确性和真实性，他关注那些真诚和艺术的表达声音。

我们还谈到了2009年获诺贝尔文学奖的德国女作家穆勒，顾彬给予了高度评价，说她以很高超的艺术来表达时人的感受。顾彬自己就是一个诗人、散文家和翻译家。他说他的诗集卖得不太好，但散文集却卖得不错，已经出了第二版。作为翻译家他时时处处留心着语言和文字，他有一个习惯，在喝茶聊天的时候，他常常从上衣口袋里掏出一个小小的卡片本，当听到那些他感到有意思的谈话时，立即用德文记下来。有一次，我讲到一位当代中国学者在一篇文章里提出了三个死亡的话题，即“自然的死亡、道德的死亡和制度的死亡”，他立刻就写了下来。类似的谈话和记录将声音转化成文字，就产生了一种很奇妙的交流和记忆。

顾彬基本上属于那种不苟言笑的德国学者。次日上午，我们爬山到保俶塔。途中先到了浙江文学院院长盛子潮及夫人朱锦绣办的“纯真年代书吧”，朱女士后来用了“淡定”来形容顾彬先生。的确，顾彬作为一个汉学家，他更愿意静静地听中国学者和作家高谈阔论，不时记下那些不经意地流出的思想。为了次日下午的报告，他在吃饭的间隙，以及整个晚上都在做“准备功课”。所以当他在大学讲堂上正式“谈中国当代文学批评”的时候，视野非常开阔。顾彬精通德文、中文、拉丁文、英文等，他说，中国1905年废科举之后，新式知识分子大多懂外文，比如王国维、鲁迅、胡适、林语堂等，他们能从外国的视角看中国文学。靠译本可以了解外国文学和批评，但是如果懂外文，就能更好地理解真正的外国文学和批评理论。可是，今天许多中国作家和批评家尚不能很好地用外语来阅读并从事写作，所以在与世界其他文学对话的时候难免产生误读或肤浅化理解。

更重要的是，顾彬认为一个书评家、文学批评家最重要的素质就是“不能骗读者”，要告诉读者什么是好的文学。他说在德国及西欧大多数国家的读者相信书评家（批评家）并以此按图索骥；不仅如此，作为文学家（诗人、小说家和批评家），应该有一种为文学而文学、为艺术而艺术、为学术而学术的精神。遗憾的是，中国当代文学家和批评家很多是把写作与研究当作手段及途径，只要达到了目的便会放弃文学，如张贤亮做了商人就不怎么写作了，而且现在他写的东西水平也下降了很多；另外一些作家做官之后也不写作了；还有一种人如陈若曦也不写了，她说她现在不写作，要生活。而顾彬认为，写作便是生活，生活便是写作，两者不必泾渭分明。既然选择了这条路，就要坚定地走下去，生活和写作应该是不可分割的一体。他说他不是为了政治而写作，而是为了写作本身而写作。我从中看到了顾彬心中的坚持和信仰，而我们中国文学批评家和文学家缺少的正是这种对文学的信仰。

谈及如何走出上述困境，顾彬认为，文化的互动和理解十分重要。不能要求外国人用中国人的思维来表达，不能苛求西方人用中国人的眼光来看中国人，而是不妨以德国人、西方人的眼光来看中国人。最好的德国文学史并非出自德国人，而是法国人、英国人写的。由此我想，言下之意是不是写得最好的中国文学史著作或其他研究中国文学、文化的著作不是产自本土，而很可能产自异域外邦呢？即便如此，我们在本土研究中国文学的学者也用不着妄自菲薄，因为脚下的大地依然温暖，异域的思想给予我们的是精神的刺激和前行的动力。顾彬先生的思想有的虽然刺耳，但确实是真诚的，所谓忠言逆耳也。

（发表于《社会科学报》2012 年 1 月 19 日）

第二章

理论与视野

第一节 巴特的文本理论三维

由于罗兰·巴特处于现代主义向后现代主义的过渡阶段，他不但开创了现代主义的诗学理论，而且开启了后现代主义的小说理论，尤其是在文本理论方面，他的一系列论著做出了开拓性的贡献。其文本理论可以概括为一、从作品到文本；二、可读的文本向可写的文本转变；三、快乐的文本向极乐的文本转变，以及这种文本的快乐与身体的快感之间隐在的关系。

一、从作品到文本

早期的巴特受以萨特为代表的存在主义的影响，[①] 比较关注作品中所蕴含的意识形态意味。巴特的《从作品到文本》开始反思他早期对“作品”的存在主义式的热衷。“作品”这一概念首先是存在主义意义上的作者意图和“内容”的体现，作品概念是作者权威或作者中心主义的术语，一本小说、一首诗、一部（首）音乐、一部戏剧、一幅绘画、一个雕塑、一部电影等，总之属于艺术的东西谓之“作品”，它强调了该物不同于自然物的特质，而这一特质是由近代资本主义时代的个人主义思潮影响下才赋予的。个人主义（individualism）其本意是“不可分割主义”，即每一个体都有自己不可剥夺的权利和价值。对于一部表现了个人独创性的文学艺术品来说，它是作者所赋予的，它的横空出世完全是作者创造的缘故（此时它有别于自然的物质本身）。所以，作品相对于作者的创作（即创造），曾经是不容置疑的。这就是作者权威或作者中心主义。作者权威在20世纪早期法国和西方文论中具有特出的地位。

① 田志伟:《罗兰·巴特的美学思想》，载《吉林大学学报》（社会科学版）1996年第1期。

而巴特却最终扭转了对于作者及其作品的崇拜之风，为此他提出了“文本”（texte）概念。[①] 这一概念的提出（巴特主要是受到克里斯托瓦文本思想的影响）改变了对文学、其他文献及艺术的本体论认识阈。文本不是作者所孕育的。先前的作者观认为作者先于作品就像父亲先于子女。“现代作家（scriptor）则截然相反，他与文本同时诞生，绝对不是先于写作或超越写作的存在，不是以其作品为从属的主体。存在只是阐述的那一刻，并且只有此时此刻文本才被写作。”[②] 比如，在现代派小说文本中，在抛弃了传达单一的作者—上帝的信息的观点之后，留下的是一个多维空间，“在这个空间里各种各样的著述相互混合、相互冲突，却无一是本源。文本是从不计其数的文化中抽取的一套引文。”[③] 文本不需要破译其背后所谓隐含的意义，它也不需要有一个作者。如果赋予文本以作者，等于是强加限制于文本之上，配给文本最后的所指、封闭写作。这样，文本便以片段的、散落的、不断编织的，而且是以读者可以不断添加的形式出现。巴特认为，松散游移总较诸扭曲的秩序要好。

为了进一步说明他的文本（文）概念与以往文学作品概念的差异，巴特借助阅读乔治·巴塔耶（Georges Bataille，1897—1962）的《大趾》一文，写了一篇《文门》，开首道：“我不拟阐述此文；我只是列出若干断片，自某种意义说去，它们是文的门。这些断片或多或少以截然的状态互相分离开来：我不想勾连、安排这些门；为了断然阻挠一切关联（一切评注的系统化），为了避免那展开的谈论，那渐次显露之主题的谈论，我给每个断片都标上题目，且使其依字母顺序排列——这自然既是一种次序，又是一种无序，一种撤空了意义的次序，零度的次序。这属字典意义（巴塔耶在《文献》书尾供列了一部），它间接地涉及所载运的文。”[④] 为什么文本是断片而不能像此前认为的那样可以构成一个整体呢？巴特认为，这是由语言和句子也就是写作的特性决定的。语言表述对象，只能一句一句地说出，出之以碎散状。因此，那种整一的、系统的、单一的呈现，必不可能。

① 屠友祥译为“文”，意为正在编织着、生成着的作品，而非已经织就的作品，见［法］罗兰·巴特：《S/Z》，屠友祥译，上海人民出版社 2000 年版，第 58 页。

②［法］巴特：《作者之死》，见王洪岳：《现代主义小说学》，百花洲文艺出版社 2004 年版，第 68–69 页。

③［法］巴特：《作者之死》，见王洪岳：《现代主义小说学》，百花洲文艺出版社 2004 年版，第 69 页。

④［法］罗兰·巴特：《罗兰·巴特全集》第 2 卷，第 1614 页，色伊出版社 1994 年版，见［法］巴特：《S/Z》，屠友祥译注，上海人民出版社 2000 年版，第 59 页。

二、可读的文本向可写的文本转变

可读的文本（le lisible）向可写的文本（le scriptible）[1] 转变，是与巴特的上述观点一脉相承的。传统的文本，比如浪漫主义或现实主义文本，更主要的是那些武侠、言情、侦探、传奇等文本，充满了既定的模式：巧合、悬念，起承转合，等等，讲究读者在接受过程中的“合作愉快”。作者借助于文本向读者传输某种大致固定的意义，要读者认同（同情式接受）。它是文本中那些定型的产品，而非生产。这样的文本多为古典文本，它构成了我们文学的巨大主体。它像一位“老迈的神，首鼠两端，满腹机关，举手投足，全是程式，派定了表演群体语言通体的纯正”[2]。而巴特钟情的文本是一个未定的充满了无数线索的织物，它处于不断的生长、发育过程之中，即可写的文本。这样的文本是处于边缘的作品，即处于交叉地带的文本，它“是无休无止的现在，所有表示结果的个体语言（parole）都放不上去（这种个体语言必然使现在变成过去）”；它“就是正写作着的我们，其时，世界的永不终止的运作过程（将世界看作运作过程），浑然一体，某类单一系统（意识形态、文类、批评），尚未施遮、切、塞、雕之功”。[3] 恰如巴特在《快乐的文本》中所引用的尼采的话：“我们无权提到底谁是解释者？这样的问题。恰是解释本身，一种权力意志的形式，作为激情而存在着（不是一种已然存在，而是一种过程，一种生成）。”[4] 可写的文本意味着解释行为本身，它是正在生成着的过程本身，而这过程似永无消歇，一如尼采所称的存在，“存在”本身即“是”，而“是”乃永不止息的。由此，我们会发现，巴特的文本思想是有着深厚的存在主义渊源的。也即是说，无论作为结构主义者的巴特，还是作为解构主义者的巴特，都带有存在主义的影子。可写的文本亦被巴特赋予一种复数（pluriel）形态；一个文本如果作为复数形态出现，则意味着这类文本乃是“能指的银河系，而非所指的结构；无始；可逆；门道纵横，随处可入，无一能盎然而言：此处大门；流通的种种符码（codes）蔓延繁生，幽远恍惚，无以确定（既定法则从来不曾支配过意义，掷骰子的偶然倒是可以）；诸意义系统可接收此类绝对复数的文，然其数目，永无结算之

① 屠友祥将这两个术语分别译为“能引人阅读者”和“能引人写作者”，见［法］巴特：《S/Z》，屠友祥译，上海人民出版社2000年版，第56、57页。

② ［法］巴特：《S/Z》，屠友祥译，上海人民出版社2000年版，第68页。

③ ［法］巴特：《S/Z》，屠友祥译，上海人民出版社2000年版，第58页。

④ ［德］尼采：《权力意志》，见［法］巴特：《文之悦》四十三“主体”，屠友祥译，上海人民出版社2002年，第75页。

时，这是因为它所依据的群体语言无穷尽的缘故。”[①]可写的文本类似于什克洛夫斯基所说的文学（诗语）的“陌生化”，因为巴特说过：“从功能来说，含蓄意指（按照我的理解即那些可以继续生成或互涉的文本——引者）照例是施放复议，败坏通讯（communication）的纯净：乃是蓄意发出的‘噪声’，精心设局，将噪声引入作者和读者的虚拟对话内，简质地讲，含蓄意指是一种反通讯（contrecommunication）（文学是一种故意的乱拼误写）。”[②]

巴特的可读文本和可写文本的区分表明了一种批评态度，即他认可与赞同先锋派的创作，而贬抑此前的非先锋作品。这可视为一种现代主义美学观念。

三、快乐的文本向极乐的文本转变

罗兰·巴特在《文本的快乐》（Le Plaisir du texte）中提出了“快乐的文本”和“极乐的文本”这一对概念。屠友祥将之译为《文之悦》[③]（但我认为这不太符合现代汉语的构词规范，故本文用“文本的悦乐”，该术语既包括了一般的快乐，也可将“极乐”包含在内）。在巴特看来，快乐的文本指的是一般大众读者所喜欢阅读的那些通俗性文本，比如言情小说、侦探小说、黑幕小说、惊悚故事等，包括那些浪漫主义、现实主义作品，也可纳入这一类文本当中，这类文本是与传统衔接恰切、通俗易懂的，所引起的读者的阅读感受是欣悦的，因而巴特称为“快乐的文本”。而“极乐的文本”指的是那些打破了既有规范，创造了新的审美范式或方法，而且不为一般大众读者所能够阅读欣赏的文本，有的专指先锋派的作品，比如乔伊斯的《尤利西斯》这类文本。这类文本往往晦涩、佶屈聱牙，引发的是读者阅读过程中的痛感——难以进入文本的痛苦，以及进入文本后其既有的审美心理期待与这类文本的审美结构、意象、风格等，反差甚大。两者的视域不能够重合，是错位的，甚至是对立的。只有少数人能够阅读接受这类文本。

关于快乐和极乐，巴特分别用了法文 Plaisir 和 Jouissance（分别对应英文 Pleasure 和 Bliss）两个词来表示。前者是一般的身心愉悦，后者同样与身心有

① [法] 巴特：《S/Z》，屠友祥译，上海人民出版社 2000 年版，第 62 页。引文中的“文”在笔者的行文中一般改为“文本”。

② [法] 巴特：《S/Z》，屠友祥译，上海人民出版社 2000 年版，第 67-68 页。

③ [法] 巴特：《文之悦》，屠友祥译，上海人民出版社 2002 年版。

关，而且跟人的身体的高峰体验特别是和性爱活动高潮时的快感相类似。阅读接受反传统的文本，就会产生一种新的不同于一般愉悦的快感，也就是巴特的“极乐”。这是一种经过了痛苦的反思过程而产生的极乐的文本，意味着阅读接受就等同于性交高潮时的销魂境地，即所谓“Jouissance”[①]。巴特的这种文本接受和身体快感联系起来的文本观，体现了当代解构主义的命意，也就是性爱的“极乐”和佛教般的“极乐”。简而言之，身和心快乐感受的极致，类似一种马斯洛心理学所说的“高峰体验”。巴特作为后结构主义者，深受尼采美学的影响。他以自己的生活和身体为载体，全方位地实验和体验了各种各样的人生样态，深切地体验了“爱之悦”，进而运用于其“文之悦”的话语表述中。他对一般愉悦和极乐的区分，将这两种“悦”结合起来，对当代学术著述从内容到形式、从所指到能指、从文学到文化、从艺术到政治、从文字到符号，从服饰到电影等诸多方面和领域，都产生了广泛而深刻的影响。巴特自己在生活中是个双性恋者，对于异性恋和同性恋等各种爱情的切身体验使他能够在爱情的心理和身体所产生的影响及变化的委婉曲折之处细微感受，借助于他的独特的、半理论半感性、既是哲学又是批评还是随笔的跨体写作中，呈现得惟妙惟肖，曲径通幽；从而将文本理论推向了新的境地。

[发表于《汉语言文学研究》(河南大学) 2019 年第 2 期]

① 王洪岳:《论巴特的文本的愉悦理论及其他》，载《海南大学学报》(社会科学版) 2007 年第 4 期。

第二节　反思文艺学研究中的两种不良倾向

作为一种语言的艺术，文学有其专属于自身的独特性。自古迄今关于文学的形式主义研究就是对于文学这种语言的艺术性即特殊性的研究。而与之形成鲜明对照的是，文学又作为人类所创造的关于人的整个存在世界的言说和表达，它必然又具有和人类其他领域密切的关联性或“间性”。文学的道德伦理之维、社会历史之维，乃至隐秘心理之维等维度的研究，则试图把文学当作其他领域的友军，来一起构筑文学研究和文学理论的大厦。实际上，无论哪种研究方法或思路，都是对于文学这一人类文化的主要形式的有效探索。20 世纪以降的作家传记（生平）研究、作品形式研究、读者接受研究和文学世界来源研究，都是对于文学的某一方面存在特征的揭示。而作为既古又新的“文学是人学”的命题依然有效，文学离开了人及其周围世界是不可能存在的。

然而，近年来文艺理论领域却出现了两种倾向：其一是文学研究唯有回到所谓本体领域，才是真正文学的、审美的，而所谓文学的本体就是文学的形式存在或存在形式，因此只有研究文学存在的本体即文学的形式以及文学的独特的审美价值，才是唯一正确的方法。否则，任何其他的研究和探索就是解释不当，走入歧途。我们可以简约为 21 世纪的新审美主义。其二是文学研究和文学理论只应关注其特殊的存在，因为不同时代和社会的文学具有特殊性、国情性，而不能通过这种研究和理论探索来讲求普遍价值或普世价值，或者说，并不能通过特殊的文学研究而得出具有普适性的共同价值。我们将其简约为新民粹主义。细究之，这两种倾向有一个共同的特点，就是否认文学及文学研究实际上所具有的关于人性或人的存在的普遍性问题。如果说审美主义或形式主义在近现代中国文论的转型中尚具有某些重要的促进作用的话；而民粹主义自近代以来就在中国的现代化进程中更多地起着或强或弱的搅局的负面作用，值得我们警惕。

文学的本体研究或文学艺术的审美特性研究，在某种程度或某些时期具有拨乱反正、正本清源的重要作用，比如在20世纪之初，王国维倡导“无用之用”的美术观、艺术观、文学观，倡导“无功利的”美学和美育来取代特别注重经世致用的功利主义文艺观。这一观念无疑具有冲破几千年来文以载道、文以明道文艺观的重要学术和思想意义。再比如，“文革”刚刚结束的20世纪70年代末80年代初，文学理论上的审美论虽然夹杂着意识形态论而形成了文学的审美意识形态论，或审美认识论，但在那个特殊的时期，倡导审美论或形式本体论，自然具有冲破僵化的政治意识形态禁锢的重要学术价值和作用。随之而来的形式主义文论、小说理论的零度叙述理论、语言乌托邦论等作为纠偏的理论倾向，也具有重要的学术价值。简而言之，文学审美论已然成为一个学术的共识或常识，已经不是今天的文学研究的学术问题了。尤其是在改革开放进行了四十年的今天，文学研究同一般文化研究、严肃文学与通俗文化、精英文学和大众文化的界限日益趋于消弭的情况下，再片面强调文学的审美性、形式性，就与时代有了很大的隔阂，也有不食人间烟火之嫌了。这种新式审美主义和民粹主义合流，构成了一种缺乏理性的新左派偏执性幼稚病。

笔者认为这种倾向实际上反映了当中国的经济发展到一定程度，而相应的政法配套改革并不到位的情况下，人文学界一部分人士要强行推出自己的理论纲领和主张的急迫心态。经济发展与人文精神正在醒目地构成悖论。就经济总量而言，中国GDP已经是世界第二，而我们的精神领域尤其是人文研究包括文学研究领域并没有一种实质性的跃升，在人文产品产量“大跃进”的表面，隐藏着的是人文指标的下滑，按照2009年的数据，中国人文发展指数排在世界第92位[①]；而到了2014年的数据，则下滑到了101位[②]。这种经济指标和人文指数的不对称现象，近年来不断加剧，在国中，强拆、食品安全、严重污染、严重贪污腐败、极度不公平、虚假选举等，层出不穷。而真正的文学家和伟大的文学作品恰恰是要关注、揭示和批判这些不公正和邪恶的存在，以“引起疗救者”即当今的政治家关注与良善治理。但是，在这种GDP至上和维稳思维引导下，某些人文研究者就产生了超过自身应有的理性的思维膨胀症，或者类似于列宁所批判过的共产主义左派“幼稚病”，只不过讲这种所谓文化自信的“大跃进”所采取的是所谓“政治正确”的方式，在目下是绝对安全的。其巧妙和“智慧”也正是在这里。在中国，长期以来往往学人们如果采取左的姿态，宣扬左的话语，是政治正确的，也是安全的。而右派或自由主义的思想则往往受到抑制甚

① 李敏：《中国人文发展指数世界排位提前》，载《中国统计》2009年第12期。

② 杨家亮：《中国人文发展指数比较分析》，载《调研世界》2014年第1期。

或取缔，其命运往往是多舛的、坎坷的，甚至是悲剧的、毁灭性的。所以，某些依然遗传了左派幼稚病基因的人士，宁左毋右，其行为往往是见风使舵、媚上欺下的，体现在其文章中，往往就是不顾事实、不讲逻辑、假大空冒、强词夺理，反正有政治正确罩着做护身符。前些年的输出中国模式，在社会学和政治学曾经引起了很热烈的讨论，最后偃旗息鼓。然而没想到它蔓延至文艺学和美学研究领域，目前正在这些领域里继续发酵、盛行。

这种民粹主义具有一定的基础。笔者曾经针对莫言小说的阅读情况在一些乡镇科局、县处级以及少数厅级领导干部当中做过调查。他们一般知道或看过莫言的代表作《红高粱》，有的还看过莫言的《丰乳肥臀》这一名称让人有些诧异的长篇小说。然而，十有八九他们会认为，莫言获诺贝尔文学奖无非是因为他把中国描写得愚昧、落后，写得不美，甚至丑陋、恶心、恐怖，这哪里是什么好作家？简直是十足的低俗的坏作家！瑞典给他这个大奖简直是寒碜中国，云云。等到你问，读过莫言20世纪80年代就出版过的《天堂蒜薹之歌》吗？看过莫言的《酒国》《生死疲劳》《十三步》《檀香刑》等长篇小说吗？看过莫言的《长安大道上的骑驴美人》《师傅越来越幽默》《欢乐》等中篇小说吗？他们基本上大摇其头。或许他们办公室的书架上摆放着《莫言文集》之类的图书，但这些掌握一定权力的基层和中层干部没有时间或不屑于去读。早在他们看了《红高粱》之后就业已形成的印象——亵渎我们中华民族——也就成了一种思维定势。这种受到传统媒体意识形态宣传所形成的观念根深蒂固，再加上他们大小是个领导的保护意识，就拒绝认真地、深入地阅读和评价莫言作品。之所以产生这种现象，是因为存在于具有一定社会地位的领导干部心中的民粹主义作祟。另外，受到某种意识形态全天候的宣传而在一般底层百姓中也会产生民粹主义更深厚的群众基础。正是这种官员和基层的民粹主义思想意识作为理论性的民粹主义的基础，使其在近现代中国的文学研究和批评中，在现代文化的建构中，甚或在走向现代化和宪政民主的过程中，一再地在关键时刻阻遏这一过程。

有学者认为："在民粹主义者看来，民众有且只有一个纯洁的愿望。而自由民主的假设则正好相反：要容忍不同观点和不同的政治选择。……在民粹主义者的想象中，社会的最顶层和最底层都不属于他们'民众'这个群体。"[①] 问题的实质出来了，即想象性的虚假的意识形态的进一步演化，就变为打着基层

① 扬·维尔纳·穆勒（Jan-Werner Mueller）：《民粹主义里没有"人民"》，载《南风窗》2013年第10期。

民众旗号的民粹主义，它拒斥不同的观点，更拒绝不同的政治选择。在文学研究中，民粹主义表现为不能容忍那种借鉴自其他领域行之有效的方法和理论，也拒绝认同和认真对待不同于自己的观点和理论。近年来的新式形式论或审美论其实就是这一根深蒂固的民粹主义思维定式的反映。

这与前些年盛行的文学批评的犬儒主义有不谋而合的效果。犬儒主义往往陷于身体感官之维，打着所谓“自由”的幌子，行的是将人的自由降低为动物本能肉欲的勾当。文学批评的犬儒主义者其实清楚自己是作为搅局者而出现的，那种所谓的下半身写作、本能写作、力比多写作，和清代色情小说《肉蒲团》之类又有什么区别呢？在动物（狗）的器官上再敷上一层皮肉，以强化身体器官的粗壮？糜烂如《肉蒲团》的性解放，也表征着产生这种文化的基因有着根本性的问题。在每一个时代的晚期，在中国文化的演变过程中，都会出现这种糜烂透顶的所谓审美文化现象。20 世纪 90 年代中国文学及批评中的这种纵欲主义和犬儒主义，就是时代晚期病症的体现[①]。好在近些年来这种喧嚣的声音在文学研究界和批评界逐渐式微了。

文学是一种表现人的自由本性的语言的艺术，这种自由本性是渗透于人与世界方方面面的关系上，文学就是要充分表达出这种种关系的复杂性和全息性，由此就产生了不同的研究文学的方式方法和理论观点。这方面，20 世纪 80 年代流行的系统论、信息论和控制论文论已经做出了卓越的阐释和贡献。而古今中外诞生的许许多多堪称经典的伟大作品所呈现出来的思想和艺术可谓代表了人类生活 / 生存世界所构建的立体的、全息的价值体系，也就是普世价值观念。因此，好的、伟大的作品必须基于地域性、民族性、时代性，但是又必须超越地域性、民族性、时代性所可能具有的局限性和狭隘性，从而达到人类在知情意或真善美价值方面的普适性。这本来是毋庸置疑的。可是近些年来，打开一些报章则会发现：反普世性（普适性）价值观的言论和观点铺天盖地。这里我们就需要反顾康德美学理论。康德在《判断力批判》中力图寻找到一种可以超越个体或特殊性的审美的普遍性的依据，他为此从质、量、关系和模态四个方面进行了论证，由此审美是一种非功利的、无目的的合目的性的形式，同时是不用概念而普遍令人愉快的，而且具有必然性的感性或感觉形式。这是康德对于狭义的美即优美（纯粹美）的鉴赏的分析和判断。然而康德并没有停留于此，他其实更注重于分析和判断的是依附美即道德美。所以他在《判断力批判》的

① 王洪岳：《当代文学中的欲望叙事与犬儒主义》，载《湘潭大学学报》（哲学社会科学版）2006 年第 4 期。

上卷倒数第二节即第五十九节专门论及“美是道德的象征（形式）”（“论美作为道德性的象征”），其旨在从自然走向社会，从自然美走向社会美（道德美），从而从优美走向崇高，崇高正是社会美或道德美的范畴。如此理解康德美学，才能较为完整和准确。而仅仅局限于所谓狭义的美（优美）、形式美，而忽视其崇高论或道德美论，很显然是片面的。康德美学既强调了美学研究和审美的形式性、自律性和神圣性，又顾及美学和审美与人类的生存世界、生命世界息息相关的现实，并将美学、审美和艺术放置在人类文明和价值的普遍性的大背景下去观照，因而，才显得既绵密严谨、深沉深刻又高屋建瓴、视野开阔。

康德美学正是把自己关于美和审美鉴赏的理论建筑于人类的共同感、必然性、普遍性基础上，所以才取得了为审美和艺术立法的哲学、美学价值。马克思主义美学正是在康德美学等德国古典美学基础上发展起来的，其基本的精神虽然与康德美学有所不同，但是同样有一个指向共同感的思维方式，即“美学观点和历史观点的统一”既作为文艺批评的原则，也作为美学建构的原则，这里“历史”亦可理解为“实践”，由此马克思主义美学就是遵循了辩证唯物主义和历史唯物主义的实践论美学。这同样是具有人类普适性和普遍性的美学思想，而且在一百余年的美学理论话语建构中吸引了许许多多的学者参与而日益壮大。无论从两百多年来的康德美学，还是一百多年来的马克思主义美学，世界美学和艺术发展的实际表明，康德美学和马克思主义美学极大地解放了艺术和审美领域，前者使之走向了自律的、具有尊严和高度的地位，后者使之建基于社会实践的坚实基础上而更接地气。与此同时，康德美学尤其是马克思主义美学，并没有忽视美和审美、艺术与社会、道德、伦理维度的联系，因而也在某种程度上引导了近现代审美和艺术的演变方向。某个国家或民族什么时候真正将康德的美学思想建立在马克思主义实践美学的基础上，那么，这个国家或民族就会获得坚韧而颇富张力的文化艺术的繁荣和伟大作品、伟大审美精神的不断诞生过程当中；反之，背离了康德美学及建立在实践论基础上的马克思主义美学，那么，这个国家、民族和时代的美学和艺术，就要陷于偏执的泥淖或混乱的渊薮当中。

世界文明包括文艺学、美学发展至今，许多根本问题已然成为全人类的共识，这背后自然是因为有人类所必然产生和依存的根本性的共同之处所决定的。在关乎人类生存世界尤其是情感世界的文学艺术当中，人性的复杂性、爱情的复杂性、社会的复杂性、人和人关系的复杂性、人与自然关系的复杂性乃至自我世界的复杂性等，日益得到充分的表现。在那些伟大作家的伟大作品中，上述的复杂性更是表达得淋漓尽致。如果把文学当作本体、形式或审美的方面来观照，当然也可以做出自己的研究成果，也是非常有价值的。然而仅仅局限于这种审美形式的研究，而断然否弃其他视域或路径的研究，比如社会学的、道德伦理学的、心理学的、文化学的、历史学的、信息学的、系统论的、控制论的、统计学的等，则显然不能够全面地穿透和把握这种立体的复杂的文学世界。伟大作品之所以伟大的存在法则和标准正在于这种复杂性和全息性。对此波兰现象学家英伽登鲜明地指出：文学作品除了具有字音及其高一级语音组合、意义单元、多重图式化面貌、再现客体四个层面之外，还可能存在“形而上的特质”（metaphysical quality），即作品中所表现的崇高、悲剧性、喜剧性、恐怖、震惊、玄奥、丑、神圣性和悲悯性九大要素，这种“形而上质”就是“伟大的文学”区别于一般作品的特质[①]。英伽登所涉及的评价文学作品的标准不但顾及了文学作品的形式层、意义层、形象层，而且提出了不同于一般现实主义的再现客体——在某些文论家那里称为“第二文本”，还进一步从哲学和美学的高度提出了九大要素来评判伟大的文学。英伽登所讨论和设立的4+1分析批评模式和理论，尤其是后一种标准，对于我们这个不重视神圣性和悲悯性的民族及其文化来说，对于我们廓清种种狭隘的形式主义、审美主义、民族主义和民粹主义迷雾，无疑都具有重要的参考借鉴价值。

所以，如果认真地从康德美学到马克思主义美学汲取思想资源并引导文学研究、文学批评和文学理论，我们不但可以避免各种各样的陷阱或弊端，诸如唯我独尊、张扬跋扈、犬儒主义、民粹主义等，而且能以伟大的气度、开阔的胸怀、坚定的目标、执着的作为、理性的态度，构建与我们这个伟大时代相一致的伟大的学术思想包括文艺学思想出来。

[发表于《首都师范大学学报》（社会科学版）2017年第2期]

① Roman Ingarden: *The Literary Work of Art*, Translated by GeorgeG.Grabowicz.Evanston, Illinois: Northwestern University Press, 1973, p30.

第三节 当代文学中的欲望叙事与犬儒主义

当代文学中的犬儒主义风气盛行

20世纪90年代以来，中国当代文学被迫抛弃“五四”启蒙传统，而进入“第二次转型”当中，而在世纪之交的近十年来，当代文学在网络文学的催生下又经历了“第三次转型”[①]。这种划分无疑具有一定的合理性。但是如果从另外的角度或视野来看，当代文学在当下正经历着前所未有的变化，这种转变还仍然在进行当中。其内在依据是作为作家的知识分子的空前分化，文学发展阶段的划分主要依据作品的精神性和思想性，而非主要依据外在传播方式。其实网络文学不仅仅是消费性的电子写作，传统文学也大多可以以网络的方式存在。

许纪霖分析20世纪90年代以来，中国知识分子的精神生态恶化的三个原因：一是知识分子公共性的丧失；二是知识分子的再度边缘化；三是后现代的崛起[②]。其实，世纪之交的善恶、真伪、美丑等两极对立的范畴似乎以更加凸现的方式向人们沉默的良心挑战。原本被学界和后现代学者故意或无意地加以模糊的这些对立的人类价值/负价值，在今天是那么强烈地呈现在人们的面前。无论是视而不见，无论是掩耳盗铃，无论是故作高雅，无论是熟视无睹，也无论是沉默迂回，人们都不能回避自己内在良心的拷问。面对世界制度性的邪恶和无耻，面对自己内心的怯懦，人们往往采取了回避和忘却。终极信仰被长久地放逐。欲望凸显、身体独步、性文学、下半身写作、乳房写作、木子美现象、芙蓉姐姐现象，等等，文学中的先锋精神和启蒙理性均在这种疯狂和消除一切

① 张光芒：《论中国当代文学的“第三次转型”》，载《当代作家评论》2004年第5期。

② 许纪霖：《关于知识分子的系列思考：知识分子语源学意义》，载《东方文化周刊》1999年第6期。

道德的写作和表演中退居边缘。自20世纪90年代以降的此种生存哲学和文学写作，可谓之犬儒主义。因此，自20世纪70年代末到80年代末的第一次转型完成之后，在20世纪90年代初期至今的第二次转型依然没有完成。从20世纪80年代的启蒙理性到90年代以欲望感性为特征的文学写作，才是近二十余年中国当代文学演进的内在线索。而欲望写作与理论上的后现代思潮的合流，导致了文学写作、文学批评和文学理论研究上的犬儒主义。犬儒主义是当下中国知识分子生存的精神生态几乎丧失殆尽的根本性原因①。这里所说的中国文学欲望叙事的现状，其实就带有浓厚犬儒主义的表征。所谓犬儒主义，就是“拒斥一切道德规范，完全不知世上尚有‘羞耻’二字……厚黑学盛行，动物性原恶泛滥，用中国古人的话来说，就叫‘率兽食人’。在这种境况下，一切关于自由与责任的论说，一切建设民主法治社会的良法美意，都会成为空谈。”②这和最早的犬儒学派不尽相同。传统的犬儒学派和柏拉图的理念说对立，认为理念、种属的划分是没有意义的，只有个别的事物才是真实的。他们把社会和自然对立起来，崇尚自然简朴的生活，尊重自然而贬抑习俗和法律，远离政治权威，对文化持漠不关心的态度，而认为原始人是最有道德的。但他们崇尚自然过了头，认为性生活也应该行之于光天化日之下。而笔者这里所论之犬儒主义也张扬自然，只不过这自然是指人的欲望（主要是性欲望）和利益欲望，声称要像犬类一样，把性行为摆到大街上进行。他们蔑视传统道德、经典和权威（不论这道德、经典和权威是曾经的正统还是现在时的正统）。因此，犬儒主义具有时代特征的两面性：一方面，他们反抗既有道德、经典和权威，对于邪恶的所谓道德、虚假的经典和反动的权威自有其相当的解构和调侃作用，他们在笑料和自嘲中瓦解着这些东西。另一方面，他们又挖苦、调侃、揶揄一切美好的道德、真正的经典和伟大的思想权威，而且回避挖苦、嘲讽实际的现实中的权威。当然，当今中国文学的犬儒主义不仅表现在以性爱为核心的创作当中，而且像“大话”文学表现在当代文学创作和文论话语当中，“欲望”和金钱成了20世纪90年代至今长盛不衰的中心词。虽然表面上看来，犬儒主义张扬了自由，至少是性方面的自由，但是犬儒主义恰恰以貌似自由的外表亵渎了自由，并且使自由更加远离需要它的人们。

① 汪铮：《关于现代性与中国知识分子》，载《西南民族大学学报》（人文社科版）2004年第1期。

② 许苏民：《论自由与责任——兼论反对价值相对论和犬儒主义》，载《福建论坛》（人文社会科学版）2001年第1期。

日益堕落的当代文学中的欲望叙事

犬儒主义有强势犬儒主义和弱势犬儒主义之分[①]。笔者以为，强势犬儒主义可以说是其中那些掌握着各种资源尤其是公共资源者；弱势犬儒主义是那些曾经向往和追求自由精神但当下已经蜕变为在强势犬儒主义之下乞讨的可怜角色。两者有着惊人的共同点：都敢于书写和认同在大街上行类似于犬类的苟且之事！当代文学中的欲望叙事、欲望写作可谓是弱势犬儒主义，它靠的是语言这个当代最大的乌托邦世界。美国马克思主义学者詹姆斯认为，在拉康看来，“语言给‘欲望’带来了这种转换。而如果没有这种语言的转换，欲望便还不能被称为欲望。”[②] 于是作为 20 世纪 90 年代以来的弱势犬儒主义作家群体，找到了一个试图涵盖和取代启蒙话语的新话语，这便是欲望及其关于欲望的叙事。对于语言话语或福柯所说的话语权力的运用自如，恰恰在作家们的手里变成了欲望以及欲望传播机器，他们和现代各种媒体联姻而很快促使整个社会转向了张扬欲望、性欲自由之上的相对主义价值观。在此层面上强势犬儒主义和弱势犬儒主义合流，共同塑造了表面繁荣、自由、盛世、富裕的假象。

发表在 20 世纪 90 年代初的《赌金》已经拉开了这股欲望写作的序幕：小说写的是一个同学的聚会。职高毕业十几年后的同学们，彼此的经历都已经发生了巨大的变化，当年的混混追求校花不成但是当上了宏达房地产开发总公司董事长（王太阳），当年的班长变成了没钱没权的大学副教授（贾凤荃），当年的校花在机关当一个小职员而且成了班长的老婆（孟地），还有的成了出租车司机（曹和吕），瑞士的医药代表（希林）……在这次同学聚会上，借着酒醉之意的王太阳对贾凤荃说：“我跟你打……赌，一个月内，我要……买不动你老婆，这（手提箱里的 6 万元钱）……这钱归你！”受到侮辱的当年的班长接受了这个挑战，但接下来的情节颇为周折，先是王太阳一直没有露面，再是多年没有出差的副教授贾凤荃获得了一个难得的到珠海开学术会议的机会，王太阳和曹和吕一起来到贾凤荃家，向他们夫妇“道歉”，并慷慨地像丢下一袋水果那样把装有 6 万元钱的手提箱留下了……贾凤荃忐忑不安的心放下了，孟地却一下子改变了多年来对王太阳的看法，觉得他风流倜傥了。

一夜之间，职高同学王太阳给她的印象发生了本质性的改变。他的眼珠凸

① 汪铮：《关于现代性与中国知识分子》，载《西南民族大学学报》（人文社科版）2004 年第 1 期。

② 马航飞：《论 90 年代以来官场小说的叙事伦理》，载《常熟理工学院学报》2005 年第 5 期。

出但炯炯有神，鼻梁冗长但透了刚毅，下巴短小但谦逊温柔，特别是由于身体过长而显出的水蛇腰，也体现出一个强者由于负有责任感而忍辱负重的特征，她终于完全原谅了他职高时期对她的种种冒犯，并把这些不够检点的行为视为爱的冲击。经过许多年，他依然像往日一样狂热地爱着她，甚至不惜拿出几十万元或倾家荡产来博得她的欢心，而他周围美女成群。当然，她从不承认自己有身价，用金钱如何能衡量一个人的价值？但恰如金钱可以说明一个男人的能力，金钱也能测试出一个男人对女人的感情的深度。爱情，真是人世间最神圣、最美好和难以玷污的东西，即使在商品社会也是如此，对它的拥有者，还有什么值得责备的呢？贾凤荃的出发日期离他们的赌注最后期限只差 3 天。就在贾副教授怀着欣慰的心情顺利抵达珠海市的次日晚上，王太阳按响了孟地家的门铃，“孟地抬起身要求他无论如何保密，而且再不要来找她。他答应了，然后完成了职高时期以来的一桩夙愿。”在这场“赌金”风波中，贾凤荃的羸弱、小市民心理、阿 Q 精神，王太阳的跋扈、欲望（情欲）至上，孟地的背叛、虚荣至上，曹和吕的助纣为虐、贪财至上……如此人等，种种世象，充分展示了当今欲望叙事及其犬儒主义色彩。

人的性爱之所以显得神秘美好甚至惊心动魄，乃在于人的精神性。有一部西方电影《乞丐与妓女》，叙述的是冬天里一个妓女对一个在她家楼下冻得瑟瑟发抖的捡垃圾男乞丐的同情和怜悯，她把他引进自己温暖的家，身体暖和过来又洗浴后的他，不禁燃起了性爱的欲望，女主人公也没有回避，在一种宗教的音乐氛围当中，男女主人公完成了一次激烈但不失神圣的性爱。观众从中看不到猥亵和淫乱。这部电影之所以给人以如此的审美感受，是因为其中蕴含着神的启示。看似最令人羞耻的性爱乱交，到了这部电影却转化成了关于爱和美的象征。关于性爱的描写也曾经是中国当代文学获得新生的契机。从描写类似于柏拉图之爱的《爱，是不能忘记的》，到充分肯定了灵肉一致的爱情之作《人生》《被爱情遗忘的角落》《绿化树》《男人的一半是女人》……大多以某种审美的创造性给人以深刻的美感享受；及至 20 世纪 90 年代，文学中的性爱描写成了铺天盖地、大张旗鼓的现象。赤裸裸的性占据了文坛写手们的大脑和纸张，后来又借着网络大行其道。比如，张扬性而放逐爱的一系列小说《赌金》（胡平）、《障碍》（韩东）、《没文化俱乐部》（朱文）、《上海宝贝》（卫慧）、《糖》（棉棉）、《乌鸦》（九丹）……中国当代文学中的性爱叙事曾一再地加入启蒙主义的大合唱当中，现在又一再地突破读者的阅读极限。爱情变成了情爱，情爱又变成了性爱，性和爱分离，最后只剩下了性而没有了爱和情，文学的书写陷入一片荒芜的仅剩下欲望和肉欲本身的运动当中，终于陷落进与意识形态合谋的境地。至此，强势犬儒主义和弱势犬儒主义合流了。在整个20世纪90年代的背景之下，欲望叙事（包括性欲乃至色情写作和大款文学）成了安全的写作领域，无论哪一方：正统意识形态维护者，或新启蒙主义者，或自由主义者，或后现代主义者，甚或保守主义者，都在这浩浩荡荡的欲望写作的潮流当中，举手投降了。因为即使那些所谓的保守主义者或新左派也已然丧失了批判和阐释这种欲望（性爱+金钱）写作的能力，或者说在新启蒙和后现代等多重的包围和讨伐下，他们早已经失去了自己那仅有的一点批判力。在性爱叙事泛滥的当下，信仰的缺位在这个败落的20世纪90年代至当今时代日益凸现出来了。因此，性爱叙事成为当下文学的一道怪异的“景观”，它充分体现了流行于文坛和各个文化角落的犬儒主义：畏缩、沉默、顺从、沉醉于自然欲望与自慰的领地。

如何走出欲望叙事和犬儒主义的泥沼

人的历史不是物质世界的历史，而是人类心灵的历史，是人类精神的运演史。

在某种程度上，可以说，欲望及其欲望叙事其实曾经是国人获得自由精神的载体之一。在中国历史和文学史上，社会对于欲望的压抑，就如同对于人的日常生活的干扰破坏一样，曾经超乎人们的想象。所以，尊重欲望及欲望写作，依然是中国文学界应该维护的价值之一。但是，对于欲望及欲望写作之潮又要加以抑制。当然，这种抑制不能以强力和高压去达到，而是应该恢复或寻求一个崇高的信仰去遏制或缓解。建立信仰，走进信仰，不是禁欲，而是在更高的层次上充分享受欲望（包括性欲望及其满足）的快乐。而过多、过滥的赤裸裸的欲望及欲望叙事就如同赌徒赌博，最后会把人彻底毁灭掉。今天强势犬儒主义自己陷在欲望之海和邪恶之途中不能自拔和回转，还企图引诱国人都沉溺于其中。弱势犬儒主义的写手们在强势犬儒主义盛宴所留下的残羹剩汁当中求食，而不自知。所以，救治这日颓的精神状态，需要重建“五四”一代就曾经提倡的奉献、爱和美的精神信仰，弥补中国文化中所欠缺的最高环节。就像自然界存在至高无上的公理不可推翻，人类的精神世界也有不可让渡的神圣公理，那就是人的信仰和终极关怀领域。

下面，笔者从中国学术期刊网上，以两个当代文学关键词来考察分析一下我们如何走出这欲海泛滥的犬儒主义文学写作潮流。

截至 2006 年 2 月 2 日 17 点，笔者以“欲望”和“信仰”作为关键词在中国学术期刊网搜索，前者共计有 458 篇论文，后者共计有 1855 篇论文。具体各年度出现次数如下：

关键词＼年份	1994	1995	1996	1997	1998	1999	2000	2001	2002	2003	2004	2005
欲望	4	2	4	4	5	23	33	35	58	76	103	67
信仰	6	10	19	29	45	84	163	233	264	291	376	217

从这一组数据可以看出，关于欲望的研究和评论文章，自 1999 年以来呈历年上升的态势，至 2004 年达到了其高潮（该研究是 2005 年进行的）。2005 年的相关文章目前还不全面，但整体上呈现了下降的趋势。这一方面说明有关欲望的各种各类写作是近年来蔚为大观的写作现象；另一方面，各路学者（文学理论批评界、哲学界、经济学界、广告影视界、教育界、音乐界、历史学界等，几乎涉及全部的人文社会科学门类）都对欲望进行分析研究。其中，对于欲望的书写和论述，绝大部分是文学研究者。由此可见，文学的欲望化写作已经成为一个极其重要的写作领域。但同时我们也可从这组数据看出，2005 年关注此类关键词的文章数量的下降，表明欲望写作和对欲望的研究开始降温。而有关“信仰”作为关键词的研究文章逐年增多。其中包括优秀博硕士论文 118 篇。除了加入期刊网的刊物的增多，以及主流意识形态所宣传的“信仰”等因素之外，从这组数据中，我们可以看出，1998 年以前学人们对此关注的力度还不大，但自 1999 年以来的近 7 年时间内，学术界对于信仰问题的关注和研究兴趣持续增长，不但宗教学界、神职人员对于信仰一贯关注，就是其他界别的人士也日益关心信仰问题，文史哲界对此也是异常关注，以“信仰”为关键词的论文有 1002 篇，约占此类论文的 54%。真正关心当代国人心灵信仰、终极价值问题，已成为一个突出的现象。而 2000 年是非常具有质变性质的一年，仅以“信仰”为关键词的论文 1999 年还只有 84 篇，到了 2000 年猛然增加到 164 篇，增长了将近一倍，以后稳步增加，到 2004 年达到高峰值 376 篇，较之 2000 年又翻了一番。无论从量上还是从论文所关注的力度上，这类论文都把信仰问题提到了一个非常急迫和深刻的程度。通过对这两个关键词的粗略分析，可以看出，当代中国文学乃至整个中国知识界，对关乎国人生存质量的欲望和信仰问题，超乎寻常的关注。值得庆幸的是，对于信仰和终极关怀问题的关心，不亚于对于人类欲望问题的关心。在整体上，人们对于几十年来一再被压制的终极关怀和

信仰问题的关心、追求、研究，大大超过了对于同样一再被压抑的欲望的关心、追求和研究。

如果说对于信仰的追求和研究是走出已然丧失了启蒙动力的文学欲望叙事的话，那么，信仰同样可以引领人们走出这种欲望叙事所带来的生存犬儒主义的泥沼。信仰带来尊严和勇气，而过多的欲望及欲望叙事只会带来人的价值和权利的丧失。至于一个人寻找和建立何等信仰，那是另一个问题了。

［发表于《湘潭大学学报》（哲学社会科学版）2006 年第 4 期］

第四节　江南诗性文化与长三角城市文化建构

诗性文化是一种以审美感性为主的文化类型。18世纪意大利美学家维柯在《新科学》一书中认为，人类在自己的童年时期即原始社会时期，带有很浓厚的诗性色彩，他谓之“诗性智慧”。在远古，人人都可称得上是审美专家或艺术家，他们天然或本能地具有高超的审美力。比如，在人类创造语言和文字的过程中，这种诗性智慧或审美感性就充分地体现了这一点，在人类给事物命名的同时，这些客观的事物在原始人看来是承载着自我意识的事物，或者说事物是“我”的外延，无不打上了“我”的意识的烙印，“登山则情满于山，观海则意溢于海”(《文心雕龙·神思》)。因此，作为现实存在的外在客体，成为人的主观意识的投射。但是在人类文明的发展过程中，越到后来，人类就越脱离这种人性较为圆满而没有分裂的状况；理性越来越发达，而诗性智慧或审美感性就越来越淡薄了。诗性智慧的退化与理性的强化，既表明了人类不断征服自然、取得科学技术进步的追求的目标及其实现的成果，但同时表明了人性发展过程中丧失了许多美好的东西。所以，人类后现代文化的兴起其实正是在经过了漫长的理性和伦理文化过度发达之后的一个逆反或回归。在这个逆反运动中，人类又重新看待自己曾经的感性和诗性。诗性文化或诗性智慧在当代的价值大致也就在这里。

在中国古代乃至渗透于当代，由于基本上一直远离处于北方黄河流域的主流文化、官方文化，在江南地区流传至今的文化就保留或呈现了这种诗性文化特征。江南文化的特性是在与北方文化（其典型的代表是中原文化、齐鲁文化，及燕赵文化、关中文化、三晋文化、东北萨满文化）以及与巴蜀文化、荆楚文化、岭南文化的比较中显现出来的。刘士林在《西洲在何处——江南文化的诗性叙事》一书中认为，中原文化是以实用理性为主体的文化形态，强调道德与伦理的价值取向；江南文化是一种诗性文化，在价值追求上守持一种审美维度，而较少以伦理维度来评价人生。与江南文化相比，长江中上游地区以及珠三角地区则具有神巫文化的特性。这两者相同的地方在于它们都具有浪漫精神。但是两者也有重要而鲜明的差异。江南文化的诗性主要体现在人的饱满的感性审美，与放达沉稳的现实诉求，以及与清丽秀美的自然环境的和谐统一，其在与北方伦理文化相抗衡的手段一般不是像湖湘文化那样尖锐地对抗，而是以柔克刚，是“越名教而任自然”的自由潇洒。所以就连北方草原部落首领打到江南，他们也被这里的秀美山川和温婉人情所洗涤，所净化，而变得温柔雅致起来。而神巫文化往往注重怪异性和反叛性，与主流文化往往形成尖锐的敌对状态，刚烈有余而弹性温婉不足，从而显得比较粗率。因此，江南文化能够给予自古迄今的文人们以极大的审美愉悦和精神享受。如白居易《忆江南》曰：“江南好，风景旧曾谙。日出江花红胜火，春来江水绿如蓝。能不忆江南？”当代美学家陈望衡认为：“江南概念主要是审美的。江南文化从主调来看，是一种审美文化。”[①]这真正抓住了江南文化的审美和诗性本色。且不说传为佳话的“竹林七贤”、王羲之等人的“兰亭雅集”，就说元末时苏州巨富顾瑛开设“玉山雅集”，参加的名士有140多位，其中就有像诗人杨维祯、画家倪云林等这样的一代文化巨子。杨维桢在玉山草堂所做的最大胆也最让人诟病的一件事是所谓“妓鞋侑酒”。这个现在看来惊世骇俗的表演更像一种行为艺术。他是要借此表示他自己乃至整个江浙文人对僵硬礼法的蔑视，张扬一种肯定世俗欲望的新价值观。[②]江南文化在与北方伦理文化的抗衡中，发展出一种可以真正寄情山水、放达人生的较为自由的情怀。个性及欲望张扬正是这一精神建构过程中的一个重要环节而已。

江南诗性文化主要体现为精神文化层面，当然它在发展演变过程中也渗透进了物质文化层面和制度文化层面，而且往往这三个层面的建构互相交织，共同体现出一种不用于其他地域文化的特点。在物质文化和精神文化相交织状态下，江南的丝竹、茶艺、莼鲈、梅子、丝绸，乃至西湖、太湖、秦淮河等，无一不打上江南浓浓的诗性文化印记。它逐渐成为文人士大夫以至于普通人的生活方式，进而又影响到制度文化的建设。如江南书院、江南学术自六朝迄宋，逐渐代替了北方文化的领先地位，至明清时期，中国文化或学术的重心基本在江南一带了。一直以来，生存状态极其严酷、生活环境极其恶劣的中国人终于找到或建构了一块属于自己的较为理想的文化栖息地。中古之后中国人尤其是

① 陈望衡：《江南文化的美学品格》，载《江海学刊》2006年第1期。

② 黄波：《朱元璋为什么嫉恨江南？》，载《书屋》2009年第1期。

士人们终于有了一个属于自己的值得信仰和依托的人文江南、诗意江南与精神江南。

从江南文化的“尚文”及以商为重的观念与北方以农为重的观念相比，也可看出江南文化的特性。如作为江南文化重要组成部分的浙江地区，七山二水一分田，这种自然地理环境促使古代越国人讲求外向型的开拓，创造并遵守契约制，较早就有以商为主要支柱的传统。由此，我们可以发现第三个转变：由重伦理、重祖先的北方文化在江南一变为重自然山水。北宋书画家米芾《画史》论五代画家董源云：“峰峦出没，云雾显晦，不装巧趣，皆得天真。岚色郁苍，枝干劲挺，咸有生意。溪桥鱼浦，洲渚掩映，一片江南也。”北宋时期形成的南方画派追求平淡、自然、天真的艺术风格，对后世的影响巨大。但是我们细究之则会看到，先秦时期形成的仁者乐山、智者乐水的思想，对此也有很深刻的影响。虽然那时还只是从政治和伦理的角度来看待乐山乐水的仁者、智者，如果续修族谱、家谱，在序言中都喜欢加上一句“木本水源之思”之类追根溯源的话语，但是它所蕴含的中国人审美思想向自然山水方面的开拓和发展的可能性早已酝酿其中了。在北方人们往往为生计而奔波，无暇顾及山水，而且北方的山水也往往呈凶险状，不能作为可以寄托心灵的去处。只有在秀丽、温婉的江南一带这种可能性方才成为现实。面向山水可以使吾国吾族过于滞重的文化基因变得轻盈灵动起来，面对山水又可以使人放松身心，因为山水没有等级观念，它平等地对待一切人事。在宗教氛围淡薄的中国，中国人在中古时期终于寻找到了一个可以寄托自己超越性冲动的所在。这就使得中国文化发生了根本性的转变，甚至我们可以认为，这一转变的伟大之处在于中国文化精神从此有了另一安身立命的去处，这就是除了为“圣上”等献身，我们还有一个更加自由的所在——能够诗意地栖居的文化江南、精神江南和审美江南。这一点有些类似于西方古代之希腊罗马，由重祖先和多神教转变为重一神教即基督教的上帝面前人人平等进而转化为法律（来自《圣经》或上帝）面前人人平等的现代思想，从而由传统的古代社会转变为现代社会[①]。

在现代社会，农桑鱼荷文化的诗意本性就与契约制的现代商业精神结合起来。在长江三角洲农桑鱼荷文化向现代城市文化转型的过程中，江南文化（其核心是吴越文化中的诗性文化）作为一个整体到底能不能在建基于实利观念之上的城市建构中起作用？如果答案是肯定的，那么它在其中到底起着什么作用？这些正是建构长三角城市文化过程中的重要课题。当代长三角城市在历史

① [奥] 雷立柏:《古希腊罗马与基督宗教》，社会科学文献出版社 2002 年。

的演变中，江南文化已经日益显现出其独具的禀性和特色。

首先，江南文化这一区域文化有丰富的物质层面的文化遗存，如古代经近代遗传下来的散布在江南这片热土的南京、苏州、扬州、杭州、上海、无锡、常州、湖州、嘉兴等典型的江南文化的代表性城市，以及所形成的各自的城市风貌、园林布局、建筑民居、内河山峦等。这些自然风物和人文地理构成了古代以至于近代的城市文化规制。它是江南文化的物质基础，现在也深刻地影响着生息于此的民众。而且在当下这个由农业社会向现代城市化急遽转型的时代，全球化的影响日益突出，从北方到南方，从长三角到珠三角，从环渤海湾到沿长江中下游一带，我们的感官所及，无非在毁坏山林、碾毁田野和植被，大地因此变得生硬起来。在某些江南城市，原来小桥流水人家的景象一去不复返了，当我们行走在这些城市的大街小巷，每每看到似乎碧绿的草坪下面是塑料垃圾和漂浮着蓝藻的臭水河。前几年无锡之蓝藻事件，实在是古典的江南诗性文化在当代的巨大反讽。这是古代"道在日常伦用中"，甚至"道在矢溺"思想在当代的极端化之表现。虽说这种实用理性促进了经济的发展，但是如果没有看到其拘泥于现实而不能自拔的弊端，不但生存的品质低下，而且原本的诗性文化也将毁于过于"实用"的文化氛围之中。在前几年 GDP 就超过俄罗斯莫斯科的江南某县级市，其地表水已经几乎全部不可作为饮用水，市区的几条河流整日散发着恶臭，而整个城市只能从邻市买水喝。甚至有的城市高校在搞基建时，往往把起伏的山丘推平，覆盖以大量的平整石材，建造面积巨大的广场，在整日暴晒的江南，偌大的广场见不到树影婆娑，走在其上人们仿佛能听到那被抑制的大地在沉重地喘息。当我们每日生息在这样的城市，虽然它拥有许许多多高级轿车、豪华别墅，但还有秀丽洁净的山水江南的诗意吗？现在的江南城市往往在设计规划上千篇一律，更为致命的是地理意义上的污染和精神意义的污染相伴而来。如何还原我们民族曾经拥有的美丽、清纯的人文与地理相谐和的江南？在长三角的城市化过程中，无疑江南地区的决策者们应该更加深入地了解进而理解这种诗性文化渊源和内涵，这样才能从物质到制度到精神的各个层面，在江南地区的城市化浪潮中充分渗透进去，在经过了现代性洗礼的自由精神的观照下，发扬光大古典意义上的江南审美精神。

其次，江南以其契约制的最早建立和成形为制度文化层面的现代化提供了范式。为什么在中国历史上最早建立契约制而且富有成效的是在江南长三角地区？现代自由观往往与商业中的平等主义紧密相连。明代就已经孕育的商业契约文化在长三角城市中植下了现代城市的自由精神。而这种平等的自由精神又是在江南诗性文化和审美氛围中实现的。自由精神和诗性文化，两者是相辅相成的现代性的双翼，在江南的人文和地理环境中，理性和感性、自由和审美获得了比较恰切的融合度。在现代城市的制度层面上，契约制恰恰是最为中坚、最具力量、最为活跃的因素，正是它把追逐商业利益的理性考虑与追求感性的审美精神结合在了一起。实现这种结合的促进因素除了江南的山水滋润和人文感化，在制度方面就是教育私学、民间艺术和独立艺术家的最早出现，如江浙皖三省即使在科举教育制度的时代，也是在全国名列前茅、领风气之先的。自魏晋以降，判定世族的标准就是文化教育水平，如果只有经济实力，最多只能称为豪强。因此，有江南多世族、北方多豪强之说。当然南方的世族也是要以经济实力为基础的。江南地区在崇尚教育、文化方面，不仅世族，就连庶族百姓亦当仁不让。诸多寒士在中唐以后能够进入朝廷任要职，已经说明江南庶族寒士在中国文化版图中的重要地位①。明清之际的王夫之在《思问录·外篇》中认为："吴楚闽越汉以前夷也，而今为文教之薮。"在科举制度终结100多年后的今天，正是历史上吴越之地、皖南赣北等江南地区的人们对教育的崇尚，才成就了今日长三角诸地尤其是城市现代教育的发达。教育的发达不但促进了经济的发达，而且对于在现代化和全球化趋势下也可以从物质和制度层面来保护具有恒久魅力的江南诗性文化。刘士林认为：提倡江南文化及其审美精神，其"直接目的不是现实地建设出一个具有物质属性的诗性江南，而是一切从日益干瘪枯竭的当代生命主体入手，它要生产的是一种关于江南美的感觉、想象力和诗性智慧"。② 我们可以尽量保留一份对于传统中诗意栖居、诗性智慧、审美精神的尊重。物质层面的江南文化的诗性，应该体现在这种物质载体的再创造方面尽量保存已有的文化遗存，保护那些自然遗存。"南方多嘉木"，如梅、兰、竹、菊之前三者都在江南生长，甚至在那些存留下来的参天大树的年轮上，仿佛都刻写曾经生息在这里的古老的自然以至于文化遗迹。但是在当代修建高速路和城市扩张的过程中大量成片的古老高大的银杏树、枫杨树、香樟树……被砍伐。同样值得关注的是，那些精妙绝伦的古建筑、古街道、古乡镇、古村落……在城市建设中被成片地推倒。近年来，在一个地级市的城市改造中，一条拥有1600年古老历史的老街在当局怂恿或默许下拆迁破坏掉了。他们的借口就是GDP与科学发展观。笔者采访一位生长于这片红土地上的历史学家，他告诉我，在江南的这一带自宋迄今，老街老建筑实在太多了，那些官员才不懂得珍惜呢！但是舍此将何以寄托我们的诗性情怀，何以激发我们日益枯竭的审美

① 景遐东：《江南文化与唐代文学研究》，人民文学出版社2005年版。

② 刘士林：《江南文化的诗性阐释》，上海音乐学院出版社2008年版，第20页。

想象力？

再次，江南的诗性文化给沉重的伦理文化以长久的滋润，它把表层的物质追求和中层的商业打拼的劳顿消解在深层的心理养成上，如诗意盎然的辞章歌赋、雅致浪漫的轻歌曼舞、曲径通幽的园林建筑、温婉别致的家居布置、悠闲自在的佛道寺观当中，浸润其中的人文心理、风俗民情、生活方式、审美风尚自然而然地日益凸现出来。虽然我们民族没有如基督教那样的具有超越性和彼岸性的全民宗教，但是以江南诗性文化为代表的审美文化在注重人生现实层面的同时，也具有某种超越性品格。即使残酷的争战，也透露出几多诗意和几分浪漫。如春秋后期的吴越相争，是中华民族历史上最动人的一幕。勾践的宝剑与卧薪尝胆成就霸业的伟大成就，范蠡的殚精竭虑、功成名就后泛舟五湖的潇洒，西施的以美和爱辅助伟业的颠沛流离、似水柔情，都充分地渗透和滋润并体现在了后世江南文化当中，成为江南文化的典型积淀和特征，即柔性与刚性相间并列。宋末文天祥和汪元量，构成了刚烈与柔性的完美结合，一个创造历史，另一个书写历史。明清之际历史又重演了，黄宗羲既创造了历史，又记录了历史，同时又指明了中国未来的发展之路——权力制衡、削弱君权。黄宗羲是一个石破天惊的伟人，在那样一个极度黑暗的时代，他的思想就像一束温暖的阳光，开始照耀在无边黑暗的天空和大地上，如果没有超强的想象力和诗性智慧是很难达到的。张岱在痛定思痛中重新在寄情山水中体验江南诗性文化，保留一脉精神的火种，不但“把个小品文侍弄到风华绝代的地步”[①]，而且从另一个角度以幽默和伤感来延续思想家们的文化使命，让人在那个血雨腥风的时代能够稍微安然地过活。而张煌言由书生而武将，艰难抗清二十年，从而在如诗如画的江南完成了文天祥似的大丈夫伟岸人格，从容就义！从明初的方孝孺至清初的张煌言，继承发扬光大孟子思想者，大多在温柔宜人的江南。虽然此时期江南文化逐渐远离了刚性，柔性因素占据了主流，但刚性文化因素时隐时现。明清之际抵抗清朝尤烈者大多为江南（江浙一带）的城市，如清兵屠江阴、屠昆山、屠嘉兴、屠常熟、屠苏州、屠海宁……其中“扬州十日”“嘉定三屠”等更是显示出江南文化的刚烈不屈，还有近代鉴湖女侠所昭示的江南文化的飒爽英姿、鲁迅所宣示的批判精神与深邃哲思等，在建设现代化江南城市的时候，媚人的柔性中不也应包容进这些铮铮铁骨的形象吗？我以为，这些对立两极的文化性格因素构成了江南文化进一步发展繁荣的内在张力。当代江南城市中的

① 田崇雪：《张岱：石在，火种是不会灭绝的》，载刘士林编：《江南文化精神》，上海大学出版社 2009 年版，第 68 页。

南京、苏州、无锡、常州、杭州、金华、绍兴、宁波、嘉兴、湖州等商业发达，同时城市居民的精神趣味都倾向于追求自由、民主、平等以及审美等方面，这与江南文化中的自由精神、民主价值、契约制度的最早建立有着内在的联系。这也就是为什么江南区域城市在初级阶段的市场经济中占尽先机，同时其文化创造也充满着活力的重要原因。

总之，江南文化自身内部种种对立又统一的文化基因，构成了以吴越文化为主的江南文化的诗性本质与审美精神。长三角当代城市的发展正是在这一自然和文化环境之下进行的。

这一区域城市文化建设的成就与特色主要体现在以下几个方面：其一，由于有深厚的江南文化的滋润和支持，整体上长三角城市文化建设具有较为厚重的内涵。如南京，无论金陵六朝古都文化、近代民国文化，还是当代南京文化，都体现出大度、厚重、兼容的气魄；上海作为 20 世纪 90 年代中国继续改革开放的龙头城市，无疑起着引领长三角乃至整个中国经济发展呼啸前行的发动机作用，它以江南文化为核心兼收并蓄，成为融合中西文化的桥头堡；杭州在消闲文化方面独树一帜，其独一无二的西湖美景和浙江人的秀雅细腻，使它成为中国最具魅力的都市之一。其他如苏州，以其古典的园林艺术和现代新加坡工业园布局精致的建筑的结合而闻名于世，它于 2004 年成功地举办了第 28 届世界文化遗产大会，它把物质文化和非物质文化完美地结合起来，古典和现代交相辉映……这一切都在整体上体现着长三角城市文化建设的深厚文化底蕴。

其二，江南诗性文化在建构长三角当代城市文化中的作用日渐显现。江南文化之所以在全国乃至世界上具有独特地位，关键之处在于其不同于北方中原文化以伦理价值和德性文化的诗性本质。北方伦理文化在中古以前起着根本性类似于西方宗教的作用，但在近代以来的文化衰朽颓势中，德性文化和当代政教伦理结合反而显出某种保守性、反人性，因此，诗性文化因素在解构伦理文化的桎梏方面具有重要作用。另外，积极把诗性文化渗透、运用于城市文化建设当中，也是一个打破工具理性一统天下的重要举措，是一个重要而具有超前眼光的城市文化观。从上述城市的文化建设来看，它们抓住了各自的传统文化优势，既促进了经济的率先发展，又增强了这种发展的内在驱动力和文化品位。如南京对于民国时期使馆区的保护和开发，上海对于老城区（如新天地）的成功改造和新城区浦东新区的开发，杭州对于西湖的保护性开发及对周边地区的辐射，常州对于运河水文化的治理性维护，尤其是苏州对于以古典园林为代表的江南文化的保护和开发（老城基本不动，另开新城）等，这些物质文化层面的建设由于大多是在原有基础上进行的，因而保留了较多的古典韵味、诗性特色、近代风范；而金华市沿婺江（又名金华江）北岸由艺术家艾未未（诗人艾青之子）联合世界上十余位著名建筑家和艺术家完成的“金华市城市建筑艺术公园”等，又适时地顺应了现代生活和城市市民追求诗性存在的文化心理需要，从而增强了城市文化的现代气息……但是在这当中也有反面例子，如前些年无锡市就把阿炳（华彦钧）的故居拆掉，后因被媒体揭露而狡辩说拆了再盖好的（实际上，阿炳的音乐之所以那么震撼人心，就因为其浸透着苦难和民族的悲哀于其中，他的住宅那种低矮、逼仄、狭小、破败、灰色等特征，恰恰表征着音乐家所遭受的苦难的深重和生活的困顿）。此类城市建设中的荒唐现象在长三角城市文化建设中屡见不鲜，这值得警惕和反思。

其三，江南文化重视人与自然的真正的和谐共处，长三角城市文化建设与生态城市建设同步。长三角城市群正处于经济高度集中、发展的区域和阶段，如何处理诗意江南、生态江南、文化江南与城市发展扩张的关系，是这一区域城市文化建设中的重大课题。南京是省会城市中绿化最好的，但空气中总弥漫着莫名其妙的怪味（南京曾经作为化工基地）；杭州的生态建设自然也首屈一指，但周围的小山及其植被逐渐被蚕食或鲸吞；自 20 世纪 90 年代以来的上海市区生态文化建设也走出低谷，但江南水系逐渐被钢铁水泥的城市硬件所覆压。其他地级城市近年来虽然也都比较重视生态建设，讲求人与自然的和谐共处，但诸如将河道疏通取直，把山中巨石开凿并移至城区、山上的珍贵大树移植市区等破坏生态的现象也时有发生。这些现象都需要从建设诗意栖居的现代城市的高度来加以认识和纠正。

珍惜生态本来是江南文化的要义之一。大批北方的贵族和平民来到江南就乐不思蜀，除了可以摆脱政治迫害和伦理压抑的原因之外，江南秀丽的自然山水也是他们留下的重要原因。较之北方城市的气候干燥等不利因素，江南城市在这方面得天独厚，像苏州城早在唐代诗人眼里就呈现出一幅幅人与自然相谐和的优美景致：“君到姑苏见，人家尽枕河。古宫闲地少，水巷小桥多”（杜荀鹤《送人游吴》）。当代学者严明对苏州城市文化建设的意见值得参考，他认为：“苏州园林的立意首先是与喧闹的城市隔开，身居闹市，一尘不染，在高墙围起来的咫尺空间内享受幽静和闲适。还有很重要的一点是要在有限的环境中创造一个浓缩的自然环境，达到‘不出城廓而获山林之怡，身居闹市而有林泉之趣’的意境。明清时期苏州繁荣的文人诗画为园林提供了最佳的营建氛围，造园者往往都有较高的文化修养，能诗善画，深谙艺术三昧。在造园过程中，建造者经常借助山水花鸟画来表达高雅情趣，再现唐诗宋词中描述过的艺术意境，又通过凿池堆山、栽花种树，在有限的空间内，进行变换无穷的景物设计，制造出具有江南水乡诗情画意的景观。在苏州园林中游赏，就像是在品赏着唐诗宋词，又像是在观赏着明清时期的苏州文人画。苏州众多园林各具不同的景色，充满着设计者的艺术个性。”[①]所以，在长三角各自的城市文化建设中，应该多体现出城市文化的底蕴和特色，力避趋同和单一。但从总体上看，这种诗性本质主要体现在江南城市的水本色，苏州如此，其他大小城市也往往以水的婀娜多姿（如苏州）、婉约柔媚（如杭州）或大气磅礴（如南京）或两者兼容并蓄（如上海）为其重要标志。长三角城市的诗意本色和诗性文化建设，离不开这一外在的诗意氛围的衬托和支撑。

我们梳理江南诗性文化和长三角城市文化建设的关系，应该明确以下几点：第一，注重人的主体性及其诗性智慧，并以此克服当代日益突出的实用理性的侵袭，建设城市作为宜居的诗意家园的目标，注重文化因素和经济因素并重，强化开放意识，树立把江南文化和外来文化（包括祖国其他区域文化和外国文化）相融合的观念，真正把文化因素尤其是诗性文化精神当作重要的城市建设的资源加以保护和利用。第二，在当代城市文化建设中，对于城市文化资源尤其名胜古迹等文化遗址首要的是保护，然后才是适当开发。有时候还原或构想一些超脱性、理想性的文化精神仍然是必要的，“宁可食无肉，不可居无竹”，古人追求天人合一的精神境界应该体现于现代城市文化建构中。为此应避免城市硬件建设中的雕琢、做作、虚饰等不良倾向，而充分采纳我们的先民祖宗们行之有效的江南园林的“清水出芙蓉，天然去雕饰”的风度。第三，硬件与软体建设同步。江南文化圈产生了无数缠绵动人的诗词、歌赋、戏曲、书画，以及苏绣、杭绣、瓯绣，还有昆曲、越剧、婺剧，甚至吴侬软语、杭州话、南京话等“非物质文化”遗存，在城市文化建设中应该付出相当的努力予以保存，并使之流传下去。总之，现代城市是大地上的精神宝库，是人类文化的集散地，如何在城市文化中保留诗性文化，让城市人葆有一种诗意化的生存，是当代长三角城市文化建设中的急迫课题。长三角城市群都在江南文化圈内，具有江南文化的整体性特征，但各个城市也均有自己的特点。应在作为整体性的江南文化的基础上培育各自城市文化的现代化。

[发表于《河南师范大学学报》（哲学社会科学版）2006 年第 6 期]

① 严明：《苏州城市文化发展启示录》，《河南大学学报》（社会科学版）2007 年第 5 期。

第三章

作家与作品（一）

第一节　莫言作品经典化要素简析

一个作家作品在文学史的长河中能否成为经典，有许多因素。按照童庆炳先生的看法，至少有六个因素：①文学作品的艺术价值；②文学作品的可阐释的空间；③意识形态和文化权力变动；④文学理论和批评的价值取向；⑤特定时期读者的期待视野；⑥“发现人”（又可称为“赞助人”）。[①] 这一看法值得重视。另外，较长时段的人们的共同的审美价值认同，应该是文学作品之所以成为经典的重要的原因或因素。这是因为，经典往往要经过时间的洗礼和筛选，也即超越时代的恒久性；经典要超越不同的党派、国别、民族、地域等，也就是要有超越狭隘意识形态的普世性价值；最为重要的是，其文学艺术的或曰审美的价值，这是作品之所以成为经典的最为根本的一个因素。由此，我们又可以把经典分成长时段经典、短时段经典，不同审美风格的经典，偶然性因素所“发现”的经典。所以，关于经典的理论应该顾及其分层性。否则，关于经典的看法就会偏执一端而陷于妄说。

经典要经得起不同时代读者的考验。这里涉及时间的长与短。从《诗经》《庄子》《伊利亚特》《奥德赛》到当代中国的“红色小说”，到当下莫言的代表性作品，都有人认为是经典。关于经典的长时段或经典的恒久性问题，学术界和读书界大致已经达成了共识。此处不详论。这里所要讨论的主要是，当代作品如何经典化的问题。因为这涉及我们所要论及的课题，莫言作品的经典化问题。不同于童庆炳观点之三，我们认为，当代作品的经典化需要超越意识形态，而非拘泥于意识形态而论之。就当代文学七十年的历史来看，有所谓“红色经典”，那些红色小说、红色诗歌、样板戏，被有的学者视为经典。其实，如果把

① 童庆炳：《文学经典建构诸因素及其关系》，载《北京大学学报》（哲学社会科学版）2005年第5期。

经典的时空范围放大，就会发现，当代那些红色经典，在几百年甚或一百年后，还有多少人依然把它们当成经典，就要画上很大的问号了。这里时空的“空”不仅指地域、国别、民族，更指文学作品所表现的人性的丰富性和深刻性等。

首先，像莫言作品，虽然距今最长只有短短的三十余年，但是由于其对人性对社会表现的深广度，其独特的艺术表现手法，其所具有的艺术独创性，借用马克思的话：“人体解剖对于猴体解剖是一把钥匙。低等动物身上表露的高等动物的征兆，反而只有在高等动物本身已被认识之后才能理解。”莫言的作品就相当于“高等动物”，我们对它的阅读、欣赏和批评就相当于进行“人体解剖”。他的那些长篇巨制和多部中短篇小说，由于借鉴了刘再复先生专门针对其创作而提出来的“鲸鱼精神”已经具有了经典的诸多要素。对于莫言作品经典化，要抛却意识形态性的认知，也不要教条主义地理解经典的长时段性。据笔者不完全统计，莫言作品被数十种概念来加以命名，例如：幻想现实主义、幻觉现实主义、幽默现实主义、虚幻现实主义、魔幻现实主义、梦幻现实主义、现代主义、反智主义、结构主义、自然主义、新浪漫主义、妖精现实主义、感觉主义、怪诞现实主义、谵妄现实主义、新历史主义、写实主义、现实主义、黑色幽默、理想主义、象征主义、超现实主义，他自称是个女性主义者，等等，这一命名现象充分说明了莫言作品的复杂性或庞杂性，同时说明了其所具有“元叙述”特征。在此我们可以郑重地称为建立在巫幻现实主义基础上的“元现代主义”。所谓“元”，具有“在……之后”“综合”“超越”等意思。而所谓“元现代主义”则是在现代主义和后现代主义之后，同时超越诸种“主义”的新的文学样态。从元现代主义来理解和阐释莫言作品，就相当于把莫言作品当作一头大象来整体地观照，而非盲人摸象般的如前述各种主义的命名。波兰美学家英加登在《论文学作品》第48节小标题为“形而上学质”，他开首就举出崇高、悲剧性、喜剧性、恐怖、震惊、玄奥、恶魔般、神圣性、悲悯性等因素，并把这些因素当作伟大作品的素质[①]。因此，莫言作品的经典性或经典化就是吸纳、超越、综合了诸种文学创作原则和手法之后的一种新型的创作原则和手法。所以，莫言作品恰恰是远离或抛弃了意识形态的桎梏，才具备了经典化的条件。这是莫言作品具备成为经典的第一个条件。

其次，莫言作品能够成为经典，还有诸多重要的契机和因素。20世纪80

① Roman Ingarden. *The Literary Work of Art*, Translated by George G.Grabowicz.Evanston, Illinois: Northwestern University Press, 1973, p.30.

年代较为自由开放的时代氛围，和其中广泛吸收世界现代主义文学、新潮文学、先锋文学的气度和心胸。中国文学接续上了敢于充分表达人性、表现社会丰富性的传统，通过文学的方式引领和激发了中国人对于爱、美和自由的热烈追求，而这一切恰恰是人性最为根本的方面。莫言作品正是在这种情势下，以被人们称为“幻想现实主义”，我称为“巫幻现实主义”或“元现代主义”代表的那种独特的、狂飙突进般的思想题材和艺术表现手法，而赢得了读者和批评界的赞扬。季红真先生称莫言是“世界主义的乡土作家”[①]，这一定位准确而简洁地把握了莫言作品的特质，即世界视野和本土趣味的结合。换言之，就是在高雅和通俗之间，莫言找到了一种足以取得平衡的艺术。而正是这种化通俗为严肃和高雅的小说艺术，不但成就了出身低微、学历不高的莫言及其“高密东北乡”文学王国，而且带来了当代经典作品的别样情怀和审美范式。正如小说无论从西方还是中国自诞生以来，就是从下里巴人、街谈巷议之“小”说，来逐渐进入文学的高雅殿堂的；莫言以小说为主的文学世界正是真正还原小说艺术的本体（本性），来实现文学的新经典之路的，通俗但不媚俗、幽默而不低俗、解构中有建构，审丑、审荒诞中有审美和崇高。

莫言也没有忘记或忽略良知和善发出的熠熠光芒，作品游刃有余地发挥了文学的真正魅力，如《儿子的敌人》写一个母亲的大儿子牺牲在战场，她又把小儿子小林送上了战场，也牺牲了。当她认领的尸体却是敌方的一个士兵的时候，母亲慈爱的天性使她认领下了这个“儿子的敌人”。母亲忍着复杂而悲痛的心情，仔细为年轻的死者擦拭身体，让他享有最后的尊严和爱。这种超越性的维度几乎贯穿着莫言整个的创作历程。包括《红高粱家族》在内的很多作品，莫言都做出了在当时看来匪夷所思的艺术刻画，但却是当代文学尤其小说艺术中最为难能可贵的、堪称经典的笔墨。原因就在于莫言悲天悯人的伟大情怀。

再次，莫言作品之所以堪称经典，还有与当代文学的某些机制和契机相关。学者张书群认为，莫言创作的经典化涉及发表的期刊及宣传、出版社的出版及传播、文学选刊的推介、文学选本与名作的淘选、文学评奖与作品的经典化、文学批评与作家的历史定位等方面[②]。其中，不同于古代和当代十七年经典生成方式的是，当代商业化运作参与到了文学经典的淬成冶炼当中。期刊、出版社、选刊、选本、评奖和批评，都是在商业化的机制当中运作的。即使意识形态主管想去干预文学的生产和经典的生成，但是由于其精力、品位，再加上文学在

① 季红真：《莫言：世界主义的乡土作家》，载《经济观察报》2012 年 10 月 22 日。

② 张书群：《莫言创作的经典化问题研究》，山东大学出版社 2014 年版。

其看来是末技小道，所以就出现了心有余而力不足，或者干脆就无暇顾及。尤其是20世纪八九十年代，文学正是利用其独具的特点和优势，而成为从审美心理、艺术手法、思想意识等方面，彻底改变僵化传统的最为重要的艺术形式。莫言作品，如《红高粱》《透明的红萝卜》《天堂蒜薹之歌》《酒国》《丰乳肥臀》《檀香刑》《生死疲劳》《蛙》《拇指铐》《师傅越来越幽默》《三十年前的一次长跑比赛》《长安大道上的骑驴美人》《翱翔》《夜渔》等，纷纷发表或出版，而且很多获了奖，得到批评界的关注，逐渐成为当代读者耳熟能详的名篇。当然，莫言及其作品所经历的多次的争议和被批判，而且由于这种批判往往来自意识形态的强词夺理或有意曲解，这就更增加了读者阅读的兴趣。这种逆向的压制和禁锢反而带来了读者对于莫言作品的好奇心。一部禁书史其实是人类如何突破禁区进行阅读的历史。莫言的几部作品如《丰乳肥臀》也是如此。书名的魅惑性和实际上的严肃性，所构成的消费和生产、出版的张力，成为莫言多部作品传播和接受的特点。《天堂蒜薹之歌》也是如此，作者用"天堂"来修饰那个20世纪80年代后期在山东苍山县（后改名兰陵县）所发生的惨痛的"蒜薹事件"，其间虽有反讽的意味存在，但是如果当时就以后来的书名《愤怒的蒜薹》（1993年12月北京师范大学出版社再出版时所用书名），恐怕就不能正常出版了。《酒国》（又名《酩酊国》）也是如此。这种书名以及更多内容的删改，在莫言作品的不同版本中，是另一个很突出的特点。而正是这种暧昧的时代氛围和作家勇于担当、探索和创新的精神，才在狭隘的写实主义套路中横空出世，攻占了一个个文学高地，并创造了一个又一个文学奇迹，攀上了一个又一个艺术高峰。在适应时代局限与突破时代桎梏，并力图引领时代的创造精神的召唤下，莫言一路披荆斩棘，近乎完整地艺术化呈现了当代社会和历史中的农民的人性立体性、复杂性和丰富性，为了实现这个宏伟的小说叙述的目标，他往往把前现代主义的信仰之维（混沌的、迷信的、宗教的）、现代主义对精神深度（包括对社会黑暗的揭示、对人性厚黑学般的邪恶的探查）以及后现代主义的洒脱姿态（对苦难的调侃和喜剧化处理，以幽默和乐观来对抗严酷和不幸），融合为一体，从而构成了他的小说艺术的王国。在颠覆既有规范方面，莫言从不退让，而是以后卫甚或先锋的姿态，或采取迂回、朦胧、梦幻的方式，或采用稳、准、狠的写作策略，给予了多方面的表现。

最后，莫言的时代是一个全球化的互联网时代。这是一个真正彻底地打破艺术的雅与俗的时代。原先那种可以产生光晕（aura）的古典艺术时代已然结束了，取而代之的是大众文化、通俗艺术和严肃文学、高雅艺术的交汇融通。然而在这个艺术的"机械复制时代"，文学家、艺术家依然要创作出具有独创性的作品来。这是艺术的宿命。莫言以“高密东北乡”文学世界正是这种创作氛围中的一个异常坚挺的艺术独立王国。他把文学来了个中西合璧、古今交融、雅俗打通。在文学的王国里，莫言声称，他就是可以号令天下、为所欲为、生杀予夺的国王。这种打破既有权威、敢为人先的创造精神，又是这个散文化的平庸时代平民文化的英雄。小说这门艺术自诞生以来，走的就是通俗的甚至可以说是下里巴人的路数，但中国近代以来它被赋予了启蒙国族的沉重任务，小说开始变得日益严肃正经，逐渐失去了本该有的诙谐、幽默、轻松、丰富、深邃等禀性。在经过了近百年中国小说严肃化、正经化、意识形态化等之于小说的异化现象之后，莫言在新时期率先冲击这种小说风气，进行了对 20 世纪中国历史和现实的机智幽默的再叙述。在还原小说的“小”说的同时，又对国族和历史的大话题、大问题进行了富有深度与特色的叙述，他的小说在苦难中能够见出乐趣，在悲痛中能够蕴含希望，甚至恐怖、屈辱、饥饿、死亡等，在莫言的小说中也变得摇曳生姿、妙趣横生。《红高粱家族》中的罗汉大叔被日本人威逼杀猪匠孙五剥皮的情节尚历历在目，莫言又推出了长篇小说《天堂蒜薹之歌》，作品写高马、高羊（羔羊的谐音）、四婶等受屈辱被压迫、被盘剥、被迫害的角色，但也写出了他们身上和周围世界构成的一系列喜剧化的境遇，那四婶嘎嘣嘎嘣咬虱子的画面、洗头的画面，被追捕的高马躲进臭烘烘的猪饲料发酵缸里的情节，乃至公社大院里被削掉了半边脑袋的马脸青年的悲惨画面，被关进看守所的高羊因漂亮女警为他剃头而获得了异常幸福的感觉，不是在这里能够享受到这种抚摸吗？这些描写触目惊心，让读者有一种异样的感受。《酒国》中酒池肉林的饕餮豪饮，农家养育儿子以求到肉孩加工厂卖个好价钱，一尺酒店老板、侏儒余一尺发誓要弄遍酒国所有美女的豪言，和酒桌上让人心惊肉跳的驴的生殖器做成的龙凤呈祥美食，主人公丁钩儿最后毙溺于肮脏的粪坑之中，更是让读者瞠目结舌。《檀香刑》中企图刺杀袁世凯的钱雄飞被凌迟，抗德英雄孙丙被自己的亲家、从清宫退休的刽子手赵甲用檀香木钉杀的故事，让人惊悚不已。《丰乳肥臀》从书名到故事，都给予了中国传统女性以更加复杂的新质。一个因丈夫无能而不能生育的女性鲁璇儿（上官鲁氏），为了生育而且要生出儿子，与多个男人发生关系，最后和来自瑞典的传教士马洛亚结合，生下了中西结合的混血儿上官金童，但这是个孱头，在人性险恶复杂、社会腐败黑暗的时代，他这个善良的杂种，却只能接受任人宰割的悲惨的命运。《生死疲劳》中被枪毙的地主西门闹经过六道轮回中的驴、牛、猪、狗、猴等动物和大头儿蓝千岁，重返人间的故事叙述，让读者看到了当代社会的中国式荒诞和怪诞。诸如此类的故事叙述不断地在莫言的短、中、长篇小说中涌现，这种种规模或大或小的惊悚叙述、震惊艺术（shock art），由于与深厚的中国历史和现实紧密相连，而具有了震撼人心的艺术效果，也符合或顺应了当今时代读者和受众艺术的、审美的接受心理的诉求。这种艺术策略或手法，在庞杂众多的艺术作品中，能够脱颖而出，实在是因为作者莫言深刻洞察了当今艺术的发展趋势和当代读者的审美需要。这种驳杂但丰盈、泥沙俱下但浩浩荡荡、体态庞大但深潜于大海般的人类精神的深处，都带来了不同凡俗的震惊效果。在这种震惊的艺术效果之外，又会让读者深深地思索，从而导致当代读者小说艺术审美接受心理的更新、丰富和变异。在让读者受众震惊的同时，打破了传统艺术的雅俗界限，使得小说这门艺术在回归和还原其本该有的面貌和样态当中，又融合了当今时代和世界一体化的新质。这也可视为当代小说经典化的一个方面。在当代语境下，唯有真正做到雅俗互渗、雅俗共赏，才是通往经典之路。莫言的“高密东北乡”文学王国正在证明这一点。

总之，莫言早先有些幼稚的人情美、人性美的刻画，终究抵不上直面惨淡现实的果敢和勇气，但小说作为一种虚构的艺术还是要回归这种虚构性，于是“酒国”式的怪诞与狂欢就豁然出现了。他这部集中了几乎人类叙述史和小说史所有手法的小说作品，给予小说领域的冲击还在于他的写作冲破了城市现代主义的壁垒，让现代主义、后现代主义以一种元现代主义的新颖方式，荡涤着陈腐的城市现代派和后现代嬉皮士、雅皮士们。莫言善于采取雅俗结合、雅俗互渗的战略，配合以声东击西、欲擒故纵的战术，各个击破，最后得以大获全胜，经典或许就在这种大开大合、纵横捭阖的叙述中生成着。当然，莫言作品的经典化还在运演、生成当中。莫言最近声言，他获（诺贝尔文学）奖后，已经很长时间无暇创作，但他还有创作经典的雄心。因为他有充分的理由和挑战自我、挑战既有经典的底气和能力，所以我们有理由期待着他创作出与已有作品迥然有别的新的伟大作品来。因此，我们研究探讨莫言作品的经典化问题，其实是当代文学批评的一个切入点，而非盖棺定论般地指认莫言作品如何就是经典。莫言作品在很大程度上和多方面都具备了成为经典的可能性。但由于时段较短，其具体的经典化还需要时日，还需要历史的淘洗和更多读者的选择。

（发表于2017年4月潍坊学院“莫言与当代文学经典化”学术研讨会）

第二节 从讽刺到反讽

——莫言对鲁迅创作观念及手法的继承与发展

一、鲁迅的讽刺艺术

莫言曾经在一篇随笔中非常崇敬又非常自信地写道，中国古代作家他最崇拜蒲松龄，现代作家他最崇拜鲁迅，而当代作家他敬佩自己。莫言文学美学对于包括鲁迅在内的传统文学美学是一种继承与发展。从内容上看，鲁迅先生认为的那些不能写入作品的物象、意象和形象，在莫言这里都不是禁区和问题。问题是如何去写，如何去创作新的美学范式。从文学表达的情感基调或审美倾向来看，从鲁迅对世界和他人的冷嘲热讽的讽刺（satire，sarcasm）到莫言的反讽（irony）和自我调侃，就是近百年中国文学发展演变的一个重要线索或维度。

鲁迅的时代处于传统纲常失效，新的伦理道德价值尚没有建立起来的新旧过渡时期。他自身的遭际和坚韧的个性，以及他所吸纳的古今中外的庞杂资源，他对外国尤其是日本的深切认识，使得他有强烈的作家主体性意向。作为中国现代第一代启蒙思想家、文学家的鲁迅，其以社会启蒙理念为核心的主体性支撑了他的整个创作生涯。而他自身独特的经历又使他的主体性呈现出不同于同时代其他作家的鲜明个性。鲁迅出生于大户人家，幼年和少年接受过良好的教育。所以当13岁他的家庭“由小康坠入困顿”、当他在日本留学期间受到不公正对待、当自己国民遭受到残酷杀戮时，鲁迅都禁不住发出对命运的感慨，并且对整个国族、世界、历史和人性充满了丰富、深刻的认识。无论是他的小说、散文还是杂文，都往往充溢着由这种强烈的憎恶感引发的同样强烈的主体性反感，这种感受转化为文学的艺术笔法便是以理性为基础、以批判和反思为锋芒的讽刺手法的大量运用。鲁迅的讽刺体现为三个层面：冷嘲

（cynicism）、热讽（hot satire）及自嘲（反讽）。讽刺属于美学上的喜剧类型，而喜剧按照鲁迅的话来说，就是“将那人生无价值的东西撕破给人看”。他对喜剧的观点，是站在启蒙主义立场上做出的。所以，鲁迅以喜剧和讽刺的态度对着一切不合理、无价值的东西开刀。由于鲁迅处于一个三千年未有之大变局的重要转折时期，数千年的积弊在新的时代和新的情势搅动下往往沉渣泛起。当面对如此混乱、愚昧、落后、肮脏的外在世界和人们的内心世界，作为创作主体的作家鲁迅难免会产生怨恨的心理和认识。辛亥革命后，一切照旧，鲁迅在《再论雷峰塔的倒掉》一文中认为：“这一奴才式的破坏，结果也只能留下一片瓦砾，与建设无关。”所以，鲁迅的讽刺（热讽）通过他笔下的那些麻木的民众和看客而显示出来。在他看来，在这一片废墟上哪里能寻得到美和自由，留下的唯有让人仍然伤心甚或痛心不已的奴性的瓦砾和无耻暴君的专制。在鲁迅的小说中，祥林嫂那木然的眼神、阿Q头上那显豁的癞疮疤、孔乙己那破衣烂衫和背后拖着的长辫子、华老栓们买来的沾着烈士夏瑜鲜血的馒头……似乎构成了鲁迅小说世界的主旋律。“哀其不幸怒其不争”正是鲁迅小说创作立场的精辟概括和写照。鲁迅把自己的主要心力和创作的热情倾注到普通的下层人身上。而面对专制独裁者及其背后暴虐的专制制度以及恶势力代表人物如假洋鬼子、赵秀才、钱太爷等，鲁迅则往往变得异常冷峻，毫不妥协，到死“一个也不宽恕”，自始至终其态度及其作品体现为另一种讽刺艺术——冷嘲。他称假洋鬼子为“柿油党”，从心理深处表达了鲁迅对狐假虎威的现代士绅阶层的厌恶，既反映了他对于士绅阶层君子不党的价值立场的认同，又体现了鲁迅对近代士绅政权化和政党化的憎恶心态。当然他有清醒的认识，无论假洋鬼子还是帮忙帮闲的文人，鲁迅认为是“暴君的专制使人们变成冷嘲”。英国人约翰·穆勒的这句话，鲁迅还在《忽然想到（五）》《而已集·小杂感》《南腔北调集·〈萧伯纳在上海〉序》[①]中加以引用，以说明专制的国度里人们不敢自由地思索、自由地发言。因此，对于造成下层人普遍的沉默或奴性的专制制度，鲁迅是极其厌恶，并加以严厉批判的。而一篇《丧家的资本家的乏走狗》，把民国时期的著名文人梁实秋几乎钉到了历史耻辱柱上。他的杂文大量地运用了这种颇为有力的冷嘲的修辞或美学风格。这依然是一种属于讽刺范畴的表达手法。冷嘲的美学观和表现手法，在极度专制的社会里是非常不容易实现的，但他还是怀着巨大的创作冲动和启蒙的宏大意图，通过不断地改换笔名、变换身份，发射自己的冷箭和投枪，对于他看不惯的人和事，对于那些在他看来毫

① 芮和师：《专制使人们变成冷嘲》，载《鲁迅研究动态》1986年第5期。

无价值的人与事，予以无情的冷嘲与蔑视。而历史小说集《故事新编》体现了一种颠覆既有价值观念的意图，《采薇》中的伯夷、叔齐的行为本身乖张、悖反，也有一定的反讽意味。《出关》中的老子、《起死》中的庄子等形象均是带有这种特征的人物形象，其表里不一、内外矛盾，均与自身发生了不可调和的冲突，从而具有了可笑性、喜剧性。《理水》中调查灾情的文化人却津津乐道于"芦花似雪，泥水如金，黄鳝膏腴，青苔滑溜"的国泰民安虚假和谐景象，实际情况则是征集到的灾民食物"滑溜水苔""榆叶一品当朝羹"。怪异、反常、荒诞弥漫各处。[①] 种种悖论的存在打破了那种盛世假象。这种现象在史上比比皆是，历史学者张宏杰指出，在有清一代特别是所谓盛世的乾隆朝，在表面的繁盛之下，是整个社会被遮盖着的饥饿和恐惧，他谓之"饥饿的盛世"，这里的"饥饿"不仅仅是食物的匮乏和饥荒，而且也包括精神和道德的严重匮乏。[②]

同时，鲁迅深知自己的努力和作为最终会消失于历史的长河中，作为"历史中间物"思想的较早提出者与阐释者，他清醒地意识到自己行为的有限性，也深知这种不可为而为之行为的悲壮性或可笑性。小说集《彷徨》中的许多篇什即是如此，《孤独者》中的魏连殳，由早期的精神亢奋、怀抱希望到随波逐流、玩世不恭，一生都在"孤独"中度过，最后在痛苦中含恨死去。《在酒楼上》的吕纬甫变得消沉、颓唐，一改往昔革命者的激情四射。散文诗集《野草》作为自省自审的作品，充分体现了鲁迅"历史中间物"的思想，而贯穿这一思想的恰恰是一种与自嘲掺和在一起的反讽。如《失去的好地狱》中的"好地狱"、《这样的战士》中的"无物之物"、《题辞》首句"当我沉默着的时候，我觉得充实；我将开口，同时感到空虚"等，这种种悖反的情景和存在，无疑地启发了后来的作家莫言的笔名选取及其创作的反讽与张力。如果说，鲁迅的热讽和冷嘲体现和保存了其作为创作主体的一致性和强韧性，那么，《野草》的反讽和悖反则暗示了其创作主体性的彷徨与游移，也就是对自身的怀疑和反思。这一切共同构成了丰富、复杂、立体的鲁迅。

---

① 李敏霞：《论〈故事新编〉的反讽与戏仿艺术》，载《内蒙古师范大学学报》（哲学社会科学版）2007 年第 6 期。

② 张宏杰：《饥饿的盛世——乾隆时代的得与失》，重庆出版社 2016 年版。

二、莫言的反讽艺术

从鲁迅以讽刺为主的创作到莫言开始大量运用以反讽为主的创作，中国新文学的话语表达走过了百年历史。

反讽是当代文学家创作的一种手法。它需要至少两重语义，即人与人、人与环境以及人与自身的矛盾，是导致反讽产生的前提条件。第一种反讽作为一种内部自我生成的矛盾，“是一种调解人自身内部冲突的方法，是建立在精神的绝对自由上的”。[①] 这种反讽是一种向内的谵妄、清醒的愚狂，借助于这种反讽，人能够超越自身的局限，而抵达某一自在境界。这是人的个体自身内部的精神及其成长的方式。第二种反讽是关于人与外部世界的关系的，一件事物乃至整个世界都有着某种自相矛盾之处，置身其中的人自然摆脱不掉这种矛盾。还有一种关于反讽的分类法，即语言（修辞学）的反讽和戏剧的反讽。美国新批评家布鲁克斯认为，语言（修辞学）的反讽是“语境对一个陈述句的明显的歪曲”[②]。这种反讽亦可简单地理解为是“正话反说，反话正说”。巴赫金认为夸大其词就是语言的反讽。英国作家、批评家戴维·洛奇认为，反讽是读者与作品人物之间的不和谐，即“当读者意识到实际情况与人物的理解出现偏差时”，[③] 反讽就出现了。这是一种戏剧性的反讽，和语言的反讽是相对的。英国学者米克的概括更精粹：反讽“既有表面又有深度，既暧昧又透明，既使我们的注意力关注形式层次，又引导它投向内容层次”。[④] 在西方的现代主义作品中，在中国新时期以来的先锋文艺中，反讽得到了广泛运用。如果要准确地传达出先锋作家复杂而悲喜交加的体验，而又不显得那么一本正经，反讽就是最恰切的表现手段之一。

考入解放军艺术学院文学系后，莫言的创作发生了巨大的变化，如同鲁迅那样，他开始了对西方精密短篇小说的模仿和学习。在 1999 年莫言编选出版的《锁孔里的房间——影响我的 10 部短篇小说》中，他选取了 9 位外国作家的短篇小说作品；另外选取了鲁迅的《铸剑》。[⑤] 鲁迅这篇带有现代派风格的小说，

---

① 周国平：《诗人哲学家》，上海人民出版社 1987 年版，第 97 页。

② ［美］柯林斯·布鲁克斯：《反讽——一种结构原则》，载赵毅衡：《“新批评”文集》，中国社会科学出版社 1988 年版，第 35 页。

③ ［英］戴维·洛奇：《小说的艺术》，王峻岩、邓红风、张积模等译，作家出版社 1998 年版，第 197 页。

④ ［英］D.C. 米克：《论反讽》，周发祥译，昆仑出版社 1992 年版，第 7 页。

⑤ 莫言：《锁孔里的房间：影响我的 10 部短篇小说》，新世界出版社 1999 年版。

具有热烈与冷酷的互转、真情与荒诞并存的悖反特征，启发了莫言对于残酷的叙事能力。这些作品成为莫言世界短篇小说的最爱。这些小说家的作品的表现手法和情感基调，松绑了莫言板结的文学观念，温润了他的小说叙述方法，尤其是其中很多反讽思想和手法，更为莫言带来了轻松而高超的小说叙述享受和创新冲动。

在莫言的小说世界中，高频率、大篇幅、高强度的反讽比比皆是。在莫言的作品中，直接的、铿锵有力的鲁迅式的讽刺很少见了，取而代之的往往是充满了幽默和滑稽色彩的反讽。中篇小说《欢乐》从小说的题目到所描写的内容、情感基调，再到叙述手法，都带有强烈的反讽意味。多次高考而未考中的主人公永乐，不得不接受这悲剧的结局。他回到家乡，受到了村人的奚落和调笑，甚至连老丑而乱伦的三仙姑似的臭婆子也挖苦他。永乐喜欢的姑娘鱼翠翠喝农药死了，翠翠和他的关系也只有掀开褂子看了一眼刚刚发育的白乳房而已，可他一直感到自己犯了罪一般。歹毒的嫂子不但轻忽永乐，而且用最恶毒的语言咒骂婆婆，他的母亲只能忍辱负重。退了休的长着白肉的公社副书记幸灾乐祸地称永乐为“永乐皇帝”，老师称永乐大号“齐文栋先生”。巨大的期望和巨大的失败、巨大的幻想和巨大的落差，导致了永乐精神的崩溃。悲凉和忧愁充溢了永乐的整个身心，他厌恶世界上的一切，追随鱼翠翠而去成了他的唯一选择。

《铁孩》《枯河》《翱翔》《嗅味族》《三十年前的一次长跑比赛》《师傅越来越幽默》《长安大道上的骑驴美人》《十三步》《四十一炮》《生死疲劳》等莫言小说，在多个层面上都体现了反讽美学。这具体表现在以下几个方面：

其一，叙述语言或修辞的反讽。语言表达与语境之间的反讽是如此强烈，以至于字里行间都充满了悖反和怪异的审美气息。作为莫言最后一部实验性的长篇小说，《四十一炮》并非仅仅有话语的自发性流动和毫无节制的能指操练。除了小说所选取的儿童口吻叙述，除了食与色两大人性领域的“炮孩子”那不带“文明”修饰的袒露、甚至有些洋洋自得的炫耀之外，还有一种隐秘的叙述意图，就是在“炮孩子”的语言之流中加进了反讽的成分。这些反讽话语往往也是亵渎的、戏谑的、喜剧性的，不但夹带着泥土的气息，而且还含有某些民间的、匪夷所思的邪趣，然而它把最真实的存在呈现出来，虽然令人尴尬、难堪、恐惧、恶心，但是这种反讽喜剧式的叙述不同凡响，甚至有点超然物外的道骨仙风。《四十一炮》扉页上的话提醒着沉迷的读者：“大和尚，我们那里把喜欢吹牛撒谎的孩子叫作‘炮孩子’，但我对您说的，句句都是实话。”“吹牛撒谎”与“句句实话”本身就构成了反讽。《十三步》写整容师李玉婵在殡仪馆美容室内为她的情人、刚刚死去的王副市长美容的情景：“她把墙壁上的抽屉拉开，拿出乳胶手套戴好，手套又薄又亮好像没戴手套。你又捏起一把比日光还要亮、比窗纸还要薄的手术刀。甜蜜的笑容浮了一脸，你站在了工作台前。”“王副市长肥胖的大脸上，凝固着惊恐的表情，那两片吻过我的芳唇的坚硬的山东嘴唇似乎在哆嗦着。”[①] 这里的“她”“你”“我”三种人称均为李玉婵一人，“她”这一句，似乎有一个全知叙述者在叙述。接下来的“你”这两句，转向了第二人称限知叙述，“甜蜜的笑容”等话语中含着浓浓的反讽意味。下面的一句为第一人称叙述，在巨大的语境反差和强烈的对比中，进一步加强了话语的反讽张力和虚幻性。在这种反讽中，精神的、高雅的、华丽的、宏大的、正经的事物和人物，往往被物欲的、低俗的、丑陋的、微小的、滑稽的、肉体的，甚至性器官的、壮阳之类的叙述话语瓦解掉。《生死疲劳》的话语表达也是如此。旧省委当权派腐败分子，不但讨了少女做老婆，而且通过各种手段得到壮阳药、壮阳食品，养得阳具高挺，“横草千女如卷席”。这体现了互文性的、修辞的反讽。

其二，情感或情境的反讽。《嗅味族》写了家庭成员之间的亲情荡然无存的窘况，唯有父母、哥姐对儿子、弟弟的打骂和怨恨，反过来就是“我”对家人的痛恨与怨毒。在地下井道的嗅味族里吃饱喝足的我一回到家，在家人的盘问下，“打了一个饱嗝，让胃里的气味汹涌地窜上来：我陶醉在美好的气味里，心中充满了幸福的感觉。我看到我的那些兄弟姐妹们都把鼻子翘起来，脑袋转动着，在搜寻美好气味的源头。在饥饿的年代里，人们的嗅觉特别的灵敏，十里外有人家煮肉我们也能嗅到，当然也说明了那个时候空气特别纯净，一星半点儿的污染都没受。”[②] 物质的匮乏与美味的享受，以及由此带来的亲情突变之间构成了巨大的反讽。这种情境的反讽构筑了小说叙述的情感基调，体现了叙述者的优越感。“我”的话语其实仅仅是一种叙述而已，它并不建立在事实的基础上，而是一种心理补偿机制在支配着叙述者的叙述。莫言说过，饥饿养成了他善于幻想和想象的能力。对吃饱穿暖的富足生活的向往是莫言文学想象力和幻想力的重要契机或推动力。《嗅味族》通篇以传说和幻想构成，其原型就是在 20 世纪 60 年代的大饥荒中遭受饥饿的极致经历。《铁孩》中饥饿难耐的幼儿失去了父母，没有任何吃的东西，但他们有坚强的胃囊，仿佛能消化任何东西，甚至他们找来大炼钢铁的废钢渣、铁丝，都成为他们的食物，他们吃起来津津有味，味道好极了。这既是一种纯粹的文学想象力的表达，也是一种对于严酷

---

① 莫言：《十三步》，上海文艺出版社 2012 年版，第 47 页。

② 莫言：《嗅味族》，载莫言：《学习蒲松龄》，中国青年出版社 2011 年版，第 71 页。

现实的巨大反讽。《长安大道上的骑驴美人》写了当代无聊平庸生活中的奇思妙想，从现代返回到古代，从现实界跨越到想象界，从不完美的、琐屑的生活到完美整一的理想，是这篇小说的主旨。然而，小说所创设的美好境界其实只是现代都市人的一个美丽的泡影而已。工人侯七突然在长安大街上看到了一幕：一个美丽少妇骑着一头黑驴，跟随着一个骑马男子，男子披挂着银灰色的盔甲。他们旁若无人地闯红灯，引得大街上许多看热闹的人追随，也引来了警察的关注。侯七期待着看到奇迹或匪夷所思的美妙画面出现。就在人们跟厌而离开，最后只剩下了侯七一个人时，白马和黑驴都停下了脚步，“侯七的心一阵狂跳，期待已久的结局也许就要出现了，让他怎能不心跳！”然而，白马和黑驴分别翘起尾巴，各自拉出了十几个粪蛋子，然后马和驴电一般地往前跑去。[①]美好的期待与期待的落空相伴而生。这是一种充满亵渎性的戏剧化反讽方式，同时是一种外部矛盾型反讽。

这种反讽占了莫言小说反讽相当大的分量。在《生死疲劳》中，省吃俭用、勤劳持家、修桥架路、行善积德的地主西门闹却在土改中被枪毙于桥头；而偷鸡摸狗、吃喝嫖赌抽五毒俱全，糟蹋光了父辈家业、气死了老娘的杨七，土改时却成了最优秀的出身成分——赤贫农和最革命的先锋。这种时代和命运的巨大反差便构成了一种反讽。善恶、乾坤、是非，统统颠倒了，整个世界的价值标准和行为规范都被彻底颠覆了。在是非、善恶、美丑等方面，人与其生活的环境之间产生了不可调和、不可逾越的巨大鸿沟。这是《生死疲劳》小说叙述的基调，也是小说反讽的总基调。小说中的主人公之一蓝脸是西门闹捡来养大的孩子，人民公社化后不愿意入社，坚持单干。现实中的原型被折磨死了，而小说中的单干户蓝脸侥幸没有被打死，但是从根子里热爱土地和劳动的他，被当作另类，不但经受孤独，而且遭受种种肉体的折磨和精神的屈辱。他所代表的老一代农民靠勤劳和善良过活的本分思想，在这个不断地搞运动的年代，也成为一种妄想。就是这个土里刨食、汗水里劳作的农民，在 20 世纪 60 年代的大饥荒中，公社里整天饿死人，而他家打的粮食却吃不了。这其实揭示了蓝脸以一人之力与违背社会发展规律的人民公社的无声对抗，同样具有强烈的反讽意味。在具体的叙述中，那些拿着红宝书（毛语录）的人，往往是贪心肆虐的角儿；而那被游斗的老县长，却因为在批斗中到处走路而锻炼了身体，高血压、失眠等症不治而愈；“文革”中“大叫驴”小常，与“二叫驴”西门闹的儿子、蓝脸的养子金龙，会师于集市上，两批走资派也会师了。金龙“文革”中生活

① 莫言：《长安大道上的骑驴美人》，载莫言：《与大师约会》，作家出版社 2012 年版，第 215 页。

贫穷，缺衣少穿，但他的一身半土不洋的的确良军装却舍不得脱下来清洗，他的娘只好趁其生病昏迷之际把他长满了虱子的军装给煮了，结果虱子煮死了，而军装也缩皱得不成样子。即使这样，蓝（西门）金龙“大病初愈，面色灰白”，仍然“支撑着出来领导革命”。[①] 卑微、贫困、潦倒却充满了豪言壮语的故事，在《生死疲劳》中比比皆是。这显然是一种戏剧性的反讽，但又夹杂了语言修辞的反讽。在戏仿领袖话语、领袖形象以及宏大的历史叙述中，这种空洞的话语和历史所指被解构了，人们从这种虚空、做作、滑稽且带有表演性的作态中，获得了喜剧般的愉悦感。人们在笑声中亵渎和嘲讽了貌似神圣的对象，在喜剧中赢得了一点做人的乐趣和尊严。

其三，自我的反讽。这体现在以下几个方面：一是对作为作家的莫言自身的反讽，瓦解了作家这一伟大职业的崇高性。比如，《生死疲劳》中令人讨厌的小孩“莫言”，《酒国》里大腹便便、贪吃贪杯好色的作家“莫言”。虽然其小说中的“莫言”并不能等同于现实中的作家莫言，但是，从小说人物的命名和叙述的功能看，这一角色或叙述者隐含着对自我的调侃甚或嘲讽，自我反讽意味由此可见。二是对莫言文学世界的反讽。比如，他的《酒国》就是对《红高粱家族》的反讽。《红高粱家族》对酒文化和中国式酒神精神进行了书写和张扬，是对近代中国丧失了的血性的呼唤；而《酒国》则是对中国所谓酒神的亵渎，是对糜烂的饮食文化包括酒文化的全面解构和反讽。《酒国》颠覆了自己创设的“红高粱家族”叙事，亵渎和瓦解了刚刚建立不久的莫言式酒文化、酒神精神。

其四，融合型反讽。莫言小说往往既有戏剧性或外部矛盾性的反讽，也有语言的或修辞的反讽，还有指向自我的反讽。在《酒国》中，省检察院高级侦察员丁钩儿奉命去调查一桩食婴案。这个职业本身就带有某种神圣感和庄严感，但是在整个过程中，丁钩儿先是与所搭车的女司机调情，然后在调查对象、煤矿书记和矿长摆设的宴会上被灌醉，出尽洋相，灵肉分离。后来他找到的女司机又恰巧是市委宣传部副部长金刚钻的妻子，两人交欢中金刚钻突然出现，丁钩儿调查的对象抓住了他的把柄。丁钩儿就这样一步一步走向了自我堕落和周围环境的重重迷雾当中，最后醉酒掉进粪坑而肮脏地淹死了。小说中的丁钩儿甚或整个酒国，便是这样在酒中沉醉、糜烂、堕落。这构成了对于严肃工作、正常生命和人的生存本身的解构与反讽。《酒国》的反讽不仅是对具体人物、时代和自我的反讽，而且是对整个人的存在、整个时代的反讽。小说的扉页写着“丁钩儿墓志铭”：“在混乱和腐败的年代里，弟兄们，不要审判自己的亲兄弟。”

① 莫言：《生死疲劳》，作家出版社 2012 年版，第 160 页。

其意在作者（叙述者）的自我反思和反讽，也召唤着读者同样的情怀。食婴大案之所以发生或疑似发生，都是和这个民族及时代迷茫、败坏、自私、浅薄等特点息息相关，世人皆醉我独醒几乎荡然无存。另外，小说在文体创造和语言表达的特点来看，《酒国》充分发挥了作家上天入地、狂放自在的想象力，把整个世界、时代、社会、艺术、自我等，都来了个彻底颠覆和解构。“作家莫言”给“酒博士”李一斗回信，“有一位叫李七的人写了一篇《千万别把我当狗》的小说，那里边写了几个地痞流氓，在坑蒙拐骗偷什么勾当都干不了的情况下，才说：咱他妈的当作家去吧！”[①]“我这人没有理论根基，鉴赏力很低，不敢指手画脚。我已将大作寄给《国民文学》编辑部……”[②]李一斗一共写出并寄给莫言的小说有九篇，其中《酒精》这样写道：“好酒好酒，好酒出在俺的手。喝了俺的酒，上下通气不咳嗽；喝了咱的酒，吃个老母猪不抬头！”[③]在戏仿《人民文学》和作家自己此前的作品《红高粱家族》互文性的叙述中，小说进行了多重的反讽。

仅仅是一种轻松或飘忽的戏仿与反讽，并不是莫言的专利，当代中国的先锋作家们都会这一招数。难能可贵的是，莫言由此往前迈出了一大步。他把大话语同小话语、宏大叙述和微小叙述、领袖话语和农民话语、革命话语和性话语等，都糅合到一起，从而使小说语言成为一个超级话语大熔炉。莫言深受蒲松龄《聊斋志异》妖狐神鬼和地狱叙述方式的影响，对“文革”时期毛文体、“文革”文体、红卫兵文体、社论文体的有意无意地反讽导致了喜剧式叙述效果。小说的叙述就具有了多重的层次、意味和审美。总体上讲，这种叙述效果的背后是一种由现实真实到感觉真实再到精神 / 灵魂真实，以及深刻的反讽美学。

三、莫言式反讽对鲁迅式讽刺的承续及其共通性

美学家总结道：“讽刺是以真实而夸张或真实而巧妙之类的手段，极其简练地把人生无价值的东西撕破给人看，引发人们从中得到否定和贬斥丑的精神

① 莫言：《酒国》，上海文艺出版社 2012 年版，第 25 页。

② 莫言：《酒国》，上海文艺出版社 2012 年版，第 26 页。

③ 莫言：《酒国》，上海文艺出版社 2012 年版，第 27 页。

和情感愉悦。”[①] 在某种意义上，鲁迅多方面的讽刺艺术代表了20世纪上半叶中国新文学的最高成就。那是一个光明与黑暗、启蒙与反启蒙的力量似乎泾渭分明的时代，又是一个阴云密布、黑暗势力猖獗的时代，因此是极需要投枪和匕首的时代。鲁迅说过："谁高兴做'文字狱'中的主角呢，但倘不死绝，肚子里总还有半口闷气，要借着笑的幌子，哈哈地吐他出来。”[②] 对于现实生活及其建立其上的情感世界，鲁迅强调真实性之于讽刺的重要性，他在《什么是讽刺》一文中指出："讽刺的生命是真实。”在《论讽刺》中他则强调写实性也即真实性之于讽刺的重要性。基于此，鲁迅的讽刺是对着邪恶的外部势力和帮忙帮闲的文人的，有时候也触及普通人性的恶，可谓"嬉笑怒骂，皆成文章”。另外，在尚未大一统的国土上，直接性的讽刺（冷嘲热讽）还是有一定存在空间的，在亭子间、在法租界、在破碎的某块国土上，鲁迅作为启蒙主义作家的主体性异常鲜明和强烈。而《野草》对自己作为"历史中间物”的自嘲，对自我黑暗世界的反语式的认识和表达，初步显示出鲁迅精神表现形式由讽刺到反讽的过渡。

莫言的创作处于改革开放的新时期，尚没有完全走出传统体制氛围；同时作为作家的创作主体性也一再遭到后新时期以来反启蒙思潮的干扰，启蒙主义进入了最为暗淡、无望的时期。鲁迅式的具有强烈主体性作为精神基础的讽刺性启蒙文学式微。虽然人们对于人性和文学的真诚和热望依然存在，然而文学和存在都发生了巨大变化，荒诞成为现实，现实变得荒诞，痛快淋漓的直接的冷嘲热讽已然失去了接受的文化心理语境。而反讽能够以更加具有时代感的悖反性和对荒诞性处境的机智表达而赢得读者。因此，莫言的反讽文学和反讽叙述美学便应运而生了。那么，鲁迅和莫言的文学世界有无共同之处？笔者认为，笑与幽默便是鲁迅与莫言的共同特点。

鲁迅在《奇怪》一文中，对封建道德"男女不同席”做了尖锐的批判。他诙谐地指出：中国的"古人和今人”许多"分隔男女的设计”都还不够高明，"低能透顶的是还没有想到男女同吸着相通的空气……对于这一严重的问题倘没有办法，男女的界限就永远分不清。”他恶作剧般地写道："可以用防毒面具，各背一个箱，将氧气由管子通到自己的鼻孔里，既免抛头露面，又兼防空演习。”这种构思方式和表达方式透出了鲁迅充满智慧的幽默感。他用归谬法、以子之矛攻子之盾法、反唇相讥法、反语等，来表达所感受到的隐曲委婉的文学

① 刘叔成、夏之放、楼昔勇：《美学基本原理》，上海人民出版社1987年版，第216页。

② 鲁迅：《从讽刺到幽默》，《鲁迅全集》第5卷，人民文学出版社1981年版，第43页。

世界，这体现了鲁迅的机智与幽默。

莫言的反讽同样和幽默、喜剧性紧密联系在一起。长篇小说《蛙》中写“我”（叙述者、军人万小跑又名万足）和妻子王仁美生了女儿，入乡随俗，大摆宴席，小时同学陈鼻和袁腮都来赴宴。陈鼻的肚子微微腆起，像将军肚。陈鼻就感慨做梦都想不到能过上好日子。“这要感谢华主席，袁腮道。我看得感谢毛主席，陈鼻道，他老人家要不是主动走了，一切还是照旧呢。”[①]幽默和反讽相伴而生。莫言小说的诸种反讽往往混杂在一起，语言修辞的反差与矛盾、语境与主体认知或情感判断错位，难分难辨。《酒国》中的丁钩儿来到煤矿，被引导到豪华奢侈、富丽堂皇的地下宫殿般的餐厅，但党委书记和矿长反而说：“穷乡僻壤，欢迎光临！”“条件简陋，不好意思。”[②]他们喝的酒是茅台、王朝干红、青岛啤酒，“书记也许矿长”却说：“我们是爱国主义者，抵制洋酒！”[③]丁钩儿谦虚地说不喝，但是“书记也许矿长”就说，丁钩儿高级侦察员来鄙矿调查，我们感到光荣，本人代替全矿干部和工人敬您三杯，您若不喝就是瞧不起俺工人阶级、瞧不起俺挖煤的煤黑子。[④]小说中，李一斗写了小说《肉孩》，内容是为饮食公司收购肉孩，按质定价，公平交易，特等肉孩须是白白胖胖的两岁左右男婴，农民金元宝夫妇好不容易把小宝养到 21 斤 4 两，特等每斤 100 元，折合人民币 2140 元。[⑤]这里冷静的客观化对话和描写，不仅表达了语言与现实本身的荒诞，而且是一种彻头彻尾的反讽。对话和叙述本身平淡至极，但又耸人听闻，触目惊心。如果放眼整个中国现代文学史，我们还会发现《酒国》里存在着一个超级反讽意图。现代文学诞生的标志是鲁迅 1918 年发表的《狂人日记》，“吃人”的表述及其隐喻成为现代文学一个经久不衰的重要而严肃的主题。无疑，《酒国》是对 70 余年前《阿 Q 正传》的反讽，也是一种超级冷幽默。《四十一炮》的反讽和幽默也是相伴而生：“老兰的肉同样是注水肉，但他的注水肉色泽鲜美，气味芬芳，放在烈日下曝晒两天也不会腐败变质，而别人的肉一天卖不出去就会发臭生蛆。这样，老兰的肉就不必担心卖不出去而减价处理，其实他的肉那么美丽也不存在卖不出去的问题。后来我父亲说老兰的肉里注的不是一般的水，而是福尔马林液。后来我们家和老兰的关系改善之后，老兰说，

---

① 莫言：《蛙》，作家出版社 2012 年版，第 98 页。

② 莫言：《酒国》，上海文艺出版社 2012 年版，第 40 页。

③ 莫言：《酒国》，上海文艺出版社 2012 年版，第 41 页。

④ 莫言：《酒国》，上海文艺出版社 2012 年版，第 43 页。

⑤ 莫言：《酒国》，上海文艺出版社 2012 年版，第 73 页。

仅仅注入福尔马林液还不行，要保鲜保色，还应该用硫磺熏三个小时。”[①]“色泽鲜美，气味芬芳”“那么美丽”，都是形容美好事物的褒赞性的语词，但是放在这里，就成为极具反讽性的叙述话语。这是一种在鲁迅叙述基础上的再叙述，只是疲弱的国民“进化”成了身体康健的国民，而精神却进一步退化 / 侏儒化了。然而，他的小说的叙述并非那种慷慨悲壮型，而是通过充满机智和包容性的反讽来实现其美学目的的。

莫言在反讽艺术方面继承和发扬了鲁迅的讽刺艺术传统或反讽精神。其小说的题旨和主人公的设置均从鲁迅的看客转向了刽子手，从而填补了小说写作的一个空白。例如，《檀香刑》艺术化地描写了多种残酷的刑罚：砍头、腰斩、阎王闩、凌迟、檀香刑等。小说对于刑罚实施过程进行了细致而不动声色的描写，结果就导致了批评界相互对立的观点。有的抱着理解和认同的态度，有的则如徐兆武在《极刑背后的空白——论〈檀香刑〉的主体和主题缺失》一文中所认为的，虽然《檀香刑》内涵丰富等，值得称道，但作品存在着主体和主题的缺失等严重问题。其实，《檀香刑》对刑罚的精细描写有着不易觉察的反讽意图，不理解这一点，就不能全面准确地解读和认识这部复杂的作品。其实，就在论者徐兆武所引莫言的文字中，我们就能够看出其背后的微言大义：“中国什么都落后，但是刑罚是最先进的，中国人在这方面有着特别的天才。让人忍受了最大的痛苦才死去，这是中国的艺术，是中国政治的精髓。”[②]这段文字恰恰表明了莫言小说的不动声色的反讽意味。“最先进的”“特别的天才”“中国的艺术”，尤其是“中国政治的精髓”，这是数千年来，尤其是西方社会进入近代而中国社会还一直处于中世纪封闭的皇权专制主义的数百年以来的一个巨型反讽；而绝非作者及其主体的缺乏，或者体现出作者认同这种所谓“艺术”和“精髓”。对各种酷刑的精细描写，恰恰可以揭示出中国文化和政治的卑劣和残暴，也揭示出人性深处的“邪恶的趣味”。正如小说中的人物、赵甲的师傅余姥姥所说：“面对着被刀脔割着的美人肉体，前来观刑的无论是正人君子还是节妇淑女，都被邪恶的趣味激动着。凌迟美女，是人间最惨烈、凄美的表演。观赏这表演的，其实比我们执刀的还要凶狠。”[③]这是在鲁迅反语艺术的基础上，借人物之口对看客的进一步追问：对恐怖的欣赏，对美被毁灭的欣赏，到底是一种何等的心理呢？这正落入了统治者施暴所造成的恐怖氛围之中了。面对如此

① 莫言：《四十一炮》，上海文艺出版社 2012 年版，第 18 页。

② 李斌、程桂婷：《莫言批判》，北京理工大学出版社 2013 年版，第 36–42 页。

③ 莫言：《檀香刑》，上海文艺出版社 2008 年版，第 191 页。

刑罚，任何对专制暴行进行反抗的企图都会被扼杀在萌芽当中，这正是统治者权术的实质。因此，这部小说不是缺乏主体性，而是叙述者尽量隐蔽叙述主体的意图，其目的还是在于直探民间文化的深处，抵达专制话语的深层结构，进而揭示出专制体制的实质。而这与鲁迅的讽刺文学精神上是一脉相承的。

这里涉及一个作家写作的期待视野或读者接受审美心理的更新问题。德国美学家耀斯提出了“反讽式认同”，“指的是这样一个审美接受层次：一种意料之中的认同呈现在观众或读者目前，只是为了供人们拒绝或反讽。”[①] 这种认同恰恰是一种对表层的漫不经心的接受，随之而来的就是通过审美的接受而达到道德上的思考，实质上是对这种认同的质疑和否决。正是在这个意义上，可以把反讽看作文学的最高表现形式。从鲁迅的讽刺和反语，到莫言的反讽和自嘲，正呈现出近一个多世纪以来新文学发展的一条脉络。

［发表于《浙江师范大学学报》（社会科学版）2017 年第 3 期］

①［德］汉斯·罗伯特·耀斯：《审美经验与文学解释学》，顾建光，顾静宇，张乐天译，上海译文出版社 1997 年版，第 277 页。

第三节　地方性戏曲如何走出低谷

——从茂腔戏《红高粱》看地方戏的再生

传统戏曲数百年来一直是基层民众喜闻乐见的艺术形式，但是由于时代的急遽转型和现代电子传媒的普及，全国各地的地方戏曲日益边缘化、零散化、低俗化，而且越来越受到冷落。年青一代由于生活习惯和节奏，已经远离了这些古老的艺术形式。笔者所在的婺州一带，早些年，每逢春节前后，各个村落和市镇都有婺剧团的演出，其程式化的结构、高亢的唱腔、优美的布景、诙谐的对话，都给当地民众尤其是老年观众带来了聚会的场所和机会，也带给他们艺术的享受和美的熏陶。而如今，婺剧这一中国古代戏曲的祖宗剧种也急遽衰微。

就在传统地方戏曲日益式微的背景下，由山东省戏曲艺术发展促进会，山东省艺术研究院，中共潍坊市委宣传部和高密市委、市政府联合打造，由高密市艺术剧院根据莫言同名小说改编的八场（幕）大型茂腔现代戏《红高粱》却逆势上行、成功上演，并被制作成电子光盘和其他各种形式发行，产生了良好的社会影响和审美传播效果。这是继小说《红高粱》改编为电影以及与电影相伴而生的音乐、雕塑（山东华艺雕塑艺术有限公司设计师谭宏伟塑造了“红高粱”系列形象）、舞剧（青岛歌舞剧院创作排演）、绘画（高密东北乡出生的画家刘铁飞创作有“红高粱”系列绘画）、60 集电视连续剧（著名编剧赵冬苓和莫言编剧，著名导演郑晓龙导演，著名演员周迅、于荣光、朱亚文、宋佳伦等参演）等艺术形式之后，又一部接地气的优秀艺术作品。

茂腔戏本是流传于潍坊高密为核心的胶东七八个县范围的地方戏曲形式，是当代民众喜闻乐见的大众艺术形式，在当地被称为“拴老婆橛子戏”，“茂腔一唱，饼子贴到锅台上，锄头锄到庄稼上，花针扎到指头上”。由此可见，茂腔戏与当地民众审美心理之间有着多么密切的关系。莫言曾经创作过以茂腔戏（他也称为“猫腔戏”）为主调的小说《檀香刑》，吸收、改造和丰富了茂腔戏本身。茂腔戏以曲调质朴自然，唱腔或委婉柔怨或高亢悲凉，生活气息浓郁，通俗易懂，颇有“一声直入青云去，多少悲欢起此时”之妙。

首先，茂腔戏《红高粱》之所以能够走出地方戏曲衰微的困境而获得成功，除了当地政府扶持之外，更重要的还在于编创者们紧密结合时代和观众需要，深入生活、深入历史、深入经典，严肃认真创作的结果。习近平在2014年文艺工作座谈会上谈到，艺术要扎根生活、扎根时代、扎根人民。而作为戏曲艺术的茂腔戏，由于属于传统地方戏，老一代观众日益减少，而年青一代观众的审美心理和需求同传统戏曲的表现形式和节奏等方面，都存在着较大的差距。在此背景下，如何调整自己创作的方向和路数，就是一个摆在高密市艺术剧院的艺术家们面前的重要问题。他们真正领会和贯彻了艺术要扎根生活、扎根人民的创作原则，认真严谨、精益求精的创作态度，以艺术家良心反映时代精神和人民呼声，推出了这部力作。这是茂腔戏《红高粱》成功的前提。

其次，紧密结合经典，并由文学大家莫言亲自参与编剧，是这部以传统艺术形式而获得成功的又一关键因素。第一版茂腔戏《红高粱》演出效果平平，莫言将其推倒重来。他严谨唯美的戏曲艺术理念深刻感染和影响了家乡的茂腔戏艺术家们。由于已经成为当代文学经典的诺贝尔文学奖获得者作家莫言代表作《红高粱》作为扎实的基础，而且作家亲身出马参与编剧，还由于具有深厚底蕴的茂腔戏的广大观众的审美期待和审美需求的推动等，使这部经过了多次修改的大型茂腔戏最终大获成功。在容量上，八幕茂腔戏《红高粱》被命名为“大型现代茂腔戏”，参演人员有70余人，演出时间有两个多小时，可谓近几年来最大型的一出现代茂腔戏。这就不同于传统茂腔戏的小布局、小制作。多幕茂腔戏《红高粱》浓缩了中篇小说《红高粱》《高粱酒》的内容，突出了九儿由善良、美丽的农村妇女逐渐转变成奔赴国难、英勇牺牲的巾帼英雄的个性形象，该剧由“出嫁杀鬼”“抗婚守身”“高粱地野合”“心心相印”“罗汉救友”“鬼扒人皮”“民族觉醒”“复仇烈火”共八幕组成，这八场（幕）戏曲没有回避在小说中就较为充分表现的矛盾冲突和美丑善恶交织的复杂背景。像“野合”“剥皮”“复仇”等场景，在传统茂腔戏等地方戏中是淡化甚至省略掉的，以表现主要人物和故事的和谐之美。但是，茂腔戏《红高粱》却偏偏着重表现了这些带有反美和恐惧的场面，使之成为表达戏曲主题和人物形象不可或缺的审美要素。

再次，舞美和灯光同演员精彩的演出相辅相成的配合也是茂腔戏《红高粱》成功的必不可少的原因。“鬼剥人皮”一场戏，通过声光电化的激烈场面，凸显了被剥皮者刘罗汉威武不屈的坚韧形象，正是这种视死如归的气概，吓倒了日本侵略者；而剥皮者孙五被迫杀害罗汉之后的疯癫动作，揭示了他痛苦至疯癫的心灵世界，更加强化了对日本法西斯的暴虐和罪行的揭露。这场鬼戏演得出神入化，强烈地刺激着观众的心理。“复仇烈火”一场为九儿牺牲的场面，血性而壮观，充分体现了普通的中国人坚贞不屈、抗战到底的决心和精神。这种场面和形象的直观演出震撼人心，也促使观众反省曾经的历史，珍惜和维护今天的和平生活，增强维护和平的力量和信心。而且这种丰富、立体的现代化的舞美、灯光设计紧密配合演员的精彩表演，既有力地衬托了戏曲主题的呈现，又适应了当代年轻观众的观剧心理需要。从相关资料看，这出传统的茂腔戏也获得了年轻观众的欢迎。这就证明了像茂腔戏这种传统地方戏曲同样可以在当今的电子时代赢得年轻观众的喜爱。传统地方戏曲的复兴和传承，看来关键的问题还是需要政府重视，艺术剧团要从经典中、从生活中、从技术进步中不断汲取营养，而不能墨守成规，故步自封。

最后，茂腔戏《红高粱》是在纪念抗日战争胜利 70 周年之际创作和演出的。而 70 年前抗日战争的伟大胜利，是中华民族由屡战屡败的屈辱的近代史，向取得反侵略战争全面胜利的伟大的转折点。因此，反思此前民族的屈辱史，歌颂这场伟大的胜利，是艺术工作者义不容辞的责任。作为一部表现中国人民艰难而英勇抗击日寇的小说基础上改编的戏曲，显然它同时代的需要紧密地结合了起来，这是其广受赞誉的又一个重要原因。另外，为了扩大影响，该戏还由专业的山东省艺术研究院拍摄、制作、推出了光盘版。这一切，都扩大了现代大型茂腔戏《红高粱》的传播和审美接受的受众面。

再反观许多其他地方的传统戏曲衰微至几近消失的窘境，除了时代变迁，观众审美接受趣味的变化外，一个更重要的原因是因为其表现的内容陈旧不堪，而且几十年不变，甚至有的还充斥着浓厚的封建道德意识，这样的戏曲如何能赢得电子网络时代的年轻观众呢？因此，传统地方戏曲要做到为当今的年轻观众也能够喜闻乐见，就要努力同当今改革开放的火热生活相结合，同中华民族伟大的历史相结合，同伟大的时代精神相结合，从时代、生活和历史丰富的元素中去挖掘材料、提炼主题、塑造形象。

（发表于《中国社会科学报》2016 年 3 月 14 日“艺术学”版）

第四节　余华随笔和小说互文关系

余华从一个先锋小说家向传统叙事的回归，既标志着他自身创作的转型，也体现了后新时期小说创作的转型。但万变不离其宗，余华在走向伟大作家的精神探险和创造中，他的随笔所透露出来的批判精神与其小说叙事较好地结合了起来。余华随笔明确地显示了其文学观及小说观的立足点和归宿：回归朴素的常识，关注爱与恨的人性，在金权拜物教的时代重塑人道主义等普世价值。

20 世纪八九十年代之交，在作家班曾和余华同一个宿舍的同学莫言后来说了句极具概括力和准确性的话：余华是个“残酷的天才”。这个天才是如何显现出来的？我们透过他的随笔，大致可以窥见一二。进入 21 世纪十年之后的余华已经通过写作使自己变得日益自信和强大。做到这一点不容易，余华以执着的努力和奇崛的想象力，让自己站在了当代文学的巅峰，证明了老同学莫言判断的正确性。

余华的随笔大致体现于三个方面：成长、阅读和创作，这三个方面的内容最后融入了余华的价值追求体系中，从而成为余华成功的三个层面。而从横向的价值论来说，余华随笔传达了什么样的观念？大致归结起来也是三个方面，即艺术真实、尊严、良知。从纵向来说，这也是余华创作的三个不同阶段所分别侧重的价值追求的体现。在这三种价值依托或追求中，余华始终寻找和坚信叙述的力量。叙述贯通了真实、尊严和良知三个方面。反过来说，这三种价值的建立或追求，才能使一个作家从众多作家中脱颖而出。

一、关于艺术真实

从最早模仿现实主义创作的《星星》等小说真实观到 1986 年之后成为先

锋派中坚力量和代表的艺术真实观，余华的这一转变的核心是追求艺术的真实，或者说是建立其小说叙述艺术真实观的时期。传统的艺术真实观是对现实的摹写和照相，余华显然不满足于此。在此后几年里，他因大胆放肆地追逐“虚伪的形式”而成为最具先锋色彩的作家，他在同题文章中鲜明地表达了自己的这一艺术观。其小说也正是这一文学观的体现。他把笔力集中于对温情脉脉的、被遮蔽的历史和现实的祛蔽，专门写了一批有关暴力和死亡的小说，不但解构了传统中国的武侠叙事、侦探叙事、言情叙事、伦理叙事、历史叙事，而且以这种审美风格（其实为丑学）颠覆了传统的“美”学。余华的后发优势在于其对暴力细节的描写，仅有暴力还不足以在众多先锋作家中脱颖而出，重要的是解构中的表现力，即对暴力、死亡的冷静和残酷的描写；更为重要的是余华在20世纪90年代对此进行了新的超越，即走出虚伪的叙述形式，重新走进人的生存的真实或真相，并企图以此去认知“生活世界”及背后的真理世界。他终于从众多先锋作家中脱颖而出，这得力于他从那种极端、残酷、暴力、死亡的冷叙述的实验泥沼中抽身而出，当然，那些关于残酷暴力叙述的训练并没有完全丧失其力量，而是在他20世纪90年代的长篇小说的写作中积淀为艺术基因而渗透于他的新小说叙述中了。作为先锋派中坚力量的余华此时期的创作及其文学思想，走出了一条螺旋式上升的路径，他对文学真实性的理解无疑较之《星星》时期有了质的不同，也与20世纪80年代后期先锋实验叙事时期迥然有别。这是一个否定之否定的写作过程。

另外，这一时期余华的文学真实观还体现在对于语言这种真实的载体的看重。20世纪80年代的后半期，余华几乎把全部的热情献给了小说的形式技巧和小说语言的营构上。叙述替代了对现实亦步亦趋的仿真式摹写。余华在他的一系列访谈、随笔、演讲、序跋中都提到这一点，打破时空因果逻辑和线性结构的叙述方式使他获得了文学创作的自由。到后来进一步发展为写作便是自由这一文学思想。如此他真正获得了创作的自由，同时在某种程度上获得了他作为一个个体的人的自由。个体的人的自由和写作的自由相辅相成，两者“亲密无间地”在余华的随笔中充分体现出来了。

在余华创作的否定之否定的阶段，即到了《活着》《许三观卖血记》的阶段，余华对真实的看法发生了重大转折。随后他又通过带有阶段性总结性的三年随笔写作（包括对西方音乐史的了解和欣赏），他意识到叙述的丰富不在于技巧的极致，而是其后的“无比单纯”①。这种丰富与单纯的辩证法才是小说艺术

① 余华：《音乐影响了我的写作》，上海文艺出版社2003年版，第8页。

经过朴素到丰富再到单纯的提升与超越。《活着》《许三观卖血记》的叙述恰恰体现了这一艺术辩证法。经历过繁复之后的单纯的真实比那种花哨的多彩要深刻得多。余华在随笔中还进一步把视野放开，他看到了美洲的开发是一部伴随着原住民印第安人的被欺骗、被掠夺和被虐杀的历史；他更看到了美洲的发展还是非洲黑人被贩卖、被奴役、被戕杀的历史。余华表现了一种人道主义的立场，他超越了东西方的局限，超越了民族和种族的立场，给予印第安人和黑人以深切的同情和关切，他站在全人类的立场表达了他的关怀。这体现了一个日益强大起来的著名作家的情怀。

对真实性的揭示，还表现在他谈论自己的阅读史的随笔写作中。他在很多场合和文章中，详细地阐发了自己对卡夫卡的阅读和理解。一般认为，卡夫卡文本是异化时代和异化社会的文学产物。而余华从卡夫卡文本中读出了政治（法律）问题与性的问题，隐秘的性的问题被余华的解读凸显出来，并进而与法律和政治问题联系起来。这一认识对卡夫卡的解读来说，无疑更具针对性。这和日本作家大江健三郎通过性来解构政治有异曲同工之妙。《城堡》中的 K 不但不能决定自己在社会政治法律中的地位，而且也不是自己的性的主人，K 从外到内都被有形或无形的东西严重地桎梏着，因此，在卡夫卡小说及其他文本中，性的出现必定与权力纠缠在一起，通过性压抑和性泯灭的揭示，卡夫卡的独特之处得到彰显。这是余华对卡夫卡心有灵犀的独特“发现”和解读。这表明了余华文学真实观的新发展。

二、关于尊严

我们这里谈及的尊严至少有以下几种意思：其一，作者通过创作获得自己在文学里应有的位置，否则写作就是一个漫长的无边无际的黑洞，一个看不到出路的生存方式，而绝不是一个能够认识和达到自由的存在方式。余华多次表达过他厌倦了牙医的生活，而向往自由自在的生活方式，这就是文化馆相对自由的生活方式。他实现了自己的既定目标，并不断超越，直到如今已经成为国际知名作家。这种对尊严价值的不懈追求还体现在他对阅读对象的选择上，他执迷于布鲁诺·舒尔茨和布尔加科夫，因为这两位作家，一个在希特勒的淫威下写作，另一个在斯大林的专制下写作，他们在恐怖的时代却活得坦荡、纯粹、义无反顾。这是一种何等的尊严性的生活道路？布尔加科夫说：“作家无论遇到多大困难都应该坚贞不屈……如果使文学去适应把个人生活安排得更为舒适、富有的需要，这样的文学便是一种令人厌恶的勾当了。”余华赞美布尔加科夫，说他“无论是来自政治的斯大林的意见，还是来自艺术的斯坦尼斯拉夫斯基的压力，都不能使他改变自己的主张，于是他生活贫困，朋友疏远，人格遭受侮辱”，然而布尔加科夫“微笑着接受厄运的挑战”，就像一首牙买加民歌里的奴隶的歌唱：“你们有权力，我们有道德。”[①]苏联的帕斯捷尔纳克，也是在极权之下坚定地从事着写作的伟大作家。余华的随笔在接触到这些具有伟大人格的作家时，往往显得精神凝重，他以其小说家的叙述简洁地描述这些作家的生活境遇——无论忆旧与阅读、写作与生活、旅行与探访……之后，再追问道：他们如此生活的根基到底是什么？余华的追问似乎又回到了那个起点——对于良知和真理的艰苦卓绝而无所畏惧的探索上。余华从这些作家身上获得了惊人的人格力量、艺术滋养，从而获得了他作为作家应有的努力目标和尊严。

成名之后的余华日益认识到普通民众生活世界本身的巨大力量。关注下层民众的生死存亡，虽然是个常识性的话题，但是在新的文学思潮如玄幻文学中，这似乎是个属于天方夜谭的、不屑一顾的话题。而属于“60后”的余华，在与日本作家大江健三郎的对话中这样说道：“政治对于大江健三郎的影响非常重要。而我们这一代作家，在我们的眼中的政治好像是非常可怕的东西。中国作家应该更好地关心一下社会问题，对政治的关注，是表现在对社会、对民众的关注。”[②]他作为艺术家的良知在这里给了“民众”。我很敏感于余华用这个字眼来表达他要关切的对象，而非被媒体大肆宣传的“群众”一词。民众重要的是作为个体的民的存在，而非群氓般的群众的生存，虽然他们人数多（众），但是这个字眼的落脚点在民的权益和价值上。在余华可能是无意识的用词，但却体现了一个有良知的作家对于民众的尊严和价值的看重。

在关于厕所的一篇文章中，余华看到了饥饿对于国人身心的巨大影响，在高尚与卑下之间其实不存在根本差异，“一切能够挽救饥饿的行为都是高尚的”[③]。他从事物的一个侧面能够看到另一个或多个侧面，从而能够穿透事物的表象，并让读者形成比较全面客观的看法，比如他认为“文革”期间在简陋厕所里关于性的书写（文字的和图画的、笔写的和刀刻的），“其实是对一个时代的抗议之声。”这是对性的禁欲和政治的禁锢的无声抗议，是“正常生活丧失之

① 余华：《温暖和百感交集的旅程》，上海文艺出版社 2003 年版，第 21 页。

② 见徐林正：《先锋余华》，浙江文艺出版社 2003 年版，第 163 页。

③ 余华：《没有一条道路是重复的》，上海文艺出版社 2004 年版，第 165 页。

后的本能的挣扎”，这是“作为解放者来到的”刻画和书写。[1]这种认识迥异于一般人的看法，但这样的解放者真的能带来解放吗？余华接下来的回答又是否定的，“这些以性的身份来到的解放者又是极端的功利，它没有抚摸，没有亲吻，它去掉一切可以使性成为美好的事物，直接就是交媾。”[2]这其实是性的臆想，是对性爱的又一次禁锢，是“不及物”的自慰式的性爱行为，是性的无奈而绝望的宣泄。余华敏锐而深刻地发现了其中的幽暗与虚空。

这种人道主义情怀正是成为一个大作家的必要条件之一。余华在一系列演讲和随笔中不断引用英国玄学派诗人约翰·堂恩的话，就说明了这一点：假如说欧洲少了一个角，那么就是我的家园又被水冲掉了一块，“所有人损失都是我损失，因为我包孕在人类之中，因此你别打听丧钟为谁而鸣，它为我也为你敲响。”这是一种幽深的人道主义思想。余华随笔所体现出来的正是带有博爱性质的伟大作家的禀赋和情怀。

三、关于叙事

余华在一系列随笔中提到，他的小说《活着》和《许三观卖血记》中的人物性格有自身的发展逻辑，作家只能尊重这一性格的逻辑力量，而不能僭越之。在先锋文学创作期，他一直认为人物或性格是叙述者可以任意操纵的傀儡，作者像皇帝或上帝那样通过叙述可以对人物生杀予夺，任意决定人物的命运，牵着人物走；但是经过了一段时间的沉淀，他终于意识到，小说虽然是虚构的形式的艺术，但是其人物性格也不是作家可以随意处置的外在对象，而是有其自身的性格发展的逻辑。在20世纪90年代的长篇叙事中，余华显然意识到，小说中的人物就是他的朋友，人物往往带着作者往前叙述，而非相反。这是对人物由强力控制到尊重的跨越。

余华很赞赏马尔克斯的“发明文学”的说法，他自己也在写作过程中意识到沈从文“贴着人物写”之说的合理性。有一个例子很准确地说明了余华对人物的体贴，他自己在演讲中也对这个例子津津乐道：《活着》写到福贵在儿子有庆死后，他把儿子埋在树下，他这样写道：“月光照在那条路上，像是撒满了盐。”这个比喻恰到好处，表现在以下三个方面：其一，月光是惨白的，盐是白

① 余华：《没有一条道路是重复的》，上海文艺出版社2004年版，第171页。

② 余华：《没有一条道路是重复的》，上海文艺出版社2004年版，第172页。

色的；其二，福贵不可能用长篇大论或华丽成语来看这条有庆到县城上学的必经之路，因为他是没有多少文化墨水的农民；其三，儿子死了，福贵的心像伤口上被撒上了盐。这比喻简洁但又极为传神，达到如此的境界确属不易。成长于浙江海盐这个产盐的沿海小县的余华看似平凡随意，实则是其生活体验、观察与思索之后的艺术探索的结晶。他在小说序言中总结道："随着时间的推移，我内心的愤怒渐渐平息，我开始意识到一位真正的作家所寻找的是真理，是一种排斥道德判断的真理。作家的使命不是发泄，不是控诉或揭露，他应该向人们展示高尚。这里所说的高尚不是那种单纯的美好，而是对一切事物理解之后的超然，对善和恶一视同仁，用同情的目光看待世界。"因此，他在中文版序言中自称《活着》就是一部"高尚的作品"。这是余华对人物的体贴带来的叙述的新气象，也是余华新的审美原则使然。

余华少年时代的记忆除了暴力、死亡等外，还有乡村小伙伴们给予他的美好回忆，否则他写不出《星星》这样优美、感伤的小说。在经过了外科医生般的冷酷解剖式的先锋写作之后，余华重回温暖的大地和乡村，小镇记忆中原本就不乏这种温情脉脉。他曾经不惜以牺牲温情、温柔的审美格调为代价，从柔软、温暖走向坚硬和冷酷。在余华写《星星》的时代，人们特别讨厌和回避暴力、死亡，但这还不足以表达出真相和真实，更不能洞穿存在的真理。余华牺牲前者而追求后者，并取得了相当大的成就。然而武器的批判远远烈于批判的武器。余华关于暴力和死亡的叙述似乎冥冥之中预示了国人将要不得不走入一种惨烈的命运，这是一种超前的洞察力，它洞穿了残暴的未来。

内心之死与内心的复活，交替在作家的内心搏杀。余华就是这样一个表面冷酷而内里柔软的作家。他除了写出"许三观""福贵"等形象来"客观地"审视自己民族乃至人类的命运外，还不由自主地通过随笔来传达这种悲悯情怀。他认为自己走向文学之路是对大师们的阅读和对话中完成的，他专门写了名为《温暖和百感交集的旅程》的随笔集，集中抒写了他重回温柔原乡、阅读大师经典的精神探索之旅；或者说他从来没有舍弃那留存心底的爱的温情，现在他重新把这些似水柔情表达出来罢了。这既是为了实现文学对于真实性的追求，也是为了获取原本就属于下层人、属于民众的"活着"及其尊严，同时是他的伟大的良知所致。

他首先对中国的农民表达他的关切。他在一次演讲中指出："中国的农民啊，就跟福贵一样，逆来顺受……我们中国农民的利益是一再被牺牲掉的。"[①]

① 余华:《说话》，春风文艺出版社 2002 年版，第 104 页。

在接受访谈时，面对“现在这个社会有什么东西您还看不惯”这个提问，余华答道：“看不惯的东西太多了，而且超过了我在‘文革’时期看不惯的东西。由于我现在的位置，我看到了很多假惺惺的人、口蜜腹剑的人。……”面对这样令人绝望的现实，余华仍然决绝地发出了“在看待这个社会时，总是习惯站在弱者的角度上去看”。站在底层人和弱者的立场写作，由己及人，由关心自己民族到关心其他民族，再到关心全人类，余华越来越站在至善高地表达他的心声。比如，他对哥伦布和美洲大陆历史的看法，已经向人们昭示，余华是一个关怀人类的大作家，他的忧戚是指向全人类的。

在先锋派阶段，余华无疑是最注重叙述技巧的作家之一，他认为“自由的叙述可以使思想和情感表达得更加充分”。但是后来余华越来越感到仅有叙述技巧不足以成大器，他认为中国的先锋派的先锋性是很值得怀疑的，他调侃地称为“后锋”。他在接受采访时，余华明确地称他们这一代作家是“忧国忧民”的一代。他举例，拉美的略萨、马尔克斯都曾悄悄来过中国，只是拼命地问中国的社会、经济，他们的好奇心根本不在中国的作家作品方面。这个例子意在说明，伟大作家都是忧国、忧民、忧天下的。他心目中的伟大作品是那种具有同情和怜悯的文学：“文学的伟大之处就是在于它的同情和怜悯之心，并且将这样的情感彻底地表达出来。”[①] 冷酷日益软化为冷静和柔软：“文学的力量就是在于软化人的心灵，写作的过程直接助长了这样的力量，它使作家变得越来越警觉和伤感的同时，也使他的心灵经常地感到柔弱无援。”[②] 作家应该是最诚实的，始终如一的诚实，他“必须在写作过程里集中他所有的美德，必须和他现实生活中的所有恶习分开”[③]。在余华看来，这样的作家要与现实“签订合约”，这种真诚不仅表现在“高尚品格”的矗立，还表现在他对文学写作本身的虔诚上，作家需要有一种对自己工作的神圣感和敬畏感。

余华作为作家的良知已经不能让他容忍某些既定的观念和做派。他在韩国的演讲中就批评了那种对民族文学的狭隘理解：“奇怪的是在中国，有关民族文学似乎”“只有一种声音，来自政府的声音”，也就是被“随便阉割下来”的民族传统，这使他深感不安。[④] 余华委婉但又有力量的话语值得深思。正因为有了这样一个观照，余华从他喜爱的卡夫卡的《城堡》看出了常人无法看到的东西，

① 余华：《没有一条道路是重复的》，上海文艺出版社 2004 年版，第 114 页。
② 余华：《没有一条道路是重复的》，上海文艺出版社 2004 年版，第 117 页。
③ 余华：《没有一条道路是重复的》，上海文艺出版社 2004 年版，第 125 页。
④ 余华：《没有一条道路是重复的》，上海文艺出版社 2004 年版，第 140 页。

他认为《城堡》解释了“面对这至高无上的权威（指巨大的官僚机制），村民以麻木的方式保持着他们世代相传的恐惧和世代相传的小心翼翼。而K的来到，使其制度的不合理性得到了呈现”。[①] 权力的幻影和魔影无处不在，这里余华借助于卡夫卡，揭示了类似于尼采所“发现”的总是向往权威的奴性意识，是如何根深蒂固地蔓延于中国民众心灵当中的悲惨状况。也是在这个意义上，人到中年的余华一度热衷于阅读鲁迅，因为鲁迅正是透过尼采而认识了我们民族的奴才式的劣根性，并不无同情地对此展开大规模的全方位批判。余华在20世纪90年代末叶终于“发现”鲁迅这个浙江老乡和他的精神存在之间有一种极为隐秘而重要的联系。鲁迅由南（浙江）而至北（北京）；而余华身上原本就流淌着来自北南结合的血脉（父亲系南下的山东高唐县人，母亲是浙江人），现在又在北京居住。一个在20世纪初，另一个在20世纪末，两个都弃医从文的作家，发生的这一精神交流现象颇为意味深长。余华和鲁迅这两个浙江作家有着极为相近的精神血缘关系。

昆德拉说过，小说先天地与幽默结缘。余华充分认识到了这个小说的铁律。无论其小说还是随笔，无不带上了余氏幽默色彩。这其实是一种叙述带来的智慧。他在随笔《医院里的童年》中，讲述了自我的成长史。能够坐在父亲所骑的自行车的后座（那车还是父亲借来的），在医院里绕一圈就是幸福无边的美好时刻，因为此前他看见父亲曾骑车带着哥哥走在大街上，自己感到极度的失落。于是父亲借了车带他兜了一圈风。于是余华快乐无比，皆大欢喜。在诸多的随笔集，尤其是《没有一条道路是重复的》，充满了父子、兄弟、伙伴间的趣事逸闻。漫漶的回忆、伤感的怀旧，朝花午拾（还远非“夕拾”），在自尊与自嘲中，在“高傲的孤独”（徐林正评余华语）与自由的叙述中，通过想象力与洞察力，凸显了生存的张力，细致地体现了余华的语言朴素、机智、灵性和幽默。莫言评余华，说得简洁明了：“当代小说的突破早已不是形式上的突破，而是哲学上的突破。余华能用清醒的思辨来设计自己的方向。”[②]20世纪90年代的余华小说是单纯之中蕴含丰富，而非刻意的繁复和杂多。他的随笔帮助我们认识了这一点。

余华的随笔透露出一种对于艺术真实性、尊严感和人类良知的严肃思考和追求，他又以小说家那种自然、幽默、朴素的风格，将这种坚定的价值追求加以软化，从而构成一个四位一体的文学世界。简言之，冷酷的余华也是温柔的

① 余华：《温暖和百感交集的旅程》，上海文艺出版社2003年版，第97页。

② 见徐林正：《先锋余华》，浙江文艺出版社2003年版，第61页。

余华，先锋形式的余华也是人道主义的余华，实验主义的余华也是现实主义的余华，批判者余华也是歌颂者余华。余华这个小说家通过文字在极力维护中国人乃至人类的真善美和几乎丧失殆尽的尊严。这是他的随笔给予我们的宝贵启示和馈赠。

（发表于《新时期与新世纪文学国际学术研讨会论文汇编》，海南师大，2010 年。见中国知网）

第五节　漂泊者的文字刻像

——简评北岛散文

写散文和作诗一样，需要真诚、真实，最后可能在某种意义上通达所谓真理。小时候读小学、中学，看多了秦白杨之类高大全假大空散文，后来就对散文有了某种恐惧，偶尔看看那些八九十岁耄耋老人们写的散文，能够从他们的丰富经历中得到某些教益，但感觉这类作品的语言和表达无甚可观。所以我对当代散文往往敬而远之。

三年前，到位于婺江（又名金华江）南岸尚未倒闭的席殊书屋，买了两本北岛在大陆出版的散文集《蓝房子》和《午夜之门》[①]，可谓慕名而买，但是一隔数年我置之不理，最近搬家把它们摆在了醒目的位置，于是拿出来翻了一翻。一翻就被目录中的题目所吸引，遂读将起来，一读而不可收，甚至想把他这套书中的另一本《青灯》也找来看看。

我读大学那阵子，北岛可谓如日中天，后来我在泉城一大学工作，和友人合编一本《中国当代文学史》，我主张一定要把北岛及其诗作为一章至少一节编写，编委会也确实这样做了，可是，书编写出来之后，统筹人却庸人自扰，敏感得很，说出版社不可能通过。当时我还以北京某出版社刚刚出的有北岛章节的书为例来证明其人其诗并非洪水猛兽，也无济于事，就把关于北岛的文字给拿下了。但北岛其名其诗与我是越来越远，以至于淡漠了。

今日，捧读北岛散文，遥想起年轻时读北岛们激发的诗情和幻想，恍若隔世。近些年来，诗界的年轻朋友把他们的诗集和文集送给我，除了翻阅一下其诗，我却更喜欢读他们的散文。而北岛的散文更使我坚定了一个看法，诗人之文，较其他人的散文，更可观、可赏、可赞。原因无他，盖因诗人有极其敏感

---

① 均为江苏文艺出版社 2009 年出版。

细致的观察力、自由的想象力和精准的语言表达力。北岛那首《回答》中关于卑鄙者和高尚者的格言般的句子，在其散文中依然留下了表达的痕迹，简约而有力度，准确而有温度，跳跃但是合度。

1989 年之后，北岛成了一个国际漂泊者，先是北欧，后来是英国、中欧，最后流落到美国，在纽约，在加州，在戴维斯小城，北岛一直在漂泊和旅行中，间或在欧美的大学里教教诗歌写作课，但更多的时候是一个国际诗歌节、作家节的客人，他跟艾伦·金斯堡成了忘年交，而且跟金斯堡学会了诗朗诵，在各种诗歌节上朗诵自己的作品（那往往是他人翻译为英文的），成了北岛生活或证明自己存在的最佳方式。他的散文语言不再那么犀利、尖锐、怀疑，而是充满了加州温煦阳光般的暖色调，以及丰富的经历和体验的节制、老到、睿智，甚至还有一点幽默，有时还有些放浪形骸，因为他嗜酒，且自称酒鬼，酒神精神无形中注入其中。他对世界真相在了解之后不再像其诗那般的热辣，而是有一种直面的宽厚与包容。

但是他对写作的严肃，对生活的热情依旧。在这两本散文集里，他写人记事，文字自由洒脱，可能受自己做画家的前妻的影响，又加之自己作为诗人练就的笔力，往往三言两笔，便写出人物的形态和神态，颇具功力。他笔下的人物常常是那些曾经或正在走近他生活世界的诗人、艺术家和流浪者，他们都是漂泊者。像写前妻的继父刘伯伯，传奇的一生，令人窒息的爱情，坎坷的经历，嗜酒如命的爱好，放荡不羁的个性，但在革命之后却内缩成一个“无趣”之人，作者写他共和国之前和到美国探亲的文字洋洋洒洒几千字，但写到共和国几十年内的生活，仅用了聊聊数十字：“以后的事，他不大愿讲，即使讲，自己也觉得无趣。细想也对，其实自那以后，中国人的故事竟十分相像，那是集体的故事，时代的故事。”一个人人没有尊严的时代，还有值得表白和张扬的价值吗？不说也罢。

我最感兴趣的是北岛写的那些关于诗人的生活和创作的文字，尤其是《证人高尔泰》。美学家、诗人高尔泰 20 世纪 90 年代初离国居美，和画家妻子浦小雨靠卖画为生，相依为命。一个因一篇《论美》而被打成右派，在戈壁滩夹边沟劳改营饿得奄奄一息的时代，一个自己的父亲、姐姐和妻子（即前妻李茨林）统统惨死于劳改营的饥饿年代，大概是中国诗人和美学家漂泊海外的原因吧。诗人和美学家心心相印，息息相通，感同身受，遂成至交。北岛写道：“中国不缺苦难，缺的是关于苦难的艺术。”这使我想起朋友刘士林的那本《苦难美学》来。北岛和高尔泰，两个漂泊异乡的艺术家惺惺相惜，流浪和苦难做伴，苦难又与自由结缘，最后是美与自由联姻，创造了中国当代最壮观的诗章和最具价值的美学理论。从穆旦到高尔泰再到北岛，苦难和屈辱总是中国诗人们的命运，然而也正是这苦难造就了当代中国最优秀的诗人和诗作。

北岛笔下的诗人都是真诚的人，虚伪之辈难入其法眼，根本不会有片纸只言留存在他的文中。那些带有漂泊本性的诗人们仿佛是北岛天生的朋友，金斯堡、施耐德、克雷顿、迈克、乔纳森（史景迁）、帕斯……都成他诗路生涯的见证者和提携者，即使其中的商人，也是祛除了伪诈和算计的性情中人，从美国漂泊到英国后再到捷克的诗人迈克，为生计曾下海，但不失诗人本性，孤独而骄傲的内心依然为诗留下巨大的空间，赢得了北岛由衷的认同和尊敬。在迈克穷愁潦倒的家里，北岛看到满屋子的书，于是写道："他们的生活，按英国人的标准算得十分清贫了，但仍保持着一种读书人的尊严：书在家中占了重要的地位。"而写由于倒卖德国汽车而暴发的比利时人杰曼，急流勇退，在西班牙购买庄园，过起他的"伊萨卡庄主"悠闲自在的生活，但诗仍然是他魂牵梦绕的情人，他办诗歌节，和北岛、多多鼓捣诗歌"新感觉主义"，又弄什么"行星意识"国际诗歌计划，到处搞诗朗诵，忙得不亦乐乎，同时自嘲、感叹写不出诗来。这世界上不正是因为有了这些遨游在自己的精神王国里的诗人们才显得更值得留恋的吗？写到金斯堡——从20世纪60年代的"嚎叫"到80年代的人权斗士——之死，诗人北岛痛心疾首，为一个真正的朋友而悲痛感伤至极，但更为这位以及和他同样杰出的诗友而自豪："诗人之死，并没为这大地增加或减少什么，虽然他的墓碑有碍观瞻，虽然他的书构成污染，虽然他的精神沙砾暗中影响那庞大机器的正常运转。"是的，优秀诗人总是让他的时代、他的同龄人、他那个时代的权力掌握者们感到不自在，一如最近我们那些"80后""90后"们组成的伟大的网友们——他们是我们时代真正的诗人——对于"杨表哥"的关心。

（写于2012年，发表于《浙江师范大学报》）

第六节　纪实文学的新变

——评《国殇：国民党正面战场抗战纪实》

张洪涛创作的《国殇——国民党正面战场抗战纪实》（第一部，以下简称《国殇》），全书70.8万字，由团结出版社2005年3月出版，截至2012年10月已经是第22次印刷了。曾经受新浪、搜狐、凤凰、网易联袂强力推荐，是关于抗日战争方面的纪实文学力作。

该书的作者张洪涛是西安人，军事学硕士，曾在军事科学院工作，现为北京世纪捷进图书有限公司总经理。他对抗战历史颇有研究，擅长撰述近现代军事人物传记。著有《血祭大红》《决战北中国》《救命的失误》，“抗战三部曲”《国殇》《浴血》和《曙光》等作品。而出版该书的团结出版社是中国国民党革命委员会中央委员会领导的实行企业管理的事业单位，成立于1987年12月25日，以出版文化社科、民国内容和人物传记类图书为主。《国殇》这本书的作者、作品与出版社，以及出版的时间，都可谓天时地利人和，相得益彰，其在读书界产生巨大的影响，便是顺理成章、水到渠成的事了。

《国殇》记述了国民党正面战场抗战之第一阶段的历史，即1931年日本悍然发动“九・一八”事变至全面抗战爆发，再到1938年10月武汉沦陷的战略退守和防御期国民党正面战场抗战的历史。六年散漫而无集中统一领导的对日关系和对日作战，逐渐演变为软弱退让而导致日本人企图全面吞并中国的1937年卢沟桥事变爆发。经过一番内心的挣扎和日军不断侵扰杀戮的现实，蒋介石和国民党终于下定了抗战的决心。《国殇》的主体部分是历经15个月的战略防御期，以一系列大血战、大战役为核心，写出了中国军队以血肉之躯阻挡着强大的日本侵略军的浩然正气和惨烈历史，同时不乏对战争失利原因的深层分析和反思。同时，对日本国内天皇与军阀、海军与陆军、军人与文人、官方与民间等全面法西斯化也有着深入的观察和描写。国军将士先后在长城、淞沪、忻口、徐州、武汉等地，展开了同凶恶日军你死我活的大会战。在且战且退的防御时期，国民党正面抗战战场为战略相持及反攻做了初步的战略布局。国军将士的浴血奋战，终于遏制了日军疯狂的战略进攻态势。国民党高级将领齐登场，佟麟阁、赵登禹、郝梦龄、王铭章等名将和几十万官兵血洒沙场，青史留名；而私心太重的韩复榘、李服膺等高级将领只顾自己亡命，最后倒在了法场上，落得千秋骂名。《国殇》全景式地讲述了异常惨烈的中日战争全面爆发前后的状况及对中日两国在政治、军事等诸方面的深远影响。

古代伟大诗人屈原有《国殇》诗云："操吴戈兮被犀甲，车错毂兮短兵接。旌蔽日兮敌若云，矢交坠兮士争先。……诚既勇兮又以武，终刚强兮不可凌。身既死兮神以灵，子魂魄兮为鬼雄。"诗写得荡气回肠，体现了古代战争的残酷与将士们的气势。但相对于现代战争的规模、惨烈程度和武器的现代化，古代冷兵器时代的战争只是小巫见大巫。

《国殇》称得上是一部史传报告文学作品。作为一部通俗历史作品，作者尽量把严肃宏大的历史叙事放在具体的史实描述过程中，并通过合理合情的文学想象，生动而形象地呈现了历史的壮阔宏大与细节的真实可感。这样做，既增加了作品的可读性，又保留了历史的真实性和庄严性。

第一，题材上的开拓性。《国殇》对波澜壮阔的抗日战争及其正面战场有了一个全新的、全面的、科学的述写。中国的抗日战争对整个世界反法西斯战争无疑具有伟大的意义。但是，此前无论外国史学界还是中国尤其大陆史学界对这段历史的记述语焉不详，在题材方面较为狭隘。这体现在两个方面：其一，对国民党正面战场抗战的历史地位的评价非常低，甚至一度在教科书、历史书中付诸阙如。其二，一再讲八年抗战，而把"九·一八"事变至"七七事变"前的六年中国人民的抗战历史有意无意地淡化掉。历史著述的巨大空缺为《国殇》的写作提供了巨大的空间，作者不但把 1931 年"九·一八"事变至 1937 年"七七事变"的六年的东北和华北抗战进行了全景式的描绘，而且将国民党正面战场抗战写至武汉会战（进入战略相持阶段）止。这样就把中国人民抗日战争的历史由以前史学界和传记学界的所谓八年抗战，实事求是地还原为国民党由消极到积极参与和作为正面战场的十四年抗战。《国殇》提醒人们，前事不忘后事之师，这段历史在经过了纷繁复杂的国内和国际政治形势变幻之后，亟需正视并普及至全体国民来铭记。

题材的开拓性还表现在对于某些关于抗战的思想观点的阐述也时有新意和突破。比如，作者从史料中发现了中国抗战应该是持久战的思想，不但蒋介石较早于 1935 年便产生了这一思想，而且国民党军队中的有识之士如唐生智将军在上海“八·一三”抗战之时就认为：“抗日战争只能打持久战。中国地大物博，人口众多……拖也可以把日本人拖死。最后胜利一定是中国的。”再比如，平型关大捷是作为整个战略防御时期，晋中抗战的一个局部胜利。这样既描写了 115 师及师长林彪的指挥作用（这无疑仍具有一定的还原历史的价值），又把它作为晋中鏖战的一个有机部分，其历史地位和价值自有读者公论。另外，开拓性体现为对这一阶段中方失利原因进行了多重的分析和反思，比如，除了蒋介石在全面抗战前坚持“攘外必先安内”的不抵抗政策的战略失误这一重要原因之外，作者还指出了对日军邪恶性认识不足，我方战备不足（在 1937 年淞沪之战中退守第二防线时那些花了重金建起来的工事大铁门紧锁，但钥匙在当地镇村长手里，而他们早已望风而逃到不知何处），等等。这种反思颇具力度。

第二，纪实类历史著述要讲求真实性、严肃性，同时要讲求叙述、描绘的文史兼容性。作为抗日战争正面战场防御阶段的纪实性传记作品，《国殇》作者既需要具有驾驭宏大题材的视野和构思谋划的格局，又需要深入史实把握局部细节的能力。因此，要求作者不但要对战争的直接对抗形式——战役、会战、战场等进行集中而恰切的述写，还要对战场之外的政治、决策、外交、国际关系等进行全景式描写。《国殇》在写全面抗战前的部分，蒋介石对于国联抱有幻想，也对日本帝国主义缺乏应有的认识，因此连基本的防备都没有，以及纨绔子弟张学良的无能，以至于短短几天就把东北大本营沈阳及我军包括 300 架飞机在内的几乎全部武器弹药被日军轻而易举地获得，使我方在战略及战术上都丧失了主动性。蒋介石和张学良对于日本侵吞中国的野心抱持的轻忽和一再求和退让，是“九·一八”事件爆发及其后东北迅速沦陷的重要原因。

由此，在全面抗战爆发之后，国民党军面临着兵败如山倒的窘境和颓势，就是不可避免的了。但是，中国从来不缺乏富有血性和担当的民族脊梁。这部纪实把重点放在国民党正面战场所爆发的几场大战役，如长城抗战、淞沪战役、南京保卫战及首都沦陷后日军残暴虐杀我 30 余万平民，以及随后的晋中鏖战、临沂、滕县、台儿庄之役，而展开叙述和描写，同时顾及中国的海军和空军将士的顽强抵抗。在尊重客观史实的基础上，对某些特殊场景，比如战役在猛烈进行当中，指挥官和士兵的具体表现，后方大本营决策者们的心态，各地民众踊跃支持、参与抗战的场景，进行合理的想象，从而增强了作品的感染力和还原历史场景的叙述能力。

第三，有比较才有鉴别。《国殇》采用了对比的手法，对抗日战争国民党正面战场抗战进行了立体式的描写。在全面抗战前的六年时间，一方面是采取不抵抗政策的蒋介石和张学良们，拱手相让大片富饶的国土和牺牲掉那里勤劳善良的人民；另一方面是国军内部爱国将士在敌强我弱、力量悬殊的不利条件下，对日军进行了卓有成效的抵抗。马占山将军等组织抗日义勇军，取得了江桥战役的胜利；长城沿线，国民党军队将领何国柱等率领官兵在山海关一带誓死抵抗。1932年“一·二八”淞沪战役，国民党将领蒋光鼐、蔡廷锴及张治中等身先士卒，和全体将士一起誓死保卫上海，但由于实力悬殊和当时蒋介石坚持“攘外必先安内”，拒绝出动援兵，拒绝供应补给，而不得不退出上海。一方面，蒋介石及国民党一味忍让，避免正面冲突；另一方面是日军不断地在所到之处大开杀戒。作者还特别提到1928年北伐军至济南，蒋介石为避免同占据济南的日军冲突，派代表与日军谈判，但中方20余位外交使者竟遭日军割耳鼻、挖眼等惨无人道的暴行，日军还屠杀济南和平居民3000余人。日军占领山海关，攻入城里便屠杀妇孺百姓3000余人。在进入全面抗战阶段，日军依然一再违反国际法，直到南京大屠杀，日军屠杀我30多万平民和放下武器的士兵，并大肆疯狂奸杀妇女，上至七八十岁老妇，下至七八岁女童，都遭到轮奸后杀掉。作者以对比的手法，描写了国民党和蒋介石的退让屈辱行为的巨大贻害，民族尊严的沦丧，和日军实施的人类历史上惨绝人寰的大屠杀，配以大量鲜为人知的资料、数据，淋漓尽致地揭露了日本军国主义对中国人民所犯下的滔天罪行！同时，美英德等国际友人设立保护区，来尽力保护南京市民和放下武器的军人。数百万国民的冤魂，多年后就要以谷寿夫、松井石根、武藤章等南京大屠杀刽子手们的性命来祭奠。

《国殇》把中方上层决策者、将军同底层军官和普通士兵进行比较，写出了战争中普通人的血性和英勇。如写1937年淞沪之战中，524团副团长谢晋元率领800（其实只有400）人敢死队在上海四行仓库孤军奋战，谢团长壮烈殉国，官兵们奇勇无比，战士陈树生在自己身上缚满手榴弹，拉燃导火索，从六楼窗口跳入敌群，和敌人同归于尽。就在四行仓库孤军浴血奋战之际，在英法租界的上海市民纷纷从各个方面慰问、救援敢死队。14岁女童子军杨慧敏冒死给国军送青天白日满地红的国旗，极大地鼓舞了士兵的士气。中国抗战，正如史迪威将军所言：“中国军队有最优秀的士兵，但他们没有好的长官。”正是下级军官和普通士兵的牺牲精神构成了国民党正面抗战战场之所以获得最后胜利的保证。

另外，《国殇》还仔细选取了237幅真实的历史图片穿插于文本中，不但选取国民党政治家、军事家一方，而且选取了日本将军和政客一方的，还有很多直接拍摄于战场的画面、中国城市居民、儿童宣传抗战的画面等，这样既增加了作品的可读性和形象性，也让读者能够透过文字和图像来反顾和理解那一幕幕真实历史的惨剧与壮剧。

作品也存在一定的不足。如对日军之所以长驱直入，而我军节节败退的一个重要原因，即我军对“兵要地志”缺乏起码的重视，军事院校不讲授，战备中基本忽略，战场上就尽显颓势。但《国殇》对这些重要的军事问题基本上没有触及。

［发表于《伟大史诗铁血长歌——中国人民抗日战争暨世界反法西斯战争传记作品评鉴》（Ⅱ），学习出版社 2015 年版］

第七节　传记文学的新收获

——《蒋介石日记秘事》的特点与价值

引　言

历史当事人日记最富有文献价值，对研究某一特定历史对象，尤其是历史人物，具有较高的研究价值和传记价值。传记学家杨正润先生认为："在私人文献中，日记是私密性最强的一种，也是一种完全个人化的写作，是否写、如何写、写什么，完全由自己决定。"[①]"日记是作者发现自我、发展人格的过程的忠实记录，是作者的生活史和心理发展史的原始文本。"[②]历史学家杨天石先生亦认为："日记，记个人经历和内心世界，在各种历史文献中有其特殊价值。"[③]"私密性""个人性"和"内在性"是日记存在的特点。而文论家赵宪章先生认为：

> 日记作为私语言说的典型文本，"记忆"被"时间"格式化是其存在的根本理由和主要文体特征。另一方面，由于私语言说屏蔽了语言的交流本性，从"记忆"走向"失忆"、从"真实"走向"失真"也就成为日记解构的必然趋向。日记文本内部"隐身听者"的永远在场及其普遍的文饰倾向也使日记的真实性和自由度只是相对的、有限的，将日记等同于现实中的全人和真人是对私语言说的过分信任，被文字编辑过了的"自说自话"必然呈现出一种有序的和纯粹的境界。[④]

---

① 杨正润：《现代传记学》，南京大学出版社 2009 年版，第 372 页。

② 杨正润：《现代传记学》，南京大学出版社 2009 年版，第 380 页。

③ 杨天石：《找寻真实的蒋介石——蒋介石日记解读》，山西人民出版社 2008 年版，自序。

④ 赵宪章："日记的私语言说与解构"，《文艺理论研究》2005 年第 3 期，第 85-94 页。

上述关于日记的真实性和这种真实的相对性的观点，从不同方面阐释了日记这一文种近乎悖论性的性质。这就说明日记并不等同于历史真实和生活真实本身，而是一种关乎日记作者的人格的记录，是对真实的某种文字或语言的有序化表达形式。

蒋介石日记非常有名，他写日记的动机大致也不外乎以下两种：（一）写给自己，尤其体现在他的早期日记。这又可分为两种情况，其一，借助写日记以摆脱自己“好色”等痼疾；其二就是他登上大位后“高处不胜寒”的孤寂之感导致他面向自己的日记倾诉。（二）写给历史。他逐渐成为中国的领袖之后的日记大概如此。这种写给历史看的日记就有了诸多粉饰的成分。后期蒋氏日记甚少早期日记里对不可遏制的情欲及其浪荡行为的记录，而多为公事记录或私事之理性记录。无论其“自闭式日记”（早期）还是“半敞开式日记”（后期），对于研究日记主人来说都是极其重要的第一手资料。如此，蒋介石日记便不仅仅是私密的言语，不仅仅是“不可告人”的一己之隐私，也绝非一己之美化的冠冕堂皇的记录（因为写给历史看的那些日记，有历史资料来印证。极端美化自己的日记就的确属于那种写给他人的所谓“日记”了）。更由于其身份和地位，蒋介石日记所跨越时间之长、所涉及人事之广泛、所展示日记作者心迹之真实（早期记录自己的情欲之种种表现，后期记录自己对身边人士但言不讳的直书手法），都使其成为蒋介石研究和中国近现代史研究中的重要资料；写蒋介石传记者无不要依托其日记。其不同版本也多有流传，计有“手稿本”“仿抄本”“类抄本”及“引录本”等类型。其手稿本自然是蒋介石的亲笔原稿本。仿抄本是由蒋介石的秘书俞国华抄存的部分蒋氏日记。类抄本是蒋的老师和秘书毛思诚分类摘抄本，以及蒋之同乡王宇高、王宇正在抗战期间分类摘抄的日记等抄本。[①]2006年初，蒋介石日记由其孙媳蒋方智怡交由美国斯坦福大学胡佛研究院暂时保管。蒋氏日记不能在大中华范围内保存而由他国的大学机构保存，实为一憾事（但蒋氏后代提出的“暂时保管”说明我们中国学者和一般读者还是有望在国内读到这些日记的，只不过要等到海峡两岸关系有了很稳定或统一的局面之后了）。蒋氏后裔似乎看到两岸至今尚残存的意识形态对立不利于蒋氏日记之保存；另外还有版权问题，及研究进展和研究深度等问题，故而使蒋氏日记之全部在大陆公开出版尚属遥遥无期的事情。虽然如此，通过一系列相关资料集和研究专著，我们能够约略窥见其大致面目。例如，美籍华人学者黄仁宇的《从大历史的角度读蒋介石日记》[此书所

① 杨天石：“蒋介石日记的现状及其真实性问题”，载《找寻真实的蒋介石——蒋介石日记解读》，山西人民出版社2008年版。

引蒋介石日记主要取自《民国十五年以前之蒋介石先生》和《总统蒋公大事长编(初稿)》两书],卞客生的《蒋介石日记秘事》,杨天石的《找寻真实的蒋介石:蒋介石日记解读》,张秀章的《蒋介石日记揭秘》,王安华的《蒋介石信函秘事》,等等。另有专研"蒋介石日记"的中文期刊或会议论文160篇左右。其中,卞客生的《蒋介石日记秘事》(以下简称《秘事》)一书,以一种既不同于一般由日记作者所撰之著作(如《鲁迅日记》之类),也不同于他人描述身边之人的回忆录(如李志绥《毛泽东私人医生回忆录》之类),而是以蒋氏日记为契机与核心,围绕日记对台前幕后之政治、经济、军事、外交等大历史及蒋氏个人性情、私生活进行了揭示、阐释而成,对读者来说还是有所助益的。

蒋氏日记对于研究蒋介石这位20世纪重要历史人物是非常重要的一套传记写作的主要资料。《秘事》依据历史资料,对日记的背景和重大历史事件做了充分的展现和讲述,展示了当时尚处于半开放状态下的蒋介石日记的大体风貌,窥探了蒋介石从1919年到1949年三十年间的个人生活、内心世界、所作所为,尤其是围绕他及其周围诸关键人物所经历的重大历史事件,以其日记引出关节点,进而进行了饶有情味的描写和引申。这部书既具有历史书的价值,又有一定的文学色彩,两者可谓相得益彰,具有较高的传记价值和可读性。这对研究蒋介石这位在20世纪中国政坛的显赫人物的历史,以及研究整个民国历史都具有一定的价值。

为此,我们需要进一步探究《秘事》的特点和价值。

一、《秘事》:日记和历史事件的互文

《秘事》在形式上借助蒋氏日记,引出与蒋介石有密切关联的人(包括其母亲、妻妾、儿子、战友、敌人等)和事(包括重大历史事件和琐屑的日常生活之事),从而成为蒋氏这三十年人生的立体写照。在《秘事》中,举凡国家、民族、世界大事件都是通过或透过私人化的蒋介石日记在某些关节点上引发而传达出来的。立此存照与背景介绍结合,日记文本和历史事件文本互文,是这部书的一个显著特点。私人化日记有这样的特征:"为了及时、迅速地保留自己的所见所闻、所思所想,他甚至可以采用速写、省略、指代、隐语等形式记录,其自传价值也最高。"[①] 蒋介石日记便基本符合这个特点。绝大多数日记当日事

① 杨正润:《现代传记学》,南京大学出版社2009年版,第376页。

当日录，写于最佳记忆状态，对重大事件表达出了最直接、最深切的看法，因而写得很简约，文字多为省略、指代，甚至有隐语、感慨等出现。所以，如果单单读日记，在没有背景、事件和人物介绍的情况下，一般读者便不太容易了解日记所涉及的一系列事件与人物的缘由及来龙去脉，无法判断蒋介石为什么写下如此这般的话语，又为何发如此这般的感慨与感想。著者所做的工作就是为蒋介石日记做诠释，以其日记为圆心，又围绕这些日记生发开来，对所记内容或事件的发生背景、经过、相关文件、信函、演讲稿、电报等各种资料，进行联通，从而试图还原蒋介石的真实面目，并分析其爱好和性格。这样，就能够使日记和个人生活及历史事件对号入座，并富有趣味性和可读性。《秘事》著者的背景诠释和事情（事件）还原，对于我们理解日记所记之事、之人、之情等起到很大作用，具体体现为以下几个方面：

其一，《秘事》选取某些具有典型性的蒋介石日记，以此为出发点，精心搜罗与日记有关的各类文件档案，填充和阐明了日记中未标明的背景材料。这样做，对于读者较为全面地了解和研究日记形成的前因后果，极有价值。如 1919 年 2 月 26 日日记云："忆及往昔乡间事，宿愤犹在。吾国绅耆阶级不打破，平民终无享乐利之日也。"因蒋出生并成长于一个小镇，周围族人及乡邻多为乡愿，即使有人为当地谋福利的规划或事业，也遭受这些乡愿之冷嘲热讽，并横加掣肘甚至干涉。《秘事》辨析资料，做出了自己的分析，以证蒋氏早年的性格和宏愿不同于其乡邻乡愿。这为他后来成为中国抗战领袖埋下了性格上的伏笔。再如，蒋氏在创办和主管黄埔军校期间的日记也很简约。中山舰事件发生后的 1926 年 3 月 22 日，蒋介石在日记中写道："今日方知孤臣孽子操心之危，处境之苦，若非亲历其境者，绝非想象所能及其万一也。"他这是为自己发动这一事件进行辩护，并以艰苦卓绝的挣扎奋斗来自夸。《秘事》把蒋氏与孙中山、胡汉民、汪精卫、陈璧君、李之龙、苏联顾问季山嘉等的交往，以及通信、电文、他人回忆录等，穿插进去，让读者对日记的一两句话能有一个全面深入的了解，历史真相并非尽如蒋氏自述。这里面还有很多的历史盲点，而且事件本身显现出了蒋氏多疑、暴躁的一面。其二，日记作为最为隐秘也较为真实的传记资料，可以对重大历史事件（正史）进行补充。《秘事》借助日记，兼及其他文献，对正史和日记主人做了符合历史真实的推演。杨正润认为：日记"可以作为正史的注释，或者是对正史进行补充，对其中的错误加以纠正"[①]。蒋介石日记既是其个人经历和心态的原始记录，又包含着大量第一手社会历史资料，日记只有

① 杨正润：《现代传记学》，山西人民出版社 2008 年版，第 380 页。

和这些历史事件相互结合，才能起到补充历史证据的作用。其三,《秘事》以其详实的史料和日记相互印证，还达到了叙说历史人物事迹、性格、喜好和思想的目的，这就使得蒋介石此人在更深入更真实的基础上为人们所了解。如此，就近似于传记了。“传记体的任务之一就是要将这些历史事实记述清楚，使它们传承于后世，使后来的人可以通过这些历史事实了解人物的事迹和思想性格，了解人物所处的那个时代等。”[①]蒋介石日记所记时间跨度大、所记大体为真实事情或内心真实想法。如此讲,《秘事》是一部具有一定的传记价值和文献价值的著作。

透过《秘事》所精选日记，我们还可以发现蒋氏具有双重甚或多重人格。这种多重人格虽非蒋氏所愿，也并非其独有，但为史料所证明。两方面材料，一主一客，前者为日记主人的自述、记录，“是作者对自己的所为、所见、所闻、所思在第一时间内的记录，是直接的观察和感受。”[②]后者为他人或客观情势所致或其他历史旁证。除此之外，还有《秘事》著者的某些评价和褒贬文字。这些评价是在前面的日记和史料基础上做出的，著者试图尽量保持客观中立的立场。我们从 1915 年蒋氏日记残篇、其后日记及后来著《中国之命运》，直到 1949 年败亡台湾，都可以看出，蒋介石有强烈的中华统一意识和抵御外侮之思想，如他于 1923 年访问苏俄，与苏联领导人的谈话和书信表明了他和孙中山先生为维护祖国统一、防止外蒙古独立竭尽心力，立场坚定而明确；对苏俄的看法也较孙中山更有历史远见性。他对日抱持警惕态度，很早就看出日本人（日本政客们）不希望我中华统一、不希望我中国富强的阴险恶毒之内心世界。但他还是先以忍让为原则，以图尽早完成北伐，完成统一中国之大业（所谓“攘外必先安内”）。然而，在蒋介石领导的北伐军进占济南时，日本制造惨无人道的“济南惨案”，屠杀我民众达 3000 余人，并以极其卑劣之手段，对国民政府派往日本军营的外交官蔡公时等 28 人（除一人逃出外）使用割去双耳、挖去双眼、割去舌头、割去鼻子之极度残忍卑鄙手段，然后枪杀。对于这种恶毒无耻的蓄意挑衅,《秘事》引蒋介石 1928 年 5 月 9 日日记：“如有一毫人心，其能忘此耻辱乎！何以雪之，在自强而已。有雪耻之志，而不能暂时容忍，是匹夫之勇也，必不能达雪耻之任务；余今且暂忍为人所不能忍者耳！”《秘事》著者对蒋介石的忍侮避让态度多有批判性评价，尤其对在五三济南惨案发生之时，恰值蒋介石为北伐而不得不持隐忍态度等一系列相互缠绕的事件，进行了追根溯

① 田英华：《语言学视角下的传记体研究》，东方出版社 2012 年版，第 23 页。

② 杨正润：《现代传记学》，山西人民出版社 2008 年版，第 382 页。

源的深度描绘和评价。《秘事》中有许多关于蒋介石对日本“忍”“耐”的内容，但作为国家领袖或军队总司令的蒋介石又岂能忍下这奇耻大辱的描述文字。对此，《秘事》总结道：“1928 年‘五卅惨案’，是蒋介石萌发抗日思想的开端。”[①]

实际上，自 1928 年 5 月 10 日起，蒋介石发誓“余自定日课——以后每日 6 时起床，比作国耻纪念一次，勿间断，以至国耻洗雪净后为止”。此等决心，亦可谓决绝矣！而且，蒋介石在对日本入侵中国的后果也有预判。“九·一八”事变爆发前，蒋介石就洞察了日本的野心，他在日记里多次记下了日本人无所不用其极的各种挑衅。《秘事》载录了“九·一八”事变爆发次日蒋介石的日记：

> 是倭寇果乘粤逆叛变，内部分裂之时，而来侵略我东省矣。呜呼，痛哉！夫我内乱不止，叛逆既无悔祸之意……而况天灾频仍，匪祸纠缠，国家元气，衰敝已极，虽欲强起御侮，其如力不足恃！呜呼，痛哉！虽然，余所恃者，惟有一片爱国丹心，此时明知危亡在即，亦惟有鞠躬尽瘁，死而后已，拼以一身，报我总理！报我先烈！报我民族！毋忝我只所生而已。

日记对于倭寇侵略、内忧外患之局势痛心疾首，大有不报血仇誓不罢休之气势。这正是后来蒋介石竭力抗日的内在气质即深层原因所在。再看蒋氏 1935 年 8 月 21 日日记：

> （一）对中国思不战而屈。（二）对华只能威胁分化，制造土匪汉奸，使之扰乱，而不能真用武力，以征服中国。（三）最后用兵进攻。（四）中国抵抗。（五）受国际干涉引起世界大战。（六）倭国内乱革命。（七）倭寇失败当在十年之内。

尤其是“倭寇失败当在十年之内”这一预判体现了一个领袖人物的睿智的洞察力。而且正是在 1935 年，蒋介石多次提到对日战争策略乃持久战的思想。上述准确预判和持久战思想，比毛泽东“论持久战”思想要早了三年多。这些地方都增加了后世人对蒋介石作为民国时期政治军事领袖禀赋的全面认识，同时也让读者对这个历史人物及其复杂性有了全新认识。

---

① 卞客生：《蒋介石日记秘事》，河南人民出版社 2007 年版，第 145 页。

二、蒋氏日记：人物、事件与个人观感相结合

日记不但是个人所经历事件的记录，而且往往是个人心迹的记录。某些不能或不便在公开场合说的话、写的字，都可在日记中表露无遗。通过《秘事》一书，又参酌其他蒋氏日记，我们可以在一定程度上看到这位民国领袖内心的隐秘。

其一，从总体来看，蒋介石是将儒学（尤其是阳明学、曾文正学说）与佛教及基督教文化尽力结合的士人出身的政治人物。这些宗教及情感渗透于蒋氏心理，并透过其日记而时时流露出来。如他于1934年2月11日所记："余之赞美耶稣者五：一曰牺牲精神，二曰忍耐精神，三曰奋斗精神，四曰纯一精神，五曰博爱精神。"1935年11月28日所记："每遭非常祸患，应泰然自处，凡事皆主于上帝，由我信心而生耐心，耐心而获成全也。"这些日记都反映了蒋介石杂糅的折中主义的宗教意识和文化个性。此时蒋正处于日军占领平津车站，而朱德、徐向前之红军逼近成都的危难之际。这就突出了内在世界之于外在世界的重要性。1936年10月1日日记云：

> 综核本月内外形势，倭寇之强迫，诚如报上所载"对外不能肆应横逆，对内又岂易求民众？"处境之艰，立场之苦，并世国家绝无其匹者；余以为求之古今中外历史，亦无其例也。然余深信必能凭我天佑，冲破此无上最后之难关也。

"深信天佑"，这是蒋氏日记里经常流露出来的宗教思想，尤其是在其处于危难困厄之时，此类信仰文字比比皆是。1938年11月12—14日，由于长沙大火，市民性命及财产损失无数，蒋介石感到有罪，于是在12月12日日记祈求上帝"赦免"其罪恶云云。这些地方表明，蒋介石的确是将宗教信仰与传统伦理道德融为一体，在继承传统基础上又不乏灵活变通的意味。在全面抗战爆发后，蒋经国回国后即被蒋介石安排在老家奉化溪口家乡小洋楼里潜心学习四书五经。蒋介石的这一举措也体现了他试图将这些新旧中外伦理及信仰结合。由蒋氏日记及《秘事》可大致看出蒋介石这种由融合儒道法，又将其与西学，特别是基督教纠缠一起所形成的双重乃至多重人格的面影。

针对蒋介石本身的性格复杂性而言，《秘事》似乎在努力还原一个全息的、完整的、有血有肉的日记主人翁，但由于某些主客观原因而没有真正达到这个目标。

其二，蒋氏日记非一般性地记录自己行为、遭遇之事，而是把他遭遇的人物、事件，加以个人观感的改造。人物、事件是纪实，而个人观感为纪虚，前者往往为历史，后者则往往为个人化的心理活动或道德诉求、人生价值观、目标等。如 1935 年 7 月 27 日，蒋氏日记写了一副对联和一首五言绝句，表明他不但是一个军事政治领袖，还是一个颇有诗情画意的文人雅士：

（一）

云海云山云顶寺

道天道地道中人

（二）

朝霞映旭日，梵呗伴清风。

雪山千古冷，独照峨眉峰。

记录自己当时当地的心情，也是蒋氏日记的一部分，且文字饶有情味。如同有心灵史学，蒋介石日记带有某种心灵传记的味道。黄仁宇认为：“他在写日记时即存心以笔下之文字作为修养和施政的工具。有时所记不仅是直觉的个人观感，而强迫地带上一段‘应当如此’的想法。”[①] 整体上看，蒋氏日记具有节制、谨严的风格，甚至给人以呆板的感觉。但是他又常常记录自己的“直觉的个人观感”，带有“应当如此”的想法，甚至出现了游山玩水的情致文字。这就不是一般的流水账似的刻板日记了。至今日，海峡两岸及海外学者对蒋介石日记的摘抄与研究日益深切，日记所蕴含的微言大义也日益被揭示、阐释出来，如此其日记可作某种重要史料，亦是为蒋介石作传者不可或缺之资料。关于这一点，台湾学者吴淑凤指出：“（蒋介石）日记在史料中的优势：（一）一手史料：日记中有蒋介石内心世界、好恶的侧写，有其行为举止的记录……（二）可利用日记、并从心理学角度研究蒋介石。”[②] 黄自进则认为，“他（指蒋介石）在日记中所展现出的真诚”，体现了蒋氏的情感和性格[③]。由于是日记，

① 黄仁宇：《从大历史的角度读蒋介石日记》，九州出版社 2011 年版，第 4 页。

② 吴淑凤：“浅谈蒋介石研究中的史料问题——事略稿本与日记的比较分析”，《“开拓或窄化——蒋介石日记与近代史研究”学术研讨会》（论文集），“中研院”近代史研究所，2008 年 12 月 27 日，第 27–29 页。

③ 黄自进：“敌乎？友乎？：抗日反共政策之下——蒋介石的权力网络及其运作”，《“开拓或窄化——蒋介石日记与近代史研究”学术研讨会》（论文集），“中研院”近代史研究所，2008 年 12 月 27 日，第 51–53 页。

蒋介石在记录自己的日常生活、工作，甚至涉及政治活动时，往往“不溢美、不隐恶”，呈现出一种自然的情状。这是值得肯定的，不像有些政客往往借日记来美化或漂白自己。所以，蒋介石日记所蕴含的各种文化因素包括心理学、文学（特别是传记文学）因素及色彩便可见出。

三、《秘事》：内容选取和写作策略，兼与同类著述之比较

整体看来，《秘事》一书选取的日记多是能展示蒋介石形象和性格的典型事件，包括与母亲、妻妾，与同仁、下属，与敌人、对手等之间发生的典型事件的记录。与侧重于每日重大事件记录而较少选择记录家庭、亲人日记的研究著作如张秀章的《蒋介石日记揭秘》相比，《秘事》所选录日记多写蒋母王采玉、远门舅父孙琴凤、原配毛福梅、妾姚冶诚、“挚爱璐妹”陈洁如，以及政治助手、“心甚依依”的宋美龄、亲子蒋经国、养子蒋纬国、少帅张学良、美国将军及中国战区参谋长史迪威，这些人物关系中的蒋介石及其所经过之人生、事件构成了该书的主要内容。除以上人物外，对历史重大事件和重大问题如“五三济南惨案”“九・一八事件”“三二〇”事件、中原大战、西安事变、皖南事变、对日态度等，《秘事》中引申、铺排远大于日记本身。如《秘事》中的蒋介石在“九・一八”事变的次日即1931年9月19日日记：“日人侵略实行，世界之第二次大战于是开始矣！不知各国人士能见及此乎？”至少从这些日记文字看，蒋介石抗日的决心之大，是值得肯定的；而且他认为此为“第二次世界大战”的开始，也是非常有远见之明的。（然而遗憾的是，1949年至20世纪90年代我国所撰写的抗日战争史，却多从1937年“七七事变”始，显然没有把多出六年之久的东北和华北抗日考虑进去，也就把日本侵略中国的历史忽略了一大段。）①

如果与注重考据、论从史出，且以严谨著称的历史学家杨天石的《找寻真实的蒋介石：蒋介石日记解读》相比，则可看出《秘事》一书的特色。杨天石为了研究蒋介石日记，曾经专门到美国斯坦福大学和中国台湾去搜寻、摘抄、辑录有关蒋介石日记及其他外围资料，写作态度非常严谨、平实。在有关蒋介

① 直到2014年9月3日，中国人民抗日战争纪念馆举行的纪念活动仪式现场开展了一系列带有“14”的活动，象征中国人民艰苦卓绝的14年抗战历程。由此，抗日战争被确定为自1931年至1945年的14年抗战历程。

石日记中所涉及的事件或情感问题时，作者又不厌其烦，对相类似的日记所记载的内容往往一一罗列出来，从而能够让读者从纷繁的资料中发现某一共同特点。但该书的总结部分往往显得简略或语焉不详。这与作者杨天石这位中文系出身的历史学者的史识或理论储备不足或有关系。所以，该书有拘泥于日记文本本身，而不能透彻地分析和理性地总结历史背后各种错综复杂事件的原因之不足。而《秘事》在尊重基本历史事实的基础上又不乏文学的艺术手法，它通过场景描写、对话描写和内在心理描写以刻画出当事人的形象。因此，《秘事》在描写事件、刻写人物方面显得更加栩栩如生，引人入胜，不失为一部可读性很强的日记解读，也因而近似于一部人物传记。但该著对日记的出处或版本的引用没有特别注出版本，更没有对所引用日记做出考辨，这方面显得不够严谨。

黄仁宇先生的《从大历史的角度读蒋介石日记》所引用蒋氏日记则大致出自《民国十五年以前之蒋介石先生》及《总统蒋公大事长编（初稿）》。该书“从大历史的角度”解读蒋介石日记，着眼于中国社会从传统向现代转换过程中的蒋介石本人和中国社会各个方面的冲突与不协调，以及所导致的各种苦痛和灾难，个人性情之变化等方面。黄仁宇由于在国军工作和战斗过一段时间，而且亲眼见过战争状态下的国家最高领袖蒋介石本人，对蒋介石有一定的感性认识；另外由于他后来客居美国，能够较为客观和全面地看待国共之间的矛盾和斗争历史，不拘泥于一时一地一事来对历史人物做出判断，因此他能基于后来历史的发展以及更宏大的历史阶段来评判蒋介石日记里所透露出的各种讯息，从而对蒋介石、国民党以及对立面毛泽东和中共做出符合其所谓“大历史”的学术判断。黄仁宇的书还有一个特点，即不仅仅依靠史实，而且依据自己的史识，以及人性善恶和历史的当下状态（即社会的现状）来做出对历史人物蒋介石的判断。而《秘事》一书则着重于以点带面，围绕蒋氏日记中所提示之大事件或关键点，铺排开来，敷衍成篇。

《秘事》对蒋介石未能在日记中提及的西安事变，也进行了较为深入的剖析。作者用两章的篇幅写事变的前因后果，而蒋介石因为西安事变的半月，“一是腰疼不能坐；二是日记落在张学良手中，日记中断了十几天。”[①] 事后才发表情节带有“隐匿和渲染”的《西安事变半月记》。同样，蒋介石日记对皖南事变只提到两次，《秘事》用了一章来演绎。因而，排除对以上历史事件的铺陈，该书多数篇幅是探究蒋介石日记中的情感与生活中所亲密接触过的人物方面。《秘事》还特意揭示了蒋氏日记中被黑墨涂抹掉的部分，尤其是在与宋美龄结秦晋

① 卞客生：《蒋介石日记秘事》，河南人民出版社 2007 年版，第 288 页。

之好的前后之日记，也就是关涉到其尤为钟爱的爱人陈洁如的那部分日记，这部分内容大多被涂抹掉（后来的研究者透过光影已大部分复原了所记文字）。这种日后对日记的遮蔽与涂抹，再辅以蒋介石写给陈洁如的那些浪漫的、热烈的甚至肉麻的示爱信般的字句，可以看出其不为人知的另一面，一个重情有义、内心世界丰富的普通人形象。整体看来，《秘事》以蒋介石的生平历史为经，以周围人物和事件为纬而成书。

卞客生俨然要把《秘事》作为一个另类化、立体化、复杂化的蒋介石传记来做。蒋介石之重视日记，或有为自己乃至国家社稷留一份翔实可辨的大事小情之记录的目的在。如民国政府侍从室即保存重要官员之自传，这些自传均为奉命撰写，用纸、格式均统一。蒋介石的演讲稿、与传见人士谈话记录、手谕、电文等，均力加保存。因此，黄仁宇称“他保持了中国宫廷里重视记录之传统”[①]。自开始所记，到1949年败亡台湾，期间的蒋介石可谓处于北南夹击（北方有虎狼之日本和俄罗斯，南方有“匪患”）之下，内外交困，步履维艰，但其勉力维持，“安内攘外”，在七七抗战前还努力使国家经济、文化等各方面有所发展，亦独裁亦缓和，此亦实属不易乎？还有他的大爱大恨，他的宽容与妒恨，他的爱国与爱人，他的二重人格，等等，都在其日记里留下了真实的印记。这种在人生的大浪狂涛、艰难困厄中不懈拼搏精神之记录可谓蒋介石内圣外王的写照，也让后人从中看到其自我、本我和超我的多面。

《秘事》所述及的蒋介石这个左右中国近代历史的人物的日记，因为诸多原因无法全部解密和公开出版，而且因为这种揭秘式的著述方式，借助于故事讲述，有起有伏，生动有趣，语言带有某些小说的笔法，所以这势必引起一般人士和读书界对《秘事》之类著述的兴趣，从而成为私人化的蒋介石生平的某种表述方式，因而它可以为下一步撰写更全面、更准确、更真实的蒋介石传记提供重要的视角、方法、材料和观点。

（发表于《现代传记研究》2014年第1期）

① 黄仁宇:《从大历史的角度读蒋介石日记》，九州出版社2011年版，第7页。

第八节　生命之火淬炼出来的文字

——李元《流年未歇》序

给一位比自己年长二十来岁的前辈的书作序，对我而言着实勉为其难。然而摆在面前的这部厚厚的《流年未歇》[①] 书稿的作者李元先生，其热情难却；再者我自 2004 年调入浙江师大以来，由于同属民主促进会的会员，而且都是民进基层委员会的成员，他还曾经在浙江师大中文系任教过，因此就与和蔼可亲的李元老师相识相知相熟，尤其是对他退休后的生活、写作都比较了解，于是便答应下来了。

李元的家乡是属于江南文化圈的浙江古婺州，今浙中金华市，人杰地灵，文风颇盛，被称为江南“邹鲁”。据我的观察，婺州文化虽然属于江南文化，但是与苏州、杭州一带又有所不同。这里由于处于浙江腹地，属于浙东文化区域，又作为晋室南迁和南宋时期朝廷的大本营，在和北方文化的交融交汇当中，形成了很多颇具特色的文化形态和表现形式。比如，金华的斗牛，在众人和主人的怂恿下，两户人家各出一头公牛，急红了眼的两头公牛在田野里横冲直撞，四目迸射，四角硬碰，简直有火石电光之效，好不威风甚至血腥，但是主人和看客从中获得了精神的强度刺激。再比如，婺剧作为中国民间戏曲的老祖宗，唱腔高亢，细腻中有粗犷，严肃中显滑稽，显然不同于越剧、黄梅戏等江南文化的典型戏曲类型。还有金华的饮食，有一种“敲骨吸髓”，即将猪的腿骨敲得微碎，烹饪好后，为食客配上吮吸骨髓的吸管和手抓的手套，食客吃相并不是那种婉约精致的江南仕女相公的样子，而带有北方的“野性”。我所观察的这三种民俗文化，对于塑造婺州人的性格恐怕起到了潜移默化的作用。这对于李元也有潜在的影响吧。

① 李元：《流年未歇》，团结出版社 2017 年版。

作为20世纪60年代初华东师范大学中文系五年制本科的高才生，李元上大学那年我还没有出生。华师大严谨求实的学风培养了他执着、认真的精神，然而命运弄人，正值“文革”爆发，他大学毕业后就被发配到东北一家煤矿工作。但是婺州粗犷的民风所滋养的那种不气馁、不懈怠的浙东性格，此时发挥了重要作用，坚韧、执着，充满了对美好生活和爱情的向往，使他顽强地生活和工作，而且卓有成效。他利用自己所藏的那些文史哲经典，不但度过了那段艰难的岁月，而且进一步提高了自己的文学艺术修养和面对困厄的信念。后来李元调回家乡金华，开始了他作为高中语文教师、大学教师、后来的语文教育家的新征程。

在同李元日益密切的接触当中，我发现了他真诚、勤勉、热心、执着等品格，这些优秀品格自然而然地呈现于他的散文写作当中。

此前李元已经出版了七八本著作，大都是他退休之后的作品。这本《流年未歇》延续了他对生活、对工作、对友人、对学生、对亲人一贯的赤子之心。举凡生活的感悟，艺术的观赏，故乡的风物，从教的心得，往事的追怀，求学的回忆，师生的情缘……都在他的笔下汩汩流淌，清新自然，娟秀又谨严，素朴又雅致，一如他的钢笔书法。他待人诚恳，做事勤恳。记得在2009年建国六十周年晚会上，他朗诵了一首歌咏祖国的长诗，我在现场被他的那种真诚、真挚的爱国情怀所感染。而在日常的交往当中，他常常笑眯眯地同人谈话，一双眼睛充满了慈祥和善意。他善于与人分享他的幸福，他的收获，他常常把自己刚刚发表或出版的作品送给人。在这种分享中，他升华了自己的境界，双倍乃至多倍地使这种幸福感增值。

作为一名资深的民进会员和基层组织的领导人，李元对民进充满了爱。这种爱不仅仅体现在口头上，更付诸实际行动中。在一般人看来，民进组织作为一个小小的党派，无甚大作为，尤其是在当今急功近利的年代里。然而，李元不这样认为。在他心目中，中国民主促进会就是堂堂正正的政党，是当代中国极为重要的政治力量，是促进中国民主的重要参政党。他热心会务工作，无偿地为会员服务；考据民进掌故，钩沉民进重要人物事迹，撰写金华民进历史。在金华民进会员当中，他是当仁不让的第一人。如在收入本书的“俞立身传”一章中，他把担任过第一任民进金华市主委的俞立身先生煌煌七十年的生平历史，进行了全面的叙述与描写，工作量之大非同一般。特别是李元善于发现和凸显俞立身主委作为一个政党的地方组织领导人的胸襟和坎坷的遭际，从而把握了传主最为重要的秉性和时代的关联。他写道：“至于开会、讨论、选举、表决之类的事，全是在走过场、搞形式，俞立身同样反感。”这是两个民进会员的共同认识，也是两代知识分子对国家、对民族的拳拳之心的体现。一个政党，一个国家，实事求是，脚踏实地，实干兴邦，空谈误国，戒除形式主义、文牍主义，方是民族之幸事。这是俞主委的一生体验的结晶，也是李元七十余年甘苦经历所得出的基本信念。愈到晚近的著述，李元的创作愈加开阔、洒脱、自由，而这正是其散文创作的精髓所在。或许以后李元的散文创作会增加更多的野性吧。

创作散文文体，贵在作家个人情怀的自由抒发。散文理论家刘锡庆认为，散文，姓散，名文，字自我。已届古稀之年的李元以自己丰富的人生阅历、颠沛流离的人生遭际和充沛多彩的情感世界，再加之他作为大学教师和高中语文教师的高超文学表达功力，创作散文，正能体现其优势，展示其才华。这部洋洋洒洒三十万字的著作，除了题材的多彩多样，更重要的是“我手写我心”。充溢于这部作品集的“我心”就是李元奉献给读者的家国情怀、尊师爱生的感怀，以及他自己作为一个读者的艺术情趣。李元的“自我”，用书法家何斌的话来说就是“诚恳为人，踏实做事，严谨治学，宽容处世”，这正是他作为一个在共和国成长起来的语文教师的情怀，他把自己对家乡、对亲人、对友人、对民族文化、对所属党派的爱，都体现于这本新作当中。正是这种蓬蓬勃勃的大爱挚情，促使他笔下生辉，文思泉涌，文采飞扬，佳作不断。这正是李元先生这部新作给予我这个忘年交读者的阅读感受。权且为序。

第四章

作家与作品（二）

第一节 道德的嬗变与幸福的反讽
——论鞠慧的《幸福列车》

山东当代文坛涌现了一批女作家，像路也、鞠慧、于爱香、慧敏、寒烟、东紫、常芳、艾玛、王秀梅、简墨、霞子、王一、乔洪涛、杨袭、郝炜华、高玉宝、徐永、程相崧等。就涉猎范围而言，我对前面几位作家、诗人的创作比较了解。在以往读过的山东女作家的作品中，她们往往把笔触放在当今时代急遽变化的城乡背景中，围绕恋爱、婚姻、家庭而展开描写和叙述。传统的恋爱观、婚姻观和家庭观，及建立在其上的幸福观，同处于改革开放中的上述“四观”发生了尖锐的矛盾和冲突。传统上稳定的社会结构和伦理道德在当今不无动荡、混乱、多元的城乡交互变动中，被冲击得摇摇欲坠，甚至七零八落。

济南女作家鞠慧的创作同样有这样的特点，但是，她的创作在表现传统道德伦理遭到蚕食或鲸吞的同时，又往往表现得一波三折，让人触目惊心，进而感慨时代和造化的弄人，感叹命运和人性的复杂不可测，而且其叙述手法和技巧愈来愈显得巧妙高超。近日读到她的长篇小说《幸福列车》[①]，有一种对好小说相见恨晚的感觉，也更强化了我的这一看法，同时可以看出鞠慧的创作透出了某些锐利的锋芒、深切的忧思和对小说艺术探索的新收获。

首先，从书名和小说所描述的故事和情景来看，整个文本充满了反讽的意味和张力。在小说的前半部，作家营造了一个不乏温馨、快乐、和谐、幸福的爱情和家庭婚姻氛围。小说的主人公是金丽春和丈夫明德。这个曾经的中专生，因为爱情也因为自身闻到福尔马林味道就恶心，放弃了在医院里当护士的职业，安心地返回农村家乡，和少年时代的同学明德恋爱、结婚、生育，过着平淡然而不无幸福的小日子。虽然丈夫远在省会泉城打工，但是她毫无怨言地在农村

① 鞠慧：《幸福列车》，山东友谊出版社 2015 年版。

的家里照料女儿和公婆，还因为和丈夫的分离而常常沉浸在相思当中，这种感觉既苦涩又幸福。为了缓解思念丈夫的身心渴望，金丽春一年里总有几次买上火车票，经过七八个小时的漫长旅程，去享受难得的性爱和欢聚的幸福。在泉城的丈夫明德也潜藏着同样的情怀，在繁重的劳作的间隙，时常思念远在农村家乡的亲人，想念起温柔贤惠的妻子。幸福就在这平凡的时间和空间里产生着、酝酿着、翻滚着。所以，每当金丽春来到泉城，他们就住进建筑公司专设的“夫妻小屋”，享受难得的二人世界的幸福时光。虽然打工者中有的组合成了临时夫妇，住在了一起，但那是男女双方不得已的结果。金丽春心中难免有一种惴惴不安的感觉，然而对丈夫的爱和信任又使她绝不会想象明德会背叛她。

而在小说的后半部，主人公金丽春和明德的爱情甚至婚姻都面临着解体的危险。明德虽然因为家中有温柔贤惠、善解人意的美丽妻子，也曾经多次拒绝工友们邀他去那些胡同里的红灯区玩耍，但是也禁不住大城市灯红酒绿的诱惑，在一次喝了酒之后和一个打工的女孩子唐灿睡到了一起，醒来已经后悔莫及。后来得知了真相的金丽春虽然痛苦不堪，但她特别能够善解人意，设身处地地为亲爱的丈夫着想，原谅了他。但是，小说中的男子汉大丈夫明德却还是一步一步走上了彻底背叛妻子的不归路。由于妻子的闺蜜金桃嫁给了明德现在打工的建筑公司的老总王前进，明德就和金桃有了很多接触的机会。金桃特别想生个孩子，但由于王前进的原因，她一直不能生育。而帅气阳刚的明德就成为金桃下手借种的对象，在多次拒绝了金桃后，明德还是没能抵御住金桃用金钱施加的巨大诱惑，金桃为他付了首付，他得以在泉城买下了住房，他在这种畸形的权力和金钱的诱惑下和金桃发生了关系。当金丽春得知真相的那一刻，她的爱情大厦，甚至人生信仰的大厦顿时坍塌了，她从幸福的巅峰一下子就滑到了痛苦的深渊。那间简朴但温馨的“夫妻小屋”顿然化为耻辱的象征，原先满载着幸福的列车也变成痛苦的渊薮。至此，小说的反讽意味陡然显露出来。

其次，小说形象地显示了道德和历史发展的二律背反性质。金丽春和明德原本平凡但幸福的生活，由于农村和城市在经济和文化等方面所存在的巨大反差被打破了。为了使家人过上更富裕美好的生活，在当今中国有上亿像明德这样的农村青年背井离乡，到异地，赴他乡，艰难奔波，付出了青春、汗水、健康和智慧，也付出了夫妻反目、妻离子散的惨痛代价，人间最美好的爱情遭到彻底的毁灭。在乡村里留守的妻子、孩子和老人在维持着庞大而繁重的农业生产、农村生活和农民美好善良的道德底线。像小说中所写的，明德到省会泉城打工多年，已经习惯了大城市里繁华的生活背景，他不无坚决地拒绝了金丽春的计划——金丽春试图通过种大棚蔬菜，不背井离乡同样可以过上富裕的日子——最后走向了对妻子的背叛，虽然他是为了妻子、女儿能够在大城市里团聚生活。这种背叛是对留守在家乡的妻子及家人希望的一种近乎决绝的毁灭。中专毕业的金丽春不像一般农村女性，而是有着丰富而美好的情感世界，对爱情尤为炽烈而专一。对于她来说，除了女儿豌豆，丈夫明德几乎是她全部的生活寄托和幸福的源泉；但她又像农村妇女那样勤劳持家、辛辛苦苦服侍公婆、悉心照顾女儿。她就像一株玉兰花，高贵、纯粹、傲然而艳丽地开放着。尤其是这种朴素、善良而美好的愿望竟然遭到了来自丈夫和闺蜜的无情摧毁。因此，这种双重的背叛显得尤为惨烈。眼里容不得半点沙子的她得知丈夫做了龌龊事，感到似乎是自己做了天大的错事，身上似乎有无以复加的羞辱感。这种历史发展与道德嬗变的二律背反，一再地在我们的现代化过程中出现。改革开放以来，这种发展与道德的窘境就不断困扰着我们的作家及其笔下的主人公们。路遥的《人生》所塑造的高加林和刘巧珍的故事，就曾十分显豁地表达了这种二元结构下的爱情与背叛、城市与乡村、道德与利益的尖锐对立，高加林对于刘巧珍爱情的背叛不仅仅是两个人的事情，而且它波及周围所有的人。它显示的是传统道德的式微，但是道德本身固有的强大的势能，还是让高加林背上了沉重的精神负担。他最后被告发而重新返回家乡，实际上是作家路遥有意或无意地试图通过这种惩罚和羞辱的方式对高加林这种道德背叛行为做出一种警示。在《平凡的世界》中，路遥再一次使自己的叙述陷入了这种道德的困境，孙少安和田润叶的爱情无疾而终，孙少平和田晓霞的爱情也是有始无终。爱而不能得其爱，爱情与背叛，不但是鲁迅那个时期的青年男女爱情的悲剧，也不仅仅是路遥那个时代的悲剧，而且一直到当下，仍然是处于激烈变动中的城乡二元社会当中的青年男女爱情的一个悲剧形式。而如今鞠慧所塑造的金丽春的形象，成了自路遥笔下的刘巧珍以来文学中承载着多重苦难但又不失美好的禀性和善良品格的代表。她的美丽、聪慧、善良，她的吃苦耐劳、忍辱负重，她对生活所抱持的幸福憧憬，都使这个形象成为近年来难得的艺术收获。

第三，小说写出了当今社会和人性的复杂性。在倾力塑造的金丽春这个中国文学中最优秀女性形象的当代典型的同时，作家洞察社会，解剖人性，描写出了变动不居的社会中的人性的复杂性。当今中国似乎就是一个超级大工地，到处尘土飞扬，到处脚手架林立，人性也在这种纷纷扬扬的环境中，变得异常复杂，不可思议。《幸福列车》正是在这种背景下，切入了当今农村社会和农村青年所被抛入的残酷的现实和精神处境。金丽春和明德的爱情与婚姻在日益复杂的城乡社会变动中，简直就像漂泊在茫茫大海上的一只小船，随时面临倾覆的危险。这种背景源于多年来形成和存在着的城乡剪刀差，而且现今这种剪刀差有愈来愈大的趋势。传统上的治理方式是圆圈式、摊饼式，即大城市拥有着偏僻乡村几乎不可想象的机会和发展的条件，乡村的凋敝和城市的繁荣一直以来就是一个中国城乡二元结构治理模式所造成的现象。城市里的一条几百米的街道可以投资几十亿元不断地进行改造，建得富丽堂皇，灯红酒绿；而拥有数百平方公里的农村数十年来也不会得到多少建设资金支持。正是在各种物欲、贪欲、色欲等诱惑下，明德禁不住一再地出轨，犯下了令金丽春再也难以忍受的错误。明德第一次出轨是和萍水相逢的打工妹唐灿酒后乱性，还算是人性中可以饶恕的肉欲所导致的偶然过错，而面临更大的诱惑即买下房子就可以在这个大城市和妻女团聚时，他犯下了更大的罪过，和自己妻子的闺蜜、富婆金桃暗中媾和。这呈现出了他的更为复杂的贪欲，要出人头地，要混出个样子，要让妻女过上更幸福的城市生活，等等。正是这种种贪欲和算计使他迈出了摧毁自己温馨平和幸福生活的最后一步，这一步也把正在憧憬着他返乡共度团圆幸福日子的妻子金丽春逼到了几乎毁灭的境地。金桃作为当下时代城乡巨变中的一个得益者，虽然和金丽春有着姐妹情谊，情同手足，但是她还是放纵自己的私欲，用尽心机勾引金丽春的英俊丈夫，最后置金丽春于痛苦的深渊。金桃和明德私情的败露，以及随之而来的一系列连锁反应，也把自己的丈夫王前进、"借种对象"明德等人，统统置于尴尬和痛苦的境地。这是一个仅仅满足于自己不断膨胀的欲望的小三式的人物，一个充满了罪恶和腐败气息的女性。她浮在生活的表象之上，浮夸、任性，但只是花瓶般地成为王前进的玩物，成为明德买房留城的工具，更成为好友金丽春眼中的败絮。在三十多年前路遥的《人生》中，像金桃这样歹毒、邪恶和充满占有欲的女性角色是见不到的，那里面的女性都是我们民族善良美德的化身，刘巧珍作为司爱女神般的人物，她的命运遭际让人唏嘘哀叹；她的姐姐虽然有着替妹妹报复的心理，但是看到妹妹凄苦而柔软的心肠，也立刻放弃了报复的行动；巧珍的母亲、加林的母亲，甚至城里夺了巧珍之爱的姑娘黄亚萍，也没有《幸福列车》中的金桃那般的让人感到贪婪、阴险、邪恶。因为时代演变了三十年后，这种道德败坏、为了个人利益而无所不用其极的人物可谓比比皆是，金桃这个形象只是这种时代巨变和道德嬗变的一个缩影罢了。另外，鞠慧笔下的女性往往命运多舛，除了金丽春的遭遇，小说还描写了在飘飘摇摇的打工生涯中找不到真爱的唐灿，因丈夫外出打工而离婚精神失常的小秋，还有苦寻打工中失踪的丈夫而不得的刘雪，明德那善良但无奈的老母亲等。除此，小说还着力描写了一个县里某局长的儿子马车，这是一个可以和金桃相比附的城乡接合部的二流子青年男子形象。

山东济阳籍著名诗人、作家高平先生曾经以"真实与深刻"来评论《幸福列车》，称作家的情感和关注“总离不开黄河下游农村青年妇女的命运”[①]。高平慧眼看到了鞠慧小说创作的关键。另外，北京的评论家李静也在探讨女性乡土叙事的审美经验时鲜明地指出：“孙惠芬、铁凝、葛水平、鞠慧等的一系列乡土小说充分表现了乡村社会的经济、文化结构在时代潮流冲击下的嬗变，精细分析了这种变化对乡村女性心灵的影响和她们在传统与现代、城市与乡村夹缝中的苦苦挣扎。”这些“经历着从精神到肉体的双重痛苦”的农村女性，又有哪些作家关注到呢？[②]鞠慧通过对农村青年妇女命运的观照和表现，体现了一个日渐成熟的女作家既敏锐又深刻的情怀。在《幸福列车》中，她再一次把自己挚爱的热辣之笔对准了那群生息于黄河下游的青年女性身上，倾注于那群打工者和留守者坎坷不平的命运上。鞠慧艺术地展示了这一幕幕让人扼腕叹息的人物情感和命运，及其背后所隐含的对国家发展模式与方向的深挚关切。《幸福列车》不但之于小说中的人物的情感和命运来说是一个几乎不可逾越的反讽，而且对于中国这个仿佛奔驰在现代化大道上的超级列车来说，也构成了一个巨型的反讽。这一切都在表明她的小说艺术世界正在不断得到拓展、丰富和深化。

（发表于《百家评论》2016 年第 6 期）

① 高平：《真实与深刻——读鞠慧小说〈幸福列车〉》，http://blog.sina.com.cn/s/blog_49bed7240102vmla.html。

② 李静：《女性乡土叙事的独特美学经验》，《文艺报》2013 年 1 月 11 日第 2 版。

第二节 浪漫、写实与奇幻的综合艺术

——论陶长坤《静静的大运河》叙述手法的创新

陶长坤先生所著长篇小说《静静的大运河》[①]，只看书名，读者会以为这是一部典型的类似于苏联作家肖洛霍夫《静静的顿河》的现实主义之作，但仔细读过全书，又会得出不同的结论。它有一种想追随《静静的顿河》的艺术气度，然而随着时代的发展和艺术的进展，由于《静静的大运河》（以下简称《大运河》）较多运用了新的属于现代主义的艺术手法而迥然不同于后者。《大运河》的艺术创新在于它立足于现实主义，但又超越于现实主义，它的奇妙和创意就在于其艺术手段方面：它以浪漫、写实和梦幻相结合的艺术结构和艺术手法而从众多的长篇小说中显得新奇而有别具一格的意味，值得我们重视。这部小说既有毕肖现实的写实主义手法、典型人物性格的刻画、细腻优美的环境描写、生动感人的故事情节，也有充溢于文本中的浪漫主义精神和传奇色彩，更有现代主义的象征、变形、夸张、梦境、意识流，以及后现代主义的互文性、戏仿和反讽等手法的大量运用，从而带来了这部长篇小说别有洞天的艺术魅力。所以笔者称它是一部带有综合艺术质地的探索性、先锋性的长篇小说。

陶长坤是一位资深的大学文学教授、学者型作家，所以在其笔下往往文学知识和历史识见相得益彰，但一改往昔小说（如 20 世纪 50 年代到 80 年代的现实主义小说）的宏大叙事风格。在这部小说的开首，叙述者借助小说中的一个人物——杜蕙——道出了其叙述的结构与线索："依我看，你这小说不能过于传统，也不能过于现代，要写出自己的特色，为中国读者所喜闻乐见。最好要以写实为主，辅之以浪漫和象征，将现实主义与现代主义结合起来，杂用各种艺术手法，譬如意识流、黑色幽默、梦幻等。结构上纵横捭阖，经纬交错，尽量

① 陶长坤：《静静的大运河》，大众文艺出版社 2008 年版。

网状化，立体化；塑造人物要写出人的多面性，复杂性；语言要清新活泼，叙述语言雅丽，人物语言个性化，不避俗言土语。”而具体到这部小说的构架，要“以咱们的运河之旅为经线，以回忆、插叙为纬线，以半月的现实时空串起几十年的历史时空，旁逸斜出，盘根错节，作蜈蚣式结构”。这番带有陶长坤夫子自道况味的话语传达出了小说的创作意图和结构线索，小说就按照如上的构思与设想，设置了叙述的两条线索：一条是对现实生活及其人物遭际的逼真刻画，一条是借助于现代主义技巧进行的心理现实的刻写。前一条线索提供了后一条线索的描写基础，而后一条线索丰富了前一条线索描写的深广程度。对于半个世纪以来中国人民，尤其是中国知识分子生活和内心世界的揭示来说，仅有前者则显得力不从心，因为中国的社会现实和中国人民的生活世界仅仅靠传统的写实手法和线性逻辑思维已经不足以表现出来，荒诞、荒唐、荒谬时时处处存在着；而只有后者则旁支斜出、枝蔓横生、无凭无据、匪夷所思，也不妥当。而浪漫情怀就渗透于这两条线索所构筑的艺术大厦之中，渗透于小说所设置的整体艺术氛围之中。以黄炎为核心的师生半个月的运河游船南下访学及其中的人物的回忆、奇遇、巧合等情节本身就构成了一幅幅带有浪漫色彩的故事新编，其浪漫之处不单在于在有了更加快捷和方便的交通手段的今天，这帮学者竟然通过运河游船这种比较缓慢的交通方式来完成访学的任务，而且在于期间他们各自找到了自己的归宿和爱情，像黄炎还在游船上遇到了早年的恋人杜蕙，并且重续旧缘，成就秦晋之好。故事的巧合中有巧合，奇遇中有奇遇。这一方面说明作者有着浓厚的浪漫情怀和理想主义，另一方面又不免给人以“人为”的感觉，因为巧合太多太“巧”了。或许作者意识到了这一点，他试图冲出这种种浪漫构成的故事链，力图把浪漫、写实和象征集于一炉，来传达出他心目中带有综合型艺术特点的长篇巨作来。为此他经过了长久的历练和准备工作。

作为大学教授，陶长坤几十年来对中外古今文学有着精深的了解和研究；作为创作过以20世纪文学活动为内容的小说《风流场》和《新文坛全传》的作家，他熟谙各种艺术流派和创作技巧。在《大运河》中，他将这些手法、技巧融会贯通，并自创新法，便是此前小说技法的丰富和超越。正如梁一儒先生在评论该小说时所指出的：“作者基于他中西文学雄厚的根底，把历史与现实、真实与梦境融会贯通，创造出一个植根民族文化土壤又散发着现代气息的艺术世界。”[①] 除了开篇和尾声，全书共五章，每一章又分为两个部分，这样全书共十个部分。单数部分即一、三、五、七、九部分，基本上是较为传统的第三人称

① 梁一儒：《人生悲喜二重奏》，《人民日报》2008年11月13日。

叙述；而复数部分即二、四、六、八、十部分，则运用第二人称“你”的方式进行叙述。第三人称“他”（黄炎）的叙述视角将近半个世纪以来中国的历史变迁、人物的命运，通过历史学家黄炎教授率领博士生弟子四人乘“神龙号”游船沿大运河自北京到宁波南下考察的现在进行时的方式展开，又加上对于往昔生活和历史的回顾与反思，构成了小说的现实主义叙事部分。这个部分展现了半个世纪以来主人公黄炎和杜蕙（他们的原名分别是齐志文和苏玉蝉）以及其他人物起伏跌宕的命运轨迹。而在这一比较传统的叙述视角上，叙述者又把《暴风骤雨》《芙蓉镇》等现当代著名小说中的人物及其虚拟的后代人物嫁接到自己的小说中，从而构成了一个颇有意味的叙述空间。如此处理，就已经溢出了传统写实主义，而带上了某种互文性元小说的意味。乍一看，出现于游船上的那个小小老孙头还真似现实中的元茂屯村民；而“芙蓉镇”上的胡玉音似乎还真像古华的小说《芙蓉镇》的女主人公，自荒唐的“文革”中一路坎坷走来，走到了新世纪的曙光里，经营着自己的产业，从事着宏伟的事业。这些段落使得小说似乎是《暴风骤雨》《芙蓉镇》的续书，又大致自然地把作者的意图通过这些经典小说及其人物而传达了。

小说还运用了第二人称（叙述者）。第二人称“你”叙述把读者引入迷离恍惚、荒诞怪异的境地。一般来说，中国传统小说不用这个人称来进行叙述，甚至在现代文学史上，作者或其叙述者一般也不用这个人称。究其背后的文化原因，笔者认为这是中国文化缺乏反思意识所致。“你”进入小说文本，带有某种怪诞的意味，而且使得主人公或叙述者成为一个让人剖析的对象，换句话说就是用第二人称“你”叙述把叙述者推到被解剖、被审视的境地。虽然第二人称“你”叙述似乎是邀请正在阅读者来参与文本的建构，但是一般的叙述者是自我解剖者或自我反思者。我们的文化基因中缺乏自我解剖或反思者，所以中国小说包括现代小说很少用第二人称叙述。但在当代我们也有了这样的小说，高行健的诺贝尔文学奖的获奖小说《灵山》以及《一个人的圣经》等小说开始将法国新小说中时常出现的第二人称叙述技巧纳入中国当代小说的创作当中。《大运河》运用第二人称叙述，也带来了诸多值得阐释和研究的文学新现象。这部小说运用“你”这个第二人称来进行叙述，这样就使得小说的自由度极大地提高了，同时也说明作者及其小说文本的自我反思和自我解剖的意识增强了。虽然该小说中有第三人称叙述，但毕竟现代小说经过了近百年的发展，作者通过叙述者不能再像古代小说家那样无所不知、无所不及了。他需要某种限制，所以即使是第三人称叙述也往往变成“限知式”叙述。为了打破这种限制，扩展小说表达的自由时空，作者就运用了这种颇具怪诞意味的第二人称叙述，叙述者又可以像古代小说家那样“自由”穿行于浪漫、现实与象征之间。所以在小说文本中，我们往往可以看到魔幻与现实、荒诞与真实的叙述策略，从而导致小说呈现出虚虚实实、真真假假、迷离恍惚的艺术氛围。

由于面对着几乎是中国最丰富最悠久的历史文化和文学遗产，无论正面的还是反面的，又加之近半个世纪以来国内外所发生的大大小小的运动、事件对普通的中国人命运和心理造成的层层积淀，单纯依靠传统现实主义手法显然已经不能适应了。通过“你”这一叙述视角，文本便沉入了梦幻之中。一个“梦”字、一个“飞”字、一个“变”字，一下子就让文本变得轻盈、流动、自由起来。这个“你”，不仅仅是叙述的推动者、叙述者，而且能深入人心探幽索微。“你”能把贪官的卑鄙猥琐的心理揭示得淋漓尽致，也能将大学里诸色人物同样卑琐的心理刻画得惟妙惟肖。尤其是第四章“芙蓉镇”，把当代古华小说中的风土人情和当代变迁作为叙述的文本基础，又将黄炎和他的四位博士弟子的来世今生巧妙结合在一起，最后把中国历史文化通过梦幻的方式，重新让叙述者“你”来幽默诙谐地进行了一种历史文化的滑稽性模仿，从老子、孔子的道、仁之争到胡亥、赵高的“指鹿为马”，从司马迁发愤著书到苏轼潇洒的艺术人生，从历史上聪慧女性（包括历史人物和小说人物，如上官婉儿、薛涛、林黛玉、秋瑾等）、四大美女，以及理学毒害下的贞妇烈女，洋洋洒洒，随物赋形，随心所欲，充分显示了叙述者“你”带来的叙述手法上的自由度。这个叙述者在每章的第一部分就是隐含作者“他”，有时候他是借黄炎的视角出现，有时候他又化身为全知型叙述者“他”，有时候这个“他”又是限知式叙述者。这部煌煌六十万言的长篇小说，不但力图把半个世纪中国知识分子人生命运进行描写，而且试图把他们的心路历程以及荒诞体验书写出来，但小说又不乏某种浪漫和理想化色彩，其中的爱情的失而复得，有情人终成眷属的大团圆构思就是明证。这其中，对于传统叙述技巧和手法的运用与改造无疑起到了很大的作用。

然而进一步推究，我们则会发现，小说所运用的第二人称叙述并没有对主人公或叙述者进行解剖，而是限于较为自由地通过对当代中国的世态进行揭露，也就是对造成历史和现实悲剧及荒诞状况的文化心理原因进行挖掘。所以，此作与《围城》相比，缺乏了某种对主人公的深入剖析和自省，对其主人公（实则是叙述者，甚至就是作者自己的化身）是大加称道、极力维护，其主人公黄炎简直都是当代的完人形象。这就与时代的美学和文学审美观拉开了很大的距离，既显得不够真实，又有些落伍。而与同为山东籍作家的莫言的《酒国》相比，《大运河》则缺少了某种自嘲和自审况味。因此，其叙述追求目标和实际的叙述效果之间不是吻合的，中间还留有很大一块空白需要填补。

作者陶长坤是一个具有强烈社会参与意识和责任感的知识分子。但是他看到的现实往往具有喜剧的色彩，这与作者作为老舍研究专家不无关系，所以表现于小说中的美学意识就呈现出一种深刻的喜剧性。在笔者看来，《大运河》与20世纪40年代陈白尘的戏剧《升官图》中的讽刺手法有异曲同工之效，也与莫言的长篇小说《酒国》在某些方面相类似。进入20世纪90年代以来，中国社会似乎很类似于20世纪40年代末期，那种表面的正经、严肃和宏大，其背后和内里往往荒唐和滑稽。如果站在历史和美学的角度来看，20世纪40年代和90年代这两个时代都是喜剧时代。20世纪90年代以来，我们的社会和艺术丧失了崇高，也丧失了尊严，社会的痞性和流氓性凸显，消极的破坏的后现代等负面性的东西大行其道。《大运河》充分表达了在这样的时代氛围中坚持操守的知识分子的命运遭际。喜剧化的处理和互文性，使小说带有了某种戏仿（滑稽性模仿）色彩。也就是说《大运河》与《暴风骤雨》《芙蓉镇》《升官图》《酒国》乃至《西游记》等构成了广义的互文性，但这种互文性又不像美国后现代小说那样成为不及物的能指游戏性写作；而是充满着作家浓烈的社会意识和批判精神，又不乏小说叙述的雅致的话语之美、浪漫之美。它在认真模拟现实的同时，又似乎"抽空"了这个现实，因为这个现实已然失去了存在的合理性，其喜剧性的存在实际上是一种虚假性或虚饰性的做作的存在。所以，调侃之、讽刺之、揭露之，使之呈现出其猴子爬杆愈高愈显露出其红屁股般的丑陋和滑稽，在浪漫的追求和现实的刻画中，最终是喜剧性（所谓黑色幽默）占据了文本的中心。

[发表于《内蒙古师范大学学报》（哲学社会科学版）2010年第5期]

第三节　从叙述试验走向内心生命情态

——评刘玉栋的小说创作

城市与乡村或两者构成的“交叉地带”，自20世纪早期以来就一直是中国现代文学所着力表现的精神领域。“五四”后一代作家曾经游走于这两者所构成的明显地带，新时期以来以路遥为代表的现实主义作家又重新面对这个地带，并写出了当时一代人的悲苦与抗争。刘玉栋作为“70后”作家，亲身经历了改革开放三十年来物质生活和精神生活的巨大变迁，并以此作为写作资源与背景，创作了关于城市题材和乡土题材的三十余部长、中、短篇小说。他通常被评论界贴上乡土作家的标签，而且在文坛上受到关注的也是其一系列乡土题材的小说，更为有意思的是某些评论家给他贴上了“道德化”“道德的焦虑”等标签，似乎谈论山东作家要是离开了“道德”二字就脱离了研究本体似的。表面看来，山东当代作家的道德感和体现在其作品中的道德感是独特而强烈的，但是，仅仅以道德来标示山东作家，就会有以偏概全之嫌。其实，关于“道德化”的写作只是山东作家写作维度的一维，并非全部。同时，非山东籍的作家的道德意识也并非不强烈。因为道德和法律是人类赖以存在至今的两个重要的原则性因素，无论任何地方的人们都离不开道德的钳制和影响，否则人类就将陷入丛林法则而重回弱肉强食的动物世界。

刘玉栋近年出版的小说集《浮萍时代》和《家庭成员》，就在很大程度上颠覆了评论界的这种唯道德视角批评的观念。与其说这些作品体现了所谓“道德化”或“道德的焦虑”，毋宁说它们打破了这种简单化了的道德叙述而呈现出人性存在与生活世界的复杂性。从这两部集子所选作品的发表时间来看，《浮萍时代》较早（大约为20世纪90年代初至2011年）且每篇的篇幅较短（30篇，23万字，平均每篇不到0.8万字），选的基本上是作者城市题材的作品集，而《家庭成员》（约18万字，每篇约3万字，亦可视为其中篇小说集）的六个较长篇幅的作品发表和出版的时间较晚。纵观刘玉栋二十余年的小说创作轨迹，正如他这两部小说集的书名所示，从“浮萍”到“家庭”，是作者苦苦追寻和探索的心路历程的艺术结晶。从农村走出而逐渐扎根城市，在城市的边缘写自己熟悉的乡土，也写渐渐熟悉的城市，再到重返乡村、重写乡土，刘玉栋走过了从青涩到逐渐成熟的艺术之路。这两个书名，实际上暗含了作者由走出家乡、走入城市的“浮萍”的漂泊、无根状态，到重返／重顾“家庭”的精神演变过程的某种折射。这似乎是一个经过了漫长的寻找与探索而终于返回的圆圈式的过程，却是昭示着作家刘玉栋小说艺术不断跃升的过程。在刘玉栋的小说中，传统意义上的家庭已然变得面目全非、浮萍般的飘摇、动荡，处于极度的不稳定状态，甚至体现在其小说中大多是处在解体或已经解体过程中的家庭。在《家庭成员》的六篇作品中，大多数是找不到根、找不到家的温馨，偶然性、不确定性支配、主宰了生活和家庭成员的作品。小说中的主人公，不是失踪、离异、背叛、欺骗，就是自杀或者得了致死的疾病……这些原本的非常态却变成了司空见惯的新常态，传统的伦理美德被冲得七零八落，甚至荡然无存。以至于发了财的丈夫背叛妻子，妻子喝农药自杀；而丈夫得了癌症，小三席卷钱财而决然地抛弃丈夫及小儿子远走高飞（《风中芦苇》）。生存在极度贫困状态中的人们，想尽了办法过生活，但没有任何依靠和救济的村民们，只能靠自己的艰苦劳作和风餐露宿，来勉强填饱肚子，即使尚存良念的虾酱小贩也要加上红糖水稀释以卖个好价钱（《丫头》）。传统道德被侵蚀的第一步是乡村自新的建制以来，支书贪腐霸道的做派。在村支书高春来统治的一亩三分地里，他对村民有生杀予夺的权力。他甚至可以让犯了事的儿子照样参军、提干，同首长的女儿恋爱结婚，让儿子元泰的好友九果承担全部责任去坐牢（《大鱼、火焰和探油仪》）。“我”在蜡烛厂的同事江小鱼名牌大学学历却干着在厂子里蹬三轮运石蜡的活儿，而且他勾引女孩子的手段高超，经常带回来不同的女孩子过夜；一天说失踪就找不见了，甩掉了自己的恋人、研究生毕业留了校的娟子，而娟子最后出了车祸而死；隔了多年与“我”联系，此时的江小鱼已经是日本籍的商人了。另一个同事张库是个诗人，后来成为领导的秘书，多年后成了房地产开发商（《消逝》）。报社副总编丁家义的妻子夏春蕾跟一个小她6岁、名叫吴昆的家伙跑了，离了婚的他则依靠权力占有了刚大学毕业的新编辑蔡小芹。一天，蔡小芹借了丁家义六千块钱，不辞而别。生活又一次给丁家义开了个大玩笑，而且报社被关门，他失了业，最后只有一门不算手艺的功夫，写小说。感情、婚姻、地位、金钱、名誉……一切都处于极度不确定状态，对于丁家义来说，只剩下了小说这门艺术是可指望的，但写小说同样是极不稳定的生计（《苹果落地》)。而《家庭成员》写住在小城的父亲老潘的孤独，早先的他是酒场上的英雄，在县长书记镇长们喝得差不多时，他往往从不起眼的座位上站起来，向他们敬酒，他喝三杯才让他们喝一杯；虽然喝酒不少，但是不被提拔，到了临退休前他还只是个股级干部。即使这样，退休后却没有了请他喝酒的场合。于是老潘装着自己被请客的样子在大饭店的大堂里等机会喝酒，但在最后一次被人算计了，喝到高的时候，全桌的人都溜走了，只留下了老潘，昂贵的宴席就由他付款，还没走出大堂他就躺倒成了脑血栓。他也就此在退休后成了大家谈资中的“人物”。而母亲开辟的菜园也经不住城市开发商推土机的碾压而被毁掉了。伤感的母亲只能不断缩小自己的园地，最后退到自己家的阳台上养几棵菜蔬聊胜于无。妻子工作的压力在梦中转化成了经常性的噩梦，不是迷失在大楼里就是杀了人。所有的“家庭成员”包括翻看儿子日记的“我”也都陷于非正常的状态，不是被生活的漩涡旋转出去而找不到自己，就是陷在过去的岁月里不能自拔。

一般而言，通过题材分析可以发现，城市往往带给作家惶惑、茫然与窘迫，有一种寻不到根的感觉。而乡土题材则给作家及其笔下主人公们一种精神的源头和圣地般的踏实感。但是，人的生存和人性原本又是极度复杂的，那种以乡土和城市二元分离的题材划分方式本身就有问题。乡村不仅仅有淳朴、善良、自然、优美，也和城市一样，有邪恶、伪善、欺凌、压迫；反之亦然。《浮萍时代》中的短篇小说《蛇》写得了抑郁症的妻子在海边疗养，但是听人说了海边草丛中有蛇之后恐惧异常，草草结束了刚刚开始的休假，急急忙忙返家。海边疗养院附近究竟有没有蛇，读者不得而知，但由此引发的不安想象却成了罩在小说人物心头挥之不去的阴影。就这样，刘玉栋小说中的人物往往处于惶恐的漂浮状态。其小说表达的大多是作家对脆弱情感和人际关系不再踏实牢固之后的怀疑、拒斥和惶惑。

在超越了乡土或城市的题材的局限之后，刘玉栋开始对现代小说进行叙述试验的艰难努力。现代小说在欧洲早在一百余年前就进行了这种叙述的探察，比如，卡夫卡小说《变形记》上来就是一句：格里高利·萨姆沙早晨醒来发现自己躺在床上，变成了一个大甲虫。人性与虫性，人的思维与甲虫的肢体动作的错位、悖谬构成了卡夫卡这篇小说的叙述方式，类似的悖谬情境也是他的其他小说的叙述基调。历史上我们有《西游记》之类神魔小说，所以这种倏忽之间的变形在中国读者看来也不是不能接受的。《变形记》之所以是极端的、创新的，是因为它的整个小说理念和美学原则发生了根本性的转折：人的存在本身的极度异化。一百来年现代小说在形式或叙述方面的创新已经构成了当代中国小说家写作的艺术背景，也就面临着美国学者哈罗德·布鲁姆所说的“影响的焦虑”的写作困境。刘玉栋显然也处于这种创作的瓶颈或焦虑中。他曾经走过一段极力从形式方面去探索、创新的道路。《浮萍时代》集中就有多个带有这种技术性试验的文本。《生活无痕迹》留下了作家进行这种试验的痕迹。“此时，我站在1993年9月19日下午的窗前。灿烂的阳光穿过玻璃，落在我蓝白相间的方格床单上，没有尘粒在里面翩翩起舞。”叙述者“我”亦是与故事和主人公、突然一天失踪了的“我”的朋友冯雷很有关联的一个人物。“至于冯雷是怎样失踪的，我想现在它似乎变得有点儿无关紧要。但下面我还是要讲的，在这之前，我想首先叙述一下有关冯雷的一些别的情况。”诸如此类的叙述者声音（话语）不时地出现在文本中。到了小说的最后，叙述者的声音再度显豁地出现了：“我感到（回忆）这些事情是如此陌生，乱七八糟，分崩离析，这一点那一块，好像事情根本没有发生过，是我故意虚构的。”[①] 这与20世纪80年代实验小说家马原的小说叙述方式和语调如出一辙。《父亲上树》以“我”（系小说叙述者，老石是“我”的朋友）的视角写了老石的父亲晚年独身而失踪，后来人们在一棵树上发现了他，他因追一个长得颇有姿色的女人而爬上了树。小说写得有些滑稽和悲楚。当然比莫言的《战友重逢》写死去的战友在一棵树上重逢要现实得多，但依然有些荒诞的意味。《头场雪》也有这种明显的叙述者的话语。叙述者尽力营造一种叙述的圈套，叙述者之一是“我”，之二是麦冬。至少两层的叙述相互缠绕在一起，构成了小说扑朔迷离、似真似幻的氛围。《酒水空间》采用了第二人称的叙述，除了有某种反讽的叙述意味，通篇还运用了心理分析方式。《淹没》借助于古典戏曲《西厢记》中崔莺莺和张生的故事，叙述了当下被生活的漩涡之流旋转晕的几个年轻人的情感世界，小说既带有某种对经典的戏仿和调侃，又有某种20世纪30年代施蛰存心理小说那种发乎情止乎礼的力比多的控制的小说风。《危楼听歌》也有点施蛰存小说的那种暧昧气息，只是如淡淡的酒香，醇度尚欠火候。《午后》则有老舍《我这一辈子》的余韵。《梦中的大海》写夫妻生活外的诱惑，与男女主人公理智上的节制。这类叙述格调鲜明的小说占了《浮萍时代》的大部分。

除了刻意的叙述试验，刘玉栋还在小说的命名上下了功夫，他打破了传统的以故事内容命名的套路，而是往往抓住一点而不及其余，以期产生某种隐喻或象征的审美意味。《向北》实际上是写一对恋人（“我”和刘苹）到民政局办

① 刘玉栋：《浮萍时代》，济南出版社2012年版，第11–19页。

理结婚登记而颇费周折最终也未达到目的的故事，但是作家并没有将其命名为《登记》之类，而是以小说中“向北”寻找新的登记地点为题，含着某种况味。《一个哈欠打去的梦》写田霞到另外一座小城去推销钻石珠宝，在送喝醉了的老同学、公司老板王亮返回他公司时，鸳梦重温的幻想被服务小姐一个哈欠打去了，推销的话更是无从说出。“在她心中，有了比钻石更贵重的东西。”这便是生存的尊严的无价吧。小说用一种“豹尾”式语句结尾，简洁有力。批评家马兵在为《浮萍时代》作序时也提到了这一点，他认为：“这些尽可能祛除了感情色彩的中性词汇透射出一种无动于衷的冷漠，而在这背后是作者对脆弱的城市情感生态的不信与失望。”这自然与以道德来固化山东作家的看法迥异，而且是更为接近真实的看法。

总体上看，刘玉栋如上的叙述试验和技巧锤炼是十分必要的，尤其是对于一个成长于齐鲁之邦的青年作家来说。在这块略显板结的土地上耕耘的人们，首先是要有打碎文化道德土坷垃的器械，这就是写作的新技巧和新观念，它要尖锐、锋利，能够碾碎那些板结的硬块。刘玉栋较早期的小说《我们分到了土地》《刀锋与疮疤》，以及《浮萍时代》中的大部分篇章，恰恰是这样的耒耙。这一如同为山东作家的路也那种激进的反讽一样，对假模假样的道德给予彻底的揭穿，然后再试图重建某种新道德的基础。这可视为齐鲁作家创作的难能可贵的新质，值得珍惜。

对于一个20世纪90年代初闯入小说写作领域的作家来说，所面临的境况既幸运又不幸。之所以说其是幸运的，在于当时的文学／小说启蒙的思潮被一种外力所强行压制下去，小说的负累减轻了，而且没有多少人再那么关注文学／小说了。说其不幸，乃是指80年代中期兴起的小说试验已经积累了相当多的东西，况且如上所论，西方在近百年的时间里已经有了很多的小说试验成果。经过十来年的写作，刘玉栋不无写作的困惑。他曾经在一次创作访谈中谈到自己的写作历程及困惑：“我对自己的创作非常不满意，我觉得我的小说缺少一种深入人心的力量。我分析自己，发现我的创作并没有全部发自内心，它一直游离在生命情态之外。我决定，写离自己内心最近的东西。于是，我自然而然地想到了童年和故乡。”[①]这是一种经过深刻的生命反思和艺术体验后得来的宝贵经验的总结，可谓一语中的，切中肯綮。和莫言类似，刘玉栋的小说创作的富矿和圣地乃是童年和故乡。一旦作家找到或发现这个宝地，他就进入了崭新的境界。童年是作家的摇篮，回顾童年，重返故乡，是身居闹市而出生于小镇或乡

① 刘玉栋：《章回》，载刘玉栋：《逼近真实》，《朔方》2005年第7期。

村的作家几乎无可避免的写作的宿命。

在这方面，刘玉栋是清醒的。他在一篇创作谈中认为："青年作家，必须在这种传统的基础上继续开掘，突破内心的障碍和困境，争取不断自我超越，才有可能体现出自身的价值。"[①] 也许正因为这个清醒的自我反思，他对自己所眷恋的乡土在表达了赞美之后又哀叹着现代化进程中乡土之美的变质甚至消逝。《家庭成员》写了在传统氛围逐渐消失的城市化环境下一家人的命运变迁和心理体验，置身于城市的人物的情感及其表达方式的变化，传达出城乡构成的复杂交错的关系网络及其中人物所遭受的内心隐痛和苦涩。

书写"生命情态和离自己内心最近的东西"的认识，与进行小说艺术的创新之间，如何融合？这是当代小说家所面临的一个问题。小说家无疑应该大胆地进行新的叙述和审美形式的尝试。评论家洪治纲指出："现代小说的发展给我们带来的良好影响之一，就是不断将作家从常识性的逻辑生活中解放出来，使他们在摆脱经验束缚的同时，获得对各种可能性生活的广泛重构以及想象力的全面复苏。"[②] 新时期以来先锋派作家莫言、余华、格非、残雪等作家，正是洪治纲的这一理论观点的体现者。仅仅满足于某种生活情境或真实体验，如或疼痛或忧伤的感受，就无法深入到被日常生活经验所遮蔽了的深层精神困境中，就只会使人陷入"烦恼人生"的痛苦、"一地鸡毛"的尴尬和"分享艰难"的新奴性悖论当中。显然，步入中年的作家刘玉栋也充分认识到了这种状况。他日益体察到，"真正的现实，是现实背后的真实。"而小说家就应该"艺术地逼近这种真实"。[③] 他这里的表达类似于昆德拉对于小说艺术真谛的看法。昆德拉在《小说的艺术》中认为，小说实际上是一种寻找和发现真实存在的艺术，或者说，小说就是对于存在之真实性的探究；小说不是研究现实，而是研究存在。小说就是要捉住那个自我对于存在的疑问的本质[④]。昆德拉的小说观念与20世纪现代主义小说的发展趋势相适应，传达出了一种透辟的睿智。刘玉栋所说的"生命情态"和"写离自己内心最近的东西"的观点与昆德拉的小说观念可谓异曲同工。

当年，17岁的刘玉栋离开乡村来到城市，并逐渐成为城市文化精英中的一员。现在，他无论写乡土的还是写城市的小说，早已经越过了那种非此即

① 刘玉栋：《小说像一面顽皮的小精灵》，《齐鲁晚报》2005年8月30日。

② 洪治纲：《苦难背后的温暖》，《济南大学学报》2005年第3期。

③ 刘玉栋：《章回》，载刘玉栋：《逼近真实》，《朔方》2005年第7期，第68页。

④［法］米兰·昆德拉：《小说的艺术》，孟湄译，三联书店1992年版。

彼、黑白分明的模式。历经了乡村童年、城市青年时代，再反顾乡村的已届中年的作家刘玉栋，就有了一个双重反思和观照的视角。由于有了城市这个乡村之外的参照系，他拥有了反观和俯瞰乡村的眼睛。经过了这种重返，刘玉栋的小说创作又返回到城市场景和城市人的存在。这种返回同样需要直面“现实背后真实”的勇气，而且更需要巨大的艺术气度和鞭辟入里的描写功夫。批评家李敬泽认为，“一个以城市经验为根基的中国作家只能向前走，他没有太多的传统资源可利用，这倒让他轻松、自由；而那些立足乡土经验的作家们，他们有现成的退路，他们可以求助于深厚的传统，他们往往就这样退回去了，结果，他们笔下的乡土‘升华’或蜕化为与历史和现实毫无关联的伪浪漫主义或伪现实主义的盆景”[①]。简单地把小说家的写作资源区分为乡土和城市，并不一定科学，但这种说法从一个侧面谈到了城市和乡村之于作家所处地域和文化环境的迥异，还是多少能够传达出某些写作的况味。其实，一名小说家完全可以摆脱这种城市—乡村的二元对立的题材或小说观的桎梏，以更加豁达和超然的心态与格局来面对日益交融和立体化的乡村—城市或城市—乡村世界，其背后是日趋复杂和充满偶然性的人性世界。2012年与莫言竞争诺贝尔文学奖的日本作家村上春树和莫言相比，缺少的就是那种根深蒂固的源自基本固定的乡村体验，他是从东京这个现代大都市的后现代景观出发，表达的是和法国存在主义没有多少区别的景致和情感，因此村上的文学就缺少莫言那种极具特色又能震撼人性的艺术和思想的魅力。如果没有此前法国、美国存在主义作家的创作，那么，村上的文学在很大程度上就是具有原创特点的作品，然而遗憾的是其作品产生于存在主义已经诞生半个世纪之后了。而从中国当代作家刘玉栋的创作来看，他倒是有点与他的山东老乡莫言类似，他并没有抛弃自己赖以写作的源泉——那卑微、苦难、艰辛的少年时代的乡村生活，但是他又以自己的敏锐、聪颖、勤奋而不断地超越这种乡村的卑微、苦难和艰辛，同时对城市的观照和描写也不仅仅是那种轻飘的、浮光掠影的新感觉派式的简单和表面，而是通过对人性和生存悖论的考察，写出了在城市生息的当代人的复杂性、偶然性和不可捉摸的种种性格。在对城市生活的城市人存在的书写上，刘玉栋甚至超越了莫言。莫言基本上固守他的“高密东北乡”文学王国，而刘玉栋在很大程度上早已“超越了故乡”而进入了一个更加广阔的写作的领域。呈现在我面前的刘玉栋的这两本小说集，尤其是《家庭成员》恰恰可以打破“伪浪漫主义或伪现实主义”的

① 李敬泽:《乡土之路》,《文艺报》2002年9月10日第2版。

盆景化、模式化。我们有理由期待，在经过了叙述技术上的先锋试验、哲学观念上的存在主义荒谬书写，以及对于陈旧道德的刻意解构和反讽、对于新的人文价值的初步探索等一系列突破之后，生活于厚重的山东文化土壤上的刘玉栋的小说创作将会迎来一个更加丰厚和充满张力的艺术新高度和新境界。

（写于 2012 年）

第四节 “战争与和平”主题的新探索

——读丁文方长篇小说《风箫上的刀痕》

自20世纪90年代以来，山东文坛赫然出现了丁文方的名字，从中篇小说《清真寺里救亲人》到《不速之客》等，再从长篇小说《左宝贵》到《风箫上的刀痕》，短短的几年时间里，他便由一名大学校长、教授转换成一名作家。这个角色转换的过程迅速而且充满令人惊诧的神奇色彩。其实就我对丁教授的认识，从他的为人与为文、学品与学问上可以看出，这一转换是他人生的一种必然，是他发自内心世界的生命需要，是他丰富的人生积淀的自然宣泄，是作家童年理想的体现与升华。其长篇小说《风箫上的刀痕》集中地表现了作家浓烈的艺术情愫和强烈的艺术爆发力。

创作一部长篇小说，一个重要的准备就是精心构思、布局谋篇，丁文方在这一方面是颇为重视的。《风箫上的刀痕》[①] 以20世纪中日两国的战争与和平为广阔背景，以中日普通百姓（主要是两个普通家庭）的矛盾、纠葛、冲突、和解和友谊作为构思的基点，以风箫的下落和命运作为叙事线索，艺术地反映了战争与和平的主题。

对战争与和平这一母题的书写，为近代以来欧美和中国作家所热衷。这说明了近代以来整个世界战乱频繁，人民对和平的期盼之切。但纵观整个中国的战争（或军事）文学，将敌对双方简单化、概念化的倾向十分严重。这首先与我们对战争的认识肤浅有关，然而更重要的在于人为的斗争模式使然。而《风萧上的刀痕》立足于20世纪90年代人文主义的新高度，力图去重新审视、把握战争的内涵，既保留了革命历史题材小说的鲜明的党性与阶级性特征，坚持了革命现实主义的基本原则，又从另外一个新颖的角度，通过一只由清代民族

---

① 丁文方：《风箫上的刀痕》，济南出版社1998年版。

英雄邓世昌遗留下来的凤箫的遭遇，把中日两国军人和普通老百姓，在战争与和平的双重背景下联系起来，展示了战争以及战争状态下人性的复杂性，因而丰富了小说对战争题材的描写广度。

为了充分发挥这一独特新颖的切入视角的特点，作者由凤箫的得与失、寻找与失落所引发的荣敬梓与林田秀子家庭之间的情、怨、恨、泣、痕、愤、别、缘，层层递进，一波三折，引人入胜，表现出了作者对中国传统小说手法的娴熟借鉴与大胆改造。如果说“凤箫”的遭际作为一条明线索，起着对全书穿针引线的作用的话，那么，纵贯全书的两国人民的交往和对和平、正义的追求，则是更深层的一条线索。凤箫，本身是一件艺术品，又是创造艺术的载体，还是作品中人物之间矛盾冲突的见证，同时也是中日两国人民友谊的象征。凤箫作为邓世昌的遗物，经由邓的亲兵宋爷爷悉心保存，邓世昌抗击日寇的不屈的民族精神已经渗透进凤箫；凤箫在八年抗日战争期间又染上了宋爷爷的鲜血，被刺切上了日本军国主义的刀痕；还有少年荣敬梓为保存它而涂上黄河土使它变成了深铜色，愈加深沉凝重。带了刀痕血痕的凤箫负载了更加丰厚的民族精神内涵，又承载着中日两国交往的历史。日本兵林田太郎对箫的热爱，箫乐引发林田太郎良心发现，进而参加了日本军人的“反战同盟”，为中国的抗战而工作。这说明凤箫这种乐器和音乐所暗喻的中日两国人民心理、文化结构的传统历史渊源，是意味深长的。凤箫不但成了小说构思的重心，而且是小说人物之间不可或缺的线索。这种构思举重若轻，把激烈的战争场面寓于美妙的箫声乐曲之中，情景交融，达至艺术之境。如此，“凤箫”显然被赋予了类似于人物形象的某些特征。在这一非人物的艺术形象的统摄下，书中所有人物形象都密切统一起来。

塑造人物形象，尤其是典型人物形象，是现实主义小说的主要任务和目标。一部小说的成败，在很大程度上取决于形象塑造的成功与否。《凤箫上的刀痕》所塑造的人物形象不太多，但个个性格鲜明，令人过目不忘。荣敬梓、李开文、陈晓颖、秦大年、宋爷爷、西川惠子、林田秀子、林田太郎等都是普通的百姓，是残酷的战争把他们“拢”在一起，让他们遭遇、争斗、残杀，但是他们的身上又体现出种种人性的光辉。荣敬梓，这个性情稳重的中国少年为了逃避日军扫荡，从济阳乡下来到济南伯父家，从而与开药店的日本人家的小姑娘林田秀子结为好朋友。两人识字学箫，可谓两小无猜，情谊深笃。透过中日两国少儿的纯真友谊，我们可以发现，作家在以“童心”来表达这种人间的真情、人性的美好，并以此来寄托其理想。日本军国主义的铁蹄虽然践踏着中国的大好河山，蹂躏着中国的人民，我们对日本军国主义的屠杀曾经怀有刻骨铭心的仇恨，但是中国人性向善的诉求促使自己向日本人民伸出橄榄枝，中断了的中日两国人民之间的友谊之桥又得以连接。荣敬梓刚进城时，伯父教他“见了日本人，躲得越远越好”。这自然是一种朴素的民族情感和自保意识，可是少儿那纯洁的童心，再加上某些共同的文化背景：对中国古代文化、文学作品的学习、热爱，使两个异国的少年成了最亲密的朋友，爱心在他俩的身上自然地漫延、发展。小说为了表现他们的相互思念之情特设置了以下的情节：一、敬梓到秀子家去玩，发现了宋爷爷被日本兵抢去的凤箫，取箫不成而病，这引起了秀子的思念。年幼的秀子竟为了敬梓而“骗得”母亲西川惠子的门钥匙，买来一把普通的箫，偷梁换柱，将他的哥哥林田太郎从宋爷爷手里抢来的凤箫送还给了敬梓。二、敬梓离开泉城回济阳老家探亲返城后秀子一家人不见了踪影，引起了敬梓对秀子的思念。这里为了表现敬梓的急切心情，作者将心理描写与动作描写结合了起来：“一看（秀子家）两扇大门紧紧关着，心里就凉了半截。为了让秀子知道他回来了，就故意唱了一段小曲，可是院子里仍无动静，他于是从腰里掏出弹子，往紧靠着小洋楼的大槐树上发了一弹，随着‘唆’的一声，一群麻雀‘扑棱棱’腾空而起，吱吱叫着向南山飞去，几片嫩树叶飘飘摇落了下来，但是院里又随即鸦雀无声了。”这样的描写充满了情趣和生活气息，文字清灵、活泼，具有济北儿童的天性和心理特点，显示出深厚的中国风格，符合民族的审美习惯。三、抗战结束后，林田一家人离开中国回日本，这是一次长久的别离，它引发的情感波动更为长久、更为强烈。作者此时主要运用了环境描写来映衬这种离别之情：一幅北中国阴云密布、狂风碎雪、街巷冷落的萧条景象。荣敬梓和林田秀子的心也像飞向天边的那对鸟雀一样，飘飘浮浮，心神不定。三次离别，三种心境，一次比一次强烈。

为了深入表达对战争全面而深刻的认识，作家还设置了西川惠子和林田秀子救荣敬梓及其大伯的情节。第一次是大伯荣庆基被伪警察抓去敲竹杠硬说他有私通八路的嫌疑，要放人须花大钱才行。秀子的妈妈打电话解救了敬梓的大伯。第二次是秀子母女从疯人院回来，敬梓从林田家锁着的门缝里与秀子谈话，被正要实行戒严令的二鬼子发现，正待敬梓被抓之际，秀子在门里说她哥哥是日本皇军，解救了敬梓。第三次情势更加危机，济南人民发动集会纪念“五・三”惨案中牺牲的烈士，遭到日本侵略者的镇压，敬梓和开文被日本宪兵追击，逃到了秀子的家中，秀子母女俩智保敬梓二人，全力救护了两个中国少年。两小无猜的友情融进了博大的母爱和民族友谊。西川惠子的形象也进一步丰满丰富起来。她的身上本来就有着中华民族血统。她的祖父是康有为的学生，为了躲避西太后的镇压，逃到日本，娶妻生子。这一设置异常重要，可以合理地解释发生于中日两国间民众超越国家的人性之爱的诸多情节。她更是一位有良知、知书达礼的日本优秀妇女的代表。她的父亲和丈夫死于战争，儿子林田太郎在战场上得了精神病，她和中国人民一样，渴望着战争尽快结束，渴望着日本法西斯的灭亡。这样一个善良、温柔、爱好和平的日本妇女形象的成功塑造，表明了作家表现战争、书写历史的深邃眼光和辩证思维。

一部优秀小说作品，浓厚的地方特色，尤其是语言特色是一个必备的要素。《凤萧上的刀痕》表现了我们中华民族的持久忍耐力和不屈的抗争精神，对和平幸福生活的不懈追求，并且带有鲜明的鲁北济阳和泉城济南的地方特色。济阳这片热土发生过 1937 年抗击日寇疯狂进攻的县城保卫战，此系日本人从河北省一路杀掠进入山东以来受到的最大抵抗，我军民牺牲达三千人以上，可谓青史留名。我当年大学里的中共党史教科书中还重重地提了一笔。而小说中的秦大年，即是典型的黄河北岸铮铮铁骨的济阳汉子。“男儿有志投八路，穿上军装扛上枪。好钢用到刀口上，保家卫国赴疆场。”这鲁北小调唱出了生于斯长于斯的民众的抗争和性格。当然，小说还存在着某些缺憾。比如，当年济阳县城被日军围困，是国民政府的军队 106 团在誓死抵抗着，当时的八路军在此地还不见踪影。小说作者没有深入细致地刻画当年国军英勇抗战的这幕历史。

和多年前读过的同样出自鲁北的作家郭澄清的长篇小说《大刀记》近似的感受，《凤箫上的刀痕》又一次用优美而又凄清的文字传达出鲁北人民的这段抗战心史。在跨越千年的世纪之交，在抗日战争结束五十余年的今天，《凤箫上的刀痕》让我们通过凤箫的深沉乐音，去回味历史，反思战争，维护和平，珍视中日两国人民的友谊。

（发表于《济南大学学报》1998 年第 4 期）

第五节　齐鲁文化孕育出的一朵奇葩

——论张志云长篇小说《蒿庵记》

暑假里得到故乡作家、诗人、书法家、学者张志云先生赠送的他新出版的长篇小说《蒿庵记》①。拜读后，有了一些想法。最近又看到故乡另一位作家、诗人、画家徐树爱先生博客文《〈蒿庵记〉一书是毒草还是香花》，认为张尔岐的后人对书中的伦理关系提出质疑和抗议，也有的读者认为小说没有品位，甚至有些"黄"。"究竟这本书是毒草还是香花？是重塑经师形象还是歪曲抹黑一代经学大师？是一次文学收获，还是一次文化污染？"徐树爱期待着大家畅所欲言，展开讨论。于是有了我的这篇小文。

蒿庵，明清之际经学大家张尔岐（字稷若，1612—1678）之号。张尔岐，山东济南府济阳县（现为济南市济阳区）人，为数百年间济阳最伟大的经学家、教育家、诗人、医生。他在济南讲授《仪礼》时，被当时著名启蒙思想家顾炎武听到，顾十分敬佩其见解精辟，翌日早即登门拜访，谈论欢洽，遂订交为友。后来，顾炎武在谈师论道时曾说："独精'三礼'，卓然经师，吾不如张稷若。"故而亦有张稷若为顾炎武老师一说。但对于四百年前齐鲁济阳这片古老而神奇的土地上诞生的这位儒学大家，当代人的了解和研究却十分薄弱，而今有了带有历史演义小说性质的《蒿庵记》，自是让人高兴和快意之事。

在《蒿庵记》中，作者试图给我们描绘和塑造一个他心目中的张尔岐形象。张尔岐的父亲和哥哥因抗清而亡命他乡，其郁积的愤懑因不能直接表达而性格内敛，其为学乃"为己之学"，乃修养自己的心性之学，非为沽名钓誉。但其学亦潜藏为群之意。而且小说中的张尔岐在中国属于最早一批自断科举之路，也不接受当时皇帝康熙出山邀请的学者，其身上的铮铮铁骨、浩然正气，非一般

① 张志云：《蒿庵记》，山东友谊出版社 2015 年版。

士人学者所能比，更非置身于中国这样“一个世界”（李泽厚语）里、依靠等级制的关系过活的人们所可比。

在张尔岐所处的历史背景及其个人的生平遭际等方面，小说基本上是符合实际的。但是，查其事迹，唯有县志聊聊数百字，再就是张尔岐的著述八九部和部分诗文。更多的关于张尔岐的资料在济阳和山东民间，在口头流传着。传说中的张尔岐不但道德高尚，且精通各种义理之学、医学、天文、算学，能算卦、占卜、观天象，可谓四百年前中国的一位先知，民间称其为张仙人、神仙。他一生不仕，一介平民，但他的身上的儒家知识分子的浩然之气，浸淫儒学、道家、杂家、医家等诸学而成的博学之气，他洞彻人生和宇宙之理的超然之气，他对人性深刻的观察、体验和同情式之理解，对“天崩地解”时代的洞察和适时地调整自己的人生轨道（由参与武装抗清到渐趋温和，转而从事教育和文化事业），等等，小说都做了自己的精彩描写和评价。当然，张尔岐身上也有着时代的局限，比如，他娶了三房太太，他身上还缺乏男女平等的现代观念等；而且与稍早于他的浙江余姚的黄宗羲等启蒙思想家相比，其思想的视野和对当时皇权思想的认识还显得保守和狭隘，但是他从形上之学到实用之术的研究和运用，包括他智慧通达的人生观和世界观，在当时的北方无疑是超一流的。这些在小说《蒿庵记》中都有一定的表现。

从这些官方资料和民间传说中，作者能够洋洋洒洒地敷衍出 30 万字的长篇小说来，实属不易。做到这一点，除了作者要有对张尔岐生平事迹的认真考辨和研究，对流传在山东济阳乃至济南一带关于张稷若的传说要有一个认真的搜集整理，更需要作者高超的想象力和幻想力。正是后者，使得这部小说在叙述、结构、境界上张弛有度，波澜叠生，高潮迭起。在笔者所阅读过的为数不多的当代济阳籍的作家作品中，张志云可谓深得齐文化之精髓者。齐文化和鲁文化有一个显著的不同。孔子为鲁文化的代表，他的每一句话都会成为鲁文化信仰的准则，像“敬鬼神而远之”“子不语怪力乱神”“未知生，焉知死”等，对鬼神观念持一种怀疑或敬而远之的态度，另外孔子思想强化了社会的等级观念，这些都是其学说受到历代统治者欣赏和大力提倡的地方。但是，齐文化与之有很大的不同。济阳属于齐文化圈，但是由于处于山东，因而又与鲁文化和儒家文化有着密不可分的关系，两种文化都很深刻地渗入其中。讲道德的济阳人，也不乏鬼神信仰和一定的超越性追求，擅长讲鬼神故事，怪力乱神、神仙道士、吊死鬼、狐仙、鸟仙等民间信仰及其传说、故事层出不穷。这和蒲松龄笔下的那些故事大同小异。所以，张志云在书中充分发挥了这两种文化因素的作用，一方面认同现实、服从权威，一方面又耽于想象和幻想。小说写到，当大清王朝基业初定，满怀着反清意识的张尔岐渐渐地放弃了反清的思想和行动，这是一种清醒的理性认知；他还因家人得病而自学医学，渐成有名的大夫，为乡里人解除病痛，正因为他有高超的医术，并能占卜、算卦，所以成为流传了四百年的张仙人。另一方面，他把自己的志业放在经学、儒学等形而上层面的阐释和发挥上。而这一点在我看来应该是张尔岐从根本上对野蛮的清王朝和民众进行启蒙的出发点和归宿所在。

因此，《蒿庵记》运用了鬼神叙述和梦幻叙述，传奇中有纪实，纪实中有传奇，三四分实际，六七分虚构。这除了与上述鬼神信仰有关，还与作者曾经从事过童话诗和童话长篇小说创作的经验不无关系，更与他深刻理解了齐文化瑰丽的想象力的审美特征不无关系。有一次我同他就其孕育中的拟名“张尔岐传”的写作进行过一次较为深入的谈话，期间谈到了同为山东齐文化圈成长起来的作家莫言及其创作的想象力问题。笔者鼓励作者大胆地发挥想象力，进行合理的想象和虚构，来完成自己夙愿中的大作品。张志云对莫言作品是很熟悉的。蒲松龄和莫言小说飞扬灵动的想象力和虚构力自然给予他深刻的影响。

关于小说是毒草还是香花？这种设问尚有着 20 世纪五六十年代关于文艺作品评判的简单化思维方式。通读小说，里面既没有反动的思想，也没有所谓“黄”的情节。情色的东西倒是存在。但如果你用一种几十年前近乎“文革”的思维定式来看待这部小说，可能会得出其有黄色的内容，甚至认为其没有品位等看法。

其实，这样的文学视野和文学观尚待开拓和改变。济阳大地本来处于齐文化和鲁文化交叉地带，又靠近省会济南，无论从信息的流通、艺术的新创还是思想的开放来看，都应该当仁不让，敢为天下先。但恕笔者直言，我们还应该强化开拓意识，培养自己大气包容、眼界开阔的胸襟，在艺术欣赏方面独辟蹊径。现在济阳出了个小说家张志云，写出了一部想象力上天入地、汪洋恣肆、不拘泥于物事、充满了鬼神信仰和梦幻色彩的小说《蒿庵记》，其艺术和思想的成败得失，自然应当认真研究，然后得出站得住脚的看法；而要避免仅仅靠一种成见或私下里的片言只语的议论便谓之“黄色”“毒草”这样的字眼，否则这样做便有一棍子打死而后快的嫌疑了。小说家处在 21 世纪全球化时代，而且《蒿庵记》作为小说来说，不是历史著述，是应该允许合理的想象和虚构的。这一点树爱的博客也是认同的。山东作家莫言《红高粱》中土匪抗战和爱情故事，与实际也有很大出入，正是靠了幻想的或虚幻的现实主义，才走出了当时文学寻根之路的迷失，而且慢慢建立起高密东北乡的文学共和国，进而成为中国当代文学的一个标杆，也成为世界文学的一个有机组成部分。那高粱地里“我奶奶”戴凤莲和“我爷爷”、土匪余占鳌的野合，要是在某些人的眼里实在是大逆不道。更有甚者，莫言还在21世纪之初写了更加震惊世人的长篇小说《丰乳肥臀》，以及《生死疲劳》《四十一炮》等，里面都涉及性爱，有些地方莫言写得异常大胆甚至放肆。但正是这种大胆的闯禁区般的文学试验，才使得莫言成为不可取代的莫言，成为一代文学大家。《丰乳肥臀》曾被某些批评家和普通读者称为“色情”的母亲上官鲁氏与多个男人发生性关系并生下孩子的描写，要是出现在《蒿庵记》里，不知道我们家乡的读者会有何种看法？然而这是女主人公生活和生命发展的逻辑使然。要是读过全篇，相信大部分读者自有公论，不会认为《丰乳肥臀》是黄色小说，也不会再认为它仅仅是性爱小说。作为小说艺术的莫言作品来说，它弥补了当时的一种文学需要，一种文学要真实地表达人性和社会性的需要，因而得到绝大多数批评家和读者的肯定。虽然有人会对莫言的作品嗤之以鼻，认为它仅仅反映了我们民族落后愚昧的一面，但越来越多的读者和批评家远在莫言获诺贝尔文学奖之前，就深刻认识到了它对人性和社会的深刻解剖和认识，而且这些较为公正客观的评价多是文学的、审美的。其实，从酒神精神和强力意志来说，莫言的《红高粱》《丰乳肥臀》等作品恰恰表达出了我们民族不可或缺的，也曾经强劲的血性和生命力。正是这种血性和强力意志，虽然泥沙俱下、良莠难分，但是它支撑着中华民族抵抗住了日本军国主义极其凶恶野蛮的侵略并取得了最终的伟大胜利。

作为带有一定历史小说意味的作品，《蒿庵记》不但写了张尔岐的学术交友、农耕稼穑、天文历法、医学疗病等活动，还写出了他的忠诚与孝悌，他的正直与因循，他的激情飞扬的诗文，当然作为小说作品，作者用较多的篇幅写了张尔岐与三个妻妾的爱情。这方面有为了增加吸引力而写的意味。小说中还写到了张尔岐与妻妹的关系，妻妹盈盈热烈地爱上了姐夫张尔岐，虽然张尔岐也很喜欢这个小姨子，但是他抑制住自己的情感，发乎情而止乎礼，使之维持在清白无瑕的兄妹关系范围内，后来他又娶了小妾，盈盈只好出家当了尼姑。不但如此，在描写三个太太与张尔岐的爱情关系时，作者还往往加以净化和提纯，如写三个太太都和睦相处，都深爱着张尔岐，彼此之间甚至没有哪怕一丁点的矛盾，夫妻之间，甚至一夫三妻妾之间，举案齐眉，相敬如宾，简直一个纯净融洽的乡村田园社会。这则有些理想化地拔高了。

在写到张尔岐与三房太太爱情生活时，小说不时地从人性的角度出发，写出了他们尤其是妻妾们那种热烈甜蜜的情感生活。虽然有一定的现代化拔高的倾向，但是对于刚刚从男女两性生活较为大胆自由的晚明走过来的张尔岐及其妻妾们，这样浪漫和热烈的爱情还是可以想象，也是可以理解的。但是，要避免人们的诟病和质疑，还是应该注意所描写的时代背景，那是一个清朝统治的、讲究理学和礼学的时代，况且张尔岐本身就是这方面的大家，所以，某些爱情场景似乎有过于现代化，过于超越时代之嫌。除此，作者为了烘托和丰富张尔岐的生活和情感世界，还虚构了两个人物，一个是张尔岐的本家兄弟、靠种地维生和经商致富的粗人张尔鱼，写了张尔鱼的情人后来成了张尔岐的二房。这样的情节安排为某些道学人士所不能接受。另一个是虚构了赵公子这个风流士子，他对张尔岐的二房妾和三房妾都有非分之想，且千方百计地找机会去与张尔岐的妻子见面，但最后还是未越雷池一步。这样的描写也基本上没有溢出传统的儒家伦理道德的要求，更与黄色无缘。这是需要明确的，否则没有读过作品或者专门找小说中的某些字句便断章取义地妄下断言，曰黄，曰毒，那就把近年来济阳文坛不可多得的这部优秀小说作品置于尴尬的境地，这有些不公正。

创作主体往往决定着作品品位的高下，作者的心地纯洁，自然其笔下人物心境、作为便也干净利落，不做作。而人物（张尔岐）高洁的操守、纯净的性格也增加了小说作者同样的精神追求，二者是相辅相成、相得益彰的。有什么样的创作主体就有什么样的创作旨意及追求。另外，《蒿庵记》写得风趣幽默，这也与齐文化那种较为自由放达的精神有关联。而轻松、有趣和幽默是小说这门艺术的一种鲜明的特征。山东作家这方面比较欠缺，好在有了莫言，现在又有了张志云及其《蒿庵记》，使人略感欣慰。总之，在滞涩的齐鲁大地上，尤其是在济阳这片热土上，我们的文学需要松绑，需要自由，需要洒脱，需要空灵，需要信仰，需要超越，当然这不是不要道德、不要伦理，而是在尊重历史真实的基础上进行的富有艺术真实性的审美创造。

（2016 年 2 月 23 日改定）

第六节 “间性”的艺术

——谈慧敏《婚姻底线》

一

慧敏是一个已经有了数百万字创作成果的作家。她擅长短、中、长篇小说，以及纪实文学、报告文学的写作。她低调的姿态没有掩饰住她日益耀眼的文学创作才华。正在逐步走出山东、产生全国性影响的慧敏最近给我们奉献了一部长达四十万字的长篇小说《婚姻底线》[①]，该小说致力于描写当今都市的婚姻状况，探索现代人婚姻底线问题。我认为，小说以一种“间性”思维来进行题材及主题的选择，它大致定位于以下五个“之间”：俗—雅之间，艺—商之间，情—色之间，理—欲之间，儒—道（佛、禅）之间。它俗中带雅，它的题材来源于艺术和商界，它的情感基调介于情与色的灰色地带，它以礼节欲，最后它依然存有较为浓厚的儒家伦理道德思想，但这种儒家思想渗透了佛家或禅的意味。《婚姻底线》就在这五个“之间”的“间性”思维中构筑了自己的艺术之厦。

小说曾被人称为“长篇都市情感小说”，[②]黄煜认为这是一部“人情世故情难测、真爱至性谱华章”之作[③]。还有画家、诗人徐树爱从绘画艺术的角度认为她的这部小说为“都市禁果半青半红”[④]。

① 慧敏：《婚姻底线》，济南出版社 2008 年版。

② 黄煜：《解读婚姻底线品味世间百态——长篇小说〈婚姻底线〉赏析》，http://banshanchiren.bokewu.com/sort194430.htm。

③ 半山痴人（黄秀峰）：《人情世故情难测　真爱至性谱华章——评慧敏长篇都市言情小说〈婚姻底线〉中人物的性格刻画》，http://blog.sina.com.cn/s/blog_50751ded0100c87e.html。

④ 徐树爱：《都市禁果半青半红——〈婚姻底线〉赏析》，http://blog.sina.com.cn/123456ys。

小说讲的是一个省会城市里发生的爱情婚姻故事。错综复杂的人物关系和情感关系，构成了当代城市情感故事，就像万花筒般地映射着社会的世态和情态。一个原本属于北方、属于被儒家伦理道德浸透着的城市，此刻开始变得浪漫、多情和欲望起来，并且有些混乱不堪、找不着北的感觉。

在线索多重纷纭而又有条不紊的男女情事的发展过程中，毕业于音乐系、现任皇宫大酒店领班的美女程小罗被理工大学自动化专业教授宗志伟看中并做了他的情人，而作为撰稿人的妻子钱贤被蒙在鼓里，并且把小罗当成好姐妹来对待。在共同的对古书、古字画的爱好中，钱贤和鑫源大酒店的老板杨树产生了知音、知己之感，相互依恋但不越雷池一步，始终保持着纯洁的红颜知己般的友谊。而早年抛弃了钱贤而投向副县长之女怀抱的夏浩天，恰恰和杨树是过去的战友，现在成了画家，在杨树前妻、移居新西兰的富婆赵新薇的帮助下在新办了画展回国后投奔杨树。赵新薇返国企图靠女儿的力量与杨树复婚，杨树断然拒绝了。而杨树的下属苏玉红欲擒故纵地跟他周旋，后来在杨、苏都颇为寂寞孤独的晚上两个人终于结合在一起。回国后的夏浩天跟泼妇般的妻子向华的关系依然僵持，而暗中向钱贤的母亲进孝道，并重新向钱贤献爱。钱贤的教授丈夫和小他十几岁的程小罗爱得死去活来。钱贤在贸易公司的工作失去了，失业后的她不能向丈夫言明真相。钱贤此时接到书店老板鲁平预约撰写一部书稿，内容是写“食色性也”的情色小说，她终于有了自己的经济力量。

程小罗从宗志伟那里得到的是精神的恋爱，但是她在农村家庭的沉重负担逼迫她不得不考虑物质的利益。于是她兼职做钢琴家教，到歌厅演唱。尤其是她有一个得了精神病的老妈，还有一个不讲理的流氓大哥——他要挟了小罗曾经的男朋友、后来跟了富婆朱桂平而刚从美国回来的张谦给自己写了10万元的欠条。小罗不仅被教授所惦记，也被交际圈里几乎所有的男人所觊觎。画商王宏因为供张春梅上大学而娶她做老婆，两人感情并不和谐，况且他的母亲因为春梅没有能生育男孩而处处刁难她。而王宏总想象和嫉妒自己的老婆和男同事医学博士姜峰在一起面对女人生产迎接新生命的情景。就在程小罗进退两难之际，王宏抓住机会猛烈攻势，把小罗搞定，并与春梅离婚而与小罗成秦晋之好。在小说的结尾，王宏和程小罗、张春梅和姜峰、杨树和苏玉红在铺着红地毯的教堂里幸福地举行了集体婚礼，钱贤和宗志伟双双回到自己的家庭，杨树前妻赵新薇和一个善良的出租车司机组成了新的家庭，几乎每个人都重新找到了自己的归宿。一个个中国式婚姻故事终于纷纷落下了帷幕。

在这众多的复杂线索的推进中，叙述者所依靠的是类似于电影蒙太奇的手法。腾挪转移，相当自如。几个主要的故事发生点，鑫源大酒店、玉树临风小区、理工大学、皇宫大酒店、东方公司、宏雅斋画廊、聚贤小区……显示了现代都市生活的立体和丰富，现代交通工具如汽车、飞机，现代通信工具如手机等，充当了瞬息万变的现代生活道具。商界和学界的生活，都被纳入进了这部四十万字的长篇小说中。这些变幻莫测的关于“婚姻底线”的生活万花筒实际上被叙述者紧紧地掌控着。充溢在小说字里行间的是一种属于善良和爱的情愫。一帮书画收藏界和艺术界，以及大学、商界的精英，摆脱了物质的贫乏之后，在追求精神、张扬个性的时代氛围里，他们有的很好地把持住了自己，有的则堕落了。然而，作家通过其叙述者又不忍心看到人性的彻底堕落，她怀着美好和善良的愿望，即使写到女陈世美——赵新薇，作家还是满含着理解和尊重。因此我们看到小说寄托着作家浓厚的佛教意味、佛学思想，同时中国传统诗文的滋润和营养又深刻地渗透进文本，从而使得整部小说充满了一种古意盎然的韵味，有着浓郁的诗情和画意。

小说的叙述采取的是一种全知全能的视角，也可称之为“非聚焦式叙述”视角。小说叙述者既可以随意地转移叙述角度，描写人物的言行、打扮、神态，又可以探入人物的内心世界，细致入微地对人物进行心理独白或心理分析的描写。当然首先，小说是通过对话和表情、动作、衣着等描写来推进情节，并以之来表现人物的心理变化和性格的发展演变。所以，读这部小说，我们不免读出古代小说《金瓶梅》《红楼梦》，以及现代言情小说的语言表达味道，还可以看到它所受到的西方心理小说的影响。比如，在第 329 页描写程小罗的前男友张谦，为了吃软饭而委身于富婆朱桂平，此时听说自己的前女友也傍了大款，小说写道：

> 程小罗傍了一个大款，张谦心里很难过，想去指责她却不怎么理直气壮，他不也成了吃软饭的人了吗？那份激情也就淡化了，心想跟着朱桂平风光一世也是不错的人生。爱情算什么？值几个钱？婚姻又算什么？不过是给男女做爱提供了一张合法的床而已。几番深思细想，张谦决定不去见程小罗了……

这里既有心理分析，又有心里独白，短短几句话就把一个心理矛盾的现代小白脸描写得入木三分。再如，第 337 页写钱贤发现了宗志伟和程小罗有了亲密的肉体关系的证据之后的心态，亦是惟妙惟肖：

> 晚饭后，钱贤打算把那张电话单和那几根棕色的长发放到宗志伟

面前。她打算先不说话，等着宗志伟发问。她甚至想到了场景，宗志伟会像往常一样，若无其事地问她什么意思？她就直截了当地说这是程小罗的电话单，这是她的长发。宗志伟会笑逐颜开地问，怎么啦？她让你报销？让你看看她的长发是怎样保养的？向你推荐一种安利洗发水？这丫头不是在歌厅做兼职吗？怎么又做起安利来了？宗志伟的无动于衷会气疯她的，她会说宗志伟你别装傻卖呆！于是他们就会围绕着程小罗开始第一次大吵大闹，开了头就不好收拾了。时常回荡在房间里的吵闹声，不仅会给儿子带来不幸，也会把他们的婚姻背景给吵出来……

依靠心理分析和心理独白，小说把20世纪的那些成功的现代主义手法加以娴熟而自然地运用，达到了对现代都市人复杂、敏感而微妙的人生百态和心态的充分揭示，并进而达到了小说家刻画“中国式婚姻”的目的。而这种心理描写仍然具有较为浓厚的中国特色，即在动态中刻画人物心理，而非纯静态地分析。她之所以谓之“婚姻底线”，大概是这种处于传统向现代、后现代转变过程中的人生及心理更加委婉隐曲吧？

二

小说追求的是雅俗共赏。小说原本就是街谈巷议，但在近代它承担了太多的意识形态任务。在晚清和民国时期，以鸳鸯蝴蝶派及张恨水等为代表的小说在还原小说原初意义方面卓有成效，可是1949年之后这一传统被生硬地斩断了。于是乎，小说进入一个极为狭窄和病态的时代。直到当代文学的近三十年，小说又开始恢复它的“小”说的身份和地位，虽然惯性的宏大叙事依然存在。慧敏的小说以至她整个的文学创作就是在这一背景下进行的。在《婚姻底线》中，其女主人公钱贤面临下岗的问题。无论从经济上还是从文化伦理即面子上，她都要找到一个可以取代原来岗位的新工作。一家书店老板找到她，让她写一部都市言情长篇小说，并给予较高的稿费。虽然她是一位个性高洁、热爱文学艺术的中年女性，但是在生存的压力下她还是接下了这一任务。即使她那作为大学教授的丈夫宗志伟，也是靠到外面揽活——检修设备等来维持他教授的经济来源。其他的如大酒店老板杨树虽然与钱贤有共同的爱好和审美趣味，但是作为商人最终还是被很有心计的东北姑娘“搞”到手。其他像王宏、姜峰、程小罗、赵新薇、张谦，等等，都似乎沉浸在俗世欲望的追求中。在这样一个时代，一个人想“出污泥而不染”几乎不可能。小说集中地描写了这些沉溺于名利场、情欲场的男男女女的真实面貌。

然而，我们又不能据此而得出小说人物都是些唯利是图、利欲熏心之徒。他们身上即使存在着上述缺陷，整天蝇营狗苟，但是他们毕竟生长在齐鲁之邦、孔孟之乡，追求高雅的、有品位的生活依然是他们的人生目标。就连以靠收购废品旧书起家的王宏，最后也办起了画廊，在长期的画商生涯中他时常会说出让人惊讶的艺术见解。而宗志伟和程小罗、钱贤和杨树、钱贤和夏浩天、杨树和苏玉红……他们的交往也都渗透了对于高雅生活情调的追求。苏玉红为了能够得到杨树的身和心，可谓费尽心机。即使他们无意之间成了网友，他们的网聊语言也是很有情味，很富文学色彩的雅致。他们一个起名叫“活亦道”，一个取名“生为仙”，杨树在不知情而苏玉红心知肚明的网聊中这样表白：

生为仙：借问道家高寿几？
活亦道：仙家芳龄又几春？
生为仙：行尽水云道何必，大惑原在不惑中。
活亦道：起看闲云野鹤，卧读黄卷青史。
生为仙：所谓三尺黄卷，一盏孤灯，几人能耐？
活亦道：所谓弱水三千，一缕情缘，何时遇仙？
……
生为仙：一朝体得成贫道，道用还如贫底人。
活亦道：拥入山水袖中笑，换来红尘世外身。
……
活亦道：来如幽梦不多时，去如朝云何觅处？
生为仙：人本过客无来处，休问故里在何方。
……
活亦道：情思常绕生为仙。
生为仙：梦魂常会活亦道。
活亦道：应知不是解梦人。
生为仙：梦里醒处情外天。

一个是大酒店的老板，一个是酒店公关部部长，都是在食色性也的环境中的人物。但是他们竟然演绎出了一出很好看、很雅洁的爱情故事。就连出租车司机曾强，在前妻背叛了自己远走高飞异国他乡时，也没有怨声载道，他善良、超脱、善解人意，原因在于他虔诚地信佛，在一次打车的邂逅中，他的善良和真诚感染了复婚不得而痛苦不堪的富婆赵新薇的心，后来两个人结为夫妇。这些文字都充分传达了小说雅的一面。而杨树和王宏的生死友谊源自杨树为王宏发现一幅夹在一本旧书里的价值达 6 万元的古画，毫不贪财交给王宏。就是这样，整部小说真实描写了仁义礼智信和怨恨、背信弃义交织在一起的场景。所以，整体看来，小说在俗雅之间、艺术和商业之间，从容潇洒，写得“相当干净”而且游刃有余，颇有可读性。

现代小说要具有可读性，要从近一个世纪以来与读者刻意对抗的小说观念中摆脱出来，就需要在文字、主题、意象、结构等方面做出自己的努力。作为一名中国当代作家，技巧的创新是一方面。另一方面，小说又不能完全舍弃那些自古以来行之有效的方法和技巧。如悬念和照应的设计，欲擒故纵的情节的设置，欲罢不能的情感推进方法，等等，都可以在当代言情小说中得到新的运用，并在这种应用中加以丰富和发展。

三

言情小说重点在情，它与色情小说有根本的区别。明清言情小说在发展过程中产生了一种异类，这就是色情小说，在明中晚期曾经大行其道。那种赤裸裸的身体和器官描写占据了文本的中心，情感退居边缘。而如徐枕亚、包天笑等近代鸳鸯蝴蝶派作家的言情小说，则脱尽这种张扬肉体和器官的色情，依靠挖掘现代人在传统开始解体、新的价值规范尚没有建立起来的艰难、冲撞过程中的中国人的情感生活及其力量，而重新将中国现代通俗小说纳入雅致的轨道。这方面张恨水是个代表。他的《春明外史》《金粉世家》《夜深沉》和《啼笑因缘》等小说可谓集中国近世言情小说之大观。他从鸳鸯蝴蝶派中走出，自创了一个属于大众而又有高雅情致的张恨水派。然而大陆 20 世纪中叶之后近三十年间这种传统被迫中断了。进入 21 世纪以来，我们所看到的慧敏等女作家的创作重新接续上了这个传统，并且大有发扬光大、后来居上之势。

慧敏的这部小说游移于情色、理欲、传统性与现代性之间，较好地把握了当下言情小说写作的分寸感，它既有浓郁的东方文化、儒家传统文化、古典审美意蕴，又有扑面而来的现代化乃至后现代生活气息。小说写到了大量的婚外恋、婚外情，这类故事往往是为文者所热衷。但是和红火的贾平凹《废都》、余华《兄弟》等不同，《婚姻底线》所探索和传达的是属于利欲相互制约、情色相互渗透的艺术辩证法。作者没有为了噱头而放肆地写婚外性，而是注重于婚外恋和婚内情。她没有厚此薄彼，而是在情与色、理和欲、传统和现代之间寻求一种平衡。如果像张洁的《爱，是不能忘记的》那样，就没有了时代感，也不符合当下的人性完满的追求；如果偏重肉身的下半身欲望写作（这是自 20 世纪 90 年代以来大量的当代写作者所一直热衷的），则会导致另一种偏执。欲望写作在新时期伊始有着重要的价值和意义，但是自全民一起堕落的 20 世纪 90 年代以来欲望写作走向了它自己的反面，欲望充斥于文本中。我们从日本现代作家大江健三郎的写作中可以发现，他由偏执于一端（偏重于现代日本人的情欲、肉身）到将这种写作扭转到揭露日本天皇制的罪恶，并将前者与后者紧密结合起来，这就是写作中的辩证法和塑造完整的人（形象）的路径之一。[①] 虽然《婚姻底线》基本上没有触及现实政治，但是它在处理人性当中的情色、理欲等方面，也遵守了生活和文学的辩证法。这值得充分肯定。这方面所取得的成就大概和作者所持守的儒佛统一的思想有关联。笔者对慧敏的第一印象是一个记忆力和感悟力极佳的女士，当时她给我们背诵了一通佛家的《般若波罗蜜多心经》，一字不落，流畅淋漓，好一位才女子，又是一位很虔诚的佛家居士！可我们当时听得稀里糊涂，着实有趣。在随后不多的交往中，我们发现慧敏还是一位多产的作家。在这部小说中，她对当下绘画界犀利的剖析，对绘画艺术细致而精湛的分析，可以说与小说本身相得益彰。小说虽然定位是婚姻内外的情感故事，但她对艺术的识见使得小说打上了浓厚的古雅韵味。是善的力量和宗教的力量使在色欲里挣扎的男女获得了超越的动力，是作家对真善美的不懈追求和艰苦努力使小说达到了雅俗共赏、传统与创新相融的艺术境界。

小说所致力为之的是“婚姻及其底线”。中国式婚姻到底在现时代还有没有底线？小说给出自己的解释和描写。似乎这底线就是以爱为基础、以仁为前提、以宽容为依托的婚姻。即使一时的背叛、婚外情，也不足以打破那种在生活的长河里积淀起来的夫妻之情。宗志伟和钱贤的婚姻谈不上自由恋爱，婚后生活也不怎么和谐，况且一方面还有宗志伟的婚外之恋，而另一方面钱贤也与杨树有暧昧朦胧的红颜知己之谊。但是在程小罗有了新的归宿，杨树与苏玉红结合之后，虽然宗志伟痛苦异常，虽然钱贤怅然若失，但他们敢于面对现实，又勇于开拓充满温馨和爱意的新生活。在小说的结尾，两人和好如初。一个眼神，一个动作，满含着类似于情人间的会意，以及淡淡的幸福感，生活重新步入一

① 王洪岳：《文学如何表现完整的人？》，《浙江学刊》2009 年第 3 期。

个平淡然而崭新的阶段。这就是作者所看重并张扬的生活境界。它平凡但不枯燥，普通但充满情趣，爱恨情仇、经济文化、吃喝拉撒，都落实在人生的每一个过程当中。生命和小说便是这样生成着的。

究其背后的原因，我们以为这得益于作家所生息的齐鲁大地，得益于她对传统（包括儒家、道家、佛家）思想的尊重、挖掘和消化吸收，尤其得益于她早年练就的丰厚而发达的审美鉴赏力。在新世纪的曙光里，作家又融合了某些新的艺术表现手法，比如，电子媒体对话，作为最频繁使用的道具手机（电话）、汽车所起的穿针引线、起承转合的重要作用，生活的表象与人物深层心理的交相映照，帅男靓女的曼妙生活与乡下贫穷农民生活的对照，等等，都增添了小说的现代色彩。

第七节　痛苦与幸福的悖反

——评华咏创作二则

和一个人相交有时候是因缘际会，巧合得很。郭化勇，笔名华咏。我们同岁，他比我大三天，他8月12日出生，我8月15日出生，都是狮子座，这个星座的人往往直率、毫无城府，对人诚实。我们同事多年，与华咏兄相交时间不能说不长，但相知时间却比较晚，大概是我进了这所大学六七年之后。然而，与一个人相知却不是由时间决定的。后来偶然的机会使我们成为莫逆之交。我和华咏常常在泉城八里洼的大路边、树林下的扎啤摊，要上几盘煮花生、毛豆、炒花蛤，喝着青啤或趵突泉啤酒或干脆一桶扎啤，就能天南海北地神侃一通。聊至兴奋处，往往一拍大腿，彼此产生出找到知音的共鸣感。我离开泉城赴南方谋生，已经近二十年了。最近，华咏翻出了我2000年前后评论其诗作和摄影作品的短文，不胜感慨之至。

一、诗人的痛苦与幸福

在我所读到的华咏的诗中，我最喜欢的是他最早发表的《海水浸泡的太阳》和他较晚写的《回归礼赞》。古人云："知人论世。"我却认为："识文论人。"尤其在现在，一个人的人格和诗文恰恰表现出某种统一。有人说，文与人是可以分离的，而我始终认为，文与人应该是统一的。所以我读华咏的诗，时刻感觉到一颗诗心在跳动。西方有位哲人说："奥斯威辛之后已经没有诗了。"而我立足于当下中国的土壤却要说"诗依然存在"。请看：

再不会用七彩的笔

涂抹甜的发腻的诗行
再不会和一打　黄土
捏一个幻梦又顷刻揉碎

一种经过时间与历史所冲刷着的稚嫩的心，面临着怎样的考验？十几年过去了，我无法追寻，但痛彻心扉的呐喊深深震撼了我，在一些人眼里诗人是傻子疯子。是的，诗人的心是浪漫的，甚至是天真的，但是一个民族如果没有了诗性，那么正如歌德所说“这个民族是没有希望的”。在迈向现代化的历程中，要不要人文主义，是决定一个民族未来走向的关键性问题。当下，我们的民族讲究技术理性，这是应该的，是千百年来所求之不得的。然而，一个民族不能仅仅停留在这种技术理性上。理想主义（当然不是某些作家所说的道德理想主义）是一个人乃至一个民族不可或缺的精神动力。我读华咏的诗，正体味到某种蕴含其中的精神和思想。首先，他是一个充满爱的人，他爱这片土地：

无数次在大明湖畔
趵突泉边的一棵棵绿柳树旁
无数次　在被千佛山颤抖地沉落的
一个个早晨和黄昏
我怀里总揣着一支
等待放声高歌

他爱这变幻多彩的世界，一棵小树，一滴露珠，一片晨曦……总能引起华咏那敏感的情思。他对这片美的校园倾注了几乎全部的爱情，她的每一片落叶，每一声呐喊，每一丝叹息，都化为华咏无限的思恋。经过了时间的锻炼，如今的华咏对大自然的歌咏，情调已经有了诸多的变化，变得更丰盈、更从容，气魄更恢宏：“我从雨里来 / 我从雨里来 / 路过佛住的山 // 雨只是风景 / 我乃为爱而来 / 爱　不含风雨　雷电 // 我与佛并卧 / 枕着城市的肩 / 听风听雨 / 为尘世撑着一把伞！”这是他发给我的写于近期的作品。这是一首和自己居住的大地互慰的诗作，大地（他居所就在千佛山脚下）及其佛性，和诗人的主体性，都是为了负载沉重而窘迫的生存而在。我也曾经写下大量的诗，也有过华咏的这类情怀，“爱　不含风雨　雷电”，爱所希冀的是温暖、温馨和温情，风雨雷电正是破坏爱的象征。不同的是，我并不到佛的怀抱去寻求安慰，而是以儒家和基督的杂糅（截至目前，我不知道这种融和可否成立）来承担生之畏和呕吐的此在。

他近来的诗和他早年拥有人间的至爱及其表达方式相比发生了巨大的变化。如下面的诗句：

埋下一缕瀑布
静听我说
忽闪一下亮眼
我忘记了说的什么

意象的巧妙运用，表达出至真至纯的爱和美的境界。来自生活的朴素所蕴含的动人力量深深感动了我。而经过了大约二十年后的今天，他依然渴望着真爱，超越性维度的爱。2015年8月8日写于千佛山上的“用眼睛去品尝/你的美好/你的美满/你的美丽如初//用笔尖去打捞/你的善意/你的善举/你的从善如流！//嘴/不是不想带/只怕/嘴一张/溅你一身比泪还咸的记忆/比火还热的妄言！”眼睛和笔，所表达的都是纯美、完满的爱，其中没有世故、没有算计、没有利害。可是，世间有这样的境界吗？如果说有的话，那依然在诗中，在画中，在梦幻中。大约同时期他写的《立秋》却是另一番景致和情怀：“今天是立秋/明天是什么/邀我去赴秋天的盛宴吗？/那说好/我只带眼睛和笔！”更加凝练的诗句背后是更加深沉的情思。还有到了新世纪的第二个十年，他的心绪逐渐苍凉，但其中的个性和李白倒有一比：“也曾终日酩酊醉/邀来明月话秋凉/一一从头我又是/把盏品茗牵夕阳”。对于现实生活世界的失望，就寄托于这对月成三人的虚幻和麻醉当中。但是酩酊大醉就能带来自由吗？莫言《酒国》呈现的恰恰是自由的反面。

爱不能停留在一个狭小的领域，爱的真谛有更为广大的领地。华咏把自己的一腔爱情升华为民族之爱、祖国之爱、人类之爱。其中，吟咏最多的是祖国之爱，如《回归畅想》：

斟满满一杯发酵了的百年的泪水
高喊一声：香港
我等着你的回归！
掀开一页中国现代史
总能拧出一把民族的泪

这里有一个独特的专属于华咏的意象“泪酒”，虽然醇厚的酒字没有出现，但是那种醉了一般的满足感、豪迈感，却是显而易见的。这泪洒不是小我的，而是属于大我和民族的。这一刻诗人的感情也是全体国人的感情。而在《回归礼赞》中，诗人吟唱道：

澳门，你是我酝酿了四百年
才在世纪末发生的最后一声咆哮
我要和地球上所有的人结一结账
算一算我和我的民族到底
支出了多少罪恶？
收获了多少善良！！！

爱与理性，是对立的，又是统一的。他的诗抒发出了我们民族的心声，令我们想起闻一多先生那急切的呐喊。令人欣慰的是经过百年的奋斗，香港、澳门都回归了祖国的怀抱。由此，华咏吟咏道：

中华民族的血脉
永远是地球上
一个伟大的磁场

炎黄子孙共有的血缘感情是任何外力所割舍不断的。所以，华咏的诗给我们的另一种启示就是，在世纪之交，在这新千禧年的历史时刻，在亚洲最后一块殖民地结束它的历史的时刻，发出如此充满理性和感情的声音。这既是“爱的丰碑”，又是“憎的大纛”。华咏兄的诗作不算多，但篇篇显出率真的情、深沉的痛和浓烈的爱，然后在凤凰涅槃似的境界中将此升华。

二、大学校园里执着的摄影诗人

大学里目前还算个比较单纯的小社区，但浓重的商业气息是日甚一日了。然而，我所接触的大多仍然是生活于其间的清纯之士，华咏就是一位可以倾心长谈的大学校园雅士，我谓之“三位一体”的文化人：教师、摄影师和诗人。我有时调侃他，当下你这诗人自然不好当，教师也有下岗的威胁，那时你还可以去做一名专职的摄影师，或许那样更能集中精力去实现自己的艺术理想。

如果不认识华咏，你会以为他是一名来去匆匆的战地记者，或以为他刚刚从西藏高原采访归来。满脸的络腮胡子，清瘦的面庞，尤其是他那一身记者服，上面有几十个口袋，每一个口袋似乎都装着秘密。的确，他是一个编辑、摄影记者，同时也给大学生开设相关的课程。我看过他的许多摄影作品。他喜欢人像摄影，收藏了四五百本摄影作品集，其中多数作品是与之交往的学者、作家、艺术家的留影，也有一些农村山区少年儿童天真稚气的写照。或许与他曾研读过文学史有关，一种历史意识使他乐此不倦，他的整个居室几乎成了工作间和收藏间。在这些作品中，那些关于农村和景物的作品，透露出一种力图摆脱都市羁绊的自然天成之美。华咏常说："摄影界有一句行话，即用第三只眼睛看世界。"如何理解这"第三只眼睛"？诗人写诗和艺术家创作，是抱着灰色心理或戴着红色眼镜去看，还是以一个艺术家的睿智和李贽"童心"般明亮又天真的眼睛看世界？我觉得这是摄影和诗歌艺术能否成功的关键。华咏的大多数摄影作品，与他的诗类似，是用心——爱心和童心——去捕捉意象，表达神韵意趣的。诗人的敏感渗入了这些摄影作品中。他说："我不刻意去追求什么思想，也不刻意形成什么风格，我所努力去做的是顺乎天性，展现质朴，表达理想。"我有一幅他送我的摄影作品，画面是两个乡村小孩，正在抬着一筐红薯，两个孩子小手都胖乎乎的，脸蛋都红胖略带皱渍，一副来自乡间的健康结实的可爱形象。或许，只有以一个诗人的眼光和诗人的情感，拥有一颗没有被世俗所污染的诗心与童心，换言之，要有一颗良心、善心，才会有对我们民族乡间的朴素之美的发现和表达。

把摄影与写诗结合起来，执着于爱的发现与传播，这是华咏创作的出发点和立足点。在他的摄影作品中，无论是一抹残阳，一株松树，还是一名普通的教师，幼稚的娃娃，都给人一种美的感受。欣赏他的作品，我们能够真切地体会到车尔尼雪夫斯基所说的："美，存在于生活之中；而对于美的发现，则要靠人们对它的理解和认识。"深入生活，不仅仅靠感性，还需要理性认知。华咏的作品中，有一幅众教授刚刚拿到聘书的情景照，人物的情态、神情被他把握得恰到好处，展现了人物各自的性格特点，有的喜形于色，有的极力压抑着喜悦的心情，有的则给观者一种过来人的苍凉之感。如果没有多年形成的善于观察揣摩的性格，而且善于隐藏自己的视点、手段和心理，是不可能抓拍到那最能显示人物个性的镜头的。说到此，就涉及一个"真"字。我们在一起聊天时，有一个共同的感受，就是绝大多数的婚纱摄影即使搞得缥缥缈缈、朦朦胧胧，还是给人以虚假做作之感。新人们所追求的美已经远离他们而去了。华咏对于这种曲解摄影艺术的世风，曾多次表达过自己的反感和无奈。生活中不能没有理想，可是这种理想不是粉饰太平，涂脂抹粉，不是以虚假代替真诚，而是应该秉持“清水出芙蓉，天然去雕饰”的创作原则，这种美唯有源于真诚，才会打动人。

正是对生息于其间的这片土地和土地上生息着的人们的挚爱和真诚，激发了华咏丰富的诗情，也引发了他那斑斓多彩的摄影灵感。作为大学校园里颇有名气的摄影高手，他常常把自己放在被人忽视或冷落的角落，为他人留下了一张张美丽的形象，为祖国的河山记载下她的壮丽的胜景。为此，他十几年如一日，而奉献出他微薄的薪金乃至他最美好的青春年华。

多保重，我的青春老友，大我三天的华咏兄！

（写于 2000 年 1 月 14 日，发表于《济南日报》，2018 年 10 月 28 日改定）

第八节　忧伤冷酷的青春物语

——读海诚的《十七岁向谁宣战》[①]

这是一部已到中年的山东作家海诚写的关于高中生的长篇小说。此前，作家描写过关于都市白领和作家生活的作品。他的《心动》，尤其是他的《新西游记》几乎可以说改写了中国当代小说（文学）的发展方向。虽说先有《大话西游》（1994 年），后有《新西游记》（1998 年），但是《大话西游》出来后并没有引起人们的特别关注，反应平平。只待《新西游记》出版后，人们返回去看《大话西游》方才发现了一种新的审美风尚，《大话西游》方热起来。所以在某种程度上是《新西游记》催生了《大话西游》的热络。

作家在一片快餐化写作潮中，能够坚守某种文学理想，直面现实中的沉疴痼疾，而且注意吸收当代文学的某些新技巧、新观念，从而保持了自己的那种既有张力又有根基的艺术风格和艺术吸引力。

阅读这部沉甸甸的长篇小说《十七岁向谁宣战》，是我近年来读书生涯中极为独特的体验。我充满兴致地仔仔细细看了两遍之后，发现了小说所蕴含的某些意味。小说通过 17 岁的高中生陈小丹以及周围人的一系列悲喜交加的故事，对当下中国教育尤其是中学教育所存在的严重问题进行了自己的观察和思考。一方面，小说写了当今文化人尴尬、悲酸、压抑、无望的生活和社会氛围，写他们在其中的沉浮、无聊、堕落、腐败等；另一方面，小说把笔力集中于高中生群体，写了他们在成长过程中由于家庭和社会环境而导致的迷茫、空虚、流氓性凸显的严酷现实。整体上看，小说给人的阅读感受是沉重的。（就在我阅读小说的时候，看到浙江某地一名 9 岁的小学生因为繁重的寒假作业而吞了 20 片泰诺自杀，幸亏发现及时抢救过来了。）本来应该处于天真烂漫、追求真理、向

① 海城：《十七岁向谁宣战》，人民文学出版社 2010 年版。

往善良、渴望爱与美的豆蔻年华，可是作品中的中学生个个都深陷在书本的海洋，整天为了学习、分数、高考而饱受家长、老师的各种令人生厌的教诲，分数和高考成了高中生的宪法，唯一的评价标准，以致师生之间、父子之间、母子之间的关系就是分数和高考成绩构成的关系。久而久之，那些学习成绩落后而且家庭有某种缺陷的学生，像陈小丹、孟虎、崔翔和白洁等人，就失去了学习的乐趣。在这样压抑的氛围中，网络游戏以其刺激性、惊险性、虚拟性很容易吸引尚未成年的高中生们。这四个人的家庭不是贫穷（陈小丹母亲下岗失业），就是父母离异或单亲家庭（孟虎、崔翔和白洁均是如此），在社会生活急遽变化、丧失了道德标准和规范的当今时代，这些处于边缘的中学生就产生了对父母长辈的“怨恨”甚或幻想杀掉他们的心理。他们在快餐化、物质化、金钱至上的社会（在历史上曾被马克思称之为“商品拜物教”的社会）中，我们似乎都丧失了为未成年人提供生活准则的思想和精神，因为原本成年人的世界就是那么卑微、艰涩，甚至黑暗、无耻、龌龊。

陈小丹在网络死亡游戏中先后杀死了祖父、父亲和母亲，这是他生活中最近的三个亲人；崔翔眼见奶奶负伤而置之不理；孟虎吸毒、玩死亡游戏导致崔翔成植物人，而且嫁祸于同学、捅杀父亲……这一幕幕场景令人震惊，无不发人深省。虽然是小说的虚构，但它恰切地捕捉了当下网络游戏时代中学生的真实生活及重大问题，并借助小说的形式对中国的教育现状进行了深刻细腻的剖析和潜在的批判。

小说的语言和构思巧妙，引人入胜。作品交织着权力、金钱、婚恋，还有点侦探小说的味道。小说把陈小丹和父母陈良、于大凤一家作为中心，以小丹的同学老虎、飞熊、百合及其与各自家庭的纠葛为辅助，将电视台女记者杨云作为联系这众多线索的穿针引线者，恩怨交错，善恶交织，美丑并存，共同构筑了一个复杂立体的当代城市生活的万花筒。小说的语言简洁幽默、庄谐并用，如陈良因为在单位混得不好，住房寒碜逼仄，老婆于大凤在他寻欢时不理他，亲热时常常会突然听到隔壁人家小便时冲击马桶的声音，他们生活的街巷“只有卫生大检查时才会干净”。这是对现实的真实写照，同时又带有反讽的意味。而孩子们的学习环境是通过班主任黄淑芹老师的感受表达的，“书桌上堆着山一样的书本，她仿佛行进在深深的山谷。”我们在每年高考前夕，都会看到高三学生撕书、从教学楼往下扔书的场景，那飘飞着的纸屑，早已经把古人“敬惜字纸”的训诫忘得一干二净。当今以高考为指挥棒的教育模式早就走进了死胡同，但是整个社会和各级学生仍然不得不忍受着这种近乎残酷而且扼杀学生灵性和创造力的教育方式。目前还真找不出取代它的更好的方式。中国作为拥有数千年历史的文明古国，提供给当今中学生的竟然是如此的环境，以至陈小丹常常产生“人活着有什么意思”的疑问，并多次试图自杀。

那个穿针引线者、美女杨云本来有着善良的本性，但是在家庭和婚姻爱情中却不得不变得暗含着复杂的心机，她借助小丹报复了间接害死了她父亲的原省委组织部长、父亲的老战友陈世雄，借助犯了罪人间蒸发的丈夫李森杀死了她的情敌、陈良的妻子于大凤，但最终她并没有得到丝毫的幸福和满足，她的命运最后是跳楼自杀，香消玉碎。整个故事环环相扣，惊险刺激，就像小主人公们玩的死亡游戏，不到最后看不出分晓。

面对如此自私、冷漠、残暴、无理、无望的世界，作家不想让他的善良的读者，同时也是为了不让自己的内心彻底失望，于是他塑造了一个好教师形象黄淑芹，透过她人们会发现世上还留存的一点希望。黄淑芹老师是一个坚韧、勤恳、把爱无私地奉献给学生的某高中班主任，她为了工作，为了挽救陈小丹而失去了爱情和家庭，最终积劳成疾，得了子宫癌。正是她的努力和牺牲，感动了几乎顽石般的小痞子崔翔他们，从而让 17 岁的他们重新拥有了美好的憧憬和未来。作家在最后把这几个毛头中学生写得都那么懂事、善解人意：陈小丹痛改前非，对父亲、母亲、爷爷（虽然他们已经永远地离他而去了）喊出“爱”，从此学习成绩大幅提高；连最霸道、暴戾的孟虎（老虎）也是浪子回头，忏悔自己对父亲和同学的残暴；玩死亡游戏成植物人的崔翔（飞熊）苏醒过来，也认认真真地听老师讲课了；白洁（百合）更是变成了一个温柔善良的小姑娘。其实，高中繁重、复杂、难度很大的数学等科目，对一个个吊儿郎当惯了的落后生来说，能够听进去，实在是很困难的事。但作家似乎不愿看到这几位颇具代表性的落后学生就这么彻底冷漠自私下去，而是给予他们一个比较好的结局。这里还残留着作家理想主义的光环，似乎与现实世界有一定的距离。

（发表于《济南日报》2010 年 3 月 3 日）

第九节　在边缘的行走与飞翔

——谈魏东建的文学创作

一、“边缘”处“行走”的姿态

从魏东建已经出版的两部著作——散文集《行走在思想的边缘》[①]、诗集《行走意或飞翔》[②]中，我发现了两个主题，这就是“边缘”和“行走”。

作为非体制中的诗人、作家，东建似乎没有必要选择主流、核心，更无必要投靠某一集团或派别。他来自民间，游走于各行各业，在底层民间浸染。实际上他也是这么选择的。如此，他也获得了某种相对的自由。他体会民间，表达民间，民间从而成为他创作中无意识的源泉。在泉城的北郊，是一个叫“济阳”的地方，这是东建的家乡，也是我的家乡，虽然划归了省城济南管辖，但终究不是一个显豁的地方。从这块土地上走出来的人自然带着鲁北平原的质朴，带着黄河泥沙的沉重，也带着济水的清灵，一路风尘，一路奔忙，想潇洒而不得，欲灵性却实难。而东建文字中表露出来的文化立场、文人姿态、文学情怀，必然带有家乡这一边缘性地域文化的色谱。也正因为此，东建的创作也体现了当下的“底层写作”的特点。

东建现在省城工作，业余从事文学创作。动荡的生存环境，传统解体而新文明建构过程中的混乱、无序，甚至罪恶的时代氛围，也时时影响着他笔下的文字。因此，他选择了边缘化的写作姿态，不企求中心，不渴慕主流意识形态，从而呈现出自己的个性和韧劲。作为一位诗人和作家，同时又作为传媒人士，魏东建创作勤奋，而且出手快，大凡社会的热点和重大问题，我们都会看到他犀利

① 魏东建：《行走在思想的边缘》，中国文学出版社2003年版。

② 魏东建：《行走意或飞翔》，加拿大艺术长廊出版社2009年版。

的文字见诸新媒体，如互联网上的博客。这些创作往往是以短平快的随笔形式出现，产生了较大的影响力。前些年结集出版的《行走在思想的边缘》则把他十几年来创作的散文、评论和随笔做了集中的展示。我曾经写了短评《在边缘处思想》来加以评介。六年之后，东建再次捧出在艺术上更加成熟的诗集奉献给喜欢他的读者。他的这部诗集同样体现了他惯有而自觉的“边缘”姿态，如诗集中有一首《他在都市的夹缝中过冬》:“他来到这里 / 推动他的是日渐长大儿子的目光 / 牵拉他的是老婆晒暖的温情 / 他终于狠下心来 / 把目光和温情都背在肩上走出来 / 与都市相遇后 / 他发现 / 他拥有的一切都没有能给他勇气和力量 / 他没了底气 / 他只能怯生生地问这都市 / 有零活没？ / 都市看这瑟瑟发抖他的样子说 / 这是个暖冬啊！”除了诗评家已经指出的该诗某些语句上尚需斟酌，我所关注的是诗作体现出来的民间的独特视角和情怀。诗中没有胡适之先生《人力车夫》曾经的悲悯和人道姿态，诗人自己就仿佛融化在这卑微的语境当中，是一种感同身受，是深切的体验和真切的表达，而不是高高在上、居高临下。

东建的两部著作中有的文字还充满了权威挑战者的勇气和自信。如果仅仅选择了“边缘”的姿态，而没有“行走”的实践，那么“边缘”将会永远是“边缘”，而且将会被广泛地遗忘。所以，魏东建从“边缘”出发，以不懈的努力来践行自己所意识到的责任感甚至使命感。正如贺立华先生在“魏东建文学创作研讨会”上的讲话所指出的，魏东建是一个行走着的“公共知识分子”，他在异常艰难的环境下一直在努力地做着一个属于知识分子的事业。他的触须很敏感，又很切实，他关注“社会转型与华夏民族文化品格及精神空间”的重建问题，胸中怀有整个天下；从较早期他描写家乡的人情和草木，描写济阳的风土和风物，到近期他开始将笔触放到华夏民族心理和品格的再造上。其视野大大地扩展了，其境界也大大地提高了。但他并没有放弃自己文化反思者和文化再造者的角色。

二、“行走”中的超越——“飞翔”的愿望

“行走”过程很艰难也很漫长，有时候又很单调很无助。此时的魏东建往往会有超脱的愿望，他谓之“飞翔”。有学者已经指出了东建在“行走”的艰难时刻，躲避或超越这种凡事的艰难的路径在于“飞翔”，而“飞翔”往往在其诗文中又显得异常容易、飘忽。这构成了一对矛盾。从我的观读感受来看，他的由“行走”的坎坷而渴望“飞翔”的愿望有其艺术和思想的充分合理性。我曾在一

篇短文中谈到济阳这块土地的特质，她气色沉重、讲究礼仪、固执伦理、恪守传统，但又对转型期发展方向辨识不清。因之，东建通过他的诗集能够生发出另一种情怀，带来些微的轻灵、洒脱和“飞翔”的意象和意识，实属难能可贵。他的诗作大多是对亲情、爱情和自然的歌咏与抒写。在我看来过于板结的土地很需要自由精神的滋润和浇灌，东建的诗恰恰是滋润这土地的春雨，是温暖这土地的煦日。他的一系列诗作，如《幸福的活成彼此的孩子》《不是写给冬雨》《爱的呓语》《快乐因为爱上飞翔》《菊花的快乐》等，都是对于这凝固板结的大地的滋润，在滞重的气氛里添加上轻盈的因子，给惯常的济阳文化结构注入某种可以“飞翔”超越的因素。

然而，毕竟是生长于济阳这片土地上的诗人，魏东建的文字还是打上了较为稳重的地域文化和心理色彩。他注目于冬季、秋季和春日，不知道为什么他对炎炎的夏日有些忽视，我看到的只有一首《零八年夏天的诗》。他对冬的寒冷似乎别有情味，写下了大量的吟咏冬日、冬雨的诗作，并把这些冬天的诗意与爱情联系在一起。他也热爱秋天的气息，秋日、秋雨、秋晚……都是东建捕捉意象的绝佳契机。春天是蕴含希望的季节，自然也是东建萌动诗绪、抒发诗情的吟咏对象，是他放飞自己的最美季节。而对夏的忽略，是不是与夏季使人丧失理性，黏滞于一己之体，往往呈现为醉酒状态的中国式酒神状态有关？我不得而知，但愿将来再与东建探讨。

三、疑惑与祈望

作为曾经的打黑记者和国资委职员，他了解众多国资被鲸吞的惊天黑幕和资本的罪恶。然而我们在其诗文集中看不到这一点。他把智慧和艺术感受过多地倾斜于急遽转型期的文化表象上，并常常为此发出自己的声音。这一点充分表现了一个具有责任感和使命感的现代知识分子的良知。这也是他较长时间受记者工作所影响的结果吧。然而，令我感到不满足的是他至今还沉浸于这些比较短小的感触、诗情和思绪当中。因此我期待更大气、更深邃、更壮观的诗意和景象出现于东建的笔下。因为他有较为广博的生活积累和较为深厚的艺术历练、艺术感觉，如果不能够表达出来显然令人惋惜。好在魏东建正值青年向壮年的转折点上，他还有构思力作、建筑宏大艺术的底蕴和时日。我期待着他向着自己既定的伟大目标不断迈进，不断取得新的突破。

（发表于《华夏文坛》）

第十节 存在、质感与张力

——读王霁良诗集《在生活的另一维度》

我认识王霁良，大约是在世纪之交那一年。王霁良是一个比较寡言之人，在多次的聚会中，他都不显山不露水。真正稍微深刻地认识作为诗人的王霁良，却是在读了他的诗集《在生活的另一维度》[①]之后。

我读《在生活的另一维度》，心中不断冒出一些话语和意象，比如，“多维的生活”“多维之爱”，等等，但最终还是定为“存在、质感与张力”三者。

一、存在

在王霁良的笔端，存在既呈现为经过诗人之心形式化后的大千世界，更表现为人的存在及其影子。在他的诗中，人的欲望与灵魂的搏杀显得尤为激烈，特别是在第一辑“镜前”中。“山路蛇一样往上游走 / 我和那株树都静静地站住 / 望向周边黛青的峦齿”（《一株树》）他写流星、写风筝、写市井、写城市、写乡村、写镜前……无不表达了这种存在及存在感，以及欲望和灵魂的冲突。这本大致属于诗人进入中年的诗集，表达的不再仅仅是少年懵懂的情怀和热烈的恋情，虽然诗集不乏对爱情的歌咏或缅怀，但那绝不是年岁青少的愤激的话语、燃烧的豪情，而是属于中年的诗，是经过了诗人诗心过滤后的有着丰富的客观对应物之后的结晶。此在的沉重肉身如何寄放？这是千百年来人们所苦苦追寻

① 王霁良：《在生活的另一维度》，现代出版社 2014 年版。

的问题。王霁良作为诗人自然较之普通人就多了一个视角、一份情怀、一种审美视野，来观照和审视这此在及其肉身。“夜深如井 / 涂去精灵般的身影 / 昏黄的路灯下 / 围拢的墙垣里 / 摘下酒瓶底似的眼镜 / 闭上眼唯一要做的打算 / 就是打算扳下 / 感情的闸　一个人 / 品味幻里的真虚里的实”(《在围拢的墙垣里》)，这和《镜前》同为对自身的解剖：“常常不由自主走过去 / 想透过它看清自己，看清 / 自己的生活 / 里面的人朴素、向善 / 愿意坐下来，跟我仔细谈谈 / 而我只是站着，坐不住 / 稍一转身 / 欲望便挤走了灵魂”。而《化蝶》一诗像是《镜前》的姊妹篇，诗人之“我”在俗世中得了不少的病症，这些都需要排毒才能解放、解救自己，于是诗人写道：“我想化蝶 / 我想做回干净、轻松的自己”——诗人简直有一种教徒般的反思意识，对自身抱持着一种不信任感。但这绝不是性格分裂，而是一种曾经拥有着热烈的恋情、深切的乡情和博大深沉的祖国之爱的不再年轻的诗人的自剖、自审。

有时候，诗人这种反思或净化的冲动是如此强烈，以致他要不停地寻找人生“卜居”的意义，虽然有所谓“信仰”，但这信仰了一次的“还是乌托邦”，这个害了好几亿人好几十年的乌托邦，终究是不能再做我们的信仰。于是再探寻，或向佛进香，或希图从家谱中寻到人生的根脉，或怀抱圣经祈求上帝的恩宠。

二、质感

铁舞认为王霁良是清醒的诗人。而我以为，中年的诗就是这样子吧。所谓的质感，其实就是压缩饼干式的诗写作，而非有些诗人那样的日常生活常态流水线般地生产。王霁良的诗作数量并不算多，但是，他的写作依然在山东诗坛乃至全国诗坛占据了一席之地，原因就在于他的诗作既是他升腾自己存在的依托，又是他直面现实邪恶或怪诞的诗情的记录。《登高》一诗使人联想起康德的名言：我只敬畏天上的星空和心中的道德律。诗作以平原与崇山、平整与崎岖、平凡与伟岸的对比，表达了曾经年轻的诗人数十年来不甘平庸、走向灿烂、勇于创造的冲动和情怀，第二人称的视角更加凸显了这种“登高”努力的曲折和艰难，但是“本是平原的隼 / 现在掠向山巅”。

这种质感更多地来自诗人对生养他的大地和父母之邦的眷恋和愁思。如同小说家鞠慧的《黄河滩》，诗人王霁良有一首诗叫《河滩》，对于处于黄河下游的人们来说，河滩是丰沛和丰收的象征，但又是灾难的渊薮，《河滩》正表达了这种赐予和祸害的矛盾，写出了使农民如蝼蚁般消失掉的水患；笔者看过一幅画，画面中是一位农民工吊在绳索上荡来荡去地在墙壁上刷着涂料，诗人王霁良有一首诗叫《张三哥家的二小子》，可以说是对画作的深层呼应，那仅有17岁的小伙子，“额头的红粉刺麦粒似的饱满”，二小子吊着绳子，荡着身子在县城“刷大白”，似乎是一幅悠闲自得的劳动景致。然而，绳子拴在楼顶上的一袋水泥上，绳子脱落，他便“像春天县城喷落的小芽苞 / 新楼再跟他无关了”。短小而浓缩的诗句，不露声色地把那种惊险和死亡写得富含力度，写出了“张三家的二小子”那仅有的17岁的青涩而急促的一生。这简直就是一代农民工的写照！诗人把炽热的目光倾注到这些普通人的身上，为他们的不幸和苦难而深深地祈祷和书写。《夜间北去的列车上》写那些没有尊严地蜷曲在火车过道、车厢隐角的铁板、座位底下的农民工，“昏昏沉沉，缩成胎儿的模样”“这就是我们的民众，最广大的 / 民众，从娘胎里出来 / 舒展身子活过几回？”这就是我们的民众曾经的体验和记忆吗？诗人用的是“民众”，在时下我比较喜欢这个词儿。《柔嫩的叶子》写贵州毕节五个为取暖钻垃圾箱而一氧化碳中毒死亡的孩子，“不像人间”的“不真的世界”，特别是“缺少温暖的城市”，那柔嫩的叶子瞬间凋零。诗人几乎喊出了“人间地狱”！然而诗人终究没有这么做，他仍然没有那种激愤的呐喊，而唯留对“真相”背后的真相的追问。张三家的二小子和这五个孩子之死，让读者直逼造成这种种灾难的深层缘故。这个社会缺乏基本的人道精神，因此，我们尚需要建立起基本的人道的价值观。诗人王霁良视野和胸襟异常开阔，他把笔力对准那些普罗大众，并试图揭出那些苦难和悲剧背后的制造者。这种深沉而绵长的忧思是当今时代最为宝贵的文学家的质素。这不是为老百姓的写作，甚至也不是作为老百姓的写作，而是一种公民的写作。

三、张力

生活中充满了虚与实、灵与肉、生活与自然、自由与必然等二元对立统一的辩证法，这些张力正是生命存在和生活的真谛所在，但它是隐含而非显性的，所以需要高超的思想和技能，才能发现其秘密。这对于诗人来说，就是其独特意象的营构和想象力的爆发。王霁良那首被上海的著名诗人铁舞所赞美的《夜气》就是这样一首充满了重力感的奇崛的诗作：“压进山体 / 挤碎下身的太阳 / 一片瘫软的蛋黄 / 铺在山岗”。这让人想起王维的名句“大漠孤烟直，长河落日圆”，但王霁良的诗句更具现代派的亵渎气息和剧烈的动感。

生活的时空自然形成的比较视野是王霁良诗作艺术空间和艺术张力的重要手段。这或许源于他自鲁西南一路走到省城济南的人生之路。在《无题（之一）》中，诗人把那结了伤疤而被硬塞进水泥的老法桐树，拟人化地发出疑问“喊不喊疼？”这种城市的异化“景观”像“钙化的死婴”“面露狰狞”，压迫着过往的行人。这种异化现实，从声光电化到视听嗅味触，在城市中具有普遍性和全局性。在题为《喧嚣》的诗中，他写道：“疯狂的高声炮 / 从酒吧冲出来，淹没街道 / 两侧的灯箱广告一如伤痂 / 刹车像扼死人 / 车碾犹急雨唰唰 / 喇叭声喧冲击窗口似波涛击岸 / 路口的疯子还在喧嚷叫骂 / 珍宝大酒楼的泔水滑倒了他 // 避祸吧，避祸 / 大自然才是唯一的知音 / 那里也有雀噪，也有蝉鸣 / 却从没有什么 / 不能忍受”。很显然，诗人在这首诗里所要表达的是他对这产生着现代文明及其生活方式的城市有一种近乎天然的拒斥与疏离，甚至是强烈的憎恶，就像当年闻一多的诗作《死水》；人与物在现代城市中似乎变成了被这“恶之花”荼毒后祸害的制造者，同时也是其受害者。而有雀噪和蝉鸣的大自然（乡村？）才是人类唯一的知音。这当是一种诗人想象的乌托邦。《打住吧，陀螺一样的日子》一诗的构思和表达方式亦是如此。然而，在另外的诗中，他揭出了那乡村乌托邦的真相，年轻和不年轻的人们纷纷离开乡村，来到城市，然而等待他们的依然是劳苦甚至无声无息地死亡。

有时候，人在对自身和外部的存在过于执着时，常会产生自己意想不到的结局，此时此刻，就需要一种新的审美观照来洞穿存在的结痂。诗本不是高蹈的圣训，也非理念的宣示，而是源自人对生命、对社会、对存在的大爱。然而过于执着也会带来沉重的压抑，这时候就需要灵魂的纾解和自由。反讽不失为一种好的、充满张力的手法。“高跟鞋，2011 年的高跟鞋已经高得 / 离谱，如同时下虚高的房价 / 如同某某十佳评选”（《高跟鞋》），“高”正显出了“低”，这正是一种时代的俗气和病症。写于 2014 年 6 月的《剖宫产》，正以多重的意义体现了诗人对于生活的反讽、调侃和并没有恶意的戏说。生活中不乏荒谬甚至荒诞，但是久居犬儒氛围中的人们早已经忘记了人本应有的尊严和独立。而同一年的《回乡偶记》写了上上下下、大大小小贪官污吏的贪腐勾当，“大小贪腐加起来，上千亿 / 咱们的幸福感哈，碎一地 // 有公民一夜没睡意 / 这是一农民，我表弟，又懦弱 / 又算计，眼红红地跟我说 / 这些钱，政府应平分给 13 亿人民 / 每人几百块，我一家数口 / 也是一大笔 // 就应该嘛！破沙发上 / 他蜷着腿，抽着劣质烟，憧憬着说 / 喊了这么多年，咱们中国 / 应该真正来一次共产主义”。这首诗把诙谐幽默和叙述写实、政治话语和日常生活话语结合起来，在表面的轻松活跃中，传达出了当今社会实相和平民的精神面貌。这种书写不但具有极大的艺术张力，而且富有强大的洞察力和审判力。我们并不需要生活中时时刻刻都处于嚎叫和激昂，虽然年轻时喜欢看舞台上威风凛凛的将军模样。

（发表于《华夏文坛》2017 年第 1 期）

第五章

学人与学术

学人与学术

蔡元培

第一节　自由的歌者　归来的诗人

——拜访故乡走出的大诗人高平先生

高平先生，出生于1932年，祖籍山东济阳。自1937年全面抗日战争爆发，随父母自北平返回故乡济阳县垛石镇白杨店村，直到抗战胜利，整整8年时间，他就在父亲办的小学、初中上学。抗战胜利后就读于济南师范。1949年8月，还在读师范、即将毕业的高平毅然从军。担任解放军一野战斗剧社文学队创作员，随即进军西北、四川、西藏，荣立二等功，1953年作为全军英模代表赴京观礼。1958年被补划为右派分子，1979年改正。历任西南军区战斗文工团创作室研究生、西藏军区文工团创作组副组长、军区文化部文艺创作员，甘肃省歌剧团编剧，甘肃省文联专业作家。1990—2000年，以自己杰出的文学成就和伟岸高洁的人格、温文尔雅的为人，众望所归的高平担任了两届甘肃省作协主席。曾兼任中国作协全委会委员等职。现在还担任着甘肃省作协名誉主席、中国作协全委会名誉委员。

由于我的家乡、今年4月份已经被拆的济阳镇马家店村离白杨店村只有5公里，而且我有两家亲戚也在这个村：一是我的姨姥娘的女儿嫁到白杨店的董姓人家，二是我的姑姥娘嫁到了该村的王姓人家（今年2020年7月我专门到白杨店村考察，还见到了姑姥娘的大孙子、79岁的王文俊哥，他带我到高平先生的侄子家附近，向我介绍村庄在当代的变迁历史）。因此，我小时候去过几次白杨店走亲戚。还有明末清初的大学者、大儒张稷若的姥娘家在这里，他曾常驻白杨店姥娘家，并在此办了私塾，教书育人，培养了很多人才。所以，我从小隐约就知道了该村出了个大诗人，从上大学时就在中国现当代文学史上进一步了解了这位故乡走出来的大诗人高平。1990年代中期，我在济南大学工作，参与过一部文学史的撰稿工作，写了数百字关于高平诗歌成就的文字，可惜的是，当时没有电脑，是写在稿纸上的，又未留底稿，后来这部文学史未能出版，稿子也不见了踪影。遗憾的是，一直没有机会见到高平先生。但我这个高平先生的小老乡对他越了解就越渴望有机会和他见面，当面聆听当代大诗人的教诲。

机会终于来了！2019 年 11 月上旬，我应邀到兰州西北师大文学院参加“当代文论本土化建构的经验与反思”学术研讨会，会议之余，我在会议所在的甘肃党校院里散步，本来要给高平先生发个信息，却不小心碰成了视频电话。这个冒昧的举动竟然给我带来了惊喜，连线的那头，一个矍铄和蔼的老人脸庞映现在手机里，不但没有丝毫的不快，他还热情地邀请我去府上做客。约好了翌日下午去拜访先生。会议结束后，也就是 10 日下午，在西部诗歌研究专家李生滨教授的学生褚芷余的陪同下，我到了十余华里外的高老住所。兰州是中国最为狭长的大城市，建在黄河两岸，东西长有 70 多公里。高平写过一首《我与黄河》的诗，“从下游到上游 / 从发源地到入海口 / 我的生命的脚步 / 一直和着黄河的节拍奔走 // 我的晚年的新居 / 也是在黄河的两条河道中间 / 北是弓弦南是弓背 / 像母亲护卫的双手”。诗作一如既往地表达了诗人对故土、故乡和祖国深情的爱恋。我们刚刚步入他住的小区，就在院子里碰到了高老。虽然第一次见面，但是我们彼此一下子就认出了对方。霎时我真有些“他乡遇老乡”的激动。到了住在二楼的高老家，阳光明媚地照进阳台，高老的夫人、已经 91 岁高龄的张秀年老师热情地给我们沏茶倒水，洗好了水果让我们吃，我顿时有了宾至如归的亲切感受。高家装饰得既简朴又雅致，充满了文人气息。有著名作家如张贤亮的书法，有高平先生的儿子、画家高山为他画的肖像画。客厅里有一张长长的大照片，是高老赴京参加会议与会者同中央领导人的合影。这类照片他有好多张。自 1990 年代初期，他就是全军英模代表，他杰出的诗歌创作给当时的诗坛带来一股清新之风。他的诗心就像他战斗、工作的西藏高原，纯净、洁白、一尘不染。他有三次被调到北京工作的机会，可是由于他对西藏发自内心的热爱，都主动放弃了。本来他随军进藏后，又被调回重庆工作，可是由于他对西藏日思夜想，就申请调入西藏。可以说西藏的风土人情、山山水水，融入了诗人高平的血液中。他用全部的心血热恋着西藏，歌咏着西藏。参军之初、进藏途中、修筑川藏公路期间，他结识了一批军队的文友，冯牧、徐怀中、公刘等等。他们相互激励，共同进步，为了西藏的自由，为了全中国的解放，而不懈地歌唱。可以说，在当代非西藏籍的诗人乃至文人群体中，高平无疑是对西藏爱得最深的一位。

他自称“是唱着颂歌长大的，唱颂歌也不容易。颂歌还是要唱，但不能只唱颂歌”，这是高平写于 1980 年 12 月的一篇诗论中写的。60 年代他被安排到甘肃省歌剧团当编剧，很快他和同仁合作，写出了歌剧《向阳川》，该剧进京演出，受到周恩来总理的高度赞扬。在美丽多彩的甘肃，他还创作了很多诗作。可是“文革”十年，他没有一丁点的诗兴，竟没有诗作留下。“文革”后，尤其是1979年5月他的右派问题被彻底改正。从此，高平先生的创作进入了真正的盛期。作为“归来的诗人”，他的创作进入了第二个爆发期，不但诗作频出，且质量越来越高，他其他文体的创作也呈现量大而精湛的艺术水平，他的长篇评传体小说《仓央嘉措》获评香港《亚洲周刊》2010年度全球华人十大小说。至今他出版的诗集、小说、诗论、剧本、散文等各类著作30余种。我先后获得高老赠送的十来本书。捧读高平诗集和其他著作，我时常沉浸在诗美的境界中，思绪又时时返回到当下。有时候又想象着步行进藏的少年高平，在高寒地带还那么乐观地、积极主动地面对新生活，即使被打成右派遭受人生的重大打击，在几乎饿死的边缘境地，一旦生活境遇稍微正常一点，他立即恢复诗人的禀性，一支笔、一张纸，有时甚至随口吟出美妙的诗句，继续为这个时代和国度奉献出精美的作品。他的诗人情怀不但体现在诗作中，而且也时时在日常生活中流露无遗。当他在河西走廊偶遇一个卖甜瓜的小女孩，他随手拍了一张照片，可等洗出后却找不到照片中的小女孩，多亏了友人相助，登报把这份爱心广而告之，终于还了老诗人多年前的一个愿望，找到了照片中的小女孩，已经成为人民教师的秦莉。他把爱撒播于祖国的山川大地，又通过苦心经营的文字奉献给读者，先后出版了《大雪纷飞》《山水情》《高平诗文精选》《高平自选集——西部风景》，还有文学评论集《文海浅涉》、诗学著作《致诗友》等。

高老的人生多坎坷，高老的爱好多奇特，高老的养生之道也很奇葩。他喜欢旅游，祖国大地除了台湾，他踏遍了大陆的省市区包括特区。他喜欢京剧，几乎到了狂热的程度，这种国粹之于高平的诗歌创作应该是巨大的基础吧。他自称是个“多面手”，现代诗、旧体诗、抒情诗、叙事诗、民歌体诗、词、歌剧、长中短篇小说、散文、纪实、影视剧、诗论、文论……几乎各种文体他无所不精，其中一个重要的素质或基础就是他对京剧的热爱，京剧是一种集文艺之大成的国粹，涉及文学、音乐、美术、设计等各门艺术，懂得了京剧，就更有能力理解诗歌，而且易于把各门艺术融会贯通。他喜欢书法，他的大诗人形象，他的洒脱自由的行书、行草别具一格，深受人们的喜爱，索字者众多。他喜欢集邮，但是后来存放在老家的邮册不知所终，他就放弃了这项爱好，而在无意当中转向了集陶瓷酒瓶，我看到他家的博物架上是各式各样各种材质的酒瓶，感到特别有趣好玩。

这次的拜访，跟高老可谓一见如故，无话不谈，很是默契。兴致勃勃当中，我提出要和高张二老合影留念，二老整好衣装，并且把刚刚获得的“庆祝中华人民共和国成立70周年纪念章”戴在左胸前。小褚帮我们拍下了这一难得的合影。当我问起，高老如何养生的话题时，他讲了好几个让我惊讶的习惯。他说自己不喜欢像其他老头一样，特别注重所谓养生，“我一不锻炼身体，甚至都不大下楼活动。”时间过得好快，临近黄昏，张老说：“我们一起下楼去吃饭吧！”因时间已晚，我便不推辞。在酒楼里，高老继续跟我讲他的“养生之道”：“二不像人们说的少吃肉、多吃菜，可是我喜欢吃肉，包括肥肉。三是喜欢喝酒，我每天中午晚上两顿酒，年轻时酒量一次能喝一二斤，曾经一次喝过三四斤不醉。四是睡眠不规律，我常常还半躺在床上看书、看手机，发微信、微博，玩博客。”高老的这番话让我着实诧异！他一米八二的高大身材，清瘦而健硕，70多年来一直保持着同样的体重，同样挺拔的身材。或许作为诗人，每天思考关注国际国内局势，关心民瘼，关心诗坛，勤奋构思和创作，就会消耗掉他不少卡路里，是他保持身材和身体健康的深层原因吧。我洗耳恭听，不胜感佩，高老不愧是我们山东大汉，他硬朗的军人气质、身体素质支撑他在遨游诗海70多年的岁月，至今创作力旺盛。不仅如此，他更是当代军旅诗人、新边塞诗人、归来的诗人、山水诗人、当今哲理诗人的杰出代表。他的很多短诗如由战友徐怀中作序、出版于2010年的《闪念》大都可归为哲理诗，近年来，每周发表的“高平两行诗”更是体现出他作为大诗人所达到的大境界。他近90高寿的耄耋之年，还玩微博微信，他的“高平两行诗”正是通过微信、微博及时发布出来。一个饱经沧桑的老诗人，一个睿智的老诗人，又是一个浑身散发出青春气息的老诗人。在饭店，他拿出一瓶青海产的青稞酒，高老说，我现在只能每顿二三两的量，不像年轻时那样喝了，你自己随意喝。两位女士不喝酒，于是我便陪着高老慢慢饮酌起来。

与高平先生和张秀年先生两位老人的会面，不知不觉已经过了近五个半小时。二老陪我们大半天，想必已经很累了，但是当我们告辞时，他们还是那样神采奕奕，毫无倦意。他们还执意要送我们到附近的一个公交车站，等到车来了，车开了，二老还站在那里向我们摆手致意。今天，当我坐在江南婺州办公室里撰写这篇访问记时，离探访高平先生已经过去了10个月。近日又收到了两包先生寄赠的著作。在拜读了高老等身著作中的一小部分之后，我觉得可以稍微能够写写与高张二老会面的心得、感想。高平先生颠沛坎坷的人生，没有能够泯灭掉他的横溢的诗的才华，更没有泯灭他忧国忧民的知识分子情怀。愈到晚年，他的诗作愈丰富，愈精湛。我就以他的新作《两行诗》作结，完成这篇小文。

高平两行诗（2020—08—19）

1482

把灯往天上举一百次，

总也成不了月亮。

1485

越是无知无能的人，

越要假装全知全能。

这短短的两首“两行诗”真乃诗人自己多年标举的诗学核心思想“揪心情，惊人语”的典型体现。又由于写于 8 月 19 日这个在当代世界史上不无特殊的日子，因此该组短诗不仅富于哲理，而且集历史和人性复杂性于一炉，汇融于诗性当中，能够激荡、震撼读者的心灵，颇具诗学价值和启迪意义。

第二节　启蒙新师　教改先驱

——遇见钱理群先生

一、钱理群的眼睛

北大中文系教授钱理群先生退休后，为了圆一个梦，日前来到母校南京师范大学附中（我和钱先生竟然成了南师大的校友）为中学生讲课。借此机会南大文学院和南师大文学院分别邀请钱先生来做讲座。他所讲的题目分别是“燕园里的三个学生刊物”（2004 年 4 月 7 日）和“我和我的学生的 20 世纪 40 年代至 70 年代文学研究”（2004 年 4 月 14 日）。我有幸再次聆听钱先生的精彩演讲。记得 1988 年秋，我读研期间像杨沫在《青春之歌》里所写旁听生类似，到北大“游学”旁听了两个来月，慕名去听钱先生的现代文学专题课，那时他讲周作人，无论从内容还是形式，都开了中国现代文学研究与教学的先河。十六年前的钱理群，头发还是黑黑的，我坐在课堂的后面，远远看着神采飞扬的钱理群，他那发亮的脑门，炯炯有神的眼睛，真感到一种特别的精神的享受。后来时移世迁，物是人非，我们只能在书店里或者图书馆里看钱理群的书，外加听来的一些关于钱理群的流言蜚语和花边新闻。

现在有机会再一次见到久慕的钱理群先生，自然是十分畅快和惬意的。先是在南大，后是在南师，在短短的一个星期内，两次几乎零距离与钱先生在一起，更是感到人生的变换和造化的无常，但终究有一种精神的力量在暗暗起着作用。虽然没有了早年见到钱理群的激动，但还是在心底有一种别样的亲切感。本来，在这样的场合，在钱理群的话语激荡下我有许多问题和感想需要抒发和提问，可是为了让更年轻一代借着先生的思路发挥自己的思想，我在两次的听讲中，都只是静静地听着。他所从事、所设想的“1957 年学”，是从学理的高度，从研究主体的角度，从中国的启蒙视野和民主的未来着想的，他将学术研究和生命本身紧密结合起来，坚守着知识分子的启蒙立场和人文主义。这正是我们这一代学者所欠缺的。我们曾经被牵着鼻子走路，在20世纪90年代金权双重的诡计之下俯首，学术研究走向了“虚空化”和“技术化”。退下来的钱理群说，真感到一种自由，自己可以“胡思乱想”“胡说八道”，而且可以越出所谓专业的（现代文学）的桎梏，可以说一些自己想说，而在以前不便说的话。作为幸存者来说，要为那些没有机会见证当下的死去的人们说话，说出事实真相，拒绝遗忘，以还原历史。这就是退休之后的钱理群的努力目标之一。

在这样一种精神的交流当中，在先生于南师大随园校区的文学院百年老楼的那次演讲结束之际，我走到台前，想与他再聊一聊。此时许多学生已把老先生团团围住，但钱先生还是用他那一贯的无私无畏的眼睛看着我，与我交流他对我的问题的看法。这双眼睛所透露出来的真挚、坦率、纯粹，使我有一种深深的感动。他的眼睛，使我想起了李贽的“童心说”，想起了冰心的“三爱说”……钱理群的眼睛所透露出来的是清澈、超越、“一览众山小”的境界。这真应了那句老话：文如其人，人如其文。作为中国当代知识分子良知的代表，他的每一个眼神、每一句话，他的每一篇文章，无不打上对当代中国深重思索的痕迹，无不渗透着痛苦并快乐的思想者的精神！钱理群的眼睛，那是一双真纯的、诚信的、让人感到温暖的眼睛！

二、又见钱理群先生

上次见到文学史家、思想家、教育家钱理群先生，还是五年前（2004年），在南京，当时他到南京去给南师大附中的高中生讲鲁迅，以了却他自己的一个心愿。当时他刚刚退休，南师大附中每个班选出3名同学，临时组成一个“钱理群班”。在课程基本讲完之际，南大、南师大分别邀请他去给研究生们讲现代文学研究方法论，我当时正在南师大工作，记得那时也是春暖花开的季节，钱理群不但讲了中国现代文学研究尤其是20世纪40年代文学的研究，还很慷慨地把自己多年思考还未写成文章的几十个题目毫无保留地给了南师大的一位硕士研究生。在讲座中，钱理群还谈到了他未来几年的研究设想，就是回到当代思想史的研究当中，他准备从文学史研究进一步转向当代民间思想史研究。

听完了讲座，近距离与他交流之后，我按捺不住自己还依然年轻、还依然能够激动的心，回家后即写成了本节第一部分即《钱理群的眼睛》一文，发表在《南京师范大学报》。后来我将此文邮给钱先生，没想到几年之后这篇短文被选入了《钱理群讲学录》一书。书出版后钱先生即赠书给我。从此，我与钱先生就有了自1988年到北大游学之后的直接的文字联系。但是，我避居东南偏地，钱理群这几年亦不大参加学术会议，他自己称是“自我边缘化”，我也由于“学科”和他不一样，而一直无缘再与先生见面。没想到，今年（2009年）年初听说他将要来金华，到浙师大（我供职的学校）参加“王尚文语文教育思想研讨会”。

2009年4月28日，是我盼望的一个日子，钱理群按计划来到了金华，住在离师大不远的锦华园宾馆，我去见他。在敞着门的房间里，又一次见到钱先生。我自报家门，钱先生说我知道你，你的文章还选入了我的书里嘛。钱先生很亲切和蔼、平易近人，一如多年前见到的钱理群。在房间里还有王尚文先生、广西教育出版社总编辑石立民女士、诗人西渡先生。看到钱先生的身体还是那么硬朗，大家都感到非常高兴和欣慰。我们几个年轻人同钱、王两位老先生合影，这些影像现在都成为珍贵的纪念。王尚文和钱理群早就是老朋友了，他们谈中国的语文教学改革、谈人文知识分子的当下处境，言辞真切，情溢于言。两位年逾七旬的老学者，和我们三位第一次谋面的年轻学者，几乎没有一点的隔阂，两代人之间似乎有着天然的精神联系。钱理群又谈及，与他们20世纪三四十年代出生的一代相比，50年代出生的一代，还有（他指着我说）你们“60后”这一代是不需要启蒙的了，因为我们都有着基本一致的精神结构。但是“80后”“90后”一代，他们的生活环境和成长历程，代表新的价值追求和人生道路选择。我们不能强求他们跟我们一样，但是在建构新型国民、承担社会责任方面，我们和这一代人的对话还是很有必要的。他还谈到了每一代人的遭际和担当是不同的，应该根据具体情况来选择最佳的路径，发展自己，贡献社会，为民族未来承担起各自的责任。几个小时的聊天不知不觉地过去了，时间已晚，我告辞离去。钱先生一直送我到门口。

三、钱理群在婺州论王尚文教育思想

第二天即4月29日上午，钱理群出现在浙师大精业楼“王尚文语文教育思想研讨”的主席台上。我找了个会场中间的位置，以便能看清第一个进行学术研讨性发言的钱理群在“台上”的形象。钱理群在大会上所做讲话的题目是

"王尚文教育思想及其命运"（首先他解释了会议编辑的材料上误写成了"王尚文教育思想及其秘密"，而"秘密"一词倒也别有意味，引起了会场一阵会意的笑声）。钱理群介绍了1997年他和王尚文先生相识的情况。对中国的语文教育抱有赤诚之心的南北两个老学者在北京的一次关于语文教育的会议上的相逢、相识进而相知，碰撞出来了关于中国语文教育即将到来的一次"地震"。随后，从中学语文教学改革和教材改革出发，进而波及几乎整个语文教育界的改革，吸引了钱理群和王尚文、福建师大孙绍振等学者，以及众多中学教师的积极参与，至20世纪末叶的几年，这种改革态势已经由星星之火而成燎原之势。

接下来，钱理群提出了他对王尚文语文教育思想的理解。他指出，王尚文语文教育思想建构了四大理论。这就是人文论，这是王尚文教育思想的价值论；语感论，这是王尚文教育思想的语文本体论；语言与文学论，这是王尚文教育思想的课程体系论；对话教学论，这是王尚文教育思想的教学体系论。钱理群认为正是这四个有机联系的方面初步构成了王尚文教育思想自成一家、自成体系的大厦。而对王尚文教育思想来源的分析，他着重指出了两点：其一，民族教育资源，即王尚文对古典文学的研究，这对于王先生构建自己的语文教育学起到了基础的作用。其二，开放的眼光。从多学科，比如，现代哲学、心理学、教育学、美学、语言学等领域借鉴精神资源，又向世界文化寻求资源。如对于巴赫金的对话理论的借鉴和改造，都充分显示了王先生以扎实的理论功底建构"中国语文教育学"的高度的理论自觉。

钱理群认为王尚文在1990年出版的《语文教改的第三次浪潮》一书总结了20世纪90年代以来与中学语文改革相适应的三次浪潮：第一次浪潮是对政治性语文教学的反思和批判，第二次浪潮是对工具性语文教学的反思和批判，第三次是对人文性语文教学的反思和超越。接着，1994年出版《语文教育学导论》，1995年出版《语感论》，2000年出版《语感论》的修订版，2004年出版《语文教学对话论》。在这漫长的学术生涯中，王尚文的教育思想不是被有意无意地漠视，就是被有意无意地误解。

在这次学术演讲中，给笔者印象最深的是钱理群对中国语文教育改革的致命弱点和先天性不足的批判与反思。他指出，目前正在进行的改革完全由自上而下的政府行政部门主导，没有自下而上改革力量的支持和制约。其结果就是将诸如王尚文教育思想进行了曲解，而这正如马克思所说的"播下的是龙种，而收获的是跳蚤"。语文教学改革的标准应该是（1）情感的导引，要使学生热爱母语；（2）培养学生的语文能力，即听说读写的能力；（3）培养学生的习惯，即运用汉语言文字的习惯。而现在，准法律的政府部门评价标准的硬性规定代替了学术问题的探讨。在这个过程中，政府过度使用了自己的权力。另外，教育行政主管部门搞得一些活动带有群众运动加商业评比的色彩。比如，所谓中小学校正在大肆开展的“名师工程”，动不动教育主管部门就来个某某工程，钱理群认为这是形式主义化、空洞化的时髦“秀”。教育行政部门喜欢运动式搞教育，而不惜违背教育事业是一个漫长的、潜移默化的、平平淡淡的事业的客观规律。再加上改革涉及多方利益，利益与复杂的人际关系纠缠在一起，于是就把王尚文的教育思想打成异端，先是冷遇之，接着又攻击之。钱理群热情赞扬了王尚文语文教改的“下地狱”思想，认为这是一种对理想的守望，对真理的坚持。由此，钱理群批判了那种朝秦暮楚的“与时俱进”的行为，而没有自己真理坚守的恣意善变的做派带来的是流氓文化和“流氓学术”。因此，必须坚持真理，必须与学术流氓划清界限。对此，钱理群认为王尚文所主张的对话性论证，既坚持真理据理力争，又充分尊重对方的意见。如王尚文提出的“人文原在语言之中”的观点，钱理群说用他自己的话来说就是“人文、语言一张皮”。所以，要跳出权力场的支配，要跳出名利场的诱惑，多一些道义承担，敢于追求真理，在坚守中调整和完善，从而避免极端化。钱理群特别强调了坚持独立性的重要性。现在的社会，权力和利益带来了对人的恣意操纵。只要听某人的话，你就要钱有钱，要位有位，其代价就是失去了独立性。王尚文淡泊名利，有一种为下一代着想的承担精神，这特别像庄子所讲的“吾生也有涯，而知也无涯”。钱先生总结了王尚文的三个承担，即自我承担、学术承担和坚持教育思想的实践性。天将降大任于斯人也。王尚文正是这样去实践的。中国的语文教育不能没有王尚文，这正如中国的鲁迅研究不能没有钱理群。讲到这里，钱理群很动情地说，“鲁迅生前托付给我，鲁迅是一个前死者，我是一个后死者。”

话题回到关于王尚文的学术思想和实践品格，钱理群认为真正有活力的教育思想、中国教育的力量在民间，在第一线，实践和风俗、乡土同样产生知识和思想。他质疑或者说动员“工具论”主张者，你们也可以编教材啊，这样可以与王尚文的教材比较、互补。他在这次讲演中最后指出，对年轻一代学者和教师的培养已经迫在眉睫，要鼓励语文教育的各种学派的出现，无论浙派语文，还是苏派、闽派，都应该被鼓励出现。

四、钱理群在浙师大谈治学之担当

中午时分，我被语文教育专家、浙师大王国均博士热情地邀请去陪钱先生午餐。在闲聊中，我了解了先生的一大业余爱好——旅游。他说，我每年要进行一次“大规模的旅游”。几大洲他基本跑遍了，他自豪地说起，在西藏雪山下的温泉里泡了澡，虽然感冒发了烧，但还是体验了一把在西藏雪山下泡温泉的浪漫。说着，老先生孩童般地“嘿嘿”一笑，“在座的都没有我快乐”，说完，他慈祥的眼睛环视大家，一副很得意的样子，好可爱的老头。钱先生脸色红润，说话声音洪亮，简直可以用“生龙活虎”来形容他了。他去年（2008年）还到过阿拉斯加。旅游使他舒缓了那创造者的大脑的紧张，但他很少写游记，他喜欢用照相来记录旅游的过程和快乐。所以我们基本不了解他的业余旅游生活。

当天晚上，人文学院王嘉良教授主持了钱理群先生与研究生的座谈会。结果由于到场人数太多，只好由会议室移至一间阶梯大教室，教室里依然座无虚席。好在我的研究生赵卫卫给我搬了一把椅子，我才有地方坐下。我到场时，钱理群已经开始了他那娓娓道来的讲演（只好如此，座谈改成了讲演）。从上一次在南京听钱理群讲鲁迅、讲现代文学、讲文学史、讲思想史研究，讲如何做学问，到今天我又听他讲学术研究的承担及快乐的话题，一晃已经是五年多了。

首先，钱理群幽默地指出，我们搞学问的是既当不了官，也经不了商，就只能做学问了（众笑）。这是从事学术研究的一种态度，也就是职业态度。还有一种态度，就是没有学术就活不了，搞学术就快乐。他说：“我就从学术研究中得到快乐。”他认为这种快乐，一是在旧报刊的灰尘中翻阅的快乐。这是与历史资料的对话。二是体会语言文字之美的快乐。在阅读中你会立刻发生兴趣，于是乎便摇头晃脑，体验快乐。三是创造性的快乐。他说他读研究生时，他的老师吴组湘有一次给他们上课，说了这样一句话，“吴组湘是人，吴组湘是狗”，前一句正确，但无趣，无创造性；而后一句虽然错误但引发思考，具有创造性。（众大笑）学术研究的意义在于创造，哪怕史料上的。学术研究上升到一定高度，就能把你（研究者）的思想境界升华到同样的高度。四是想象力的参与带来快乐。写作中的种种神来之笔，不能用学术规范限制它。学术研究也需要想象力，在学术研究的本质上，具有浪漫主义特质。就像写诗，诗就是以婴儿的眼睛去发现新的世界。要寻找“黎明感觉”，用心去发现世界。他说，“我现在每天早晨早醒半个小时，原先是七点，现在是六点半醒来，这时很安静，去想去构思，还有哪些新的创造，能出哪些新意。大家看我身体很健康，就因为我每天生活在学术状态中。”往往在想象中，某些问题会豁然开朗，訇然洞开。这是学术研究的快乐，它会成为精神的寄托。钱理群举了一个例子，王元化先生说自己是精神的存在，他不愿像生物那样活着，他是为观念而生。在学术研究中发现、体味快乐，首先要对得起自己。这是第一点。

第二，对学术负责。他又举了一个例子。张中晓先生说，“我死了，庄子怎么办？”（众笑）“天将降大任于斯人也”“天生我才必有用”，钱理群就是为搞鲁迅研究而生（众笑），这绝不是狂妄。后死者研究先死者，先死者对后死者是有托付的，“鲁迅托付于我”，这是相互承担的关系。这是钱理群来浙师大第三次谈到先死者对后死者的托付了。第一次是在28日晚上我们聊天，他谈到他作为幸存者、后死者，要完成先行者、先死者的托付，否则不能给后人留下些东西，全是空白，那就是一种不负责任，也对不起先死者、先驱者。

在谈到鲁迅研究时，钱理群似乎还保留着一些激动。他说研究者的第一层境界是你研究他（鲁迅）；第二层境界就是接着他（鲁迅）前进，也就是对先行者的进一步思考。2008年，钱理群在广州《随笔》发表了《孔夫子在当下中国的命运》一文，就是接着鲁迅往下写的，就是延续鲁迅，阐释鲁迅。第三层境界，就是接着往下做。思考是做的准备。鲁迅那一代人参与了新文化、新语文的建设，参与了中小学的教育，我们就是要接着往下做。这是将认识、理论实践化的过程。但我们不能轻视那些一生沉浸在哲学思辨当中的学者，如金岳霖先生似乎生就的哲学头脑，一生都活在观念的建构当中。研究古希腊的学者罗念生先生，一生没有获得过官方的什么大奖，他的孩子有些不平地对他说，你也没得到过什么奖励。罗念生夹杂着玩笑而又认真地说，“我不要那个，那个是虚的！”所以淡泊名利的罗念生的一生，我们可以借用朱光潜先生所阐发的温克尔曼评价古希腊的名言来概括：“高贵的单纯，静穆的伟大。”也就是学人所追求的应该是“为学术而学术”，学术本质上就构成了生命，其本身便足矣。你不让我搞研究，我的生命就不存在了。钱理群特别提出，这是生命存在的方式。

第三，对社会、历史的承担。“你为谁而承担？”为职称、为发表、为国际交流？这都是应该的。但是仅有此还不够，他说：“我是为中国的读者而写作、著书。”他写作，不仅仅是给学术界，他更看重普通读者，是为他们而写作和服务的。在《致青年朋友》一书中，钱理群选录了一名年仅17岁的高三学生写给他的信，还写到了在甘肃农村一批打工者从1993年到2008年，一边打工一边坚持不懈地编辑刊物。其中一个打工者给他写信说，“我觉得你的书的每一个字都是为我所写的。”所以每当看到这样的一些反馈回来的文字，钱理群说我们要做低调的、理性的知识分子。

演讲完之后，钱理群回答了听众的提问。在谈到如何从鲁迅研究中汲取经验时，钱理群认为，胡风所坚持的鲁迅方向和毛泽东在延安所提出的鲁迅的方向便是我们新文艺未来的方向。钱理群指出，鲁迅培养我们独立思考的怀疑精神。但是，我们要讲究写作表达的技巧。对于年轻一代的学者，他举自己导师王瑶先生对他说过的话，年轻不要急于表达自己，要沉潜下来好好看书思考。

在回答如何把史料学、文献学与想象力结合起来的问题时，钱理群认为，人文学科和自然科学一样，也是允许假设和想象在其中的，如何选题的问题恐怕在很大程度上是一个假设和想象的问题。材料、史料是碎片，需要与想象结合起来，当然这要与逻辑推理结合起来。有时候假设也要修正。文学研究也许与其他方面的研究有很大的不同，更需要想象的参与。如有学者在考察研究了沈从文的《边城》以后提出了一个观点，这本书很大气，原因就在于它是作者在北京写成的，要是在上海写的，可能就没有这么大气。这当然是一种假设，还需要进一步论证。目前新发现的沈从文 1949 年后的书信等大约有 400 万字，钱理群就是通过把这些资料和自己的想象、假设结合，写成了关于沈从文的五万字的长文。

钱理群在谈到年轻一代的人生道路选择的时候，诚恳地指出，他们那一代人的选择不多，而现在年轻人的选择多元化了。他似乎突然意识到自己的演讲会给年轻人选择人生道路带来限制，便说了下面一段话："我怕今晚的演讲、讲述会'害'了你们，你们要用独立的思考、冷静的态度对待这一切。我们是启蒙主义的一代，被启蒙者要有能力抵抗之。钱理群的学术时代已经过去了。"钱理群的演讲时时处处散发着令人愉悦的幽默感，使得整个会场充溢着精神交流的浓郁气氛。

我作为听者，也提了一个问题。我提出，"钱先生您的学术研究没有过时，而是愈老弥坚，甚至可以说您最近的民间思想史研究最具有思想和学术的创造性。您的学术研究是否可以大致分为文学史研究（《丰富的痛苦——堂吉诃德和哈姆莱特的东移》也可算作文学史研究）、思想史研究和语文教育思想及改革实践。最吸引我的是您的思想史研究，您的《拒绝遗忘——'1957 年学'研究笔记》也已经出版了，这类著作对我和我们这一代人来说最具有'精神的魅力'。请谈谈今后您的学术研究的重点会放在哪里？"钱理群回答说，"退休之后，我获得了'自由'。自己可以胡思乱想、胡说八道。我的研究一直在闯禁区。我的思想史研究可以称之为'当代民间思想史'研究，因为我是当事人，也可以说这类研究是亲历者的描述。民间思想史研究，是当代中国最需要的，是幸存者的任务。有一位哲学家说，你钱理群的学术研究将来最有价值的还是关于当代思想史的研究。我深信，自己以后会回到这一块；比你们更年轻的一代会更紧迫、更主动地回到这里，并重新从此出发的。要是我们这一代人什么也没有给后人留下关于这段历史的思考和记录，那就是失职。另外，在这里我想说的还有，我即将和中国语文教育界告别，以便把主要精力用到当代民间思想史的研究当中。"

主持人王嘉良看到讲座已经进行了两个多小时，而且钱先生白天也发表了讲话，参加了全天的学术研讨，想必他已经很疲劳了，便对钱理群说，他还有个关于鲁迅研究的问题由于时间关系只好留待以后再探讨吧。钱理群却说，没关系，我现在就可以讲讲。于是他又讲到了"鲁迅传统及其当代价值"。他认为，在鲁迅研究方面，人们所要做的首先是对鲁迅及鲁迅研究进行祛魅，其次是深刻而全面地理解和阐释鲁迅的启蒙主义。鲁迅对自由、民主和科学的看法具有辩证性、超前性。比如，法国大革命就是所谓民主，那是少数服从多数，结果导致暴力恶性循环的后果；对于科学，鲁迅意识到不能搞成科学主义；还有自由，应该尊重个体劳动者的自由。鲁迅的这些观点可以为当今的我们所借鉴，来认识和分析东方专制主义，这不同于是科学主义导致了以资本为中介的西方消费主义。中国的问题与西方并不能对接或等同。比如，我们有前现代、现代和后现代的社会状况。在思想观念上，有人站在前现代也即封建专制的立场上批判"普世价值"（人权、自由、民主、科学等），又有人站在后现代立场批判"普世价值"。所以面对科学主义、技术主义和消费主义浪潮，或许鲁迅的立场才是值得学习的，这就是他既坚守又超越的独立的文化立场。

参加完 4 月 30 日上午的"王尚文语文教育思想研讨会"之后，钱理群就离开金华返回了北京。我期待着下一次再在某个不期而遇的时间和地点见到钱理群先生。

（本节第一部分写于 2004 年春夏之交，发表于《南京师范大学报》，由钱理群先生作为附录收入《钱理群讲学录》，广西师范大学出版社 2007 年版；其余部分写于 2009 年 5 月，发表于"浙派语文"网站）

第三节　建构书法的“高古美学”

——访滕西奇先生并读《两汉名碑注译》札记

与滕西奇先生相识已近三十年了。最早从观赏他的隶书创作，欣赏他的隶书作品开始，后来我有幸拜读他出版的书法专著，逐渐体会到他的书法创作和书学研究之间的内在关系。年届八旬的耄耋老人，却除了外出，几乎每天都到位于济南大学东校区图书馆三楼的工作室进行书法创作。我喜欢到先生的工作室里跟他聊天。在聊天和拜读中，对他的书法和书学有了一些认知和感想。

2020 年 7 月 20 日，我又在济大小区邂逅滕西奇先生，约定下午到图书馆他的工作室见面聊天。他去年此时送我一本《两汉名碑注译》。正好我接受了中华书局的一个任务，就结合研究刘熙载《艺概 · 书概》，参读滕西奇的这本书。一年下来，自觉有了一点心得，记下来与同好交流并请教。

到了他的工作室，滕西奇正在为友人茶艺馆书写完隶书大字“茶”“道”各一幅，并琢磨着在条幅的下方写上几句小字，以完成这两幅作品。在“道”字下是“道可道，非常道。一生二，二生三，三生万物。品茶论道澄怀净目，人生一大乐事也。”“茶”字下是“观山观水观世界品茶品酒品人生，茶可养神明目，玄心独悟。”寥寥数语，可谓信手拈来，就把“茶道”寓意简约精当地表达出来了。那么，滕西奇这种书、撰两种功底从何而来?

在《今日鉴藏》之《炳烛师汉 · 滕西奇先生八秩书法》中，有如下的介绍：出生于 1939 年的滕西奇，系山东莱州人，早年毕业于曲阜师范大学中文系，济南大学教授，被二十多所高校、书画院聘为兼职教授、艺术顾问。出版的书学著作有《隶书写法与汉碑注释》《中国书法史简编》《怎样学习隶书》等十余部，其中《张迁碑写法与注译》《曹全碑写法与注译》《乙瑛碑写法与注译》《史晨碑写法与注译》《石门颂写法与注译》《礼器碑写法与注译》汉碑系列著作，以及新作《两汉名碑注译》[①]，被誉为当代研究汉碑的重要成果。山东书协常务副会长孟鸿声称赞滕西奇“作为学者型书家”，其系列汉碑研究著作“填补了汉碑学多年来的一些空白”[②]。滕西奇教授自幼习颜，书涉篆、隶、行、草，尤淫汉隶。所创隶书，以汉碑为本，融以简书与章草笔意，巧用渴笔，笔力生辣灵动，结体别致，内涵丰富。著名书法家魏启后先生赞曰：滕西奇先生的隶书，多用汉人笔法，大气昂然，将传统隶书写出新意，在当代隶书中极为少见，成为当代写隶书的佼佼者。他创作的隶书作品，享誉齐鲁及国内外，作品被各地刻成碑刻珍藏陈列，有的被作为国礼赠送给世界各国的贵宾们。

创作与研究之于滕西奇可谓相得益彰。隶书创作中的甘苦体验、揣摩、感悟，在其书学研究中得到了理论的升华；反过来，书学研究又夯实和提升了他的书法创作。在滕西奇的书学著作中，我读出了书法史上壮观的景致，这就是隶书的诞生和发展。这里涉及“八分”。滕西奇笑说：“就是写百万字的书，也说不明白哪是八，哪是二？”大致说来有两种说法。其一，蔡邕之女蔡文姬认为，八分脱胎于篆，八分像篆，二分似有新面目，故曰“八分”。这是由篆向隶的转变。其二，后来有人认为，二分像篆，八分不像篆。这就进入了隶书成熟期，隶书形体上左舒右展，横向取势，成八字分布，故曰“八分”。这实际上就是隶书。而楷书（真书、正书）就是去掉隶书的波、磔。另外，成熟期的隶书的出现，概由于秦代官狱文书工作量大增，以篆书为主体的书写必须要改变。隶书之“隶”和“八分”类似，其来由众说纷纭。至于隶书的形成，亦有各种说法。围绕着“隶”字，滕西奇归纳为四点：其一，相传为秦代程邈在狱中整理而成。程邈“曾做过徒隶，故名。徒隶，指服役的罪人，即囚犯、奴隶。”他去繁就简，字形变圆为方，笔划改曲为直，改“连笔”为“断笔”，从线条向笔画，便于书写。这是“徒隶创造说”。其二，这种字体在徒隶范围内使用，故名。这里的“徒隶”，按照滕先生解释班固《汉书·艺文志》，就是“罪犯”。赵孟頫认为，此乃贱者所用，不能登大雅之堂，所以叫隶书。这是“徒隶使用说”。其三，徒隶身份的人使用，故有此称。这里的“徒隶”指“下级官员”的意思。秦时，经典用篆书往往耽误时间，而隶书书写时速度快。这是“施之徒隶说”。其四，初期隶书属于篆，作为辅助字体使用。这是“隶属篆分说”。[③]隶书同时派生出草书、楷书、行书各书体，为各体书法艺术奠定基础。正如郑

① 滕西奇：《两汉名碑注译》，山东美术出版社 2018 年版。

② 孟鸿声：《滕西奇先生汉隶实践及研究之路》，载滕西奇《两汉名碑注译》。

③ 滕西奇：《隶属写法与汉碑注释》，中国广播电视出版社 1990 年版，第 2–3 页。

训佐先生在为《两汉名碑注译》作序时所言："所谓'隶变'之说，固然传达出了学者和书家在接受过程中的发现，但也意味深长地暗示了对象的难以把握。因此，在整体上对汉碑进行审视便具有了学术上的挑战性，而西奇先生的这部《两汉名碑注译》便是在《汉碑自学丛书》的基础上，积数十年之功力，精心撰构的具有挑战性的著作。"而这种"挑战性"除了郑训佐所指出的各个特点，我以为是滕西奇提出了书法的"高古美学"。滕西奇认为，书法讲究高古，楷中有隶，格调高古；隶中有楷，等而下之。魏晋隶书为何不如汉碑高古？中间一千余年，隶书一直不温不火，直到了清代，才出现了第二高峰，中间的唐比魏晋要好些，宋元明没有写隶书的高手，为何？格调不高古而已，因为有楷书的成分渗入其中。这里就涉及到为何清代突然成为另一个高峰的问题。仅仅是高古的问题吗？滕西奇一针见血地指出："清代大搞文字狱，给文人只留下故纸堆去研究。清人学篆、隶，就接触了秦汉，像邓石如、何绍基、金农、伊秉绶等。"真是"为文畏避文字狱"，直接秦汉篆与隶。他认为："清人隶书既继承了秦汉隶书高古灵动、博大精深之风，又各自形成了自己独特的风格。"[①] 正可谓清人书隶，各有千秋：金农有一种汉简的气息在其中，另有漆书成分，可谓"引简入隶"。伊秉绶是"引颜入隶"，邓石如是"引篆入隶"，郑簠是"引行入隶"，何绍基是"行草入隶"、赵之谦则以"魏碑入隶"……这是书法理论家的见识，隶书家的辨析，更属于历史家和思想家才有的眼光。所以，隶书不但在汉字绵延发展上，而且在书法上起到了承上启下的作用。在众多书体中，滕西奇独选隶书作为自己终生的志业，就是非常独到、高超的艺术选择了。

谈及为何著述《两汉名碑注译》等书时，滕西奇笑曰："初衷就是把以前的学术著作进行一下综合。此前我已经完成了《隶书写法与汉碑注译》《怎样学习隶书》《张迁碑写法与注译》《乙瑛碑写法与注译》等十余部书学著作。汉隶博大精深，但字体字形字意往往佶屈聱牙，今人尤其是年轻人不容易看懂，更遑论研习了。除了我在书中选择的 31 幅汉碑，其实还有很多，而且一碑一体，内容范围很广泛。我这本《两汉名碑注译》当然概括不了汉碑全貌，但可加深加宽对汉碑的理解，既有史料价值，又有书法艺术价值，可以摹写的大致都在这些篇目中了。可以为读者在文字和书法上提供学习的方便，引导大家深入到隶书经典中。一书在手，阅读汉碑，变难为易。"滕西奇认真地指出，自己正是在编写、撰述这类书学著作中很明显地提高了自己的书法创作水平。否则就是写字匠。如果说《隶书写法与汉碑注释》《怎样学习隶书》等小册子为文革后荒

① 滕西奇与王洪岳通信，2020 年 8 月 16 日。

芜的隶书研究领域提供了资料，填补了书学研究的空白，那么，《两汉名碑注译》则把汉碑和隶书研究推向了一个带有标志性的学术高地。

纵观书法史，特别是书法美学史，滕西奇把书法中自魏晋以来一直被抑制和边缘化的隶书的审美法则加以概括，鲜明地提出并倡导书法的"高古美学"原则。这是当代书学研究中的重要概念和理论。高古，亦可称之为古雅，与此同时，滕西奇又喜欢用"古拙"，古雅与古拙，两者是不同的审美倾向，但是用"高古"一词就可以统而摄之了。在每一刻石的研究中，滕西奇先是概述此碑刻，接着抄录原碑文，再加以注释，最后是译文；四个环节紧密相扣，构成了这本《两汉名碑注译》的著述结构和特色。如在研究《莱子侯刻石》当中，滕西奇引述清人方朔、杨守敬和今人郭沫若的三种评论："以篆为隶，结构简劲，意味古雅。""是刻苍劲简质，汉隶之存者为最古，亦为最高。""从篆到隶过渡的里程碑。"和前文首篇《五凤刻石》的研究中引清人翁方纲、方朔"浑沦朴古""混成高古"的评语，清人王澍称《乙瑛碑》雄古、遒古，明人赵崡称颂《曹全碑》遒古，明人王世贞称《张迁碑》为"典雅饶古趣"等，一起构成了作者提出"苍简古拙""遒美古媚"的隶书"高古美学"思想的端由。以"高古"来从整体上概括隶书的书学或审美风格，是滕西奇的一种别具慧眼的理论发现或创造。无论古拙、简古抑或高古，都带有丰富的意蕴。如他评论《三老讳字忌日记》为"用笔淳拙，流露出早期隶书由篆入隶率真天然的古拙之趣"。

高古不是平板，不是庸俗，不是僵化。在滕西奇的笔下，高古往往跟雄强、雄浑、朴茂、简拙，乃至和静穆、飘逸、轻灵、秀雅等结合起来。如在评价《乙瑛碑》时，滕西奇又引用孙承泽的话"高古超逸"来概括该碑的审美意蕴，同时，指出其存在的缺憾在于"波脚、捺脚蜷缩，其平板也多由此出"，高古并不排斥潇洒飘逸[①]。在分析《礼器碑》时，他从用笔、结体、章法三个层面对此进行了深入的阐发，强调了汉隶书法美学的高古思想。从用笔上看，方圆兼备，法度严谨；从结体上看，方整宽博，骨架刚健；从章法上看，疏密得当，开合有度。基于此，该碑又不乏灵活和灵动。由是，滕西奇赞曰："拜观此碑，只觉得高古端严之气扑面而来。"[②]实际上，此碑和其他汉碑已经确立了中国汉字书法的基本原则。和中国其他艺术类型如绘画、音乐、戏曲、舞蹈、雕刻等不同，书法是以"法"来构词，书写达到艺术的境地，要依"法"。因此，法度的确立和丰富发展才是书法的本体意义之所在。在符合法度的前提下，书法创

① 滕西奇：《两汉名碑注译》，第 67 页。

② 滕西奇：《两汉名碑注译》，第 86 页。

作自然需要创新，但实际上不能天马行空，总是要持守法度基础上的创作。这是书法不同于其他艺术的独特之处，也是书法傲然挺立于艺术之林的根本，甚至成为中国文化的象征和哲学精神的最佳载体的原因所在。汉字书法作为一门艺术，正是在汉隶、汉碑的基础上发展丰富起来的。李泽厚在《美的历程》第四章“楚汉浪漫主义”之第三节中，专门提出了“气势与古拙”的主旨[①]。滕西奇先生所总结和阐发的汉隶、汉碑之书法“高古美学”，正是对李泽厚这一美学思想在书法领域的进一步深化和理论思考的结晶。

面对这笔丰厚的书法遗产和高古书法美学，简单粗暴或不求甚解都要不得。滕西奇认为，在学习时要注意因情制宜，如他论及学习《石门颂》，由于它是摩崖刻石，山崖石壁凸凹不平，给书写者带来了一定的制约，其笔画纠曲变形是石壁高低不平和长期风蚀造成的，不是书写者有意为之，临写时不要刻意模仿，滥用颤笔，而误陷俗格。[②]对于学习《曹全碑》者，尤其是学了颜体后，再习此碑，应恪守竖画一定要轻灵的要求。这些都是滕西奇经过了半个多世纪书法实践和书法创作甘苦体验之后的老到的经验之论。

滕西奇先生常跟我讲，“吾之为，乃雕虫小技。”其实，他的书法作品大气磅礴，浑厚沉雄，雄浑中有灵动，敦厚中含俏劲，高古而洒脱，极具民族书法之精髓与自己的个性，可谓中华民族迈向新世纪书法艺术之时代精神的象征，亦是他关于书法特别是隶书的高古美学的具体体现。他的《两汉名碑注译》等著述，不但因其具有重要的书法创作实践方面的指导性价值，而且更为重要的是他在书中提出和倡导的关于书法的高古美学思想，对于纠正书法创作和书学研究领域的乱象，促进当代书法创作实践沿着扎实、稳健的创新之路前行，都具有重要意义。

① 李泽厚：《美的历程》，文物出版社 1981 年版。

② 滕西奇：《两汉名碑注译》，第 51 页。

第四节　别开生面　深度拓展

——评杨洪承《文学社群文化形态论》

中国现代文学研究可以说是新时期人文学术研究中的显学，而文学社团流派研究又是其中成果最多、成就最大的领域之一。杨洪承先生的学术专著《文学社群文化形态论——现代中国文学社团流派文化研究》[①]（以下简称《形态论》，所引该书在内文中只标出页码）是在其博士论文基础上扩充而成的专著。从理论建构、史料归整、个案剖析等方面将现代文学社团流派研究推向了一个新的阶段。

第一，作者在中国现代文学乃至现代文化研究界较早提出和界定了“文学社群”这一概念。一门学科的建立和完善，有赖于系统性的理论概念和理论框架的建立与完善。文学社团流派研究以前局限于将社团或流派划分为现实主义、浪漫主义或现代主义等文艺思潮，甚至划分为先进阵营、落后阵营和反动阵营等进行社会政治式的分析、概括。即使那些触及社团流派的价值评估和定位的研究，往往也是满足于对某一个社团流派的社会学的思想界定或单纯的文学界定。那么，应该如何还原或逼近现代文学社团流派的生态本真呢？作者首先从重新梳理、厘定文学社团流派出发，提出了“文学社群”这一概念。其一，在语义层面上，“文学社群”较之文学社团流派更为宽泛而简洁，是后者意义的“延伸和拓展”（第 4 页）。它的词义的模糊性、不确定性，决定了这一概念的语义张力，并与“大的文化语境”相吻合。“社群”一词突出了现代社会的公民群体色彩，带有很强的时代性，而“社团流派”更多地呈现为政治色彩。其二，从文学史意义上讲，它是从“宏观的文学史视角”，对文学社团流派所进行的整

① 杨洪承：《文学社群文化形态论——现代中国文学社团流派文化研究》，安徽文艺出版社 1998 年版。

体的“文化透视”（第 4 页）或曰“文化阐释”（第 13 页），并将其归结为历史分析、生态分析、结构分析和文化行为分析的全方位立体的“文化透视”上来。其三，“文学社群”的理论涵盖性，为我们考察整个 20 世纪中国文学提供了可资借鉴的理论话语和理论依据。

第二，《形态论》在“文学社群”概念的基础上，运用现代文化哲学、文化形态学和文化现象学等理论，构建了自己的文化社群类型理论体系。这是一个宏大的系统工程，也是超越和推动中国现代文学社团流派研究的关键。《形态论》将纷繁复杂多变的现代文学社团流派整合为“三类九型”文学社群类型：第一类，文化接受类，包括欧美文化的文学社群、东亚文化的文学社群、苏俄文化的文学社群；第二类，文化阶层类，包括主流精英文化的文学社群、自由平民文化的文学社群、大众民间文化的文学社群；第三类，文化人格心理类，包括老年文化的文学社群、中年文化的文学社群、青年文化的文学社群。这样，《形态论》就在文学社群概念的“统帅”下，建立起了文化形态的综合范式。具体到文学社群的文化结构模式，该书在分析了现代文学史上近四十个社团流派后，概括为四种型态，即政治变革型、社会文化型、人格精神型和文学技巧型。由于从文化现象学和文化哲学出发，《形态论》无论是在阐述其理论架构，还是在对具体文学现象、社团流派的分析上，都是立足在宏阔的文化语境中进行的。而在某些章节譬如第三章第三节中，作者指出“现代中国文学社群的生存时空，文化的综合方式和意义，就其每一个社团流派说，文化生存的时空在本源的自然生态和社会的接受生态里，具有的运动过程都并非是完整的，也就是生存的形态都是残缺的”（第 157 页）。作者进而考察了“新青年”，指出这一社团是“与近代向现代转变的社会环境充分协调”的。“新青年的激进是自我的生存需要，更是文化历史的必然。”（第 158 页）在这里，作者把重点放在了“考察历史和社会是否创造或提供了一种宽容的环境，使得偏激和冲突不是趋向负面功能而是更多积极调节机制”（第 159 页）。历史的文化透视或文化的历史叙述需要的是科学的理性的分析和把握，是对人文生态的全面掌握，而非对某种绝对化范式的优先权的确立。作者的这一观点和分析，对于我们探寻文学 / 文化现象，有很重要的理论价值和意义。由此出发，《形态论》一改传统文学社团流派研究中的社会—政治视角，而运用文化学理论阐释文学社群。所以才有以下的结论：学衡派、新月派、现代诗派、新感觉派等群体，是在现代文化（含文学）演进过程中对文化（文学）运作中的偏激和激进的调整与制约，又是文学社群自身文化运作的内省和自律。这样就避免和克服了对文学社群的“政治审判”或“思想讨伐”，实现了文学社群的生态还原。在探讨“现代文学社群文化载体中的文学实践”时，作者从文学社群的创作实践在审美取向上表现的文化意蕴，从创作的情感线索所揭示的群体文化本质的生命流程，以及从创作实践有意味的形式创造和文化符号的意义等表现领域，全面论及了文学实践这一文化载体在审美取向、生命情感历程以及文学形式诸方面所蕴含着的文化学意义。作者将四十个社群的创作实践分为两大类：侧重于直面人生类，倾向于诗意的人生象征类。前者如文研会，同样表现出理想的诗意传达；后者如九叶诗群，也表现出对现实人生的观照。这种分析就是既能够清晰地表达研究主体的学术思想，又尊重了研究对象的独特性，即进入一种现象学的研究境界。

第三，文学社群理论与个案研究实践。一种文学理论的提出是在对大量的甚至庞杂的文学现象的归整研究基础上才得以实现的，而反过来将这种理论再运用于具体的文学现象的个案研究中，并力图在阐释中强化学科建构意识，这也是理论思维的一般规律。《形态论》正是在这一方面树立了典范。如果说该书文学社群理论的建构是从方法论、本体论方面对现代文学社团流派研究水平的提升，那么，其中笔墨集中而令人称道的个案研究则从操作实践上开辟了社团流派研究的新视域。这既体现了理论的建构性，又反映了理论的开放性；既显示了理论的系统性，又体现了理论的可操作性；无论是对文研会个案中文学社群的历史承传、文化选择，以及商业运作的溯源探微、条分缕析，还是对京派个案中所体现的文学社群生存时空与生存方式的本真还原；无论是对七月派个案中文学社群的文化结构的重新聚合、重新定位，还是对“现代派”文学创作实践和形式之意味的梳理归整、重新评价，都可以看出作者理论建构的突破与创新。例如，作者将文学社群的生态分析进一步划分为接受生态和自然生态。接受生态又表现为下述突出的特点，一是文学社群人员或地域的流动性，二是文学社群生存空间的相邻性（交叉性）。而自然生态即文学社群所体现的文化整体形式对文化归属感的渴求。换言之，人的内在心理和文化行为方式，两种生态结合、运动的结果促成了文坛平衡机制的建立，“体现着文学史生存形态的重要内容”（第 128 页）。这一论述打破了以往对社团流派的孤立性、片面性研究，从而将现代文学社团的形成、分化、冲突、相融等运作方式和过程真正纳入整个现代文学的生存时空的演变之中去。为此作者选取了京派作为个案加以详细分析，他称其为“乡村与都市转换中的”文学社群。乡村况味与都市情景的互动关系一直是中国社会近代化以来的文化转化的一对矛盾体。在中国社会现代化的整个过程中，这一乡村—城市的转换蕴藏着几乎无可穷尽的文化意味。文化场景及文化心理的城—乡转换不仅是现代文学上的典型情景，而且可以成为考察 20 世纪下半叶文学的一个极其重要的视角，颇富启发性。该书对属于文化现象的京派的归纳："地域转换过程中虚实相间；观念转换的现代与传统的互补；生命形式转换的人生与艺术的同构"等方面（第164页），既全面给予了京派以文化定位，又准确地概括出京派的文化特征，切中肯綮，言他人所未言。在谈及京派具体的文学语言特征时，作者有这样一段文字："以'水'的流动性来概括京派语言文字特点，最贴切这个群体的生存形态的表现方式了。"京派群体的都市与乡村的转换，现代与传统的转换，"'水'流动就是其本体形态特征。"（第180页）作者接着分析列举了京派诸作家的语言特点，最后指出"这个群体身置动荡变革的社会，又不愿以激进的两极方式求得地位，保持距离地求真求美，生存转换建筑于生命与自然的契合，'流动'造就了纯真纯美的艺术田园"（第128页）。《形态论》把京派及其文学语言特征等置放到文化的多元语境中加以俯瞰，总结出该派追求艺术的创造和美的人生目标，从而得出了一条人生与艺术的创造规律。这是作者将文学社群理论运用于批评实践的一个范例。

（发表于《文艺研究》2000年第4期）

第五节　探寻近代知识分子心路历程

——解读杨洪承《废墟上的精灵》

2005年，我因为承担了省里关于研究20世纪早期中国文论方面的“项目”，就时时在19、20世纪之交的材料里穿行和流连。但好多素材和观点我没有机会看到，写作变得十分被动。就在我彷徨无奈之际，收到了杨洪承教授寄来的新著《废墟上的精灵：前现代中国知识分子思想文化的理路（1898—1918）》（以下简称《废墟上的精灵》，所引该书在内文中只标出页码），真可谓雪中送炭。在兴奋、感谢之余，我把自己的诸多阅读感受和体会记了下来，以就教于作者和方家。

早些年，杨洪承先生的著作我多有接触和拜读。但近日读到这本《废墟上的精灵》的感受与读他以前的著述有所不同。此前他的《王统照评传》《文学社群文化形态论》《现象与视阈》等著作大致在“纯”文学研究方面，或者从文化的角度来研究文学现象、文学思潮。而目前的《废墟上的精灵》则一改往昔的学术之路，把他学者的视野放大到了近现代中国思想的演变当中。中国文学的现代化，或者说中国文学的现代性问题，不仅仅是一个文学本身的问题，更是一个民族新生的思想问题和政治问题。无论西方在20世纪文学理论、文学批评方面产生了多少流派和方法，中国文学和文化的演变有自身的逻辑与路径。在19、20世纪之交，我们的前辈先贤做了大量的探索和牺牲，为我们树立了思想的标高和行动的榜样。但是，原先那些现代文学研究者往往忽视这一极具价值的文化“富矿”。现在，杨洪承的研究成果弥补了这一缺憾。我认为他的研究具有以下几个特点和贡献。

一、在细读经典与穿行历史皱褶中发现真相，从文化文本和历史阐释中寻绎真理

1898—1918 年的中国，纲常废弛，中国社会和文化一片狼藉。在传统的儒道释文化的废墟上，如何去建构一个崭新的文化生态？当时的各路各派知识分子都在追问和探索。《废墟上的精灵》截取这个世纪之交的 20 年作为研究的时间段，我以为，这确实表明了作者对于文化史的深入思考和学术上的独特选择。前些年，随着跨越千年的 20 世纪尾声的到来，学界有一些著作开始把 20 世纪的上限放在 1897 或 1898 年。黄子平、钱理群和陈平原等人率先提出“20 世纪中国文学”的概念，陈思和等人提出“重新文学史”。杨洪承的这部学术著作虽然出版较上述著作晚，但是其研究却是始于 20 世纪末。那时，学人们在反思、在总结、在寻找，杨洪承教授亦然。之所以选择“1898 年”这一具体的历史时间为切入点，实际上是作者在追寻中国人的精神史，“具体说是一代知识分子的精神心灵史。近代中国‘1898’是一个悲壮的年代，也是一个历史转型、时代交替的年月，更是一代先觉的知识者满腔热情地追求现代文明而值得记忆的标识。”[①]

他之所以选择 1898 年作为近代（前现代）知识分子建构自己的精神界的起点，正是基于这种“历史转型时代交替”的考虑，即那一代知识分子修齐治平、安身立命之追求的表征——对国家社稷民主未来的考虑和亲身参与的热切追求年份——戊戌变法及其失败是在那一年。那是中国开始融入世界潮流的开端，也是伟大而古老民族追求新生的开始。其悲壮，其惨烈，其曲折，其复杂，在世界诸民族国家追求现代化和民主化过程中，无有出其右者。另外，选择这样一个视角和起点作为研究的端点，在这个基础上全面考察和反思此前洋务运动的努力，也是这一著作的特色之一。

对于近代史上的各种文化经典进行重新阐释，从中提炼出属于作者自己的见识和观点，并以此去发现被种种意识形态所遮蔽了的真相 / 真理，是《废墟上的精灵》的思维特点。此前，学术界一般认为到了“五四”时期，像鲁迅等人方意识到仅仅有器物的革新、制度的革新，还远远不够，而思想文化的再造，才是革新中国、跟上世界先进潮流的必由之路。但是，在《废墟上的精灵》中，我们看到早在 1895 年严复就写了《论世变亟》等四篇文章。杨洪承认为这是

① 杨洪承：《废墟上的精灵：前现代中国知识分子思想文化的理路（1898—1918）》，人民出版社 2006 年版，后记。

"继洋务运动以后最先体现新文化策略的经典"（第 59 页），是严复试图在思想文化和价值观的领域里去寻找中国现代化之路的开端。"中国近代真正意义的新文化，是在严复别具一格的西学译介中翻开了第一页的。"（第 62 页）1898 年前后，知识界的译介和著述早已经提出了类似鲁迅的文化启蒙的思想。这实际上是在对 19 世纪末中国思想界的重新发现与重新阐释中得出的确见。

文化可以表现为哲学思想，更表现在诸如严复等所译介之经济学、法学、社会学、政治学等学科上。严复的翻译和介绍涉及赫胥黎的《天演论》、亚当·斯密的《原富》、约翰·穆勒的《名学》《群己权界论》、孟德斯鸠的《法意》、斯宾塞的《群学肄言》等。这些著作都是近代西方名著，对于人权、宪政民主、个人自由等近代西学和社会实践的价值取向，做出了深入、精辟的论述。严复对此进行译介的功绩往往被有意无意地掩盖或歪曲了，从而致使研治文学者往往对此一无所知。学术界需要对此进行正本清源，还原真相。杨洪承对此进行了极为细致的梳理和研究，并明确提出了严复译介工作"给我们有许多文化意义的启迪"，他概括为严复"在选择对象和方式上突出西方自由、平等的精神意识，即代表西方文明的浮士德式的性格"；严复"创造了一种孕育现代精神和科学相融合的宇宙观、方法论"，这种新思维对我们认识自身和世界尤为重要；严复反对张之洞的"中学为体，西学为用"说，提倡"自由为体，民主为用"的文化接受原则。直到杨洪承的论著出版前，学界尚缺乏对严复百年前的这一思想的深入阐释和研究。

在第四章"传统与现代的抉择"中，作者重点研究了章太炎、王国维、苏曼殊三位近代知识者的代表。杨洪承把这三位知识者放在传统和现代的冲突的大背景下进行研究，认为他们身上的"困惑与矛盾、徘徊"的心态，反映了时代的过渡性。作者把章太炎的思想路径概括为"回真向俗与转俗成真"，把王国维的思想和学术概括为对于"至真、至善、至美理想"的追求，把苏曼殊的创作思想概括为解体了一个王朝的"先觉者的心灵振荡"的诗意象征。这三位学人的共同点是作为世纪初叶的思想者、探索者，他们虽然拥有双重或多重心态，具有某些过渡性的思想特征，但终究为后世奠立了"精神独立的人格与文化思想的品格"，值得后世学习借鉴。

如果说上述四章是对于近代思想界之经典作家的经典著述的研究、阐发和考辨，而且专注于其思想学术的个体性、独立性之价值的话，那么，从第五章开始至第七章，作者通过对近代社会逐渐形成的知识分子社群的研究，去探究中国近代文化思想巨变的深层的社会动因，以及文化思想演变对社会变革所造成的决定性影响。这就与此前作者的"文学社群"研究贯通起来了。

二、以还原历史和对话为写作的基本原则，体现了作者严谨的学风和学术创造力

通观整部著作，杨洪承运用了独具识见的方法来完成这一理论建构和历史探秘，具体表现为：回到“历史现场”原则；对话原则；还原历史与对话结合原则。

回到历史现场，尊重历史和历史资料的客观性，或者说还原历史真相，尽量做到“不隐恶、不溢美”。作者要还原那些被后世人们有意无意遮蔽了的历史事件，剔除蒙在经典著作上的尘垢。那些文本著述，系当时知识分子代表人物的言论和现在看来已经成为经典的作品。作者努力在细读经典文本（包括各个学科的各类著述和翻译著作等）中去实现还原历史面目的意图，这一点在对经典文本的细读和阐释中初步做到了。需要补充指出的是，在第二章“冲决网罗的呐喊”中，作者系统地研究了谭嗣同的《仁学》一书。谭嗣同不仅仅是一个文人，他更是超凡脱俗、道德高尚的思想家、哲学家和圣人、殉道者。因此，作者通过深入研究《仁学》而把谭嗣同的整个哲学思想纳入研究视野，就极大地扩展了《废墟上的精灵》的研究领域，并且提升了近现代思想研究和近代文学研究的精神品格。谭嗣同思想中有着浓厚的神性思想。杨洪承在《仁学》中发现了谭氏思想“糅合中西各家各派的思想指导”，对“仁”的内涵的解释借助了西方的自然科学等方法论，提出了类似于古罗马时期普罗提诺“太一”（the One）的“以太”说。“以太”是“遍法界、虚空界、众生界，有至大至精微，无所不胶粘，不贯洽，不筦络，而充满之一物焉，目不得而色，耳不得而声，口鼻不得而臭味，无以名之，名之曰‘以太’。其显于用也，孔谓之‘仁’，谓之‘元’，谓之‘性’；墨谓之‘兼爱’；佛谓之‘性海’，谓之‘慈悲’；耶谓之‘灵魂’，谓之‘爱人如己’‘视敌如友’；格物家谓之‘爱力’‘吸力’，咸是物也”（《仁学》）。这种探微知著的挖掘，不但在时间上把中国现代文学和文化思想的源脉往前推进了，而且使得“五四”启蒙文学思潮的发动有了一个坚实的思想基础。由此可见，“五四”的丰富和痛苦，几乎无不来自我们的先贤已有的探索和牺牲之基础上。

回到当时的文化事件、新型社群、现代媒体和现代大学制度的建立等历史场景，以此来钩沉新思想、新文学发生的历史语境。特别是回到那些文化事件即知识分子的活动的语境当中，或者说重构当时有关国家民族命运的关键场景，实乃《废墟上的精灵》的一个写作方向。如在第一章“王朝解体的碎片”

中，作者从纷繁的历史资料中，通过自己的勘探和分析，实践了他在后记中提出的回到历史现场的目标。康梁变法，不仅仅是思想界的觉醒和张扬，更有英国光荣革命式的真正的社会举措。中国“前现代知识分子”真正参与到历史进程当中，而非仅仅是些旁观者和看客。这一点常常为百年后的中国当代知识分子所不及。通过这种细致的辨析和理性思考，在这一部分，作者认为，“1898年表层的社会政治的变革，流产的资产阶级改良的‘戊戌变法’，构成了历史需要记载的重要年份”。而在这之上属于深层变革的是康有为、梁启超为首的“新学”派，即“一个新型的前现代知识分子群体的诞生”。（第29页）

作者在第五章至第七章中，从近代新型群体的崛起，结社的热潮；晚清新政的种种举措，京师大学堂的建立，留学潮的涌动；近代媒体的兴盛，近代科技革命等切入，从社会学、政治学、经济学、新闻学、教育学等不同角度，对晚清和民初的二十年历史中知识分子群体的命运和思想的演变，进行了“还原”式地回到历史现场的探究，提出了许多发人深省的命题和观点。其中在对中国教育会、南社的个案考察中，作者通过条分缕析、去伪存真的考证，得出了这样的认识：即这些社团、学会都是在思想文化及教育的实验中，同时进行富有革命性的社会实践活动的带有浓厚政治色彩的团体。这些文化人，同时是革命者。文化创造与社会改良或革命，相辅相成。读其诗文，焉能不解其实际的社会活动？因此，杨洪承将其形象地描绘为龚自珍式的“亦萧亦剑”。“南社的诗人们和南社的革命家们，是近代以来最早将革命与文学结合起来的群体典范”，作为“文学群体的南社和革命团体的南社有机地统一，实际上真正代表了知识者追求现代自由的民主进程”。他们的人格和创作都体现了一种“剑态萧心”（第128页），既英姿勃发又风流倜傥。这里，有多年前杨洪承做博士论文《文学社群文化形态论》时的积累，更有新语境下新的思考和对新方法的尝试。他注意到商会和农会，社会革命团体等非文学社群在整个文化思想变迁中的作用。这是真正地还原历史现场的方法。因为文化思想不是空穴来风，它是在社会政治、经济、教育等构成的语境中生成，并对这些社会要素产生影响的双向交流中存在和演变的。这种写法即是回到历史现场的努力。

历史资料是死的，但历史却像人一样，散发着生命力，期待着今人同他对话。作者在论述到晚清“新政”和“新学”时，同样体现了这双重的写作方法的交互发挥。学者的使命是辨析事实，讲出真相，发现并传达真理，依靠的是严密的逻辑推理和翔实的事实举证，同时要以平等对话的心态来从事研究。关于晚清的“新政”和“新学”，当时及后世多为否定之语，认为它是“虚伪的改革”，甚至梁启超亦认为这种虚伪的改革实乃“披绮罗于嫫母，只增其丑”。

而站在一百年后的历史的新端点上，杨洪承在翔实的举证和严密的逻辑推理后得出了结论，即晚清末年的“新政”和“新学”“在本质上代表着清政府的一种文化心态的大调整”，尤其是其教育改革，废除科举制，建立京师大学堂，成立农工商部、邮传部、外交部，等等举措，使得“先前的一些宪政之议逐渐付诸实施”。（第 144 页）这些新政特别是京师大学堂的恢复，是梁启超力倡“中西并用，观其会通，无得偏废”的主张所留存的硕果。晚清“新政”的“主体的教育改革最具成效和收获甚丰，表现了‘新政’的本质是在引导思想文化的观念革命”（第 166 页）。由“议”到“付诸实施”，这是中国近代思想界的一大进展，应该得到肯定。

《废墟上的精灵》在还原历史的同时拓展对话的渠道，即挖掘了现代报纸传媒业的发展和初步繁荣的历史真相。现代报纸传媒业在 1898 年也开始大量出现在中国近代历史上。这一年，光绪开始实行变法新政，“明令准许‘官民’自由办报。”（第 184 页）晚清报业和出版业的繁荣，对于中国近代社会及思想的转型作用，往往被我们忽略了。杨洪承以对大量的史实和材料的研究揭开了历史的真相。那是一个有着较大的新闻自由、思想自由和出版自由的时代，教会办、官办、民办书局、报馆如雨后春笋，大量涌现。有了现代报纸传媒，就有了官民相互了解、对话的渠道，以前的宫廷内幕、暗箱操作不复存在。这是一个对话得以展开和进行的重要平台。《废墟上的精灵》在这方面的对话精神和实事求是的学理辨析，具有强烈的历史穿透力和科学性。杨洪承立足于文化的转变导致了政治的革新运动，政治的巨变又促使文化急遽变化的阐释立场，去发现文化思想演变（“新学”）与社会政治变革及经济的前工业的繁衍（“新政”）之间的隐秘关系。这里蕴含着一层或隐或显的对话性。

三、以近代（1898—1918）二十年为核心，进行思想辐射式探究和比较，渗透着浓厚的还原历史与对话性的结合意识

《废墟上的精灵》在还原历史的同时还充满了中西对话意识。对于当时知识分子思想文化的演进及其动因的考察，是该书构成对话的又一层面。本土神州的苦难遭际所带来的变革动力和西洋、东洋的思想（尤其是西方基督教思想文化观）的浸染，成为 1898 年后中国社会思想变化的两大动因。这就形成了《废墟上的精灵》的另一层对话性：中西对话。由洋务运动的“中学为体，西学为用”，到严复改良主义的“自由为体，民主为用”，中国思想界发生了翻天覆地

的变化。后来这层对话性又经过了不平等的“体用”之争，到会通中西，持守平等的文化观的转变。在第七章“西学东渐的文化转型”中，作者认为，正是通过中西思想的对话，即把英、日的君主立宪思想及其制度、欧美自由民主思想等西方思想和制度，放置在中国变革的大背景下并通过对中国既有思想资源充分汲取的基础上，完成了这一对话。三民主义思想正是中西文化交融贯通的产物。虽然这种历史上发生的对话没有完成（三民主义遭遇了失败），但在杨洪承的论述中，他秉持这一信念：没有平等，没有对话，就没有中国近代文化的新生和转型。

这种对话性还体现在向传统寻找借鉴，挖掘资源，进而将其与西学、新学对话（古今对话、中西对话），以再造中国新的文化范式。杨洪承引述道：“王国维在《〈国学丛刊〉序》中指出：‘学无新旧也，无中西也，无有用无用也。’‘余谓中西二学，盛则俱盛，衰则俱衰，风气既开，互相推助。且居今日之世，讲今日之学，未有西学不兴，而中学能兴者，亦未有中学不兴，而西学能兴者。’”（第 180 页）作者还多次论及康有为的《新学伪经考》《孔子改制考》等著述，其目的就是用以“剖析今古，穷察后来”，探究古今对话的可能性，以再造适应时代之需要的新文化和新体制。作者在论及孙中山民主思想时引其语曰：“取欧美之民主以为模范，同时仍取数千年前旧有文化而融贯之”。孙中山是这样说的，也是这样做的。他从狭隘的民族主义中走出，建立了亚洲第一个共和国。他倡导要实现民权，一是要提出“自由、平等、博爱”的民主宗旨；二是人民管理政治，取国家“立法、行政、司法”三权分设制度。（第 226 页）在复杂的文献和史实中，杨洪承发现了隐匿的历史真相：虽然孙中山直言不讳地承认：“中国人的民权思想都是由欧美传进来的。”但是，杨洪承接下来又发现了孙中山思想的另一认识，即民权思想的中国传统民本思想，因为孙中山在《三民主义》中说过：“根据中国人的聪明才智来讲，如果应用民权，比较上还是适宜得多，所以两千多年前的孔子、孟子，便主张民权。孔子说，‘大道之行也，天下为公’，便是主张民权的大同世界。又：‘言必称尧舜。’就是因为尧舜不是家天下。尧舜的统治，名义上虽然是用君权，实际上是在行民权，所以孔子总是宗仰他们。孟子说：‘民为贵，社稷次之，君为轻。’又说：‘天视自我民视，天听自我民听。’又说：‘闻诛一夫纣矣，未闻弑君也。’”其实，如果看晚明《明夷待访录》，也可以发现黄宗羲早就有类似三权分立的学说，黄宗羲主张君（国家元首）、相（内阁）和议学（学校以议政，相当于议院）。只是这一政治思想被清朝阉割在萌芽状态了。因此，作者提出了中国文化创造应该“从学理上将中西学摆在平等的地位”，方能进行对话交流的基本原则。

站在学术研究的视角来看，如果说杨洪承这里是在为后来的五四新文学（这自然可以说这是他念兹在兹的研究领地）寻找更坚实的学理基础，也实不为过。但是我觉得，他的用意更深，因为这是文学研究向文化研究转型的真正路径和价值立场所在，而非张扬后现代式的文化研究所能比拟。价值立场的坚定执着，论述方法的巧妙运用，最后都集中在《废墟上的精灵》的最后一章，即第九章“思想启蒙的文学革命”中。作者于此纵横捭阖，娴熟地运用丰富的资料，将文学革命的启蒙意义阐发得非常充分和精确。比如，对于以文学作为救国救民武器的新思想的发掘，对于德先生和赛先生的重新阐释，对于革命话语所催生的所谓“人之子”觉醒问题的再探讨，等等，都体现了一个严谨的文学史家对于那个依然令人向往的启蒙时代的精神投入。

通览全书，对于自1898—1918年那段纷繁复杂时代知识分子精神世界的理性扫描和感性刻画后，我们看到了杨洪承在《废墟上的精灵》中所充分表达的一个学者自由挥洒又坚执冷静的学术追求的面影。他以其崭新的方法论和严密的逻辑建构起了“前现代中国知识分子的精神图谱”，也构筑了一个立体的、多维的近代中国知识分子精神的大厦。他的探究不但超越了自己以前的研究，也为整个人文学界带来了源自厚重扎实的理论思维的新收获。杨洪承在《废墟上的精灵》中展示了一个思想者的魅力，他用“思想的魅力”（北京大学百年校庆纪念文集名）探寻和诠释了前现代中国知识分子艰难跋涉的心路历程。

（写于2006年）

第六节　一切叙事皆是纪实？

——评王成军《纪实与纪虚——中西叙事文学研究》

记得去年（2003年）的这个时候，在南师大美丽的随园，我与王成军博士海阔天空地闲聊，他说要以博士论文和传记文学研究为基础，出一本专著，他自己设想用“纪实与虚构”为书名。我说王安忆君有一小说名为“纪实与虚构”，另外，也多有人以此为题目写过论文。不如用“纪实与纪虚”更能表达兄之思想和论述的独创性。成军兄欣然认同。

无论传记文学，还是其他叙事文学，中国在理论的建构上整体来说都是滞后的。因此，进行理论的总结和创新就显得异常紧迫。正是在这种情况下，何永康教授提出了“20世纪：中西比较小说学”的课题。王成军参与了这一课题，其洋洋二十余万言的著作《纪实与纪虚——中西叙事文学研究》[①]正是该课题的成果之一。如何促使创作和理论研究相得益彰、互相促进，而不是互相背离、井水不犯河水；如何打破作家反感理论总结，而理论家不屑看当代作家的创作的不正常现象，或许是何永康先生的初衷。这个问题日益突出和严重，而我以为在西方，尤其是在法国，理论界和创作界处理得是比较好的。罗兰·巴特把理论写作和文学写作合而为一，两者不是互相拒斥，而是互相参照、互相影响，共同发展、共同繁荣的关系。

在《纪实与纪虚》中，王成军教授提出了“一切叙事皆是纪实”的论点，旗帜鲜明，掷地有声，但又使人颇感有些突兀和片面。这一命题对于传统的纪实文学（比如传记文学）自然有其重要性，而且对于传统的所谓虚构性叙事文学（比如小说）理论的建构来说，也尤为重要。那么，在20世纪崇尚虚构文学，贬抑纪实文学的理论背景之下，王成军何以提出这样看似偏执一端的立

---

① 王成军：《纪实与纪虚——中西叙事文学研究》，百花洲文艺出版社2003年版。

论？综括一下，王成军此论的提出，有以下资源的支撑和理论的建树。

其一，王成军是从研治传统纪实类文学、文体入手的。长期的传记文学研究使他意识到叙事文学本质的特征应该是纪实的，而非纪虚（虚构）的。进而，他从中西小说不同的发展路径出发，通过梳理中西小说叙事的渊源，通过辨析中西小说的叙事方式和特点，以及小说在现代的转变，大胆地提出了“一切叙事皆是纪实”的学术观点。何永康先生在为《纪实与纪虚》所作的序中认为：“本书的立论是稳当的、坚实的。生活真实经过文艺家的加工、演绎，变成了艺术真实。这种加工永远离不开‘实事’。”这种加工“不可能凭虚而构，只能是据实重构。艺术想象不是‘虚构’的想象，而是重组和合理化‘实事’的想象。基于这一认识，王成军的‘一切叙事皆是纪实’，庶几可以成立了”。这个“一切叙事皆是纪实”的命题，的确使人振聋发聩。对于小说的渊源来说，中西小说的渊源都可以追溯到上古神话，如《红楼梦》中的“女娲补天”，乔伊斯的《尤利西斯》，都有神话的印痕。但中国神话和西方神话有很大的相异之处。西方神话是“个人话现象”，而中国神话是“历史话现象”。这也是中西文化后来走向的不同渊源：西方神话中的神，实则与现实中的人没有多少差别，特别是在性格方面。也就是说，西方神话中的神和人是不分的。在荷马史诗中也是这样。因此，受神话影响，西方小说的叙事更注重对人物自然人性的揭示，而不对人物进行过多的道德评判。而中国神话则正相反，不但没有西方神话的完整体系，最为关键的是，它已经被儒家“历史话”了，由神话而走向了历史并被涂抹上过多的伦理色彩。中国神话事实上已经“历史话”了。这样，中国小说的源头就从神话中剥离出来，而实则是史传而非神话了。当然，小说的渊源就转化为受神话影响的史传了；而史传或历史写作是要讲究实录或纪实的。而且王成军鲜明地指出，“中国的史传已经包含了小说文体的诸多要素，特别是在叙事方式上，史传是后世小说作者的唯一成熟的叙事摹本。”但无论侧重于哪一方面，中西小说的源头都强调了“纪实”，不过一个强调了个性（性格）之实，一个强调了人伦（道德）折射下的历史之实。既然都是历史的雏形或胚胎，无论是西方神话的个性化叙事，还是中国神话的伦理化叙事，都可以理解为纪实化的叙事。就像孔子不认为古代神话中的神仙们是虚幻的，而是历史上实存过的，一切叙事皆是历史，而这一点影响到了中国小说的品格一样；需要补充的是，荷马史诗和《圣经》现在都被看作真实的历史纪实作品。无论中西，神话在后来的考古资料中都被证明了是历史的早期形式。而这一点恰恰是可以为“一切叙事皆是纪实”的观点做注脚的。

其二，近代小说特别是20世纪现代派小说的出场，使得小说叙事的虚构论影响更加深远，小说的据“实”叙事观遭到空前的冲击。“虚构论”影响所及，几乎彻底改变了理论家和作家的小说观念。实际上，这种小说叙事观点的盛行是源自亚里士多德的，亚氏认为“诗”比“历史”更严肃、更富有哲学意味，因为诗比历史有更多的“可能性”[①]。王成军简洁而具有批判性地梳理了自亚里士多德始，在西方广泛流行的“叙事文学乃虚构之产物”的观点；其间，那些试图突破这一观念的历史学者，如汤因比、海登·怀特等，都把纪实性的叙事作品纳入虚构的“怀抱”，让虚构性为其增辉加彩。在此，“虚构性”就是艺术性。王成军对亚氏的“诗”比“历史”价值更高，即虚构叙事远胜于历史叙事的理论进行了批判。中国20世纪受到亚氏“虚构论”的影响而产生了大量的虚构小说。20世纪之初的鸳鸯蝴蝶派、20年代的“革命+恋爱”的小说思潮、40年代的后期浪漫派小说，乃至十七年与“文革”假大空的“伪浪漫主义”小说、新时期那些臆想的、滥造的先锋小说，以及西方后现代主义小说同样具有这种玩弄文字游戏的倾向，无不渗透着这种虚构论的影响。因此，王成军提出此说，实在是对忽视小说描摹人生、刻画心理、描绘环境与世态，以及对人的存在之真实状态的写“实”功能，而一味沉溺于向壁虚构、臆造蠡测的纠偏与批判。

但是王成军在提出这一命题的时候，尚缺乏对诸如卡夫卡小说的荒诞性主题的解释。卡夫卡荒诞小说的叙事原理为什么是“纪实的”？诸如此类的小说是如何取得和历史叙事同样或类似的纪实叙事功能的？亚里士多德的虚构论还有没有价值？它能否被纪实论所吸收？实际上，在当代的后现代语境之下，人类的叙事呈现出一派“虚构性”的话语狂欢。无论是小说叙事还是历史叙事，其纪实或纪虚之界限正在趋于模糊的时代，提出“一切叙事皆是纪实”的理论观点，到底具有多大的可靠性？这些都是关涉到理论建构本身之根基的重大问题。

其三，王成军提出的这一命题，按照我的理解，既是一种对已有的叙事文学史的理论总结，又是一种理想化的理论形态。“纪实”一词涉及一个关键的问题，即何谓“真实”。捷克前总统哈维尔曾号召国人要“生活在真实之中”（living in the truth），这里的真实也可以理解为“真理”“真相”等，即人不应该虚伪，不应该生活在谎言中，人不能总是生活在虚假的社会关系之中，要勇于面对真相，就像安徒生的童话所说，人要勇于说出“皇帝没有穿衣服”的事实真相。因此，“真实”就演变成了人生活在世上的存在的“勇气”。这个观点与原捷克作家昆德拉关于小说乃表现人的存在之真的艺术的观点，可谓异曲同

① ［古希腊］亚里士多德：《诗学》，罗念生译，人民文学出版社2002年版，第24页。

工。为了解决上述问题，王成军进一步探讨了何谓“真实”以及“真实”的诸层次。他是这样来解释“真实”的。一是本真或事实的真实，即在一定的时空里已经发生的事实。二是历史的真实或表述较普遍的生活的真实。三是艺术的真实或哲学的真实，或者说就是性格或心理的真实。艺术的真实在追求性格或心理的真实的时候，并不舍弃对历史真实的追求，向着某一真实人物或某一真实事件去“以文运事”。另外，那种对太虚幻境与十八层地狱的叙述，看起来虚幻无稽，但都是在“以文生事”，对人类心理和性格进行真实的展示，这是在追求一种哲学上的真实。如此，王成军不但从丰富的历史材料和理论材料中提出了“一切叙事皆是纪实”的叙事学命题，而且从哲学、艺术和历史之关系的角度，对这一命题进行了富于学理性和理论高度的诠释，令人不得不信服称道。

（发表于《荆门职业技术学院学报》2005 年第 1 期）

第七节　江南诗性文化叙事

——读刘士林《西洲在何处》

读刘士林教授的《江南话语》，尤其是最近出版的《西洲在何处——江南文化的诗性叙事》等介于正统的学术著作与学术随笔之间的“诗性智慧”丛书，笔者不禁有一种内心深处的共鸣。类似的生活境遇（都在北方长大），类似的理性追求（学的专业和后来从事的职业），以及最后都栖息在江南这片充满生机、充满诗意的土地上，诸多的相似点令我喜读刘士林的这类著作。虽然我目前依然沉浸在西学尤其是现代西学当中，而且极力想借此思考自身的和民族的问题，但我还是从刘士林的这本新著中发现了多方面的叙事智慧和快乐，从而促使我去发现和细细体味自己置身其中的江南。因此，阅读《西洲在何处》就不只是一种求学之途，还是发现自身潜藏的某种回归生命本原、诗意冲动的问道历程。刘士林曾在美学家劳承万先生门下研读康德，对中国先秦著作亦相当熟谙。这样一种综合的美学研究基础使他写出了《先验批判》等逻辑严谨、论证缜密的学术著作。然而，这几年来，尤其是他到江南工作的七八年时间里，他的学术转向了“诗性智慧”方面，并且出版了多部这方面的著作！真是令人惊讶。

我认为，刘士林之所以从西方美学的逻辑主义转向了对中国诗学、中国文化诗性智慧（中国诗性文化）的本体论阐释，大概与他的南方—江南的生活体验和超越性思维有密切关系。在众多的美学研究者中，我们可以看到大量的充满西方学术话语的著作（包括本人早年的几本文论著作）；而研究中国古代美学文论者，则往往拘泥于摘引古人的章句，来个新时代的“我注六经”，也难以见出独创或特色。而刘士林从中学到西学，又从康德反观先秦，再加上他自北国至岭南，又居金陵等江南烟云曼妙之地多年，既历练了诸般治学武艺，又有自己的切身体验，再加以贯通融合提升，遂达至一个新的学术境界。

对于江南诗性智慧的发现，源自刘士林对于江南两个层面的发现和阐释。

其一是地理意义上的江南。相对于较为贫瘠粗糙的北方，江南的山水、风物、气候等显得温润、温柔，小桥流水、杏花春雨，总是那么让古代士人们流连忘情！其二是人文意义上的江南，主要是针对齐鲁文化、中原文化而言的江南。这一层面的江南属于那些“对江南山水的第二次开发”。“江南的美，是一种烟雾缭绕的‘雌性的丽辉’，一种可以吸附所有冲动与力量的山谷，一种可以溶解所有郁积与顽固的清溪，一种可以表达所有疑问与痛苦的风声，一缕可以照亮所有深度与黑暗的光线……”[①]总之，中华民族的审美精神，“正是在一唱三叹的江南抒情组诗中成长起来的。”[②]在这种对比的研读阐发中，刘士林在向人们诉说着中国美学的独特韵味，日常的饮食、品茶、踏青、赏月等场景，往往经他细细采撷钩沉，简约地点评，顿时便成江南（中国诗性）美学的典型的感性材料；他比较中西现代美学的迥异，像是在品评美食，如中国的鲈鱼和河豚：前者他称为“安全的鲜美”“精致的颓废”，恰似中国文化和美学；称后者为“有毒的美”，正如西方的文化和美学！“所谓的河豚奇物，更多的不是与人们的牙齿和胃口发生现实的联系，而仅仅是与人们的意识、心理和想象力在做一种纯粹的审美游戏。”[③]中国食物与美联系在一起，恰是中国美学的特点。刘士林把中国美学中的滋味说与美食、诗性文化与品茶等结合起来，在看似随意的叙述中就将美学之美追溯到她的发源了。在信手拈来之际，同时把中西两种文化和美学的差异极简洁而形象化地道出了。他谈杜牧、苏轼，论张岱、李渔，评“世说新语”，赏“西洲曲”，品“春江花月夜”，辨“二十四桥”……莫不细致入微，鞭辟入里。

而在进行这一诗性叙事的时候，刘士林心目中存在一个可以称得上根深蒂固的参照系，就是北方的齐鲁文化、中原文化，他在行文中往往称为伦理—实用文化（叙事）。北方的齐鲁文化、中原文化叙事对江南的诗性叙事智慧是一种压制和覆盖，但江南文化的诗性本质对于板结化、僵化的北方实用—伦理文化来说却是不可或缺的。她在这种过度实用的文化之外，构筑了一个中国人可以在某种程度上既可安身立命，又可张扬性灵挥洒自由的独立天地。刘士林的叙事处处显在或隐在地体现着这一比较视野。如果只有北方伦理—实用文化一端而没有了江南诗性文化一端，那么，中国民族的生命历程中就会呈现出难以忍受的沉重。刘士林进一步从思想史或文明史的角度，论及南北文化之不同。北

① 刘士林：《西洲在何处——江南文化的诗性叙事》，东方出版社 2005 年版，第 85 页。
② 刘士林：《西洲在何处——江南文化的诗性叙事》，东方出版社 2005 年版，第 86 页。
③ 刘士林：《西洲在何处——江南文化的诗性叙事》，东方出版社 2005 年版，第 178 页。

方原始社会时期多男神，而南方多女神。如果说北方文化属阳性，那么，以江南文化为代表的南方文化就是属阴性的。克尔凯郭尔说过，人生一般有三个维度：审美的、伦理的和宗教的。而魏晋以前的中华民族主要在一个维度即伦理的维度中求生活，既少审美的维度，也少宗教的维度。魏晋以来，尤其是经过南朝的士人们的经营发挥，中国文化中增添了，或者说日益突出了诗性的、审美的维度，而且是以异常独特的色彩、声音和形象为中国文化增加了魅力，甚至在某种程度上有代中国文化寻找乃至重构信仰维度的价值。写到这里，我不免犹疑起来：中国现在文化宗教信仰维度的阙如，而刘士林所极力挖掘和阐释的江南审美—诗性文化，能否代替信仰维度的宗教？

近来翻看刘士林的其他几本关于诗性智慧的书，颇为他对古典诗词的娴熟运用而感到惊讶，因为他的“专业”是文学理论。而我自己之所以投身文艺学，是由于对现当代文学理论的欠缺。小时候正值“文革”，没有多少古典文学的底子。而和我年龄相仿的士林却在古典诗词方面信手拈来，古诗词与他的这类著作的文风相得益彰，令人读来特别快意欣悦，别有一种审美的享受。而对于专治文艺学和美学的人来说，往往对于术语和概念范畴的运用大于自己切身体验与具体审美感受的表达。刘士林却不同于这类学者，而是将感性与理性恰到好处地结合起来了。

除了对江南诗性文化的极力崇尚，刘士林并没有忘记反思其历史和现实积淀下来的弊端。这正是一个成熟的学者的责任感所在。如他对南京出版业的剖析与反思尤为突出，真正抓住了其深层的积弊，即属于一种传统的“亲属”结构，一种带有点小农经济时代的遗留物。这大概也是整个中国出版界面临的困境。对此，刘士林的分析不免有些不讲情面，有些犀利。但同属于江南文化圈的上海出版界的眼光和效率，又让刘士林生出许多感慨。正如他对南京市民性格的良性剖析一样，他对上海出版界高阔的眼界的赞誉为一端，以江南文化和现代机制中的保守为另一端，从而构成了刘士林所构想的江南诗性文化的多维度结构图示。

但我也不完全认同刘士林对于诗性智慧在古代中国所呈现特征的看法。他在《西洲在何处》中说：“与古希腊文明高扬理性本体，在与死亡的对峙及蔑视中回应文明的挑战截然不同，中国文明则是以否定主体化的方式，尽力取消生命内部在文明时代逐渐展开的二元对立，以保持内在生命在精神感受上那种诗性智慧的永恒与自由。”[①] 他关于中国文明是以否定主体性的方式来取消生命内

① 刘士林：《西洲在何处——江南文化的诗性叙事》，东方出版社 2005 年版，第 232 页。

部在文明时代的二元对立的论述，是正确的；但取消这种二元对立之后，中国文化主体是进入了“以诗性智慧为深层结构的文化形态”[①]，还是进入了“宗法”式的文化，即以体制化、等级化、压抑性为表征的伦理文化？中国文明发展出来的非主体化倾向之表现，除了刘士林总结的“诗性主体”，是否可以说还有“伦理主体”？前者刘士林认为是一种非主体化的个体，而对于后者我认为也是一种非主体化的个体，可以称之为伦理理性（李泽厚先生称之为“实用理性”，实际上是一种非理性；邓晓芒先生称之为“政教礼俗”；张光芒先生称之为“非理性的理性化”[②]，我则倾向于称之为“政教伦理”，[③]）。抑或士林所讲的“诗性主体”“诗性人文”把板结化的伦理主体、“伦理人文”稀释滋润，从而使之消融在充满诗意的诗性文化的长河当中了？换言之，以齐鲁文化为代表的伦理人文被后来居上的以江南文化为代表的诗性文化所化解了？另外，关于中国文明体系内，道德与审美的对立如何消弭？刘士林认为两者是辩证互补或互文性的关系。对此我也还有些疑惑，即除了这两种文化基因，我们文明中信仰维度的匮乏所导致的伦理失范、诗性丧失的现状如何弥补？走笔至此，希望与刘士林先生讨论，并企望他对宗法文化下的伦理主体与诗性文化主体的关系做出更多的阐释，以解吾惑。

（发表于《美与时代》2006 年第 7 期）

① 刘士林：《西洲在何处——江南文化的诗性叙事》，东方出版社 2005 年版，第 202 页。

② 张光芒：《中国近现代启蒙文学思潮论》，山东文艺出版社 2002 年，第 150 页。

③ 王洪岳：《审美的悖反——先锋文艺新论》，社会科学文献出版社 2005 年，第 49 页。

第八节　新文学史研究深化的标本
——评张全之《中国近现代文学的发展与无政府主义思潮》

张全之教授的著作《中国近现代文学的发展与无政府主义思潮》[①]被列入“国家哲学社会科学成果文库”并于最近出版了。这是一部“十年磨一剑”的学术成果，它的问世不但标志着张全之教授本人学术生涯的一个高峰，而且是20世纪中国文学（史）研究的一项重要的学术成果。

回想十余年前，我作为旁听者，目睹了在南京大学中文系的研究室，在张全之的博士论文答辩会上答辩委员会对其论文的高度评价和中肯建议的场景。此后他以此为基础申报并顺利获得了国家社科基金项目。今日捧读他的煌煌大作，就是其在博士论文及国家项目基础上又经过精雕细琢而取得的最新学术成就。

通观《中国近现代文学的发展与无政府主义思潮》(以下简称张著，出自该书的引文只在文中标出页码)，笔者认为有以下几个显著特点。

一、文学史家严谨考证与文学批评家严密论析相结合的辩证法

文学史研究需要研究者具备乾嘉学派那样的考据功夫。因为面对纷繁复杂的文学史资料，如何挖掘、爬梳，并理出一个叙述的线索，是极其重要的治学态度和方法。张著在整体结构上采取了把文学思潮与文学史叙述结合、整体观照与个案研究结合的著述方式，力图把发生于清末和民国时期的无政府主义思潮与中国近现代文学的发展联系起来，从而达到在某种意义上重构文学史的学

① 张全之:《中国近现代文学的发展与无政府主义思潮》，人民出版社2013年版。

术研究目的。为此，张全之以冷静、严肃和科学、理性的态度，对近代以来西方、俄罗斯无政府主义思潮及其在此影响下中国无政府主义思潮演变的历史进行了深入研究，并在此基础上对无政府主义思潮对中国近现代文学进展的影响进行了深入探究。

新时期以来，学术界打破了对无政府主义研究的禁区。首先是政治史、思想史领域对无政府主义进行了梳理与研究。而实际上，他们的研究成果与文学界关联不大，但是在思想的拨乱反正方面却成为开路先锋。虽然如此，在十余年前张全之选择“无政府主义思潮与中国近现代文学”这一学术研究课题的时候，还是需要一定的学术勇气的。把一个曾经被称为“反动思想”的无政府主义思潮与中国启蒙的近现代文学联系起来，而且得出了无政府主义在很大程度上影响了近现代文学的发展进程的结论，更需要学者的担当精神、睿智的思维与求实的作风。对此，张全之是胸有成竹的。因为他的研究首先基于对前人和他人研究成果的认真梳理、仔细辨析。全书分上编和下编，上编包括了一至六章，主要致力于较为宏观地把握无政府主义思潮与中国近现代文学之关系。下编包括七至十三章，主要是个案研究，包括鲁迅、巴金、郭沫若、郁达夫、蒋光慈、茅盾、丁玲和胡也频等与无政府主义之关系的探究。其中，“述评”成为此编的重要内容。或许有人会认为此类文字学术价值不大。但张著在此方面却是下了苦功的。因为无政府主义思潮由欧洲、俄罗斯而至东方并在中国落地生根开花，是一个极其复杂的思想迁徙过程。而且由于无政府主义强调个人的绝对自由从而对一切有形无形的社会体制的桎梏都极力反对，所以自20世纪30年代民族危机日益加重之后，该思潮就被马克思主义者和社会主义者打入冷宫。因此，不但这种思潮成为异端，而且史料极难搜罗。即使掌握了史料，如何梳理和评价也是一个学术难题。既有的研究也散落于浩瀚的历史资料当中，极难搜寻。张著需要首先对这些曾经的思想史和政治史资料进行梳理与分析总结，并在此基础上对它和近现代中国文学史的关系进行论证。张著在这方面做到了线索明晰，论证极具分寸感，富有辩证法色彩，从而使自己的结论建立在科学、客观的立场和基础上。如张著对钱玄同“废除汉字”说的新论，就是根据大量的史实而与无政府主义思潮联系起来进行评析的。这就克服了仅仅将钱玄同归为激进主义一派的简单化倾向。再如，对于近代以来中国学人对语言文字变革的态度、对世界语的热衷，张著亦从大量的史料出发，把一个世纪前关于语言文字变革、世界语、文字拉丁化等有关语言学的学术问题跟新文学变革中的无政府主义思潮紧密地联系起来，所得出的结论自然实实在在，令人信服。

历史与逻辑的统一，是马克思主义方法论的精髓。张全之对此是心领神会的，而且在整部著作中都贯穿了这一方法论原则。具体到文学史的叙述框架中，张著采取的是史料性与逻辑性相统一的方法，这样就使自己的论证建基于辩证法之上。如在第二章中，作者对无政府主义、民粹主义、恐怖主义、社会达尔文主义等晚清社会政治思潮之间的关系进行了探赜索隐、筚路蓝缕的审视和辨析。他认为，虽然无政府主义在西方和俄罗斯是作为彻底的反国家、反任何体制的一种思潮而出现，但在中国语境下，该思潮不由自主地转变为整个近现代民族国家建立过程中的有机一环。然而在建构的同时，由于无政府主义理论本身的矛盾而导致其对民族国家的解构和颠覆的悖论性现象亦屡屡出现。在这方面，张著进行了富有深度的理论阐发。一方面，是“刘师培以‘人类均力’说为基础，虚构了一幅带有中国传统色彩的乌托邦。……刘师培有意识地将来自西方的无政府主义与中国传统的乌托邦思想进行结合，并认为中国古代的‘无为’之治，是无政府主义的雏形，老子是无政府主义的开创者。”（第 62 页）另一方面，吴稚晖所描绘的大同世界则以现代科技为先导，人们生活在各尽所能、按需分配的美好而平等、自由的世界。上述从保守到激进两种乌托邦无政府主义都对新文学的发展产生了重大影响。对此，张著评析道：这两种形态“形成了一种制衡式结构，既支持了对现代民族国家的诉求，也避免了民族主义的狂热。尤为重要的是，无政府主义者们对大同世界的诉求及对现代民族国家建构的消解，对后世文学产生了重要影响”。（第 71 页）这种分析阐发具有辩证法色彩，它从深层挖掘了中国无政府主义思潮的内部结构，发现了其“制衡式结构”，颇具理论创新价值。

张著中富有学术价值的论证和章节比比皆是，而第四章“从《新世纪》到《新青年》：无政府主义与‘五四’文学革命”无疑是最为重要的一章。这一章力图阐发和论证无政府主义派的《新世纪》是如何影响和启迪了新文学的标志性杂志《新青年》的。通过大量的史料佐证，张著得出结论，“《天义》《新世纪》和师复创办的《晦鸣录》（后改为《民声》）都反复强调人应该从各种血缘伦理的束缚中解放出来，实现人的绝对自由。‘五四’时期，尼采那句经常被人挂在嘴边的话‘不自由，毋宁死’，在《新世纪》中就得到了充分阐释。……这是晚清以来对自由最热烈的呼唤，与‘五四’时期人们对自由的渴望遥相呼应。”（第 109 页）张著力图证明，无政府主义这种对自由的呼唤和向往，无疑对新文学的发生、发展起到了至关重要的作用。

二、善于发现与锐意创新的结合

在对史料的钩沉和理论思维的思辨性基础上，张著多有新发现和新观点呈现。大量的史料已经暗示着无政府主义思潮与中国近现代文学的发展之间存在着某些或隐或显的关系。这种新发现体现在诸多方面，主要是：其一，对某些被学界忽视的文学现象的发现与阐释。如对近代无政府主义者蔡元培的《新年梦》的分析，紧密结合其无政府主义思想，发现了蔡元培与梁启超之间虽然政治主张不同，但都在强国保种思想支配下，具有一致性。不同的是，梁启超主张建立宪政国家，这既是手段，也是目的；而蔡元培主张建立现代宪政民主国家仅仅是手段或过程，目的是实现世界大同甚至是“宇宙大同”。如此，在一定阶段，蔡元培的无政府主义主张就与资产阶级革命派殊途而同归，最后也与以梁启超为代表的资产阶级改良派有了某些共同的社会理念。最后，张著认为，“可以说《新年梦》在短程目标上，支持资产阶级革命，在远程目标上指向无政府主义的大同世界，前者使其获得了现实针对性，后者使其获得了超越性。”（第 41 页）而这种超越性维度不恰恰是更具有文学性的吗？

正是在这一发现与创新意识主导下，在丰富而精湛的资料甄别、分析之基础上，张著获得了既开阔宏远又舒卷自如的学术创新境界。除了外源性的影响，中国无政府主义之发生还有内源性的因素。因之，对于中国近现代文学的发展和无政府主义的关系来讲，同样具有这种外源性和内源性因素。对于内源性因素，张著在多处论述中提纲挈领地点出并以此作为中国无政府主义发端之一脉，而且深具中国特色。比如，无政府主义在欧洲是一种极端地反对资本主义制度，在俄罗斯是暗杀沙皇及当局人士的思潮，而在中国情况变得异常复杂。在张全之看来，中国的无政府主义者既有异常超前而激进的以吴稚晖、李石曾等为代表的旅居巴黎的“新世纪派”，也有以刘师培为首的旅居东京的“天义派”（东京派），后者由于刘师培的保守性而使该派打上了浓郁的向后看的原始大同复辟色彩，又由于刘师培的夫人主持《天义》杂志而打上了较为浓重的女权主义色彩。如此说来，中国的女权主义发端之早、观点之新锐、影响之深远，都是对中国女权主义运动及文学前所未有的发现。这里提及的对于女权主义的阐发还仅仅是张著在论证无政府主义时的“下脚料”或“副产品”而已。上述诸种无政府主义的流派或思潮，置于中国近现代的启蒙语境之中，在张著看来，都打上了这种启蒙的色彩。

在分析鲁迅和巴金等人接受无政府主义的特征时，张著也显示出不同凡响的见识。在作者看来，鲁迅信奉的是个人无政府主义，是从施蒂纳开始，后来鲁迅兼及尼采、克尔凯郭尔、阿尔志跋绥夫等带有存在主义意味的个人主义者；而巴金接受的则是民粹主义者克鲁泡特金和巴枯宁的思想。鲁迅先生是坚决反对民粹主义的，究其一生，他一直对民粹主义抱有质疑的态度。张著不但解析了鲁迅思想几个低潮与高潮的变化的内在原因，而且借助于鲁迅对施蒂纳和阿尔志跋绥夫的吸纳在其不同时期的表现，提出了鲁迅思想深层转变的诱因与特质。张著由此指出："施蒂纳的'唯一者'飞扬跋扈、蔑视一切，充溢着孤傲和霸气。这与鲁迅建构自己思想体系时的心态是协调的。而阿尔志跋绥夫的作品充满了绝望和愤激，是失败者、孤独者的痛苦挣扎，这与鲁迅'梦醒之后无路可走'时的心境很相似。"（第 175 页）而巴金文学情怀中的激情与无技巧的艺术态度导致其文学的艺术浅白性，都与他接受克鲁泡特金和巴枯宁的民粹主义息息相关，因为对巴金来讲，达到无政府主义的目的最为重要，而文学仅仅是手段而已。这一观点由于建立在大量的材料基础上，而且从巴金文学创作的实际出发，从而切实可信。从这个角度看鲁迅与巴金的不同就更加清晰而准确。

其他如郭沫若、郁达夫早期文学思想中的所谓"爱国主义"，在张全之看来，不过是一种"爱我主义"在特殊语境下的表现形式而已。（第 210 页）从文本和史料出发，而不是从既有的某些学人结论出发，张著的这一发现亦属学术观点的创新。

三、对文学史与思想史、政治史深层关系的揭示

无政府主义作为近现代流行于中国的一种重要思潮，把当时几乎所有的学者、艺术家都卷入其中，哪怕与政治无涉的人士，都无不带有各种各样的政治身份和色彩。因此，无政府主义恰恰是一种带有深厚政治色彩的思潮。张著引用了当代美国理论家詹姆森（杰姆逊）的观点："在第三世界的情况下，知识分子永远是政治知识分子。"（第 51 页）可以说 20 世纪中国的历史和政治任务就是走向和实现宪政民主的民族国家，因此文学家们无论是直接提倡启蒙、追随启蒙，还是对启蒙持一种观望甚或旁观的态度，以启蒙为核心的中国现代民族国家（政治现代性）追求则是普遍的、带有规律性的总方向，这似乎是中国近现代以至当代知识者的宿命。20 世纪中国文学家的命运和追求恰恰是对詹姆森这句话的最好诠释。

张著研究的恰是颇具政治色彩的无政府主义思潮与中国近现代文学之关系，因此，其文学史的研究就和思想史尤其是政治思想史具有了复杂的立体的关系。张著对此的勘察、分析和研究，把两个领域纠缠不清的关系梳理得井井有条，让混沌晦暗的历史存在变得可以把握和甄别，这实在是难能可贵的学思能力的体现。对于中国20世纪文学的研究，当然也可以从形式主义、唯美主义角度去研究，但是由于它近乎与生俱来的与政治现代性追求不可分割的特征，将其孤立起来做纯形式的分析研究，显然就容易陷于片面和独断当中。事实上，无政府主义者们，无论是从保守一端出发还是从激进一端出发，他们带有超越性甚至崇高感的思想和追求之于中国社会和政治的影响力都是巨大的。虽然多数研究者从政治角度出发，否定无政府主义，认为它是反动的逆流，特别是他们在晚清所倡导的对满清官员的暗杀之于真正的民主民族革命来说。但是在晚清由其发起的暗杀之风却在某种意义上震撼了专制统治者，动摇了其统治的信心。对此，虽然张著没有明确指出来，但是从作者对无政府主义不无理解式同情的论述中可以见出，无政府主义除了对于文学创作具有积极意义，在政治上对于封建专制统治的瓦解和冲击，亦是不容忽视的。

正是由于中国近现代文学发展处于急遽而微妙的历史演变阶段，当西方文学伴随着启蒙现代性的获得而走出与之相适应的浪漫主义和现实主义之时，中国的文学家还要利用文学这种艺术的形式来配合民族国家的建立。从新文学最早的创造者们如鲁迅、郭沫若、郁达夫、茅盾，到第二代作家如巴金、蒋光慈、丁玲、胡也频，等等，有哪一个作家能够静下心来刻意经营自己的文学？不都是在纷纭变幻的复杂社会中表达着自己对国家、民族新生的期待么？即便他们身上带有或浓或淡的个人主义、自由主义（个人无治主义）的无政府主义色彩，甚或虔诚地信仰这种无政府主义，向往已逝的无为而治时代或未来的大同世界，但他们能脱离开政治的引导或羁绊吗？更遑论近代文学时期的梁启超、蔡元培、吴稚晖、章太炎、刘师培、张静江、鲁哀鸣、华林、江亢虎、陈独秀、章士钊、徐锡麟、秋瑾、师复等和政治改良或革命有紧密关系的文化人士了。因此，从张著所选择的课题指向，到其立论的学术出发点，再到论证的具体史料和过程，到深层的论证逻辑，都离不开政治与文学或文学与政治关系的探讨。即便不是政治人物的那些无政府主义者，如曾经从事过文学创作而且颇有影响的报人、编辑、出版家和作家们，如曾朴、李石曾、陈景韩、陆士谔、吴研人、钱玄同、钱杏邨等文人，都在面对中国处于亡国亡种的危机时绝不愿作壁上观，不愿“躲进小楼成一统”，而是把自己的思想或艺术思维与这个多灾多难的民族和国家血脉相通地联系在一起。对于无政府主义者来说，文学从来就不是象牙塔里的摆设，不是纯粹的语言形式的艺术，而是和其哲学、政治主张紧密联系在一起的创造物。对此，张著从多方面对近百位历史人物的无政府主义主张与文学关联做了令人信服的探索。

四、学术话语和判断的分寸感与学理性追求

无论是在选择、梳理和评析前贤与同辈学术成果时，还是对研究对象进行阐释和评价时，张著都尽力抱持冷静和客观的学理态度，以便实现自己的学术研究成果的公正性与科学性。充分肯定和承认前人和他人研究成果，是从事一项新的人文学术研究的起点，这是一个学人真正成熟和自信的表现。但是肯定和承认前人的成果，并非意味着完全接受之，而是在新的条件下进行新的认知和探讨的出发点。如张著在论及鲁迅所受无政府主义之影响时，就充分参考了汪晖等人的鲁迅研究成果，特别是其关于鲁迅对于施蒂纳思想的吸纳的研究成果，同时，张著也明确指出汪晖的观点存在着依附正统政治观点的不良倾向。张著毫不含糊地指出："汪晖认为鲁迅'借助施蒂纳的哲学语言引申出了革命民主主义的政治结论'，显然有攀附中国现代正统思想的嫌疑，与他在文章中一再申明的'思想革命'问题不协调。"（第157页）自然，张著的观点要比汪晖的观点中肯和科学。在某种意义上可以说，张著较之汪晖的著述是一种真正摆脱了政治意识形态束缚的学术研究，而非左顾右盼的聪明做派。这种学术话语的准确性和分寸感的拿捏需要研究者宏阔的视野、精深的学思、恰切的语言表达力。在对鲁迅与无政府主义关系的探讨中，张著尤其力求这种话语表达的准确性。晚清时期，施蒂纳并不被大家关注，无政府主义者所看重的是克鲁泡特金和巴枯宁。张著注意到鲁迅独辟蹊径，从施蒂纳处借鉴颇多："饶有兴味的是，在中国无政府主义者这里颇受冷遇的施蒂纳，在并非无政府主义者的鲁迅这里遇到了知音。"（第163页）此前，学界一般认为鲁迅早期思想在于"立人"，至于宗教思想，鲁迅大抵是匮乏的，但张著却从同样的材料、同样的鲁迅作品中发现了不一样的东西。张著认为，除了"立人"，鲁迅还有"正信"，而且由此推及鲁迅思想中的宗教之维。正是"立人"和"正信"成为鲁迅思想的两翼或两个不同的方向，"前者的手段是'尊个性而张精神'，后者的方式是通过宗教信仰，以激发'内曜'和'心声'，二者是紧密相连的，从而构成了鲁迅完整的思想体系"。（第166页）对鲁迅"正信"一面的论述颇显见识，而且可以纠正许久以来对鲁迅宗教思想的某些片面看法。而这种论述是与鲁迅思想中的无政

府主义色彩紧紧联系在一起的。往深层看，鲁迅之所以树立起这种“立人”和“正信”思想，恰是由于他学医经历的影响，医学是关注每一个个体的。从而这一论证又与无政府主义的个人主义联系起来了。整个论证过程一环扣一环，贯通而流畅。

当然，作为一部煌煌三十万言的巨作，张著难免存在着某些可商榷之处。如在论及巴金在有些场合带忏悔意识的文字时，张著认为这是其无政府主义思想的表现。但我以为，张著中也引用的如下文字显示的并非单纯的无政府主义，而且更多呈现出来的乃是巴金的基督教思想：

> 我有一个“先生”，他教我爱，他教我宽恕。然而由于人间的憎恨，他，一个无罪的人，终于被烧死在波士顿查理斯顿监狱的电椅上。就在电椅上他还说他愿意宽恕那个烧死他的人。我没有见过他，但我爱他，他也爱我。
>
> 我常常犯罪了（I have always sinned！），因为我不能爱人，不能宽恕人。为了爱我的哥哥，我反而不能不使他痛苦；为了爱我的“先生”，我反而不得不背弃了他所教我的爱和宽恕，去宣传憎恨，宣传复仇。我常常在犯罪了！（第196页）

这段话更多的是蕴含了基督教思想而非单一的无政府主义思想。虽然尚没有材料证明巴金是基督徒，但是其作品和大量材料证明巴金确实认同基督教思想，而且在法国留学时与基督徒交往甚密。因此，巴金的思想受到《圣经》和基督教的影响当是不言而喻的。张著或许由于论题所限，关于巴金文学思想中的基督教因素基本上没有谈及。或者说，无政府主义和基督教之间的关系的深入研究，应该是这一脉无政府主义与中国近现代文学关系研究中的一个值得期待和挖掘的领域？

总之，张全之教授的《中国近现代文学的发展与无政府主义思潮》在相当程度上推进了20世纪中国文学研究，并使之深化和细化，从而使文学史家和新文学研究者的视野得到拓展，某些既有的成见和结论得到纠正。

（发表于《中国现代文学研究丛刊》2013年第10期）

第九节 童年遭际与创作情结

——评翟瑞青《童年经验和现代作家的文学创作》

20世纪60年代中期出生的学者翟瑞青教授，已经有《现代作家与教育》《二十世纪中国文学中的母爱主题和儿童教育》和《童年经验和现代作家的文学创作》等三部学术专著。这些著作紧紧围绕文学与作家的教育或童年经验来进行撰述，为现代文学和作家创作心理学的研究开辟了一块新的园地。她二十余年来在这个领域精耕细作，取得了骄人的学术成就。如今阅读她的新作《童年经验和现代作家的文学创作》[①]（以下出自该书的引文，只在文中注出页码），尤感她在这方面用力颇深，成就斐然。

作为一部专著，这是她完成的第三个国家社科基金项目，同时又是翟瑞青在博士学位论文基础上修改而成的专论，而她的导师是笔者的老同学、山东大学文学院郑春教授。作为一直以来关注中国现代文学研究与教育、关注作家创作心理学的同行，笔者很高兴读到这么一部厚重而别具特色的学术著作。统观全书，有以下几个方面的特点值得关注。

其一，在“文学与教育”的基础上，翟瑞青通过解析现代文学时期作家们的童年生活和遭际，进而探讨了“童年经验与作家的创作心理和特征”的深层关系。海明威说过，不幸的童年是作家创作的财富。然而，在中国古代文学史尤其是小说史中，我们除了在《红楼梦》《儒林外史》等少数作品中依稀发现某些作家本身的影子，很少能够看到作家把自己的遭际和情感体验注入自己的作品当中。然而，现代文学作家把自己的经验尤其是童年经验置入自己作品的创作现象已经屡见不鲜了。翟瑞青敏锐地发现了这一点并对此加以系统的梳理和论证。这一点是难能可贵的。她的研究打破了某些个案研究的窠臼，而在更为

① 翟瑞青：《童年经验和现代作家的文学创作》，人民出版社2014年版。

广阔的视野中纵横运笔，力图从整体上系统把握和透视作家的童年经验与其创作之间的或显明或隐秘的关联。自从弗洛伊德精神分析学诞生以来，关于作家的创作心理学研究已经取得了很大的进展，但是心理学本身仍然带有某些猜测性和非科学性，这是因为心理学本身所面对的研究对象的复杂性所导致的，也由于人脑科学的滞后所致。20 世纪 80 年代关于作家的创作心理研究和文艺心理学曾一度勃兴和繁盛。但是到 90 年代尤其是 21 世纪以来这种研究又沉寂下去了。其原因很多，但主要的原因恐怕在于关于作家创作心理学的研究难度太大。

正是在这样的学术背景下，翟瑞青知难而上，矢志不渝，潜心研究。这样做既需要学术的定力也需要学术的识见。作为女性学者，翟瑞青在深入研究“文学与教育”“母爱与文学”等主题的基础上，进一步拓展学术领域，把作家的童年经验和 20 世纪上半叶中国现代作家的创作联系起来，进行了严谨而洒脱的学术探讨。在掌握了大量的一手资料的前提下，她写作时就有一种信手拈来的气度和随心应手的自由。资料的丰赡宏富和论述视点的相得益彰，是支撑其这部学术专著的重要方面。在这方面，就笔者的阅读涉猎情况来看，翟瑞青的前期准备和体现在这部著作中的材料及观点可以说是尚无出其右者。如此，她的那些鲜明的观点与论证就有了坚实的基石。如，第二章从“作家身上的符号标记”与“空间视域中的家庭环境和时代背景”出发，通过丰富的资料和对资料驾轻就熟的恰切运用，从而深入论证了“构成作家经验世界的空间环境和公共资源”。在此，作者把空间的、地理学的、符号学的视角和新的学术话语，同传统的家庭环境、时代背景等既有学术视角、学术话语进行有机结合，从而使得论证张弛有度、收放自如。笔者特别关注她对江南文化圈作家群如鲁迅、巴金、郁达夫、胡适、茅盾、叶圣陶、艾青、丁玲、张爱玲、路翎等作家作品的论说。长江三角洲或江南文化圈在近代中国文化包括文学的版图上具有举足轻重的，甚至核心的地位。以鲁迅为代表的中国现代文学不但是中国新文学的最高标志，而且是中国社会急剧转型期中国精神的最高标准；而另外一个现代作家和学者胡适的人生与创作，则代表了另外一条中国近现代知识分子追求国家民族新生的道路。两位作家，一个激进，一个温和，对于中国文化和文学的再造与创新无疑都具有不可或缺的价值。时至当下，这一点我们应该看得更清晰了。还有专著中对诞生于齐鲁之邦的现代作家王统照、臧克家等山东现代作家的创作与其童年遭遇的关系的探究，也都体现了作家童年经验中的地域文化和时代所导致的作家童年心理和性格特征对其作品思想内涵、审美意识以致审美形式等方面的重要作用。而翟瑞青从作家的创作心理学或儿童经验与创作心理之间关系的角度出发，对他们的创作所体现出来的精神现象学之不同样态的揭示与规律性总结，由于建立在扎实丰富的资料基础上，因此体现出了一种科学求实的学理精神，其成果自然富有较高的学术价值。

其二，翟瑞青对于中国现代文学创作现象学的独到研究，还体现在她发现了一个被学人们忽视或无视已久的现代文学现象：与古代文学相比，童年经验之于现代文学作家们的重要性。在笔者的阅读过程中，曾经也朦朦胧胧地产生了一种想法，即现代作家很多都有一种“寡母抚孤”或“家道中落”的人生体验。孤儿寡母在中国这种传统伦理或以血亲关系为纽带所建立起来的社会结构中，常常成为邻居甚至亲戚所欺负的对象，这种情势在近现代随着传统伦理道德的解体而愈加严重和激烈。然而儒家情怀和某些现代思想的渗入对于这些寡母和其他家庭成员也往往有一种强烈的期望，她们往往把全副的精力和全部的希望都寄托在自己的孤子身上，从而激发起幼小孩童潜在的力量。孤儿寡母的家庭往往又陷于家道中落的处境，双重或多重的不幸就导致了这些后来的作家们郁积其某种阴郁而敏感的“情结”（complex）。而按照弗洛伊德精神分析学来看，这些难以解开的情结便成了后来其创作的某种源泉。“望子成龙”的寡母的愿望恰恰在这种难以直接言说的文学的想象和虚构中去表达。鲁迅、周作人、茅盾、胡适、张恨水、郁达夫、老舍、萧乾、王统照、路翎、丁玲等作家少年丧父，寡母的满心期望全部寄托于这个（些）孤子孤女身上；而巴金、曹禺、萧红、梅娘都是早年丧母而后成为作家的，大致的心路历程和丧父是一样的，只是数量上少于幼年丧父的。笔者尚只是一种想法和经验，而翟瑞青博士在其专著中则进行了深入系统的探析，并做出了自己独特的阐释。她认为，为什么这种现象“没有成为古代文学表现的主题，而只有到了中国现代文学时期，在人道主义思想的影响下，才成为文学表现的主要内容”。其背后是古代宗法制的男权社会中女性被排斥在主流文化之外，依附于三从四德、男尊女卑的道德准则的结果。（第 45 页）这个看法也许不时髦，但是“五四”新文化运动的最高结晶是在对旧礼教、旧道德、旧制度之批判基础上生成的。再反顾今日之读经风盛的现状，作为学者的文学研究者还是需要警惕的。在当前诵读古代经学、全民学习国学的大背景下，作为一个现代学者的翟瑞青是清醒的。她潜在地回应和批评了当今的读经热及其弊端。

童年经验不但在某种意义上影响甚至决定着作家创作的题材范围、主题内容，而且在更为深层的方面影响甚至决定着作家创作的思想深度和生命质量，而且对于其审美观念、叙述策略、文学语言乃至艺术风格等方面，都会有着或隐或显、或重或轻的影响。对此，翟瑞青从古今中外大量的个案资料和实证研究出发，又结合相关理论、方法进行了多方面的论述。她认为："现代作家创作的这种亲历性感知方式和直接面向生命存在的创作实践，就决定了现代作家的文学创作带有很强的情感体验，一定会在文本中通过故事或人物注入自己或悲或喜或怒或伤的情绪，使之成为创作主体情感的意义载体，自由抒发自然情感和欲求。"（第135页）这种认知和判断构成了该书的第三章、第四章，也是其分量最重的部分。作为文学的诗歌、小说或戏剧创作，个体的差异性自然是巨大的，但是在形成其题材、人物、思想的同时，童年经验对于作家的创作审美情感、叙述策略、抒情方式、语言艺术风格等都会有直接或间接的影响。对于后者的阐发、研究更具有文学批评本身的独特性价值。翟瑞青从"叙述视角的多变""感知方式和情感体验的外化""地域文化的赋形"等多方面入手，对作家童年经验对于其创作的美学风格进行了肌理与形式的剖析。按照郑春教授的说法就是，翟瑞青对整个中国"现代文学进行了发生学意义上的研究"。而发生学研究就不是依据资料进行的起源学研究，而是一种理论的构型与范型研究。但发生学研究也离不开资料的搜集与整理，正是从大量的资料中，翟瑞青发现了一个现代文学的发生学范型或模式，即作家童年经验的生成决定或至少影响着作家作品的文学风格、审美品格和艺术境界。而现代文学本身所具有的那种启蒙与救亡、社会批判与个性审美追求所带来的张力正是由于作家童年经验的某种折射或结晶。之所以打破了古代大团圆的抒情或叙事模式，而带来新的审丑的、多维的、复杂的、立体的抒情或叙事方式，恰恰是作家主体意识在建立过程中打上了深刻的童年印记的结果。这种不同于古代文学的鲜明特征，正如郑春在为该著作序时所指出的："选定出生在19世纪和20世纪之交的现代作家作为研究对象，通过细致入微地考察中国现代文学为何会成为童年经验的意义生成期，证实了在中国文学的长河中，只有现代作家的文学创作和他们的童年经验联系极为密切，作家童年经验世界的意义生成应该始于现代文学时期，因而现代文学不同于古代文学。这一发现性论断界定了现代文学新的文化性质和审美特质，提升了现代文学的文学史地位，是值得肯定的学术建树。"这一评价是中肯的，符合该著作的学术创新的实际。

再把现代文学的这一特征与当代文学进行比较，可以更清晰地看出，现代文学作家们的创作心理和创作表现，突出了现代文学作家个体审美素质和思想素质在其创作中的重要性；而当代文学前三十年"领导出思想、群众出生活、作家出技巧"等违背创作规律和创作原则的奇异要求和所谓准则，恰恰封杀了作家创作的独创性；即使到了20世纪80年代仍然残留着这种群体性要求所带来的弊端。好在当时一大批作家开始意识到应该回归和发扬新文学的优良传统，努力以自己的独特经历尤其是童年经验为基础创作出更加鲜活而个性鲜明的艺术作品。或许正是意识到这一点，翟瑞青从莫言、史铁生、王安忆、迟子建、张抗抗、叶文玲等当代作家的一系列创作谈和对话录中所体现的文学和审美思想中得到启示，以此来强化自己关于现代文学作家创作生成机制与童年经验之间关系的论述。

其三，翟瑞青从一个女性学者的身份角色出发，对于一大批女作家的创作心理和创作特点之间的关系进行了体贴式、同情式的探察、研究，体现了带有一定女性主义色彩的研究特点。而这一点对于中国现代文学研究的深入和对当代文学创作的发展，都具有重要意义。在具体的论证过程中，翟瑞青采取了先总论再分论（个案研究）的方式。与同类著作相比，在选取所论作家作品时，该著有一个明显的特点，即不同于男性研究者对于现代文学作家选样论述往往集中于那些数量较多的男作家而偶尔兼及冰心、丁玲、萧红、张爱玲等少数几位女作家的选择范围的做法，翟瑞青或许有意无意地选取那些女作家作品，只要是能够体现出了她所总结和论证的“童年经验与作家创作”之间的关系，她宁愿选择那些女作家作为个案或例证。她的论述几乎囊括了全部的现代女作家，如除了上述知名女作家，其他女作家如陈衡哲、苏雪林、凌叔华、林徽因、冯沅君、庐隐、陈学昭、谢冰莹、杨绛、梅娘、沉樱、白薇、石评梅、袁昌英、苏青、杨刚、林海音等二十余位，翟瑞青都有论及，这充分展示了她深厚的学养和开阔的视野。如果加上罗洪、白朗、曾克等女作家，笔者相信翟瑞青能够独自撰写一部“中国现代女作家研究”之类的专书了。在下编“被童年记忆缠绕的艺术世界”共 9 章内容中，她选取了 10 位作家，其中男女作家各 5 位。她的个案研究涉及鲁迅、老舍、沈从文、赵树理和孙犁，女作家分别是冰心、庐隐、凌叔华、张爱玲和萧红。这种论述取样的做法是不是隐含了研究者对于中国现代文学生成机制的一种女性主义的视角呢？包括上述论及当代新时期以来的文学作家的时候，她选取了 6 位作家的观点，其中 4 位是女作家。这一情况自然不是偶然的，而是研究者翟瑞青作为女性学者、批评家的学术立场和出发点所致。在这些文字中，她运用了“性别意识”“女性视角”和“女性生命家园”等术语。当然，其意旨紧紧围绕中心论题童年经验与创作，但其女性立场甚或可以说女性主义所给予这部著作的个性色彩也是比较鲜明的。这保证了其论证及其结论的客观性、科学性的同时，也打上了作为研究主体之女性视角的烙印。

［发表于《海南师范大学学报》（社会科学版）2016 年第 3 期］

第十节　古代小说研究的新收获

——评邱江宁《清初才子佳人小说叙事模式研究》

邱江宁博士在21世纪之初出版了《清初才子佳人小说叙事模式研究》[①]（以下简称《叙事模式》）。该书运用俄国形式主义文论以及结构主义叙事学理论，对清初才子佳人小说流派及叙事模式进行了深入细致的研究，取得了骄人的学术成就。其主要体现在以下几个方面：

首先，《叙事模式》一书在梳理和辨析清初才子佳人小说作为创作流派之后，鲜明地认为"才子佳人小说"不但形成了一个颇为壮观的创作流派，而且是一个"形式主义创作流派"。这就为整个研究奠定了一个坚实的学理基础。试图从形式主义理论所关注的文本重点——叙事模式出发对这一清初文学史上重要的文学流派，进行全新的探察和研究，成为这部文学博士论文的努力方向。

文学研究的要义在于创新。而学术创新大致体现在三个方面：其一是提供新鲜的材料，以翔实的资料和清晰的思路把学术史上被人忽视或未经发现的领域开拓出来，如清之乾嘉学派基本上是此一做派；其二是理论上的创新，即提出一种新的理论学说，这是学术研究的至高境界，如弗洛伊德的学术研究基本上可看作这一学术思路的呈现。其三是借用他人理论学说，从一个崭新的学术视角对研究对象进行深入的分析，并发现隐藏在学术资料背后的理论意义，从而为学术史提供新的视野和理论参照。邱江宁的《叙事模式》正是这一学术致思路向的体现。对于古代的文学资料，前人已有研究，今人要想提出新的观点或超越既有成果，就要另辟蹊径。《叙事模式》在认真阅读的基础上，又从清初才子佳人小说之前和之后的小说创作模式的比较中，得出了这派小说具有典型的形式主义特征的观点。把自己的研究对象放置在大的背景之下，在文学史

① 邱江宁：《清初才子佳人小说叙事模式研究》，上海三联书店2005年版。

（小说史）的纵向长河中去发现该派小说的写作特点和叙事模式，这是文学史研究的优长之处，也是邱江宁博士多年来学术研究的厚积薄发。同时，《叙事模式》从来自西方的形式主义及结构主义叙事学中对叙事方式的研究中获得学术灵感，从而将形式主义小说诗学理论比较娴熟地运用于中国古代文学现象的研究当中，这样就从横向移植的角度，提升了清初才子佳人小说研究的理论深度。这种纵向考察和横向透视恰恰是这部博士论文最显著的创新之处。

其次，对于清初才子佳人小说创作模式的细致剖析是《叙事模式》的又一学术亮点和成就。清初才子佳人小说数量众多，如果没有细致的阅读和细心的辨析，要想进入到这个已经远离当代人生活的虚构文学世界，并进而进行一番学理探究，谈何容易？邱江宁多年来孜孜以求，沉浸在这片虽古老遥远但颇值得挖掘的学术领域当中，终于得到了如宝石般晶莹璀璨的诸多新的学术发现。从形式主义的角度，《叙事模式》看到了诗歌这一文学形式在清初才子佳人小说中的重要价值。在谈到从《水浒传》到《金瓶梅》再到清初才子佳人小说流派的作品时，《叙事模式》认为，"以物象作为有意味的形式，其使用范围以及使用重要性在不断放大。由《水浒传》的仅仅以银子作为有意味的形式，在整个小说篇章中，闪烁体现；到《金瓶梅》的以绣鞋、酒、酒壶、扇子等一系列的日常琐屑之物为有意味的形式，在小说形式创作中有较为明显作用；再到清初才子佳人小说以诗歌为有意味的形式，推动整部小说的情节进展，有意味的诗歌成为小说情节设置的中心。"（《叙事模式》第 70 页）这种极富概括力的语言把才子佳人小说中的诗歌在文本中的重要意义揭示了出来。原来人们认为的这些诗词歌赋多为无聊的画蛇添足之话语，在《叙事模式》的解读中成了具有不可替代的价值的叙事因子。如果从文学的产生背景来看，清初之所以大量产生才子佳人小说这一叙事性文学现象，无疑与当时的"留发不留头，留头不留发"的残酷社会现实息息相关。因此，文士们沉到具有形式主义味道的才子佳人小说中，也是可以理解和解释的。由此，诗歌充当了这种小说叙事形式中的"形式"因子，这是一种比较纯粹的具有美学意义的创作方式。另外，对于才子佳人小说中普遍具有的功能性人物和大团圆结局，由于运用了形式主义和结构主义的方法进行阐释，因而《叙事模式》具有了不同于以前的新的意义。

第三，对于具体文本的细读并从中解读出属于形式主义的要旨，是《叙事模式》把才子佳人小说研究推向深入的又一个方面。即使对于相对"模式化"的清初才子佳人小说来说，所谓叙事模式，也绝非铁板一块。它们当中也有诸多的变化和丰富的形式。《叙事模式》采取个案研究和整体理论言说结合的方式，把这种似乎单一形式下的多样性表现方式充分梳理、分析出来了，如《玉娇梨》的“排障”叙事方式、《宛如约》的“对称性”叙事方式、《金云翘传》的“故事套故事”叙事方式，等等。自然这种个案研究对于清初才子佳人小说叙事模式的提炼具有重要意义；上述每一部作品都代表某一类才子佳人小说的结构模式。如果仅仅考虑到叙事模式的形式学意义，而忽视这类小说所隐含的危机，那么就分辨不清哪些是好的小说，哪些是差的小说。针对这个问题，《叙事模式》又增加分析的内容即第四章“清初才子佳人小说叙事模式的自动化与流变”和第五章“审视清初才子佳人小说在叙事模式上的变化”，对这种“千部共出一套”和小说叙事模式的自动化，对这种模式化，以及对人的主体性的漠视，对人性理解的粗糙等现象，进行了甄别辨析，从而发现了这类小说潜在的叙事形式上的危机，尤其是对《好逑传》这样以才美为表现中心的叙事模式的变化的分析，更见出了研究主体的学术功力，显示了作者丰富的学养和较为扎实的理论识见。

通过对 20 世纪俄国及欧洲形式主义理论的借鉴和改造，邱江宁的《叙事模式》一书把清初才子佳人小说的研究推向了一个新的高度。理论的生命力在于对鲜活的生活现象和历史现象进行概括、抽象的实际运用当中。三百多年前的中国文人小说家们的审美理想、审美情感，经由其小说作品流传后世但逐渐被人所淡忘；又经由邱江宁博士运用产生于现代西方的形式主义理论，对此进行的深入挖掘和研究，而重新为我们所欣赏，蕴涵于这些小说当中的清人对爱和美的精神的追求动力，因了《叙事模式》而在当下被重新激活。当然，《叙事模式》也有百密一疏之处或不足，就是在运用形式主义和结构主义的时候，还不够融洽。在研究对象和研究方法之间尚需要进一步磨合与融通。

（发表于《荆门职业技术学院学报》2006 年第 4 期）

第六章

缅怀与继承

第一节　温厚长者　学界翘楚

——我与田仲济先生的忘年之交

2002 年 1 月 14 日清晨，田仲济先生永远地离开了我们。

我与田先生的交往是从 1988 年开始的。先生已于前一年退休。那时我正在内蒙古师范大学跟随屈正平教授攻读研究生。屈老师是田先生 20 世纪 50 年代的研究生，那时全国只有田先生和北京师大的李何林先生招收研究生。屈老师与田先生半个世纪的师生交往和学术友谊，还有我上大学时学习的教科书、田先生和山东大学孙昌熙先生共同主编的《中国现代文学史》，是我 1988 年以后与先生交往的学术渊源和精神基础。

第一次见到田先生，是我们同学三个与屈老师一起从呼和浩特专程来济南拜访他。当时，屈老师带了一个还算高级的照相机，可是等洗出来一看，我们与先生的合影统统不见踪影，好在屈老师与田先生的那张合影很清晰地冲洗出来了，我们每人留存一张。这是我第一次与田先生合影。第二次与田先生合影是 1996 年春，屈老师从内蒙古来到济南看望田先生，并在他家小住几天。我去拜见他们，为了弥补上次的遗憾，我请杨洪承老师给我们师生三代照了一张合影照。我记得那是屈老师临离开济南的那天晚上，结果由于光线不足，照片洗出来是一片模糊。这是仅有的两次与田先生的合影，所以十几年来竟没有留下一张与他老人家的合影照。

1990 年春节，屈老师托我给田先生捎来两个唐三彩，一只骆驼、一匹马，屈老师意喻田先生马年快乐，老骥伏枥，马到成功；又意喻田先生忍辱负重数十年，至晚年得享安康幸福。为了护送这两个宝物，我在乘坐绿皮火车时，十分小心，还要求同行的好友李大勤同学帮我护卫其中一只。安然将宝物送到田先生在山师的家，他留我吃饭。那时田先生讲话声若洪钟，带有潍坊口音的山东话，讲起来抑扬顿挫，给我留下了很深的印象。在他的会客室里，我还见到了墙上挂着的数幅书法，有茅盾赠送他的条幅：

高傲性格不求人　天壤飘零寄此身　谁与登茵谁落溷　愿归黄土破红尘　　题红楼梦画页　葬花　仲济同志两正　茅盾　一九八〇年二月于北京

还有老舍在20世纪40年代于重庆北碚赠送田先生的条幅，上书：

乱年惭气短　有米胜无诗　卖剑沽村酒　听蝉望柳枝　斜阳人影瘦　晓雾鸟声迟　静里有真趣　神清月上时　乙酉秋初写旧作一首　仲济作家仁兄两政　老舍

另有数幅画作悬挂于书房，整个房间颇有文气和诗意，一时间我流连忘返，沉浸于这氤氲了书卷气的田先生的会客室兼书房。现在再有半个月就又到马年，可是先生竟然这么悄然离去了。

1993年初，我自内蒙古兴安盟调到济南大学工作，与先生的交往就更多了。那时，我生活比较窘迫，他不知怎么听说后就把他家的洗衣机等日常用品送给我，帮我度过那段艰难时光。因为屈老师不在济南，我就常常代他去看望田先生。前几年每次见到先生，总是看到他身边放着许多书报杂志，还有一副老花镜、一只放大镜，他对我说："我不能落伍于时代，就经常看看书报什么的。"他将新出版的由他编辑的《王统照文集》，还有《田仲济序跋集》《田仲济杂文集》等书，写上鼓励的话语并签上名，赠送给我，对我说："你要找一个'根据地'，要有一个根底，搞深搞透，并作为前进的基础。"这些谆谆教诲，对我至今仍然非常有指导价值和作用。可惜我多年来，或忙于生计，或疏于懒惰，或由于兴趣转移太快，并没有认认真真地践行先生的教导，只是近年来方悟到先生所言极是，并为此而努力着。

最近一次见到田先生是2001年10月14日，我自南京师大返济，到千佛山医院看望他，他握着我的手，慈祥地注视着我，谈人生、谈饮食、谈各地的风俗，更多的是询问我在南京的生活和研究，我有些兴奋地对他说，南京这地方比较适合做学问，比上海、北京强，既没有上海的商气，也没有北京的官气……先生听到此言，就说："也不尽然，你不能轻视上海，二三十年代要是鲁迅、茅盾等不在上海，可能他们的成就没有这么大。上海有很丰厚的文化底蕴，在中国是首屈一指的。"这让我感到自己刚才的话简直属于井底之蛙之见。他进而谈到他 20 世纪 40 年代在上海的感受，点点滴滴，沉浸在对往昔踏实、快乐时光的回忆当中。先生此时头脑特别清晰，时常发出爽朗的笑声。这次谈话不知不觉已近一个小时，我担心影响他休息，即告辞，他躺在床上，还非要欠起身目送我走出房间。此前几次在这所医院拜见田先生，告别时，他总是礼数周全，体现出一位大学者、大作家对我这个小字辈的平等意识。每次他不是送我到楼下，就是送我到门口，这次先生身体虽然不便下床走动，但是我感觉先生身体那么好，待他老人家百岁寿辰时，如果屈老师身体允许，可以弥补以前的遗憾，再与先生共话人生学问，亦可补上一张三代学人的合影。谁知恰恰三个月后，田先生便驾鹤西去。

在田先生的追思告别仪式上，我记下了他的弟子们撰写的挽联，“爱学生爱故国爱山东师大九十五年来南北驱驰追求真理无私无悔奉献，为教育为文艺为平民百姓几百万字里嬉笑怒骂扬清激浊至性至情文章”，较好地概括了先生的一生。只是我想补充一句，田先生爱生活爱人生，他周身散发出来的是平和、亲切的人格秉性，与他的奋斗精神、道德文章同样永远值得我们铭记，至少对于我这个比他小了近六十岁的后生学子来说是这样。

（发表于田桦、洪承编：《田仲济纪念文集》，山东画报出版社 2003 年版）

第二节　正直平和　宽严相济

——怀念我的导师屈正平先生

2016年11月10日下午4时，惊悉敬爱的导师屈正平先生已于当日下午2时逝世，内心万分悲痛。一个月前我还跟导师电话联系，他老人家的话语虽然我已经听不太清楚，但大致还是明白的。他往往问问家人和王昊（我儿子）的近况，每当听到我介绍他们时，电话里就传来屈先生笑呵呵的声音。这次依然如此，只是他的声音有些浑浊不清了。以前我打电话给他，他往往聊上十来分钟，就要扣电话，大概害怕浪费电话费，怕耽误我的时间吧。可是这一次他久久地没有主动提出挂电话。因为今年7月31日，我母亲去世了。我母亲是1923年出生，而屈先生1924年出生。所以此次电话后，我感到先生身体是很虚弱了，就有些担心他。但又想到他前年摔断腿骨，而能坚韧地康复过来，且可以下楼走动，也就以为先生身体整体还是可以的。怎想不到一个月，先生溘然长逝，永远地离开了我们！

我1987年聊城师范学院本科毕业考上了内蒙古师范大学现代文学专业硕士研究生。当时我是怀着既忐忑又激动又向往的多种复杂感情报考屈先生门下的。记得当时我们大学图书馆四楼阅览室宽宽的阅览桌上摆满了各省市区的招生简章。当看到内师大现代文学导师屈正平教授，招收名额1至3名，就觉得可能有希望考上；另外，大学四年里没有坐过火车，到呼和浩特肯定得乘火车去啊。所以，就怀着激动又憧憬的心情填写了报考志愿书。没想到发挥尚正常，而且自感平时学得还算扎实，对现代文学又特别感兴趣。在当年的5月份，我还在河南范县一中实习的时候，接到内师大发来的面试通知书。得到消息的刹那，我兴奋地跳了起来，感觉天是那么蓝，大地是如此辽阔，生活和学业向我打开了新的大门。于是乘坐了22个小时的火车——这是我长到二十多岁第一次坐火车——来到了北国青城呼和浩特。到了内师大校园，一下子就喜欢上了那里的一切，丁香花儿怒放着，校园充溢着香甜的味道，那里的姑娘不像我们齐鲁大地的姑娘们保守，而是美丽活泼，花枝招展，那里的天更是蓝得空旷辽远。尤其面试时，导师屈正平先生和赵持平老师（也是第一届的大师兄）等坐在我的对面，心里稍有紧张，所问的问题是关于鲁迅《阿Q正传》等方面的，这在我的阅读、思考和理解范围之内，回答起来可谓胸有成竹。结果我整个考试成绩为第二，而先生要招收1至3名，最后他招了3名。此前的1986年先生领衔刚刚获批现代文学硕士点。于是我有幸进入屈先生门下，和师兄孙舒凡、师妹王秀琳，一起经历着学习研究、探讨问题的快乐。在导师仙逝后的这几天里，我心神不定，非常悲痛。导师对我的学业和个人生活的关爱的点点滴滴又不断地浮现于脑海。

宽厚而严厉的导师

入学第二年伊始，由于我的疏忽，导师带我们去北京、上海等地访学出发的火车都被我耽误了。在火车站见到导师，非常惭愧，好几个人的车票需要改签，损失不小，而且行程被打乱。导师第一次严厉地批评了我，但是他又接着安慰沮丧的我。这次事故我至今记忆犹新，深感自己太散漫了。后来我再坐火车、赶行程时总是早早地出发，近三十年来，再也没有耽误坐火车、飞机之类的事故发生。还有一次是毕业实习，给本科生上课，我也许因为当时太紧张了，大概40分钟就讲完了应该50分钟讲完的内容。导师在课堂内坐着，我感到无地自容。然而，导师在淡淡地批评了我几句之后，接着又开导我："今后要重视上课，要好好备课，你将来大概要做大学教师的，给大学生上课是第一位的，不可轻忽，慢慢积累经验吧。"我的这两次严重失误，和导师既严厉又爱护的教导，直到今天仍然深刻地留存在我的脑海中。

屈先生是鲁迅研究专家，他所选编的《鲁迅杂文选读》，他的专著《鲁迅小说中的人物》，他主编的《中国现代文学史》等著述，当时发行量都很大，影响也极大。作为民国时期河南大学的高才生，他的大学生阶段跨越了两个时代，从民国到了共和国，而且经历了四十年的风风雨雨。在我们毕业论文选题时，导师考虑到我们的学术发展要稳妥，先不要碰那些敏感的话题。但是，研究、写作又不能无病呻吟，要结合自己的体验和经历，以及时代和社会的特点，把自己的生命感受和思想注入研究当中。作为研究生，毕业论文的选题非常重要，创新要在稳妥的前提下进行。后来我没有选择鲁迅研究作为毕业论文的选题方向，而是选择了与鲁迅恰好形成鲜明对照的通俗文学家张恨水的世情小说研究作为论文选题。导师看到这个题目，感觉到这个毛毛糙糙的小伙子不至于犯低级且严重的错误了，于是点头同意。后来我真的很认真地投入到毕业论文的写作中，先是到北京、济南等地查找资料、做足案头工作，进而结合自身和当时我们一代人的经历和感怀，仔细推敲论文框架和章节，反复斟酌文字表达，完成了这篇硕士论文，得到了导师和其他老师们的好评，顺利通过答辩并获得了文学硕士学位。导师的厚爱、宽容和严格的治学精神，在我这篇现在看来还很粗糙肤浅的论文中，只是得到了些微的体现。但在我后来的研究、治学和指导研究生的生涯中，导师那亲切的目光、殷切的希望、宽严相济的教导，都深刻地影响着我，做事做人，不敢再散漫马虎。

风趣幽默的导师

我们几名同学一直对导师的个人生活有点感兴趣，因为隐隐约约地听说屈先生娶了好几位太太。但是那时候作为学生晚辈，我从不去打听，也拒绝那些无聊的议论。毕业十八年后，在 2008 年导师 85 岁时，我专门赴呼和浩特为导师祝寿，导师宴请我们几个在呼市的同学，席间，他谈笑风生，幽默风趣，不像一位耄耋老人。因为我是从路途遥远的浙江专程赴呼市看望他老人家的，导师显得很激动。他说："做教师真好，下辈子还做教师。因为有你们的爱！"一席话直说得我眼睛湿润了。在他狭小而温暖的家中，我看到导师书桌上放着我的书，旁边还有一大摞书，都是近年来朋友、学生送给他的，还有放大镜、笔记本等，这说明，晚年的导师一直通过阅读来了解学术动态，了解自己的学生们的每一点进步。而且导师怀抱着对家乡的厚爱，撰写了《汝南风物记》。导师拿出我送他指教的几本小书，说，"有分量！有创见！但是要好好爱护身体，不要透支。要记得留得青山在！你看，我每天坚持锻炼，原先主要是在校园里，现在在小区院子里散步。我在大青山下，风风雨雨几十年来，还是很硬朗嘛！"听着导师乐观、温暖的话语，我非常高兴。温煦的阳光照射进屋子里，我再一次聆听导师讲他眼中的人和事。或许到了晚年，导师的讲述中不免有些回顾历史的感怀与沧桑，他对那些偷鸡摸狗、投机钻营、沽名钓誉、不学无术之辈非常不屑；对自己曾经遭受的折磨、打击、迫害，却非常看淡；作为一生不党，刚正不阿，且出生于地主家庭的知识分子，屈先生过得并不顺利，但他骨子里向往学术研究的自由，并尽力维护内心精神的自由。在异常严苛的条件下，还努力在学术研究上开辟出自己的园地，尤其是在鲁迅研究领域，他是20世纪70年代末80年代初期赫赫有名的鲁研专家。正如我的大师兄王吉鹏教授所言："正平师如不是在边疆地区工作，不是卑以自牧，他的学术影响不差沿海地区学术名流分毫。"

刚刚入学，我就获赠屈先生于1979年出版的《鲁迅小说中的人物》一书。该专著对鲁迅小说的研究可以说达到了当时的最高水平，通过鲁迅小说的研究，屈先生力图解剖和探察国民性在当代的表现，以及改善的可能性。他之所以选择鲁迅作为自己研究的主要领域，就是源于鲁迅先生对黑恶势力有着天然而敏感的反抗精神，这种反抗既是为了追求积极自由，也是为了维护消极自由。时间转眼到了毕业二十多年后的2013年，我和在北京工作的师妹王秀琳约定一起去呼和浩特拜望导师。这一次，在先生家里，又是一个下午，温煦的阳光照射进来，我们师生三个围坐在先生书房的沙发上，谈天说地。我们谈爱好，谈家庭，谈历史，谈现实，谈学术。在谈到爱情时，我斗胆地问起导师的爱情生活。因为读研时隐约听到一些议论。先生笑了笑，向我们两个学生敞开了心扉，风趣地讲起了他的三次爱情和婚姻来。第一次是父母之命媒妁之言，这个师母是小脚女人，两个人的世界观、价值观、人生观自然很不同，后来和平离婚。不过，就在参加屈先生告别仪式的时候，我听说了他一直接济这个离异了的老伴儿，直到她去世。由此可见导师心中的温情和善良。第二位夫人是毕业于北京大学、一起到内蒙古工作的同事，他们都曾经是20世纪50年代北京师大的李何林先生研修班和山东师大田仲济先生研究生班的学员。两个人无论工作、学习还是生活都曾经情投意合。这位师母喜欢我们导师给她抓痒，而她自己不谙打理生活。两个人恩恩爱爱、平静地过着自己的生活，兢兢业业地工作和研究，可是在"文革"中恩爱和谐的一对夫妻却因为政治观点和立场不同而出了感情问题，因为导师出生于地主家庭，而且在"文革"中被打成地主的孝子贤孙、反动学术权威。这位天真单纯善良的师母不堪和这种"坏人"生活在一起，屈老师挽留她不成，两个人最终分手了。导师笑着对我们说："这个徐老师和我离婚后，她找到田先生，让他帮着介绍对象，条件一是大学讲师及以上，二是会挠痒痒。这样的条件除了我再到哪里找呢？"这番话虽然是笑谈，可以看出导师对这个曾经的伴侣还是很留恋的。后来先生和同为内师大的员工冯阿姨结了婚。到了暮年，两个老人又由各自的孩子照顾了。先生这三次婚姻，虽然是他一个家庭和个人情感的曲折的经历，但是却折射了半个多世纪中国社会的剧烈变迁和人们生活的起起伏伏、颠沛流离的动荡状况。他个人的情感生活的坎坷实际上是和整个不正常的社会生活分不开的。地主家庭出生的屈先生，几乎自

1949 年之后一直受着这种阶级斗争、成分论的严重影响。好在先生有坚强的意志力，有坚定执着的追求自由的理想，有承受苦难的勇气、韧性和智慧，尤其是他善于淡忘那些不幸和苦难，以仁者的胸襟、智者的眼光、乐观的态度看待世事和人性，正所谓严于律己、宽以待人，所以先生得享高寿。

在 2016 丙申年的这个料峭的冬天，敬爱的导师屈正平先生永远地离开了我们。他的风采、他的思想、他的睿智、他的幽默、他的宽容、他的严厉，尤其是他对思想自由的不懈追求的精神，就像巍巍大青山那般，静谧、深沉、永恒地留存于爱他的学生的心中！

（发表于《上海鲁迅研究》鲁迅手稿研究专辑，
上海社会科学院出版社 2017 年版）

第三节　勇于探索　别开新路

——缅怀王富仁先生

昨晚惊悉我尊敬的学者王富仁先生逝世，悲从中来。以前与先生交往的几个难忘的情景就油然浮上心头。我到我们国际学院院长李贵苍教授的办公室，聊起他当年的老同事王富仁的逸闻趣事，再找来王富仁著作认真阅读，遂写了下面的文字，以聊表怀念之情。

第一次见到王先生是1985年，那时候正值文化热，先生作为中国第一个现代文学专业的博士对于起源自京城的文化热自然有很切身的体验与观察。他回到自己早年工作过的鲁西文化名称聊城，来到了聊城师范学院中文系，为我们这些本科生做讲座。他演讲的题目大概就是关于文化热的冷思考。我们都怀着敬仰的心情聆听他的演讲。一上来，他就用带着浓厚山东味的普通话（鲁普）介绍自己，他叫王富仁，"古代讲为富不仁、为仁不富，我是既富又仁"。同学们都笑了，京城的博士一下子拉近了和我们这些大学生的距离。时过三十余年，我的同学陈万钦在微信里还提及先生这句幽默的话语。王富仁原是聊城四中的语文老师，后来想考聊师中文系主任薛绥之教授的研究生，但由于当年薛先生不招生，所以他就考到了西北大学单演义先生门下。大学期间我读到了他的硕士论文《鲁迅前期小说与俄罗斯文学》[①]，感佩至极，一个硕士生就能出版著作，对于一个本科生来说那几乎就是高山仰止啊！在他的其他著作的后记中，读到他回顾学校和导师对他的培养教导的文字。他还谈到了西安这座城市给他留下的印象，他谓之"死城"，是因为历史太悠久太辉煌、故事太多太精彩的缘故。再后来读到贾平凹的《废都》，1994年我到西安开会，进一步了解了西安这座古城。回想起王富仁所说的"死城"，就对文化和历史有了进一步的理解，对王

① 王富仁:《鲁迅前期小说与俄罗斯文学》，陕西人民出版社1983年版。

富仁敏感而睿智、敢为天下先的学术思想愈加敬重。在演讲中，王富仁首先自问自答，什么是文化呢？文化截止到目前（1985 年）有一百六十多种定义。文化实际上就是我们的生活方式，文化环绕着人的生存。他的演讲信手拈来又大气磅礴。他说，自己以前在高唐老家，冬天里穿着老棉裤，自然那时候没有什么牛皮、鳄鱼皮腰带之类，老农们往往用一根绳子扎腰，他随手比画着，把裤腰一折，腰带一系，就成了。这就是一种文化的表现。再比如，教室里的电灯，也是一种文化的显现。后来他把这个演讲扩展为“文化三层次说”。他还结合当代文学到改革文学、反思文学之后再如何发展的问题。那时候寻根文学似乎还刚刚兴起。文学的发展演变与新的文化思潮的结合就产生了寻根文学。讲座让我受益匪浅，至今思之，仍历历在目。

后来我考上了现代文学专业的硕士生，导师屈正平先生是研究鲁迅的，他建议我要出去访学，见见世面，尤其是去拜访那些鲁迅研究的专家。除了他有一次带领我们南下，一路沿着鲁迅长期生活过的城市，如北京、南京、上海、杭州、绍兴（当时还计划赴厦门和广州，但因费用问题而未能成行）。1988 年的深秋，我一个人游学又来到北京，专门找到了王富仁先生在北师大的家。三室一厅不大的空间，先生把我引进他的书房，递给我一支烟，我说不会抽（实际上会抽但不好意思抽而已）。大大的书桌中央放着一个大大的烟灰缸，烟灰已经溢出缸子。书桌上凌乱放着稿纸、书籍、笔筒之类。他抽着烟，问了我一些情况，我做了自我介绍，表达了自己的仰慕之情。他问起我的导师是谁，我做了介绍，他说拜读过屈先生关于鲁迅的大作。他鼓励我除了看文献、读资料，还要有高远的眼光和理论的思辨能力。我深深地被他的话语所吸引，一个小时时间倏忽而过，为了不再打扰他，我起身告辞，他还要留我用饭，我婉言谢绝。至今，在他书房里会面的场景我还记忆犹新，他那带着山东人粗犷爽朗气质的笑声里，还含着一丝沙哑。我猜测是讲课和吸烟的结果。后来，我搜集和阅读他的著作和论文，但见其飞扬灵动的气势，高屋建瓴的观点，理性有序的思想，就羡慕他吸烟的神态，以及由此而来的丰硕的研究成果。我后来吸烟也愈加厉害，虽然自己烟吸的也不少，但是学问跟王富仁先生根本没法比。我后来又因为授课哑了嗓子而戒烟。现在想起来，王富仁先生逝世于肺癌，当同他数十年烟吸得厉害不无关系吧。否则，像同样出身于聊城的季羡林老先生，长寿至近百岁，也是很有可能的。

1993 年我自东北大兴安岭调到济南大学任教，兼任《当代散文》的首席编辑等工作。其中我们开设了“学者散文”栏目，就向很多国内的知名学者、作家约稿，其中就向王富仁先生至少约过两次稿子。当时他学术思想的创造力仍然处于旺盛的阶段。有一次就收到了他好几篇稿子，还有一包签了他的名字让我“指正”的大作，如他再版的博士论文《〈呐喊〉〈彷徨〉——中国反封建思想的一面镜子》。他的钢笔字和他的文章一样大方、粗犷和刚性，有着山东人的豪爽劲儿。在这些散文和随笔中，他回忆少年时代家乡的风物、人情、民俗，自己的读书渴望和没有书读的苦恼；或者记叙京城人物的趣闻雅事；或者抒发自己从事文学事业的甘苦，都透露出浓浓的人文情怀。这些文字可视为他的学术研究、长篇大论、理论建构的补充，是他在理性思考之余的文人雅趣和精神放松的产物，且自成一格。

后来我考取了山东大学文艺学—美学专业博士生，因为专业不同的原因，就与王富仁先生联系日少。但是他关于鲁迅研究学术史、关于现代主义的长篇论文，我都找来拜读，受益匪浅。直到2012年11月的一天，我在就职的城市浙江婺州见到了王富仁先生，甚是惊喜。他是被国际学院院长李贵苍教授邀请来作报告的。我去宾馆看望他，他还记得我，回忆起几次见到他、拜读他的大作等难忘的情景，回忆起他写随笔赐稿、赠书等事，我们相谈甚欢。在谈话中，他赠送给我新出的《新国学研究》。翌日，我和徐静静老师一起陪他到金华的名胜古迹八咏楼、太平天国侍王府参观，八咏楼曾经是李清照的南渡避居地。在异地见到自己近千年前的老乡的避居地，再由同为老乡的晚辈学者如我等的陪同，王富仁先生兴致勃勃，步履虽然不快，但是很健硕的样子，不过他烟还是吸得比较厉害。我们一路走来，谈天说地，非常惬意。他鼓励我，在现今互联网时代，信息的传递已经不成问题，而在这座安宁美丽的浙中小城，更有助于戒除浮躁，潜心问学，做好学问。

王富仁先生作为出身于山东的大师级学者，有着山东人的共性，更有着属于他自己的鲜明个性。据和他在汕头大学共事了五六年的李贵苍教授介绍，王富仁老师看书有自己的方法，他往往在自己的书上用红蓝两种颜色的钢笔写写画画，密密麻麻的，他人一般看不懂。有一次李贵苍和王富仁一起去香港中文大学担任世界华文文学大奖赛终审评委。两个人住一个房间。聊天至深夜，李贵苍就睡着了。次日放假一天，李贵苍准备去海洋公园。早上醒来他看到王老师正在看书，很投入的样子。等到他下午返回宾馆，王富仁还在房间里看书，连早饭、午饭都没有吃，真可谓废寝忘食。平时在学校上课，王富仁一般把自己的课安排在晚上7—9点，只要晚上有课，中午饭都不吃，甚至在讲课的时候连一口水都不喝。这种专注让李贵苍至今还感慨不已。王富仁还有一个爱好——看足球赛，不过他看球重在欣赏踢球的过程，而非比分结果。李老师还向我谈起，王先生送他一套书《王富仁序跋文》(上中下三册)，有为北师大同学罗钢的书所写的序言，序言本身达到了 90 页。对于自己这种率性而为的风格，王富仁在《我的序跋文》中谦虚、自嘲又幽默地解释道："我的序跋文像寄生在人家的书上的寄生虫。……我的序跋文有的很长，因为没有人家的书做基础，自己的这些话就成了无源之水、无本之木。要说，得赶紧说，一次说完。不然，离了这个村，就没有了这个店了。趁着人家出书的机会，自己也算有了一篇文章。"他在自己主编的《新国学研究》中采取的稿约方针似乎也与人家不同，学界一般倡导所谓"看稿不看人"，实际做起来并非如此，是看人再看稿，这类人往往是掌握学术权力的学官、学霸、学阀。王富仁明确提倡"约人不约稿"，他约的人只是对新国学素有研究或看法的纯粹学人，是人品和学品都高之人，他只告诉对方，文章字数不要少于 2 万字，长者可达 10 万字，至于写什么，他作为主编一概不管。王富仁认为，哪个大学、学院、学科如果有了这么几个人，就会立住脚，否则就会产生学术喧嚣的泡沫或泡沫的喧嚣。所以他自己也不怎么看重期刊的级别，他的文章可以发表在一些不起眼的小刊物上。在李贵苍看来，王老师就是一个纯粹的学人，一个为了学术和尊严而敢于同学界权贵发生激烈冲突、进行抗辩的人。王富仁在自己的书里曾经提及在北师大为了自己的老师杨占升先生评教授之事与系掌权者发生冲突，而摔碎了茶杯之事。另一次是在汕头大学，据李贵苍教授介绍，当时有领导主张把中文系的传统学科砍掉，转向文秘、对外汉语、实用汉语等，闻听此，王富仁在学院大会上勃然大怒，激烈反对，最后这种动议只好偃旗息鼓，至今汕大中文学科在全国日益有名，与王富仁先生当年的慷慨陈词直接有关。他对学术探索和思想自由的维护精神由此可见一斑。

在李贵苍眼中，虽然王富仁对学术研究极其认真、专注，所参与的争论也都是关乎学术思想方面的，为了维护公义多次挺身而出，但是他在生活中，对待哪怕和自己观点不一致的同事，还有邻居，一直彬彬有礼，非常讲究礼数。他称呼所有的成年人为"老师"，为人不争，是他的一贯原则。王富仁年轻时有两大爱好，一是收集火花，所藏之多，得用一个房间来存，后来因为搬家时散落丢失，就改成收藏烟盒，他的朋友们都知道他喜好吸烟，出差见到新的香烟，为了王老师集烟盒，就买来送给他。王富仁还养了一只小狗，在平时的生活中，他并没有流露出对狗的感情，可是当有一天，同事陈方竞教授忽然发了感慨，要是没有了这条小狗，王老师怎么办？周围的人们才意识到王富仁对宠物小狗的感情之深。他对生命的怜爱和珍惜，他对美好感情的看重，充分体现了一个大知识分子的可爱可敬！在点点滴滴的回忆中，李贵苍教授一再地讲，王老师是一个纯粹的人，一个真正的学者，他的大师风范，让人敬仰！

李贵苍教授的回忆让我对王富仁先生的了解又深入了一层。作为比王富仁先生小二十余岁的晚辈，自本科时便有追随他的诉求和行动，是因为他的学术思想和人格魅力深深地吸引了我。记得有一次，他第二次到我们的大学演讲，我请先生给我题字，他在我的笔记本上写下了“勇于探索”四个刚朴有力的钢笔字。我一直珍藏着这个笔记本，这四个字一直鼓舞着我在学术之路上不断探索。

以上文字权且作为一个学术晚辈对王富仁先生的按捺不住的深切的缅怀之情吧。

（写于 2017 年 5 月 4 日，发表于《中国社会科学报》
2017 年 9 月 4 日“学林”版）

第四节　拨云见日　情理激荡

——追忆朱多锦先生

21世纪伊始，在家乡的青年诗人魏东建的热心联络下，我有幸认识了当代诗人、学者朱多锦先生。在见面之前，我已经把朱多锦的《沉思岁月》和《发现与批判》阅读了一遍，对于前者，已有山东大学吴开晋教授和耿建华教授等做的高屋建瓴的分析评论，在此处我不再赘述，况且我最感兴趣和关注的是朱多锦有关现代文学特别是对鲁迅等“五四”一代作家的反思与批判。我认为，他的批判和反思所达到的认识程度，迄今在人文知识分子当中仍然具有未能企及的高度。我想对朱多锦的文化、文论及思想研究进行一番评说和分析。

在朱多锦所发表和出版的所有著作中，我特别看重其文论思想集《发现与批判》，此书第三辑和第一辑又尤为重要和独特，深具思想的锋芒和创造的光辉。因为其第一辑“文论”的内容也是我多年来所关注和研究的，而第三辑中的“史论”主要是对于中国现代文学与文化特别是对鲁迅为代表的“五四”一代作家“反思意识的反思”。因此，第三辑是其整个文本的核心和要害所在。

一、重构新时期“反思意识”

在《鲁迅“反思意识”批判》《反思“五四”的“反思意识”》等论文中，朱多锦对中国现代文学和现代思想史上的重要问题展开了研究和批判。他主要是在方法论和思维方式上对既有的鲁迅的“反思意识”重新进行属于他自己的再反思的。他认为，鲁迅对于传统中国，其“反思意识”的结论是：欲改造中国，先须改造中国人的“思想”和“文化”；对于积贫积弱的中国来说，关键的问题是认识和改造积贫积弱的国民的精神和灵魂。因此，“人论”和“文化论”就成为鲁迅“反思意识”的核心。

鲁迅的“反思意识”又经历了至少两个阶段，其一是向往个性主义英雄，反思中国没有个人主义的弊端的“人论”反思意识，这主要是因为此时的鲁迅接受了西方近代理性主义的思想，即进化论、个人主义、人道主义、启蒙主义，同时也受到了叔本华、尼采、克尔凯郭尔等非理性主义或意志论哲学影响的结果；其二是关于国民劣根性问题的反思。鲁迅将这些思考归结为“立人”思想，他由梁启超的“新民”思想推进到“立人”思想的目的仍然是梁启超的启蒙主义思想。一般认为，只不过这是近代以来启蒙主义的最终表达，也是其最高水平的表达。对此，张光芒有一个类似于公式化的图示：

> 中国启蒙主义形而上形而下建构图示：立人—自律的创造的生命自我—自由意志—理性/情感的相互激荡—本能欲望。[①]

朱多锦研究鲁迅的结论亦归结为“立人”思想。可见鲁迅启蒙思想的终极意义就在于通过“立人”来建立一个“人国”。但鲁迅的思想和行动往往充满着矛盾，比如，民国刚刚成立的1912年1月3日，他在《〈越铎〉出世辞》中畅言：“共和之治，人仔同肩。同为主人，有殊同隶。……立斯报，就尚同胞，举文宣意，希冀治化，纾自由之言议，尽个人之天权，促共和之进行，尽政治之得矣，发社会之蒙覆，振勇毅之精神。”此时的鲁迅对制度的变革是非常赞成和拥护的。而后来由于看到许许多多假借民主制度之名行专制之实的伎俩、阴谋、残暴，鲁迅开始偏激地认为，共和等同于专制、独裁，而予以否定和嘲弄。他斥责民主政体不过是“借众以凌寡，托言众治，压制尤烈于暴君”，与专制无二。这里说明了鲁迅曾经一度热烈地赞美民国和共和，只是后来民国失败了，他转而诅咒之。因此，有学者认为鲁迅“对资产阶级共和国未曾心向往之”的看法是不妥的。

对此，朱多锦在国内应该说率先看到了。鲁迅总结的出路在于，辛亥革命失败之后，“最要紧的改革国民性，否则，无论是专制，是共和，是什么什么，招牌虽换，货色照旧，全不行的。”（《两地书·八》）朱多锦总结了鲁迅的启蒙主义思想在于：一，改造国民性（人论）；二，改造中国以儒家文化为代表的

① 张光芒：《启蒙论》，上海三联书店2002年版。

文化传统（文化论）。否则，中国的新生和“人国”的建立就是一句空话。朱多锦指出，无论鲁迅的小说还是杂文，都贯穿着这样一条线索，即鲁迅对中国传统文化和人格的批判、反思。当然，作为一个伟大的思想家，鲁迅有深刻的自审性的反思，而这构成了他的文化反思体系。朱多锦对以鲁迅为代表的“五四”一代反思意识的再反思之所以更为深刻和富有建设性，是因为他的再反思从“社会存在”（包括社会的经济制度和政治制度）出发，从“社会存在”决定“社会意识”的哲学世界观出发，总结和批判了20世纪中国甚至当今社会一直挥之不去的“唯意志论”情结。我认为，朱多锦这一理论认识和哲学家、美学家李泽厚的“吃饭哲学”极其相近。他们都是从惨痛的历史教训中总结出来的、带着他们各自的生命气息和体验的思想。以鲁迅为代表的“五四”先驱的精神启蒙自有其进步价值和伟大意义，但是它所延续和张扬的“唯意志论”即“唯人的意识和文化传统为上”的思维方式和反思方法，它那种站在知识分子的精神本位立场对社会（政治、经济）制度建设的忽略甚至鄙视，现在看来对于后世的不良影响也日见明显。难能可贵的是，朱多锦虽属于知识分子阵营，但他能跳出日益书斋化、狭隘化的泥淖，而从更加宏阔的视野来审视中国现代知识分子研究方法和研究结果的弊端，从而提出自己的学术观点：“人论”“道德论”和“文化论”的“反思意识”在中国现代充其量只能成为农民激进革命思想的来源，从而与中国古已有之的造反传统意识合流。“五四”在打破传统道德的同时，又要建立一种自由的个人主义为本位的新道德，这无疑具有重要的建设性意义，但是其忽视或放弃了社会制度变革的诉求。

朱多锦先生的文化反思和批判，认为其实质是以“社会意识”来决定“社会存在”的思维方式在起作用，是用颠倒了的认识方式来解释世界、解释社会。这种思维方式的荒谬之处就在于它的“唯意志论”和“唯精神论”。由于有多方面的比如哲学、政治学、经济学、历史学、宗教学和美学等的知识储备和理论思考及对实践的观察与反思，朱多锦对社会运动产生、发展之历史和现实根源的分析和批判也独具特点，尤其是他的学人胆识和思想家的深思熟虑，使他的研究成为当代中国思想界的一个闪光之处。

当然，朱多锦的观点也有不足之处，就是他把“社会存在”当作“社会意识”决定性的前提，而没有深入去挖掘社会存在和社会意识更为深层的关系。这种关系就是通过实践的中介来使社会存在和意识得以联结起来。或者说，社会实践生产出人类生存所必需的物质资料，也产生了人类存在所需要的精神产品。再往前推，就是在社会实践中人的主体性诞生了，哲学、历史学、文学等从简单的物质生产的实践活动中日益突显出来，之所以在人类的生活中几乎不可或缺，是因为人类的物质需要得到初步、基本的满足的前提之下，精神的需要、个性的发展就愈来愈重要了。

今天看来，以鲁迅为代表的“五四”启蒙一代，与以朱多锦为代表的当代反思一代，其共同的诉求在建设更合理更美好的社会方面殊途同归了。国家领导人近年来提出的“把权力关进笼子里”的论述生动而又可以理解为对百余年来知识分子艰难探索成果的积极回应。如是，朱多锦等诸多20世纪下半叶的知识分子所梦寐以求的梦想，一百年前的先贤鲁迅等“五四”一代知识分子的梦想，与整个国家民族的伟大“中国梦”就合而为一了。

二、血气与理性铸就的人生

惊悉朱多锦先生去世，是在他走了（2013年1月30日下午2点因心脏病突发逝世，享年68岁）之后的第三天晚上，没有人告诉我，为什么？由于我在远离故乡的江南？看来大家都世事倥偬，无暇他顾矣！当我从东建的QQ群里知道了这个噩耗之后，先生的追思会已经开完了。我无缘与先生见最后一面。

我与朱多锦先生相识于1999年左右，当时我在山东大学读博士，期间诗人魏东建有一次见到我说，给你介绍一位老诗人知识分子，你们肯定一见如故。我对东建的话自然是相信的，于是就在他的安排下与朱多锦见了面。果然是一见如故，我和朱多锦聊了很久，记得那是一天的下午，在济南大学附近的一家酒店，金色的夕阳从玻璃窗射进来，很灿烂很温暖，我们喝酒聊天到深夜，颇有些不舍地约定择日再聚、告别。后来我们每个月几乎都见面聚谈，他送我他主编的每一期《华夏文坛》，他做诗歌编辑的《山东文学》。从朱多锦那里，我看到了一个民间知识分子内心的坚韧和无畏，更看到了那种历经沧桑的淡定和从容。后来，我自济南到南京工作，但一年里总有个七八次往返两地，几乎每次都找到朱多锦和东建，以及树爱、清津、霁良、传虎、志云等文友，我们自由地海阔天空地胡侃神聊，交流信息，交换看法。在朱多锦和东建等人的力促下，先后成立了民刊《华夏文坛》，2008年8月7日，我们共同成立了“七亩园文化沙龙”，约定每个月聚会一次，以文会友，文史哲经，政改国是，都是我们聚谈的话题。七亩园文化沙龙的宗旨最初由朱多锦拟定：

华夏九州七亩园，
世情万象热眼看，

中西融汇成大道，

文化大千不拘谈。

短短四句诗，透露出以朱多锦为代表的七亩园人的一种塑造新文化的新气象，视野开阔，气度不凡。七亩园由最初的七八个人，后来发展到近三十人，再到当下的八九十人，由原先具有同人性质、志趣相投的文化沙龙，先后参加七亩园沙龙的有著名诗人、理论家、作家、学者、企业家、经济学家、书画家等各界人士。目前则变成了各行各届各路人士相聚于网络世界的微信群。从成立到2012年持续了将近5年的时间，在一个号称经济大省但文化尤其是批判性的创新文化几乎喑哑的齐鲁大地，七亩园文化沙龙竖起了一面鲜亮的思想先锋的旗帜。一个地区、一个省乃至一个国家，如果没有一种有充足的文化精神观点作为自己的价值依托，如果这地方这国家没有价值信仰，那么，民众大抵如行尸走肉则难免矣。当今吾可爱的家乡山东这个曾经的文化礼仪之邦、教育大省正是如此。有些先锋思想、创新精神和批判思维的人士不是生活得艰难困顿便是出走流落他乡。这里曾经很有影响的《柳泉》《作家报》《当代散文》等报刊，在近十来年纷纷关门。正在这样的背景下，我认识了朱多锦先生。在我参加的沙龙聚会中，给我留下的印象大都是各位参与者均可畅所欲言，各抒己见，在思想争锋、辩驳中，获得思想的碰撞；这里没有地位的尊卑高低，只有见解是否到位、深刻、可行，或可否引发进一步的思考。这些不同的主题，开启了来自不同行业、不同领域人士的思维火花，重燃和激荡着我们那有些冷却的知识分子铁肩担道义的使命感和忧患意识。

十余年来，无论是主持《华夏文坛》，还是《山东文学》诗歌版，抑或这个聚拢知识者心灵的文化沙龙，朱多锦都起着核心和主干的作用。他年轻时被当成异类，遭受了二十余年残酷的政治迫害和颠沛流离的生活磨难，但矢志不渝，完成了文论思想集《发现与批判》、诗作诗论集《岁月沉思》等多部著作。虽然处于民间，但是朱多锦以自己的执着、坚定和信仰，在自己半个多世纪的诗人和学者生涯中，发出了他独特而铿锵的声响。在我和他接触的日子里，给我印象最深的是我们有一次关于文化与信仰的沙龙聚谈。当时是在济南七里山他的居所，有七八位核心成员参加。我的观点大致是中国经过了近代的外强欺凌、内战内乱，现在又处于经济发展的快速期，真正的启蒙仍然没有完成。朱多锦在讲话时，基本上是认同我的观点的，他又从佛教、基督教等世界主要的大宗教的背景、现状、前景等角度，条分缕析地为我们解析信仰和信仰对象的问题。他的分析既有深刻的道理，又有切身的体验，容易感发人、吸引人、启迪人。我觉得那是我们聚谈和历次沙龙里给我感受最深、精神冲击最大的一次。年逾花甲的老诗人、老学者竟然还有那么旺盛的精力、精到的眼光和犀利的见解，我感到很欣慰、很充实、很自豪。

和朱多锦交往的次数多了，有的已经淡忘，但还记得9年前在曲阜泗水等地开会研讨朱多锦学术文集《发现与批判》时的情景，还记得在济南舜玉路的餐馆里我们三五好友把酒言欢、慷慨陈词、互不相让的争论的场景，还记得在魏东建诗歌创作研讨会上朱多锦殷切的话语和热切的眼光（他还出资赞助了这次研讨会），还记得我们约定到齐河他老家或济阳我老家召开沙龙会议（遗憾的是我因远在江南而错过了在这两地的沙龙聚会），还记得有一年夏天在《山东文学》他的办公室里谈诗论文的火爆场面，也记得在马鞍山路、大明湖畔、千佛山下的茶社里我们茗茶一杯，切磋诗文、关注社稷、关怀民瘼的专注的神情……朱多锦瘦削的脸庞和不时摆动的手势还历历在目，但是，我的忘年交——朱多锦，你却在这雾霾日益加重的严冬里过早地离开了我们，离开了这个你为之投入热血、为之付出了大半生自由的世界。此时此刻，在先生仙逝一个月之际，我孤坐在江南浙中依然寒冷的小城的家中，面对着灰白如纸的电脑屏幕，满含着热泪写下这些文字。这远远不能寄托我对朱多锦的敬仰、思念、悲悼之情。永久遗憾和永难弥补的是，等我再回到齐鲁、回到济南家乡的时候，再也见不到令我尊敬的朱多锦先生了！

朱多锦先生，您的这一生走得太匆匆又太疲累了。在那个专属于您的天国里，您该是欣慰地笑着走的吧？朱多锦先生，安息吧！

（第一部分2013年3月5日改定，发表于《泉林晤语——朱多锦文论诗作研讨会纪要暨评论集》，中国文学出版社2004年版）

第七章
故土与他乡

第一节　大槐树寻根与族谱续修记

一、大槐树寻根

2006年10月18日，一个平常的日子，太原的天空阴沉着，似乎不是阴天，而是严重的雾霾天吧，但我的心情出奇地激动。带着这种兴奋美好的心情，我与福建师大的辜也平教授踏上了去临汾洪洞县的大巴车，去朝拜我久已向往的心中圣地——洪洞县大槐树。那里是明初迁民遗址，是自明洪武元年（1368年）直到永乐十五年（1417年）历经半个世纪的百万大移民的集散地，是我们的祖先历尽艰险、跋山涉水、筚路蓝缕，开拓新的家园的出发地。当时，明朝政府在附近的广济寺设局驻员，编排队伍，发放“凭照川资”，先后18次移民至京、冀、鲁、豫、皖、苏、鄂、秦、陇等18个省市，500多个县，其中四次大规模移往山东各地。我们的王氏家谱上记载着明永乐二年即1404年自河北枣强县移民山东省济南府济阳县。现在屈指算来，已逾六个世纪。而在此之前，我们的先祖是从山西潞安府长治县大秦庄迁徙至河北枣强的。中间是否经过洪洞县大槐树，尚未发现有具体的文字记载和实物证据。然而，大槐树，自小的家族记忆就深刻烙下了你的名字，那是曾经魂牵梦绕数十年的记忆。而吾王氏先祖披荆斩棘，辗转迁徙，最后始迁祖自明初定居山东济南府济阳县城里大隅头，却是确凿的家族历史事实，有吾《王氏族谱》和家堂轴子为证。

我是在参加中外传记文学年会之际，去朝拜心中永远的“大槐树”的。“问我祖先在何处，山西洪洞大槐树，祖先故居叫什么，大槐树下老鹳窝。”六个多世纪以来，大槐树一直成为我的乡亲魂绕梦系的不了之地。今天，我——一个明初大移民，也可称为大槐树移民后裔来了。走在祖先或许留恋跋涉过的土地上，徘徊在祖先或许曾经一步三回头地频频回首过的大槐树的第三代槐树荫下，五体投地拜伏在祖先曾祈求过的平安吉祥的大槐树遗址上摆放着的“王”姓牌位，一种激动，几多感慨，突然涌上心头。我曾经走过祖国的大江南北、长城内外，也有过出境游历，无论哪里的自然或人文景观，都不曾像在大槐树下的这般激动和感慨。我的历经坎坷而不屈不挠，走向辉煌的先民们，我的或刚烈威武或勤劳善良的祖先们，600多年后你们的一个卑微后裔来了，而且他心中默念着，他是代表自己的数百位乡亲祭拜你们来了。我接过管理员递过来的三支香，点燃，默默地插在“王”姓牌位前的香炉上，面朝着600多年前王氏祖先的神圣牌位，我双膝跪下，默默祈祷，心中顿生沧桑怀古之感。我的祖先是从太行山脉的山西长治（小时候我特别喜欢听《我们村里的年轻人》的主题歌《谁不说俺家乡好》，那种亲切、自然、感动、优美，浸入心脾，莫不是因为祖先曾经生活过而遗留在我身上的语言文化抑或种族记忆的缘故吧），一路颠沛流离，或许经过这洪洞县的大槐树移民集散地的，而至枣强，再至济阳的？遥想当年，那种悲壮，那份眷恋，那人那景那情，怎不令人发思古之幽情，感时空之沧桑？

唐朝时设置的广济寺附近，早在汉代就有一株古槐，繁茂的枝丫，遮天蔽日的胸怀，给了即将踏上前途未卜的移民们以永远刻骨铭心的记忆。据记载，洒满阳光的大道从树荫下通过，汾河滩的老鹳，在树杈间构筑窝巢，星罗棋布，甚为壮观。广济寺院、大槐树下便成了移民荟萃，开踧外迁的集散地，移民起程时，纷纷折槐为记，依依惜别，频频回首，最后只有大槐树和汾河滩上的老鹳窝依稀可辨，故乡大槐树和老鹳窝也就成为惜别了的家乡的标志。反而真正故乡的影子逐渐在记忆中淡漠，最终而趋于消弭。

我自小就听父辈说起祖先移民来山东的故事。童年里的记忆尤为清晰和真切。经过了元末长达16年的战争，黄河下游曾经的繁华不再，“春燕归来无栖处，赤地千里少人烟”。“至正元年（1341年），汴梁、钧州大水……六月癸丑夜，济南山水暴涨，冲东西二关，流小清河，黑山、天麻、石固等寨及卧龙山水通流入大清河，漂没上下居民千余家，溺死者无算。”（《元史·五行志》）济南附近的济阳一带亦是“十室九空”，一片荒凉。就在这种“人力不至，久致荒芜”（《明太祖实录》卷一百七十六），“多是无人之地”（顾炎武《日知录》卷十）的境况下，忍受着故土难离的深沉中华情结的煎熬，我们的祖先辗转迁徙暂居河北枣强又经长途跋涉，终于来到了齐鲁之地，来到了济阳这片陌生的土地，开始了陌生的新生活。我在想，他们来到新的生活环境，或许除了怀恋故土，更多的是对新生活的向往和努力吧。齐鲁之邦确实适宜农耕和读书，“忠厚传家久，诗书继世长”往往成为我们王氏人家的道德操行和家训，在他们的后代身上，更多地寄托了对未来的憧憬吧。

移民不但是一个封建王朝兴盛变迁的动力之一，而且成为现今民族国家兴盛的标志之一。明代初期正是靠着百万民众迁徙移居的伟大举措（对移民来说这种迁徙更多是出于无奈），才成就了明朝的基业。虽然这是一场官方发起的大移民，还远不是自由的迁徙定居，但是它也具有刺激和促进当时社会经济发展的重要作用。一个时代和国家如果是不允许自由迁徙和居住，那么这将是一个万马齐喑的时代和国度。“文革”甚至前些年的迁徙自由被一包档案或户口本而死死地禁锢着的局面，不是尚距今不远吗？我本齐鲁人，现居吴越国，是因为有了一定的迁徙的自由度。居住地的变迁，不单是地理上、身体上的变动，而且是文化上和心理上的变化。中国自古以来分为南北地理和人文，但也正是南北不断的互动、民众的迁徙流动，才保证了中华民族和中华文化源远流长、绵延不绝的强韧动力。

在怀旧感伤和匆匆的行色当中，我的角色不断转换。在这个互联网的时代，你还来不及细细品味寻根中的感受伤悲之幽情，就被大街上熙熙攘攘的人群、污浊不堪的空气、呼啸而过的运煤卡车，最后还有漂亮舒适的大型客车带到了另一番景致里去了。

当我在记下这段经历和感受的时刻，我的感怀不仅仅是寻根的感伤，更多的是对于当今无序而疯狂的所谓现代化对文化、自然和正义的攫取、破坏的愤慨与反思。那个 4 A 级的大槐树景区就被厚厚的煤灰所包围，她本应湛蓝的天空上却被灰黑的带有烟尘的空气所笼罩。我的寻根的感想顿然变得模糊而不知所终了。但愿我的这一不良想法不至于毁掉我的同类——那些想去大槐树寻根的移民后裔们依然美好的向往。

二、参与续修族谱

历史上数次的毁谱，比如清代乾隆年间官方下令，各地续修族谱（家谱），要按照一定的规制、格式、用词，僭越者就遭受惩罚。当代的“文革”破四旧，更是“革了文化的命”。600 余年间，在北中国又经历了多少次战争、灾祸、动乱？种种悲惨的遭遇导致了许多珍贵的历史资料包括家族史料、族谱等荡然无存。所以，在山东等中原、平原地区，能够留存下来的、数百年前的民间历史资料就非常罕见，异常珍贵。2013 年春节，我返乡省亲，在老家拜年之时，偶然“发现”了我们族支的一部家谱，虽然是复印件，但和原件相差无几。经过收藏这部复印件的族弟洪涛的同意，我把它带回浙江，经过专业人士扫描进电脑，然后打印出来，制作成精美的族谱，并将电子版分发给族内数位兄弟——洪光、洪乾等。这一小小的举措，为后来2016年全济阳县乃至外县，如章丘等地，续修我王氏才兴公后裔族谱，起到了触发促进的作用。洪乾将电子版家谱转给了济阳贾寨村德利侄，又转至三官庙村洪忠兄……2016年春，我的94岁老母亲病重，我返回故乡济阳照料，热心续修族谱的族人们听说后，便数次同我联系，我决定挤出时间，参与到这项家族的文化事业中。7月31日，农历丙申年六月二十八日，慈母仙逝。我化悲痛为力量，尽全力参与到族谱的抢救、整理、续修工作中。正是在这一年的夏天，经过了紧张而有序的准备工作，8月14日召开了历史上第一次王氏才兴公后裔续修族谱代表大会暨理事会成立大会。族内有识之士，原济阳县委工委书记瑞和叔当选为会长、三官庙村继平叔为常务副会长、瑞温叔和我等为副会长、济阳县建筑设计院院长洪伟弟为秘书长的理事会成立，我还被族人任命为续谱“顾问”，贾寨村建国孙等为编辑的编辑部同时成立。由此正式启动中断了近两个甲子年的《王氏族谱》续修工作。吾族最后一部家谱的续修是清光绪三十年即1904年，距今已经有114年。古人讲，家族谱系应该“三十年一小修，六十年一大修”。可以经过了这一百余年的战乱、党争、饥荒、动乱，古训被完全抛弃，哪里还有心思和精力来完成这一繁重的任务？

在这两年多的时间里，我十余次返回济阳，从搜集旧谱及其他资料，到请教专家（如我拜访了济南大学的老同事、书法家滕西奇先生、浙江师范大学的黄灵庚先生、景盛轩博士、鲍宗伟博士等），再到整理前六百年的老谱；从研究家族文献，到数次赴章丘等地调查，再返回婺州，在书房里潜心研究、校对四十余万字族谱，还和瑞和、瑞温、继平等三位族叔赶赴常州，现场核对族谱定稿，期间对地方志、家族史产生了浓厚兴趣。遥想吾太始迁祖王刚公携妻将子，一路风尘，几度坎坷，颠沛流离，来到济阳县，暂居县城大隅头。据河北枣强县资料记载，刚公中年时，“遘急狱出，出奔山东章丘县相公庄，易名屏居，买田园，营家室。越数十年，子孙绕膝，堪娱天年。既而思归，中途婴疾，没于旅次，家人扶柩，归葬城南。”历史的真相有时候会在不经意间呈现出来。1998年，枣强刚公墓地，因为政府招商引资，把存在了六百余年，上百亩地、数百棵老松柏的墓地出让给一家工厂，而被迫迁墓。当此之时，族内有识之士备好两口棺材，但当墓室打开，仅见一口棺材置于墓室，从骨骸推测，墓主人刚公身高至少190厘米以上。对于另一口棺材，族人只好捧了些土放入，安置他处，即今之刚公墓地。迄今数十年来，山东多有寻根问祖者到枣强，当地族人一直未敢相认，因为这些山东人的祖先故事与之对应不起来。而当2017年年底，瑞和叔等赴枣强，与枣强族人虽然第一次见面，但是当双方的文献资料和口传的家族历史一讲述出来，双方立刻有了寻到根脉的感觉。济阳吾始迁祖之母即我们的太始祖母，去世后没有返回枣强与丈夫合葬，而是一个人被葬于济阳王家碱场这片家族购买的墓地里。吾太始迁祖妻离子散及其众多儿子的故事，构成了一部跌宕起伏、惊险曲折的历史。

经过了两年多紧张有序的工作，2018 年 7 月 8 日续修族谱工作基本结束，在济阳县城召开了族人祭祖暨戊戌（2018 年）版族谱发行大会，参加活动的有济阳及章丘王家圈等地 50 余人。7 月 29 日又在洪伟弟的会议室召开了史上第一次始迁祖才兴公之父刚公后裔代表座谈会，来自山东济阳县二十余村、章丘区王家圈、高官寨相公庄村、武城县姜王庄、河北枣强王洼村、南关等两省五县（市区）的 30 位代表，齐聚一堂，同庆济阳刚公之子即才兴公后裔族谱完竣，共商下一步研究刚公后裔族谱事宜。这可谓是跨越了 600 年的第一次族人相亲大会。

（2007 年 1 月 15 日初稿于婺州，2018 年 10 月 15 日改写）

第二节 “发现”大济进士村

2007年暮春时节，正值五一长假，我利用到函授点授课的机会，到访了藏在深山的浙江省丽水市庆元县大济进士村。5月4日的早晨，我正在同属丽水市的龙泉市小梅镇的大街上吃早餐，偶见一本“庆元黄页”，反面是“龙泉黄页”。但见庆元黄页上有“庆元文化”，上有“著名的廊桥之县”、大济进士村等简介，我突然决定，完成授课任务后即赴庆元一游，与进士村来一次亲密接触。

于是，在这个青年节中午11点，我踏上了驶往庆元县城的中巴。一路上绿水青山，一路上峰回路转，一路上鸟鸣山涧，一路上蛙声不断，公路大多绕山沿河而建，生态植被保护较佳。“庆元——中国生态第一县”，我的眼中时时闪出这样的标语和广告牌。其实，不用这样特意渲染，深沉的山涧，急湍的流水，带香味的空气，婉转的鸟鸣，绿意浓浓的香樟，挺拔的翠竹，刚破土而出的春竹，还有一座座突然出现的廊桥……已经充分显示了这个浙南县域青山绿水的良好生态环境，约一个小时的行程，充满了大自然和谐的乐章。

我本来并无明确的游览考察的目标，只是慕名而来。庆元县城很小，出了车站，但见路边有一路标：大济进士村。我对这个地方很感兴趣，一则大济，让我想起故乡的济水、济阳、济南，二则进士村更激发了我的探索兴趣。大济村位于松源镇，距汽车站仅1公里。我叫了一辆三轮车，不到5分钟，便到了心仪的文化生态村。似乎探访大济村也是一种缘分。村口有一餐馆，吃了午餐，恰好遇村中的领导，名叫吴华新。吴领导听说我是大学教书的，便很乐意陪我参观。老吴中学毕业，现为包工头。人既精明又朴实，对家乡的历史文化如数家珍，每走到一处，他就娓娓道来。从他的神情和话语中可以看出他对家乡作为进士村的自豪。据他介绍，从绍兴到此肇基的吴氏先祖，历代尊师重教，崇文尚礼，人才层出不穷，使这个历史上不足300人的小村自宋朝至明代涌现出26名进士，被誉为“进士村”。尚有非进士出身，涉足仕途者一百余人。这些出仕者大多廉洁奉公，体现了进士村儒家人文思想的巨大影响力。

我和老吴沐浴在暮春的阳光里，流连于村里的卢福神庙、戏台、木拱廊屋桥、古道、古地道、吴氏宗祠、明清民居建筑等诸多古迹文物，体味孕育其中的儒家文化和精神脉搏。这里（包括我考察的浙南其他地方）的寺庙，往往佛教、道教、当地供奉之神（如香菇之神吴三公，相传800多年前，庆元县龙岩村农民吴三公发明了“砍花法”“惊蕈术”和“烘焙术”等一系列制菇及加工技术，被当地菇农膜拜为“菇神”）聚合一处，建立庙宇，分而供之。我在庆元和龙泉交界的小梅镇和黄田镇的桐山村就见到了在一个方圆不足0.4平方公里的山坳里设置的“九尊大仙”庙（供奉有扁鹊、何仙姑、李白等各类道教人物的画像）、吴三公祠（有吴三公手拈一只香菇的塑像）、大王神（大王神庙）等三处宗教祭祀场所，在相隔百米的小梅镇还有一座简陋的基督新教教堂，再加上当地的古代学堂（私塾），竟有五六种宗教文化信仰的形式。浙南的宗教具有中国传统信仰文化的多元性，饶有意思。

在大济进士村，所设之卢福神庙，大门两侧标写着“紫气萦绕千岁神庙传寿讯，春风得意万位香客求安康”的对联，上批是“名山福地”。庙之对面是充满民间享乐意味的戏台，高低错落的祠堂走廊恰好作为戏台演出的看座，走廊上方雕梁画栋，正面建筑则为“大雄宝殿”，匾额表明此处乃佛教圣地，引领来客进入崇拜的净土。从其侧面往前走约十数米，则又有一寺，此为佛教寺，与前面的戏台、神庙连在一起。因此佛寺又和家族祭祀先祖的庙宇结合在一起，呈现出中国民间宗教信仰的多元性、杂糅性的特点。整个建筑依山而建，紧密相连，融世俗享受和信仰崇拜于一体，集自然山水和人文历史于一炉。山上林木毛竹覆盖，山脚溪水潺潺，环境十分幽静。走在大济村用鹅卵石铺成的小巷里，我时时被眼前的景致所陶醉。面前小河上兀然立着一座廊桥，叫“双门桥”，红红的廊庑由木板制成。此桥原名“临清桥”，因北宋天圣二年（1024年）和景祐元年（1034年），该村吴彀、吴毂兄弟俩先后进士及第，谓“双门进士”。在临清桥上建护坊，称“双桂连坊”，桥名改称“双门桥”。这是全国最古老的木拱廊屋桥，现存的廊桥是后人按原样多次重修的；牌坊则在“文革”时被毁。村中还有“莆田桥”，全长16.50米，净跨9.50米，有廊屋5间，始建于宋，至明万历年间，里人吴起蛟、吴廷殷重修，顺治十八年吴世臣、吴铨臣、吴贞臣重修，道光七年吴墉、吴帮銮、吴序喜捐修，是全国有史料记载时间最早的木拱桥之一。

我不禁想到了早些年看过的一部美国电影《廊桥遗梦》。当然，眼前的廊桥更具有东方古老文化的神韵。遥想这廊桥，曾经记载了多少奋斗挣扎、衣锦还乡，多少风流韵事、爱恨情仇。

大济村给予我的冲击源源而来，各式各样的明清古民居、吴氏宗祠、接官亭等历代建筑。老吴讲，县志上记载，大济村“五步一楼，十步一阁；廊腰漫回，檐牙高琢；各抱地势，钩心斗角；长虹卧波，无云何龙……”这种美丽的古雅之境，如今是难得一见了。老吴介绍，村里现尚存明代民居聿新堂、怀德堂、世德堂、裕德堂、挹清楼等7幢，清代民居有达德堂等10多幢。这些保存基本完好的民居的大门均有砖刻或石刻匾额，文字有：延陵世泽、延陵旧家、恩迎北阙，等等。大济祖先们往往巧妙合理地利用该村南高北低的地形，在筑屋建房时，采取一层坐南朝北，二层回廊转朝南，并且整座建筑大致是前院套后院，大院套小院，统分结合，相得益彰。大门以曲见幽、又幽中见奇。外观并不显眼，泥墙筑屋，简朴小巧，但折转90度，会见到雅致曼妙、精雕细刻的大家官宦气象。而祠堂除了展示历代考中的26位进士画像和事迹，还有其他一百余位走仕途的大济名人的事迹和画像。祠堂里挂着两幅宋明理学大师的语录，可以见出这些进士们日常所习染的文化墨汁。其一是理学大师朱熹手迹木刻，上写：

> 脱去凡近，以游高明，勿为婴儿之志，而有大人之志，勿为终身之谋，而有天下之虑，勿求人知而求天知，勿求同俗而求同理。
>
> ——晦翁

其二是心学大师王阳明手迹木刻，上书：

> 居天下之广居，立天下之正位，行天下之大道；得志，与民由之；不得志，独行其道。富贵不能淫，贫贱不能移，威武不能屈，此之谓大丈夫。
>
> ——阳明山人书

真是一方小天地，包藏大世界。在祠堂的后花园中，依山借势，小山的上面是前些年才枯死的千年老樟树，而800年树龄的老樟树还枝繁叶茂，只是其底部已空，可容人钻进去。我探进身子，就闻到樟树的浓郁香气，好不爽快。探出脑袋，老吴给我拍下了颇为有趣的一张照片。大树的下面就是五座吴氏祖先的墓地。其中一座只有一位女性墓主人的墓碑。老吴说，这里埋着的是我们的一位女性祖先，她的丈夫在外做官，死后因交通不便而埋在了异地他乡，她死后就只好一个人独自葬在这里了。我听了此话，不禁有些唏嘘怅然。在祠堂和古树、古墓中间是一个半月形的池塘。其造型别致，既可观瞻，又可起到防火的作用。

和江南其他地方的古建筑古村落一样，如果不是古代庆元一带交通不便，且民风淳朴，此地的建筑恐怕早已经荡然无存了吧。在接官亭附近，是古代官员出入村子的古石道，约八十至一百公分宽，三公里长，这弯弯曲曲、被世代人们踩踏得有些光滑的石阶古道，可以使我们想见古代士人、官员坐着轿子出入颠簸的辛苦情形。站在接官亭往下俯瞰，依稀可见大济村宛然的全貌。

最奇的是村里蜿蜒幽深的地道。这一精密的地道是近年新发现的。那么，这地道有何作用呢？据推测，最早的古地道是宋末元初为抵抗敌人入侵而修建的巨大的躲避工程。宋时大济村有不少人官居要职，他们注重忠孝节义。宋将亡时，许多高官誓不降元，回归大济以效忠大宋，该村至今仍留下“三不降”：“主降奴不降，男降女不降，老降少不降。”他们在故乡开挖地道以防备敌人入侵。为躲避灾祸，躬耕乡野，保全气节，应该是在战乱中返归乡里的为官者们开挖地道的初衷。

感谢吴华新先生的陪伴和深情的介绍。我的整个庆元大济之行时时伴随着惊讶，更满怀着阵阵的曼妙和惬意。时时发现的自然风光，人文景观，使我在不到一天的时间里真切体会到了久别的心灵放松状态。探访自然与人文交相辉映的大济进士村，成了我的浙南发现之旅的高潮。

（写于 2007 年 5 月 7 日）

后　记

本文集的出版有些偶然。2017 年上半年，张法先生告诉我说如有什么书稿，希望能整理出版。这促使我潜下心来整理出三十余万字的书稿，至 2017 年年底编辑完成，但因故搁置起来。2018 年 9 月又重新启动，借此机会再次对文稿进行了整理。2020 年 9 月至 2021 年 1 月又删掉十余万字，最后形成了目前的文本。本书是我近二十年来从事文学批评和理论思考的文集，文字均为第一次收入作者文集出版。

平时我除了从事文学理论和美学的教学、研究之外，还对当代中国文学发展演变状况有一定的兴趣，关注当代文坛的风云变幻。例如，几年前就对莫言文学进行了较为全面的研读。在本人以前出版的著作中，曾经根据写作主题选入了部分批评文字。本文集则主要包含了我对现当代文学之理论与批评、作家与作品、学人与学术，以及对小历史等方面观察与思考的结果。其中，余凡博士为《传记文学的新收获》的撰写搜集了资料。这本书主要写于我长久生活、工作的三个城市泉城、金陵和婺州。

书中大部分文章曾经在各种刊物发表过，收入本书时大多做了技术性的修改。感谢这些刊物的编辑。

本书的出版得到了浙江师范大学人文学院李圣华教授的支持，得到了浙江师范大学中国语言文学“建设一流学科出版基金”资助。本书几经周折，最终得以出版，还得到了北京人文在线文化艺术有限公司范继义先生和九州出版社编辑沧桑先生的热情帮助。在此谨致谢忱！同时，期待读者批评指正！

王洪岳

2020 年 9 月于竹林居

2021 年 1 月校定

后记